LES ÉTOILES SONT LÉGION

Kameron Hurley est l'auteure de la trilogie *Worldbreaker* et de la saga *Bel Dame Apocrypha* (l'une comme l'autre inédites en français). Le prix Hugo, la plus haute distinction de la science-fiction anglo-saxonne, lui a été décerné pour son essai « Nous avons toujours combattu », présent dans le recueil *The Geek Feminist Revolution*.

KAMERON HURLEY

Les étoiles sont légion

ROMAN TRADUIT DE L'ANGLAIS (ÉTATS-UNIS) PAR GILLES GOULLET

ALBIN MICHEL

Titre original :

THE STARS ARE LEGION
Paru chez Saga Press.

ISBN : 978-2-253-10340-0 – 1re publication LGF

Pour toutes les femmes brutales

C'est la Bordure qui nous a brisées.
Quand nous l'avons franchie,
quelque chose l'a franchie avec nous.

Première partie

FAIRE SURFACE

« Rien ne m'effraie davantage que quelqu'un sans mémoire. Qui n'a pas de mémoire est libre de faire tout ce qu'elle veut. »

Seigneure Mokshi, annales de la Légion

1

ZAN

Je me rappelle avoir jeté une enfant.

C'est le seul souvenir dont je sais avec certitude qu'il m'appartient. Le reste de ma mémoire se réduit à une obscurité sordide. Je n'ai donc rien d'autre que ce qu'on m'a dit être vrai :

Je m'appelle Zan.

J'ai commandé un jour une grande armée.

Ma mission consistait à détruire un monde qui n'existe pas.

On me dit que mon armée a été dispersée, ou

dévorée, ou explosée en mille fragments brillants, et que j'ai disparu.

Je ne sais pas pourquoi je voudrais diriger une armée – surtout si elle va connaître la défaite –, mais on me dit que je me suis acharnée toute ma vie à obtenir le grade et le degré de compétences auxquels j'étais arrivée. Et quand je suis revenue, recrachée par le monde ou m'en étant arrachée de ma propre volonté, je suis revenue bizarre. Ce que signifie *bizarre* en l'occurrence, je n'en ai pas la moindre idée pour le moment, je sais seulement que mon amnésie a la même origine.

À chaque période de veille, le premier visage que je vois en ouvrant les yeux à l'infirmerie est lumineux, avec des lèvres pleines, ce qui me donne l'impression de regarder un soleil vivifiant. La femme dit s'appeler Jayd, c'est elle qui m'a appris tout ce que je sais être vrai. Et cette fois-ci, je lui demande pourquoi il y a un corps sans vie par terre derrière elle, mais elle se contente de répondre en souriant : « Il y a beaucoup de corps sur le monde » et je me rends alors compte que les mots pour « monde » et « vaisseau » sont presque identiques. Je ne sais pas lequel des deux elle a utilisé.

Je me rendors.

À mon réveil suivant, le cadavre a disparu et Jayd s'affaire autour de moi. Elle m'aide à me mettre pour la première fois sur mon séant. D'impressionnantes ecchymoses me couvrent le dessous des bras et l'intérieur des cuisses. Une épaisse cicatrice divise mon abdomen presque jusqu'à l'aine, et ma main gauche, chose étrange, est nettement plus petite que la droite. Quand j'essaye de fermer le poing, je n'y arrive qu'à moitié ; on dirait une pince suppliciée. Je pose les pieds par terre, m'aperçois que leur plante est presque entièrement engourdie. Sans me laisser le temps de les examiner, Jayd me drape les épaules d'une robe poreuse. De la même coupe et du même volume que la sienne, mais vert foncé et non bleue.

« C'est l'heure de ton premier débriefing », annonce-t-elle alors que j'essaye de trouver une logique à mes blessures. Elle me prend par la main pour me guider dans un couloir sombre et animé de pulsations. Je plisse les yeux. Je constate que nos mains entrelacées sont de la même couleur fauve, mais qu'elle a la peau beaucoup plus douce que moi.

« Tu as disparu pendant six tours », m'apprend-elle en m'asseyant à ses côtés dans une pièce qui donne sur le couloir. Je regarde mes paumes en essayant d'ouvrir et fermer les mains. Si je m'applique, j'arrive à serrer un peu plus le poing gauche. La salle, comme les couloirs, est tiède et luisante, avec des pulsations sur les parois, on dirait un battement de cœur. De ses doigts rassurants, Jayd écarte les cheveux bruns de mon front en un geste si respectueux, si rodé qu'il évoque une prière.

« On te croyait morte, dit-elle. Recyclée.

— Recyclée en quoi ? » demandé-je, mais elle ne répond pas car la paroi s'ouvre à ce moment-là, la porte se déployant comme une fleur, sur une femme âgée qui nous fait signe d'entrer.

Nous allons nous assoir sur un banc humide à une

immense table. La femme âgée s'installe en face de nous. Des motifs évoluent sur la table, mais j'ignore s'il s'agit d'écriture, de simples décorations ou de tout autre chose. Plus je les regarde, plus mon crâne m'élance. Je me rends compte en portant les doigts à ma tempe qu'elle est enduite de lubrifiant visqueux ou de pommade. Je leur fais suivre une longue cicatrice qui va de mon sourcil gauche au sommet de l'oreille du même côté. Je n'ai toujours pas vu mon visage. Je n'ai croisé aucune surface réfléchissante. Il y a en effet là quelque chose de très bizarre, mais je ne crois pas que ce soit moi.

« Je m'appelle Gavatra. » Sa voix ressemble à un grondement sourd. Ses cheveux bruns sont ras sur son cuir chevelu sombre, révélant sur les tempes quatre longues cicatrices, comme des griffures. Elle porte un long vêtement résistant fait de tissu bleu brillant, comme excrété par les murs. Le tout tient par des liens noués de manière compliquée. Elle me dévisage et soupire. « Sais-tu *qui* tu es ?

— C'est pareil que toutes les autres fois, intervient Jayd.

— Les autres fois ? » m'étonné-je, car combien de fois peut-on, ayant perdu une armée et été avalée par un vaisseau, revenir avec ce genre de blessures et y survivre ?

Jayd plonge son regard dans le mien, cherche désespérément quelque chose sur ma figure. La sienne est large, intense, avec des yeux caves et un imposant nez recourbé. Son regard me donne l'impression de vouloir me faire savoir ou comprendre quelque chose, mais ma mémoire est un néant brûlant et poisseux. Je ne devine rien. Je plie de nouveau les doigts.

« Huit cent quatre-vingt-six de tes sœurs ont essayé de monter à bord de la Mokshi », explique Gavatra en tapotant sur la table. Les motifs changent et elle les examine comme s'il s'agissait de présages. « Toi seule t'en es sortie, Zan. Ce qui semble être la raison pour laquelle Seigneure Katazyrna persiste à t'y envoyer, même si tu n'as jamais réussi à y faire entrer ni une armée, ni personne d'autre que toi.

— La Mokshi, dis-je. Le monde qui n'existe pas ?

— Oui, répond Jayd. Tu te souviens ? » Elle l'espère, ou elle en doute ?

Je secoue la tête. La phrase n'a aucune signification pour moi. Elle a simplement fait surface. « Combien de fois ça m'est arrivé ? » demandé-je. Ma main gauche tremble, je la regarde comme si elle appartenait à quelqu'un d'autre. Il me vient à l'idée que c'était peut-être le cas, ce qui me glace. Je veux savoir ce qui est arrivé à ma mémoire, pourquoi il y avait un cadavre par terre dans ma chambre à l'infirmerie, et pourquoi j'ai jeté une enfant. Mais je sais que les réponses ne vont pas me plaire.

« Tu es bénie de la déesse de la Guerre, ma sœur », dit Jayd, mais en regardant Gavatra. J'ai l'impression d'être retombée en enfance et d'être coincée dans une pièce avec des gens ayant un long passé commun, trop long et trop compliqué pour qu'une enfant arrive à le comprendre. Encore plus curieux, si Jayd est vraiment ma sœur, alors ce que je ressens au fond de moi quand elle glisse les doigts dans mes cheveux n'a absolument rien de normal.

Je lève les yeux vers Gavatra et crispe la mâchoire, emplie d'une sombre détermination. « J'aimerais savoir ce qui m'est arrivé, dis-je. Soit tu me le dis, soit je te l'arrache. » J'arrive à serrer les deux poings, à présent. Geste qui me semble plus naturel que tout ce que j'ai fait jusqu'à présent.

Gavatra lâche un rire bref. Elle passe la main à plat sur la table et en tire un ensemble de lumières dansantes qui s'élèvent dans les airs. Fascinée, je les regarde s'entremêler au-dessus d'elle. D'un autre geste, elle les renvoie dans une partie différente du meuble.

« Comme nous toutes, dit-elle, tu remplis ton devoir envers ta mère, la seigneure de Katazyrna. Mais peut-être que Jayd a raison, cette fois. Peut-être est-il temps que nous te retirions de la circulation.

— J'ai le sentiment que vous me devez une mémoire, dis-je.

— Alors tu dois reprendre la Mokshi. Nous ne disposons pas ici de ta mémoire. Ce vaisseau l'a avalée. Il semble le faire chaque fois. Si tu veux ta mémoire, prends la Mokshi… et fais entrer un bataillon avec toi, cette fois.

— Très bien, j'y retourne, alors.

— Mère ne peut se permettre de risquer un autre bataillon, lance Jayd, pas avec les Bhavaja qui nous attendent en orbite autour de la Mokshi.

Les Bhavaja se sont encore emparées d'un vaisseau depuis ton départ, Zan.

— C'est quoi, une Bhavaja ? » demandé-je.

Gavatra roule des yeux. « Ces cycles commencent à devenir lassants.

— Les pires ennemies de notre famille, explique Jayd. Une famille avec laquelle nous sommes à couteaux tirés depuis l'enfance de Mère. Ce n'est qu'une question de temps avant qu'elles nous prennent aussi la Mokshi sous notre nez. Peut-être même tous les vaisseaux Katazyrna. » Cette fois, je suis sûre qu'elle dit le mot « vaisseau » et non « monde », parce que prendre un monde entier est impossible.

« La Mokshi a détruit beaucoup de gens, dit Gavatra. Ta mère ira juste en voler davantage à un autre monde en détresse. Si Zan est prête à lancer une nouvelle attaque sur la Mokshi, je ne vais pas l'en empêcher. »

Jayd s'affaisse sur son siège, vaincue. Suis-je quelque chose qu'on se dispute ? « C'est une démarche insensée, dit-elle. Zan risque tout autant d'y laisser la vie que de retrouver la mémoire. Tu en récupéreras une partie sans avoir besoin d'aller sur la Mokshi, Zan. Si tu restes…

— Non », l'interromps-je. Je pose de nouveau le doigt sur ma longue cicatrice au visage. « J'aimerais finir ce qui a été commencé. »

Gavatra agite la main au-dessus de la table et les motifs lumineux s'estompent, révélant la surface du meuble pour ce qu'elle est : un assemblage lisse de peaux humaines cousues entre elles.

Je bondis de mon banc. Le frémissement dans mon bras devient un spasme et je donne un violent coup de poing dans la paroi, qui s'incurve comme si je frappais un poumon. Ma main en ressort humide. Je me mets à trembler, la respiration laborieuse.

Jayd me prend dans ses bras. « Chhh, ça va passer. »

J'ai l'impression d'observer mon corps de très haut, d'être incapable de le maîtriser ou de le freiner. La panique est une monstruosité. Mon corps essaye de fuir ou de se battre, mais je ne peux le laisser faire ni l'un ni l'autre tant que je ne comprends pas ce qui est en train de se passer. L'attaque est si soudaine, si dévorante, qu'elle me terrorise.

Gavatra se lève avec un grognement. « Elle va encore exploser », dit-elle en grattant les cicatrices sur son crâne.

Mon cœur s'affole. Une impulsion noire et complexe s'empare de moi, tout ce que j'ai réprimé pendant qu'on me manipulait dans l'infirmerie ressort.

Je saute par-dessus la table et saisis Gavatra à la gorge. Nous tombons par terre agrippées l'une à l'autre après avoir percuté la paroi. Elle se contorsionne sous moi, le souffle court comme si elle agonisait, ce qu'elle fait peut-être. Je la chevauche et regarde mes mains en craignant que la gauche, plus faible, ne soit pas à même d'étrangler une femme.

« Je ne crois pas un mot de ce que tu m'as raconté », lui dis-je en montrant les dents.

Elle tord mon bras le plus faible. La douleur déferle en moi, aveuglant ma panique. Gavatra me donne un coup de tête au visage, geste si rapide et si inattendu que je tombe en arrière autant de surprise que de douleur, les mains crispées sur la figure, des taches noires dans mon champ de vision.

Jayd se précipite entre nous. Elle glisse sur le sol pour me prendre de nouveau dans ses bras, comme si j'étais un animal précieux redevenu sauvage.

Gavatra se relève en s'appuyant sur la table. Elle se frotte la gorge, m'adresse un sourire ironique. « Peut-être qu'il reste un peu de la Zan d'avant, dans celle-là, dit-elle.

— Ma mémoire ! réclamé-je.

— Espèce d'idiote. Tu ne te rends pas compte que cette perte est une bénédiction pour toi. » Elle sourit alors, ce qui accentue ses rides et donne à son visage un aspect raviné, dans ce faible éclairage. « La vérité est pire que tout ce que tu peux imaginer.

— Sors-moi de là », dis-je. La panique reflue, mais les parois traversées de pulsations semblent se rapprocher, comme si la pièce elle-même allait m'avaler tout entière.

Jayd plaque sa joue à la mienne. Je saisis une mèche de ses cheveux, tire doucement dessus. « Qui es-tu vraiment ? » chuchoté-je.

Je sens sa bouche se plisser. « Je suis ta sœur, ma Zan. »

Et je souris à mon tour parce que mon visage me fait mal, qu'un filet de sang s'échappe de mon nez et que mes autres blessures se rappellent à moi. J'ai deux possibilités : m'opposer à ces femmes et risquer le recyclage – dont j'ignore en quoi ça consiste –, ou bien jouer le jeu, leur donner ce qu'elles veulent et découvrir où ma mémoire s'est vraiment enfuie, et aussi pourquoi elles se donnent tant de mal à me prétendre de leur famille.

« J'ai peur », dis-je, ce qui n'est pas complètement faux. J'ai peur de ce que je vais devoir faire à cette personne qui affirme être ma sœur, mais que je veux prendre dans mes bras et baiser jusqu'à la fin du monde.

« La mémoire est organique et délirante,
elle nous rend sujettes aux faux souvenirs.
Les histoires font la mémoire ; il suffit de répéter
celle qui sert le mieux ton propos. »

Seigneure Mokshi, annales de la Légion.

2

ZAN

Je dors dans une pièce de trois pas sur huit. Je m'enroule dans une couverture légère et un peu spongieuse, comme du pain poreux. Les périodes de sommeil sont indiquées par un changement de luminosité qui, dans tout le vaisseau, passe de vert laiteux à bleu pâle. Je suis surprise que mon corps y réagisse aussi rapidement, puisque je m'endors chaque fois en très peu de temps. Peut-être se rappelle-t-il beaucoup de choses dont mon esprit ne se souvient pas.

« La mémoire va venir », me rassure Jayd à chaque

période de sommeil en me bordant après les longues et épuisantes séances d'entraînement dans la salle tubulaire au bout du couloir qui dessert ma chambre. Et qui me fait penser à la gorge d'un monstre. Quand je l'interroge sur le trait qui ondule au plafond, Jayd me dit qu'une des grosses artères du vaisseau passe par là.

« Une artère ? Qui transporte… du sang ?

— En quelque sorte. L'élément vital du vaisseau. Il n'est pas comme le nôtre, mais il remplit la même fonction. Il monte du centre du monde toutes les protéines recyclées, avec lesquelles il alimente chaque niveau. »

Vivre dans le ventre d'un organisme vivant me dérange. « Il n'y a pas de danger ? Pourquoi est-ce que le vaisseau ne nous mange pas ? »

Elle détourne les yeux. « Il finit toujours par toutes nous dévorer. »

Pendant les périodes de veille, je m'entraîne au corps à corps avec plusieurs autres. J'essaye de leur parler, mais Jayd me dit qu'elles n'ont pas de langue. Je pourrais croire à une façon de parler si, quand elles ouvrent la bouche pour glapir ou ricaner, je ne constatais en effet leur absence de langue. Elles communiquent à l'aide d'un langage des signes qui me semble familier. Au bout de quelques séances, je me souviens de ce que veulent dire certains : *malin*, *bel effort* et *mange-crâne*. Je signe *mange-crâne* à l'une d'elles, et elle fait une tête comme si je lui annonçais que j'allais l'éventrer.

« C'est quoi, *mange-crâne* ? » demandé-je à Jayd pendant qu'elle et moi regagnons ma chambre.

Elle se raidit. « Où est-ce que t'as entendu ça ?

— C'est juste un truc qui m'est venu à l'esprit. » Je ne veux pas qu'elle sache dans quelles proportions je comprends la langue des signes. Pas pour le moment.

« Aucune idée », dit-elle, et la certitude qu'elle ment me soulage. Je ne sais toujours pas ce qui est mensonge ou exagération dans ce qu'elle m'a raconté. Je meurs d'envie de lui faire confiance, mais mon corps m'exhorte à la prudence. Une fois de plus, il a une connaissance intuitive de ce que mon esprit a oublié.

« Pourquoi ne peux-tu pas tout simplement me dire ce qui s'est passé, comme tu m'as raconté les autres choses ?

— Parce que tu en deviendrais folle », répond Jayd en ouvrant la porte de ma chambre. Mes contusions commencent à disparaître.

« Comment le sais-tu ? »

Elle hésite sur le seuil et explique doucement, comme à elle-même, sans se retourner : « Parce que si on te le dit trop tôt, tu deviens folle, au risque de te faire recycler, ou jeter à la Mokshi sans le reconditionnement que tu es en train de suivre. Tu ne veux pas recommencer comme ça. Tu n'aurais aucune chance et tu serais encore coincée ici pendant des tours et des tours. Ou peut-être que la Mokshi te tuerait, cette fois. Et… et ce n'est pas ce que je veux.

— Je veux récupérer ma mémoire, Jayd. Je veux ce qu'on m'a volé.

— Tu la récupéreras quand Mère aura la Mokshi. »

Je n'ai aucune notion de temps, dans cet endroit, et bien que Jayd dise que c'est un vaisseau, ou peut-être un monde, pour ce que j'en sais, nous pourrions être au beau milieu d'une étoile. Je passe des nuits interminables à essayer de trouver un moyen d'ouvrir la porte, qui se referme hermétiquement derrière Jayd quand elle sort. Je passe les mains sur les jointures des grands panneaux qui se désolidarisent à son arrivée. Mais si ce geste fait remonter des souvenirs de fois où je l'ai effectué encore et encore, il ne m'apprend rien d'autre.

Alors que mes ecchymoses s'estompent, je décide que ce n'est pas de cette manière que je finirai ma vie, piégée dans je ne sais quelle horreur cyclique conçue par ces folles à mon intention.

Voilà ce que j'ai en tête quand j'écrase le poing sur le visage d'une de mes partenaires pendant l'entraînement. Je ne retiens pas mon coup, cette fois-ci, comme je l'ai fait jusqu'à présent, si bien qu'elle recule en titubant et en moulinant des bras.

Je me jette sur elle. Ses camarades me bondissent dessus. J'esquive en me baissant ou en m'écartant. Mes poings se lèvent. J'assène quatre bons coups. Du sang me gicle au visage. Je ne suis pas en train de m'entraîner, je me bats, et la voix apeurée de Jayd n'est qu'un bourdonnement ennuyeux aux limites de ma conscience.

Lorsque Jayd me prend par l'épaule, je fais volte-face, prête à frapper. Elle ne recule pas. Mais toute ardeur me quitte. Je relâche ma respiration.

Les trois femmes avec qui je m'entraînais sont par terre autour de moi. Il y a du sang. Pas beaucoup, mais assez pour me surprendre.

« Rentre dans ta chambre », intime Jayd.

Je baisse les yeux sur mes trois victimes. L'une a le nez cassé. Une autre crache du sang. La troisième s'écarte en rampant, la main plaquée sur le torse.

« Je suis désolée. Je ne sais pas ce qui…

— Va-t'en, m'interrompt Jayd. Je m'occupe d'elles.

— Désolée », répété-je avant de tourner les talons et de sortir précipitamment. Je passe dans le couloir, où je prends de profondes respirations. Et regarde mes poings. Je suis quoi, en réalité ? En quoi est-ce qu'elles m'ont transformée ?

Je parcours rapidement le couloir. Quand je sors de mon brouillard, je décide que je n'ai pas la moindre envie de retourner dans ma cellule. Je bifurque au hasard dans un couloir secondaire. J'essaye quelques portes, sans qu'aucune ne se déploie pour moi. Piégée dans un labyrinthe. Aucune issue.

Je me mets à courir.

Mes pieds nus claquent sur le sol humide. J'arrive au bout d'un couloir, tourne dans un autre. Je cours, cours, et l'air qui me traverse les poumons me fait me sentir plus vivante que jamais depuis mon réveil.

J'oblique légèrement à gauche dans un nouveau couloir, qui s'élargit en une gueule béante. Une porte ouverte. Je m'immobilise d'un coup pour l'observer. Par l'ouverture m'apparaît un vaste espace au plafond si haut qu'il se fond dans l'obscurité. Je ne sais quelle flore ou faune d'une bioluminescence verte recouvre les parois et le sol, sans pourtant l'éclairer suffisamment pour que je puisse évaluer la profondeur de la salle.

Quand je franchis cette porte, des lumières vertes et bleues s'allument au plafond. Je plisse les yeux, et c'est maintenant moi qui bée, car je suis entrée dans un immense hangar où dorment paisiblement des rangées et des rangées de véhicules à nez camus. Ce sont d'étranges animaux, des espèces de limaces à tubes spiralés dont l'enveloppe extérieure est aspergée de jaune, de rouge et de vert. Je ne sais pas à quelle apparence je m'attendais pour des véhicules, mais l'absence d'ailes, de roues et de pieds me perturbe.

J'avance en les effleurant du bout des doigts, contact qui les fait frissonner et cligner de l'œil. Ils sont tièdes et comme recouverts de peau durcie. Quelles étranges créatures. Je me demande ce qu'elles mangent.

Je m'accroupis près de l'une d'elles, qui ouvre un énorme œil à l'iris orange. Nous nous regardons longuement. Un fluide jaune visqueux s'échappe d'un des tubes enchevêtrés à l'arrière. Je remarque, le long du mur du fond, un établi où quelques-uns de ses congénères plus ou moins délabrés sont suspendus, parfois à des crochets osseux dans la paroi, comme des quartiers de viande.

Le véhicule me regarde de son œil orange. Il me fait pitié, à perdre de son fluide vital tout seul dans le hangar. Je m'approche de l'établi, et tout comme à l'entraînement, mes mains bougent d'elles-mêmes grâce à un souvenir latent. Je sais comment réparer ce pauvre véhicule, ce qui me procure bien davantage de plaisir que savoir comment frapper quelqu'un.

Je sectionne, raccommode et enduis de pommade une grande longueur de tuyau. Sa texture et sa consistance se situent quelque part entre celles de l'intestin et celles d'un cordon ombilical, et que je connaisse ces textures me donne à réfléchir. Il y a un tas de tubes dans une corbeille tiède sur l'établi. Je connais l'emplacement de chacun des outils, ainsi que leur nom : scalpel, bordeuse, spéculum, progénitrice.

Un scalpel en os entre les dents, je m'accroupis près du véhicule pour réparer le tube qui fuit. Le véhicule bourdonne doucement sous mes doigts. Quand j'en ai terminé, je suis barbouillée de lubrifiant poisseux et de fluide jaune. Le véhicule tourne l'œil vers moi et ronronne. Je tapote son gros museau épaté en ayant l'impression de caresser une limace tiède. Lui et moi sommes sans doute bien trop contents, à ce moment-là.

« J'ai entendu dire que tu étais vivante. »

Je relève la tête. Une inconnue se tient sur le seuil. Mince et sèche, très différente de Jayd toute de douceur et de luminosité. Elle est brune, les cheveux courts d'un côté, tressés de l'autre en une longue natte enroulée sur sa tête comme une couronne. Elle s'avance vers moi. J'agrippe le scalpel, dans l'expectative.

« Qui es-tu ? demandé-je.

— Sabita. J'imagine qu'il est encore trop tôt pour que tu t'en souviennes. » Elle caresse à son tour le nez du véhicule, qui ronronne de nouveau. « Je voulais m'assurer que tu ne courais aucun danger, cette fois.

— Pour l'instant, je n'ai rencontré que Jayd et les femmes sans langue. »

Une moue. « Des bas-mondistes.

— C'est-à-dire ?

— Des habitantes du bas-monde, les niveaux d'en bas. Qui sont très sauvages. Quand Seigneure Katazyrna s'empare d'un monde, elle consigne celles qu'elle ne recycle pas aux niveaux inférieurs. La plupart finissent enrôlées dans l'armée.

— Pourquoi est-ce que je suis là ? »

Sabita pose un doigt sur ses lèvres, hésite. « Elle ne te l'a pas encore dit ?

— Elle dit que je suis censée prendre la Mokshi. Et que la Mokshi a volé ma mémoire. »

Sabita sourit, mais sans joie. « J'imagine alors que c'est la vérité à laquelle elle veut que tu croies.

— Je n'ai pas l'impression qu'on me la dit beaucoup.

— Je ne t'ai jamais menti. Même si toi, tu m'as

énormément menti avant de te confier à moi. Je suppose que c'était pareil avec Jayd. »

Je secoue la tête. « Je n'ai aucune raison de te croire davantage que Jayd.

— Tu ne la crois pas ? »

Un frisson me court sur la peau. « Je tiens beaucoup à elle. Je continue à chercher des solutions.

— Es-tu prête à retourner sur la Mokshi ? Tu n'es toujours venue ici qu'une fois prête à y retourner.

— Je suis prête. Combien de fois ai-je fait ça ?

— Tu m'as interdit de te le dire.

— Quand ça ?

— Avant de perdre la mémoire. Avant… toutes ces missions sans espoir.

— Tu peux répondre à *quoi*, alors ? »

Elle hausse les épaules. « Pas aux questions sur ton passé. Il paraît que Jayd a essayé de te le raconter, la première fois que tu es revenue, et que ça a mal fini. La rage t'a prise et tu es devenue violente. Seigneure Katazyrna a failli te recycler de nouveau. Demande-moi autre chose. Par exemple sur le vaisseau ou les véhicules. Même si tu t'en sors déjà très bien, avec les véhicules. Ils t'ont toujours adorée.

— Pourquoi quelqu'un jetterait-il une enfant ? »

Elle remarque alors le scalpel dans ma main et recule d'un demi-pas, mais je vois bien qu'elle essaye de masquer sa peur. « Pourquoi cette question ?

— À cause d'un truc qu'on m'a dit », réponds-je, mensonge plutôt transparent, car qui aurait pu me le dire ?

Mais ça ne semble pas la déranger. « La jeter où ? demande-t-elle. La recycler, tu veux dire ? »

Je fouille ce fragment de premier souvenir avec lequel je me suis réveillée, celui que je sais être à moi. Je secoue la tête. « Dans du noir. Une fosse noire.

— On recycle les enfants quand elles naissent anormales. De même qu'on recycle tout ce qui arrive anormal au monde. » Elle me regarde des pieds à la tête. « Ou *devient* anormal.

— Qu'est-ce que tu fais là ? » La voix de Jayd.

Surprise, je glisse le scalpel sous le véhicule : je ne veux pas penser à ce qu'elle fera si elle me voit avec une arme. Je me rends ensuite compte que ce n'est pas moi qu'elle regarde, mais Sabita.

« Vous ne devriez être là ni l'une ni l'autre », dit-elle.

Je tapote une dernière fois le véhicule. « À bientôt, l'ami », murmuré-je, ce qui provoque un froncement de sourcils chez Jayd. Qu'elle croie donc que j'ai davantage de souvenirs que je n'en ai vraiment.

Sabita lui adresse un sourire de pierre. Son regard est noir. « Je te la laisse, dit-elle en lui passant devant.

— Ne reviens pas avant qu'elle ressorte.

— Bien entendu. » Déjà, Sabita franchit la porte et disparaît.

« De quoi avez-vous parlé ? veut savoir Jayd.

— De rien. » Je me lève. « J'en avais assez d'être enfermée dans cette chambre. Je suis allée me promener. J'ai vu du boulot qui avait besoin d'être fait.

— J'en parlerai aux mécaniciennes. Elles devraient mieux maintenir ces véhicules en prévision de la prochaine attaque. Et garder les portes fermées.

— C'est quand, la prochaine attaque ?

— Quand tu seras prête.

— Je suis prête.

— Non. »

Je m'appuie au véhicule, les bras croisés. « J'en ai assez qu'on me traite comme une gamine handicapée. Je suis venue ici pour ma mémoire. Rends-la-moi, si tu ne veux pas que je te fasse comme aux femmes avec qui je m'entraînais.

— Tu ne me feras rien de la sorte, répond-elle avec une conviction qui ne manque pas de m'étonner. Je te dirai quand tu seras prête. »

Je m'avance vers elle. Je suis plus grande qu'elle d'un demi-empan et nettement plus lourde. Mais elle ne recule pas. Elle se contente de lever la tête pour croiser mon regard.

« Je pourrais te tuer, dis-je.

— Entre bien d'autres choses. Sauf que tu ne me feras rien.

— Même pas ça ? » dis-je en tendant la main vers elle. Je voulais la prendre dans mes bras pour l'embrasser, mais elle est surprise et se dérobe.

« Ça suffit », dit-elle, avec toutefois la voix qui tremble, et le regard fuyant désormais. J'en conclus que j'ai raison. Ce n'est pas ma sœur. Elles ne sont pas de ma famille et Jayd est autant attirée par moi que moi par elle.

« Pourquoi ce petit jeu ? demandé-je. Tu dois savoir que je ne crois pas un mot de ce que tu m'as raconté.

— Ce "petit jeu" n'est pas pour toi.

— Pour qui, alors ? »

Elle passe les mains sur son vêtement. « Retourne dans ta chambre, s'il te plaît, Zan.

— Et si je ne veux pas ?

— Alors j'appelle Gavatra, elle te drogue et on te porte jusque là-bas. Tu préférerais ?

— Non.

— Alors viens avec moi. Il faut que tu me fasses confiance, Zan. Je sais que c'est difficile, mais si on est arrivées aussi loin, c'est uniquement parce que tu m'as fait confiance.

— Arrivées aussi loin dans quelle direction ?

— Celle de la Mokshi. Tu me fais confiance ?

— Non. »

Après m'être encore un peu entraînée toute seule – Jayd refuse de me dire ce que sont devenues les femmes que j'ai tabassées –, je me couche sous la couverture spongieuse dans ma chambre ou cellule, mais je n'arrive pas à dormir. Alors je contemple le jeu des lumières sous la membrane du plafond. Il me donne l'impression un peu inquiétante d'observer les rouages internes d'un animal.

Il faut croire que je finis par m'endormir, puisque je rêve.

Je rêve d'une femme au grand visage veule qui marche sur une planète énorme. C'est une titanide.

Elle attrape les véhicules volants qui lui tournent autour et les écrase entre ses dents en diamant. Du lubrifiant vert et des gaz d'échappement jaunes sortent de sa bouche béante. De petits insectes bleus volettent ici et là, et tombent raides morts, comme des feuilles, au contact de la brume jaune.

La surface du monde est recouverte de tentacules qui s'agitent, auxquels la titanide se tient pour arpenter cette planète en grondant et recrachant les cadavres de ses ennemis, en empoisonnant tout ce qu'atteint son haleine. Elle attrape un des véhicules volants qu'elle s'enfonce d'un grand coup dans l'abdomen. Elle s'ouvre le bas-ventre sur une bonne longueur et, alors que je m'attends à l'entendre crier de douleur, elle se borne à mugir en montrant les dents tandis que des coulées de sang se détachent de son corps pour tomber mollement vers la surface, paresseuses et déformées par la faible gravité.

Quand je rouvre les yeux, les pulsations lumineuses dans le plafond ont diminué. Jayd se dresse au-dessus de mon lit, une lame à la main. Cela me réveille d'un coup et je lui attrape le poignet.

« Il faut que je te coupe les cheveux », explique-t-elle.

Mon cœur bat si fort qu'elle doit l'entendre, et peut-être l'entend-elle, elle est si près de moi avec cette arme bordée de noir.

« Je n'ai pas besoin d'une nouvelle coupe pour retourner sur la Mokshi, dis-je.

— C'est recommandé par les sorcières.

— Les… sorcières ?

— On en reparlera en temps voulu. »

Lèvres serrées, elle taille dans ma chevelure avec moins de soin que je m'y attendais. Je suis surprise de voir un peu de gris dans les mèches brunes qu'elle m'enlève. Une fois satisfaite, elle m'attrape par le menton pour examiner mon visage, comme si elle essayait de voir sous mon crâne. Je n'arrive pas à m'habituer à la manière dont elle me regarde, j'ai l'impression d'être à la fois son amante, sa sœur et son ennemie.

« Je suis prête, dis-je. On va à la Mokshi, maintenant ? »

Elle écarte les cheveux de mon visage. « Tu vas me manquer.

— Maintenant, Jayd. »

Sa main tremble. « Je voulais rester un peu plus longtemps avec toi. »

Elle m'accompagne au hangar.

Le ménage y a été fait, depuis ma dernière venue. L'établi a été mis en ordre. Je vais droit au gros véhicule que j'ai réparé. Il ouvre son grand œil orange et ronronne sous mes doigts.

« Comment est-ce qu'ils se déplacent ?

— Ils volent dans les espaces sans air entre nous et la Mokshi, répond Jayd.

— Et à quelle distance du monde récalcitrant est notre… vaisseau ?

— On n'est pas un vaisseau, ou pas vraiment. Tu comprendras en sortant, et à l'intérieur de la Mokshi, eh bien… » Elle laisse sa phrase en suspens. « Il faut que tu fasses entrer un bataillon avec toi.

Quoi qu'il t'arrive là-dedans, même si tu perds la mémoire, peut-être qu'elles pourront l'empêcher et t'aider à la retrouver.

— Tu ne sais pas vraiment si je retrouverai la mémoire en allant là-bas, alors.

— Si la Mokshi te l'a prise, la Mokshi peut te la rendre.

— Et si je n'en ressors pas ? Ce n'est pas justement le problème ? Que je n'en sois pas ressortie la dernière fois ? Que j'aie disparu pendant… pendant combien de temps ?

— Tu te souviendras », prome-t-elle avec fermeté.

J'espérais me rappeler davantage, à ce stade, découvrir une vérité, mais ma mémoire reste aussi indéchiffrable que Jayd. Je sais uniquement que je peux abîmer et réparer des choses, et qu'un jour, j'ai recyclé une enfant. Pour le moment, la personne que je suis rechigne à se souvenir de celle qu'elle a été ; rechercher ces souvenirs pourrait bien être comme gratter une croûte sous laquelle affleurent pus et pourriture.

Jayd me fait faire le tour du hangar en m'expliquant comment fonctionne le véhicule d'assaut. Nous nous arrêtons devant une longue série de dépressions dans la paroi, poches de chair flétrie dont elle extrait divers objets. Parmi lesquels une combinaison qu'elle m'enjoint de me pulvériser sur le corps avant de sortir. L'ampoule qui la contient est molle dans ma main. Jayd sort aussi une arme énorme que j'espère être moins difficile à porter à l'extérieur, parce que mon bon bras me fait mal rien qu'en la tenant.

« Déploie le brouilleur de salves du véhicule quand les défenses s'activent, dit-elle en montrant une spire noueuse sur ce que je suppose être le panneau de commande du véhicule. Le monde est mort et plus rien ne vit à l'intérieur, mais ses défenses fonctionnent encore.

— Si tu n'es jamais allée à l'intérieur de la Mokshi, comment sais-tu que tout le monde est mort dedans ? »

Jayd prend mon bon bras et déplace mes doigts sur l'arme. « Ne la tiens pas comme ça, tu risques de te tirer dans le pied. »

Un souvenir envahissant surgit : je me rappelle un grand vaisseau sphérique, gros comme une planète, baignant dans une succession de vagues de lumière bleu-vert. L'image disparaît aussitôt, mais me laisse les poils hérissés sur la nuque. Mon cœur bat un peu plus vite et je redoute une nouvelle crise de panique, comme avec Gavatra. Mon corps n'échappe malgré tout pas à mon contrôle. Je respire profondément par le nez. J'apprends à maîtriser mon corps tout comme j'apprends Jayd, le vaisseau et les véhicules. Si je n'arrive pas à me souvenir, je repartirai de zéro. Nous recommencerons.

« La première attaque du monde prendra la forme d'un flux d'énergie », indique Jayd. Elle a beau avoir fini de m'expliquer comment fonctionne le véhicule, elle marche de long en large, sourcils froncés. J'ai envie de lisser le pli que cela lui creuse entre les yeux en lui disant que tout va bien se passer. Mais qu'est-ce que j'en sais ?

« La deuxième aura lieu une fois que tu pénétreras dans l'atmosphère, continue-t-elle. Le brouilleur repoussera les deux, mais il faut que tu le recharges à chaque fois. Ne t'en sers ni trop ni trop vite. C'est important. » Elle montre un autre endroit sur le panneau de commande vert tendre, encore une spire noueuse qui ressemble un peu à une racine.

Je ne comprends pas grand-chose, mais comme pour le combat ou la réparation du véhicule, je commence à croire que des fragments de ma mémoire vont en effet me revenir, et, si tout va bien, au moment le plus propice. Je me demande pourquoi Jayd, Gavatra et leur mystérieuse mère sont assez folles pour m'envoyer sans cesse à ce sort, et pourquoi j'ai été assez folle pour accepter encore et encore. Le même argument a-t-il fait mouche chaque fois, cette promesse que je retrouverai une mémoire ? Peut-être n'y a-t-il aucune mémoire. Peut-être que son existence est elle-même un mensonge, que je suis exactement comme ces véhicules, élevée comme un pauvre bloc de viande et conditionnée dans un seul but.

« Je ne risque pas de tomber ? » demandé-je en montrant le tube lisse du véhicule ouvert. Ni le véhicule ni l'ampoule censée contenir ma combinaison n'ont l'air particulièrement fiables. Étrangement, je sais à peu près à quoi ressemble le vide sans air de l'espace. Je peux comprendre des choses comme la nourriture, les meubles et la chaleur, mais pas qui je suis, ni où nous sommes, ni pourquoi je rêve de femmes cannibales qui s'ouvrent le ventre.

« Tu te mets à califourchon dessus, explique Jayd en tapotant le siège. Ta combi y adhérera. Pour te détacher, tu appuies là. » Elle me montre la commande de libération. On dirait une énorme pustule blanche.

Le sourire de Jayd fait remonter un souvenir : ses grands yeux comme son visage rond et plein me rappellent Maibe. Sauf que je n'ai aucune idée de qui est Maibe. J'ai envie de demander combien de « sœurs » il y a, où sont toutes les autres personnes qui vivent à bord du vaisseau, comme Sabita, et qui sont ces bas-mondistes, mais il n'est absolument pas dit que je survivrai à cette attaque. Pourquoi me fatiguer à me renseigner sur un endroit que j'ai de bonnes chances de ne jamais revoir, surtout que, de toute manière, je n'en ai aucune d'obtenir une réponse claire de Jayd ?

Je soulève l'arme. « Ça, je m'en sers comment ? »

Jayd donne un petit coup sur la crosse, juste au-dessus d'un mécanisme de déclenchement recourbé fait de la même matière spongieuse que les parois. « Tu le braques et tu tires, tout simplement. »

J'abaisse l'arme, qu'elle écarte. « Pas sur moi. » Elle sort de sa poche un petit truc vermiculaire qu'elle me dit de me mettre dans l'oreille.

« Non.

— Quand tu te seras pulvérisé la combi dessus, on n'aura pas d'autre moyen de communiquer », explique-t-elle.

Je grimace. J'attrape la main qu'elle lève dans l'intention de me le mettre elle-même. « Je vais le faire », dis-je en joignant le geste à la parole. Je frissonne quand la chose se glisse dans mon canal auditif.

Je veux renoncer, à ce moment-là. Mais une partie de moi-même sait que si je refuse de donner cet assaut, ce qui se produira sera encore plus terrible et notre mère – ou est-ce juste la sienne ? – nous recyclera toutes. Mourir au service de la déesse de la Guerre semble nettement plus glorieux que finir sa vie dans la gueule d'un monstre recycleur.

Ce nom, cette entité, le *monstre recycleur*, éclôt dans mes pensées de la même manière que *spéculum* et *bordeuse* l'avaient fait. Ma mémoire me fournit une image : une énorme et pesante créature qui grogne en me regardant de son œil unique depuis les profondeurs d'un amas de corps en décomposition.

Je cesse alors de penser, d'avoir des questions à poser, parce que j'ai une peur bleue de ce que mon esprit malade peut encore renfermer comme horreurs.

« C'est l'heure du largage », dit Jayd, et une grande porte se déploie à l'autre bout de la pièce, livrant passage à ma glorieuse armée.

« Les Katazyrna se considèrent comme la plus puissante force de la Légion. D'autres avant moi leur ont prouvé qu'elles se trompaient. »

Seigneure Mokshi, annales de la Légion.

3
ZAN

L'armée rassemblée pour moi par la seigneure de Katazyrna est plutôt un bataillon. Il y a presque deux cents soldates, et quand je demande ébahie à Jayd d'où elles viennent, elle hausse les épaules, me répond : « Elles n'avaient pas le choix », puis me dit de pulvériser ma combinaison.

Elle se retire dans un renfoncement en hauteur qui jouxte le hangar. Mes deux cents femmes enfourchent autant de véhicules. D'une pression sur l'ampoule de la combinaison, je libère une fine substance translucide et poisseuse qui vient m'enserrer des pieds à la tête et m'isole phoniquement. Prise un instant de claustrophobie, je vais pour hyperventiler, mais j'arrive à respirer sans problème et la combinaison absorbe ma sueur. J'admire un bon moment mes mains couvertes par cette substance, jusqu'à ce que la voix de Jayd me chatouille l'oreille par l'intermédiaire du ver. « En selle. La porte va bientôt s'ouvrir. Tu partiras à la dérive, si tu n'es pas sur un véhicule. »

Je m'installe confortablement sur le grand véhicule ronronnant, à qui je donne une bonne tape. Au plafond, des lumières rouges se mettent à clignoter et la peau à onduler. C'est moins une ouverture qu'un étirement. Elle devient translucide, puis se déchire.

Je suis aspirée par le trou dans le ciel, derrière lequel j'aperçois une obscurité parsemée d'étoiles. Tout autour de moi, les autres s'élèvent d'un coup et se ruent vers le néant. Tout cela se déroule à une vitesse ahurissante. Des bouffées jaune et vert de combustible usagé tourbillonnent autour de moi pendant que les véhicules dégringolent vers le haut. J'ai l'impression de me noyer.

Au moment de franchir en tournoyant la déchirure dans le plafond, j'actionne les commandes du véhicule jusqu'à ce qu'il avance d'un coup de lui-même. La rotation est lente, mais suffisante pour me donner le vertige et la nausée. Je déplace mon poids, mouvement auquel le véhicule réagit en propulsant de petits jets de combustible dans les ténèbres. Lorsque je trouve mon équilibre, je lève les yeux, m'aperçois que je suis loin au-dessus du monde dont nous venons d'être éjectées. C'est une sphère vert brunâtre recouverte de tentacules charnus, si énorme que je n'arrive à en voir que la moitié supérieure… à moins que nous soyons en dessous ? À force de tournoyer, je ne sais plus trop où sont le haut et le bas. Ce n'est qu'en regardant les longues lignes de mon armée, qui toutes se retournent et pivotent pour se mettre en formation, dessinant une flèche pointée dans la direction opposée au monde appelé Katazyrna, que je pense à regarder plus loin que celui-ci.

Ce que je vois me stupéfie.

Dans le ciel noir mat saupoudré d'étoiles flottent d'énormes globes, comme accrochés à des ficelles dans le néant, et ils orbitent lentement autour d'un nœud de clarté enveloppé de brume. Ce voile est trop épais pour me laisser voir la source de cette lumière qu'il reflète et réfracte. Ma mémoire me dit que c'est le soleil et que pour l'instant, il dort. Les globes autour de moi sont de tailles diverses, mais sphéroïdaux, comme la Katazyrna sous nos pieds.

Il me faut encore un bon moment avant de comprendre que ce ne sont pas des globes mais d'autres mondes, d'autres vaisseaux, d'apparence plus ou moins volumineuse suivant leur distance. Ils grouillent de lumières rouge, bleu et violet ; certains tremblotent, d'autres sont ternes, d'autres encore horriblement abîmés. Ceux-ci ont la surface qui se détache et branlent dans leur orbite. Certains sont recouverts de grands tentacules, comme la

Katazyrna, et quand je tourne de nouveau les yeux vers notre monde, je vois qu'au niveau des pôles, certaines parties des tentacules sont noires de pourriture et pèlent. Qu'arrive-t-il aux gens là-dessous, lorsque la peau se perce ? Je regarde la brèche qui nous a expulsées se refermer, comme une plaie qui cicatrise presque instantanément, puis observe une nouvelle fois les pôles. Il y a de la pourriture et de la mort, là-bas.

« Bienvenue sur la Ceinture extérieure de la Légion, me souhaite Jayd par le ver dans mon oreille. Tu vois maintenant ce que je ne pouvais pas expliquer. Nous sommes une Légion de mondes. Les nôtres sont ceux de la Katazyrna. Mais la Mokshi est différente. La Mokshi s'est échappée du Noyau, de derrière ce voile de brume qui enveloppe le soleil. Il y a des mondes là-bas, nous le savons, mais personne de la Ceinture extérieure n'a jamais été capable de piloter un vaisseau venu du Noyau. La Mokshi a trouvé le moyen de sortir de ce Noyau. Notre mère doit comprendre ses secrets, aussi devons-nous nous en emparer. »

Je vais placer mon véhicule à la pointe de la flèche que forme mon armée. Cela me met face à un monde qui, à cette distance, ne semble pas plus gros que mon poing, et que je reconnais d'emblée tout comme je reconnais ma main gauche.

Le monde appelé Mokshi n'est pas censé être là avec les autres, d'après Jayd, ce que je vois à présent à la manière dont il se déplace parmi eux. Les autres vaisseaux-mondes ont des orbites beaucoup plus fixes, même les intervalles entre eux sont réguliers, mais il en va autrement de la Mokshi, qui oscille, dans la Ceinture extérieure, comme épuisée par son voyage, comme une vagabonde, modifiant les orbites de ses plus proches voisins, luisant d'aurores bleues et vertes qui ondulent sur ses pôles, ce qui est révélateur d'une atmosphère ténue… la surface me paraît pourtant stérile, de là où je suis.

Je lève le bras, ferme le poing, et conduis mon armée dans les espaces obscurs entre les mondes. Nous avançons rapidement, bien plus que j'en aurais cru capables ces véhicules. Énormément de détritus tournoient au milieu des mondes, et je constate qu'aux tentacules de certains de ceux que nous dépassons sont attachées de longues files de personnes : elles récupèrent les déchets qui orbitent autour de leurs vaisseaux et les fourrent dans les bas-ventres mous des mondes. Notre passage les inquiète, et même si nous n'approchons jamais assez pour distinguer leur visage, je remarque qu'elles battent précipitamment en retraite. Elles se retirent toutes dans les tentacules accueillants de leurs mondes, entre lesquels elles se cachent comme dans du feuillage. Après notre passage, je les vois par-dessus mon épaule se remettre prudemment au travail.

Arrivée à proximité de la Mokshi, je pars en reconnaissance au-dessus de l'équateur. Je cherche un point d'entrée. Je découvre les ruines d'anciennes grandes villes, un empire oublié asphyxié par le manque d'oxygène, peut-être ? Le plus étonnant à mes yeux, ce sont ces structures : je n'ai rien vu de tel ni sur la Katazyrna, ni sur les autres vaisseaux-mondes à côté desquels nous sommes passées. Je me rapproche de la surface, mettant au défi le monde de s'éveiller, découvre alors que les structures en question ne sont pas des ruines mais des champs d'os broyés et de débris rocheux qui vérolent la surface. Malgré tout, je ne peux m'empêcher d'avoir l'impression d'un monde non pas mort, mais… profondément endormi.

J'ai aussi le sentiment de l'avoir déjà vu, même si je n'en ai aucun souvenir. Peut-être est-ce l'impression qu'ont de vieux ennemis à force de se rencontrer. Combien de fois avons-nous déjà exécuté ce petit numéro, moi avec une armée et aucune mémoire, la Mokshi avec une orbite erratique et aucune maîtresse ?

Alors que nous survolons une étendue d'un blanc d'os, mon armée se sépare en deux équipes qui s'écartent de l'équateur, comme s'il existait, liée à cet endroit précis, une directive dont je ne sais rien. Les soldates sont équipées d'armes luisantes et de combinaisons pulvérisées sur lesquelles se reflète la lumière du grand soleil assoupi là-bas dans la brume du noyau, car désormais ce soleil s'éveille peu à peu, se déploie après la moitié d'un tour, les baigne, elles et le monde récalcitrant, d'un éclat orange. Je plisse les yeux. La brume qui dissimule le noyau est parcourue de tourbillons lumineux, comme en feu.

La Mokshi, qui continue à se déplacer, éclipse toutefois le grand soleil orange, nous obligeant à accélérer pour ne pas nous laisser distancer. Alors que je jette un coup d'œil en arrière sur Katazyrna, je trouve effarant que nous soyons une Légion de mondes en train d'avancer à toute allure dans une gigantesque obscurité, un espace tellement vaste que je ne vois derrière Katazyrna rien d'autre que des scintillements lumineux. Ceux d'autres soleils comme le nôtre ? D'autres Légions ? Dans ce cas, les distances que cela implique sont vertigineuses. Je regarde de nouveau la Légion. C'est impressionnant, impossible, comme quelque chose surgi de mes rêves noirs et poisseux.

Mais c'est ma réalité.

C'est chez moi.

Non ?

« Ton équipe est la première à entrer dans l'orbite de la Mokshi depuis toute une rotation », dit Jayd, la voix si proche que je sursaute. Je l'avais oubliée.

« Qu'est-ce que c'est, une rotation ? demandé-je.

— Un tour est une période de sommeil plus une de veille. Une rotation est composée de quatre cents tours.

— Qui m'a récupérée, alors, quand je me suis échappée de la Mokshi ?

— C'est la Mokshi qui t'a recrachée. Tu en es sortie dans une capsule éjectée hors de son puits de gravité. Et non, on ne sait pas pourquoi, surtout que tu dis toujours ne pas t'en souvenir.

— Qu'est-ce qui se passe, sur ce vaisseau ?

— C'est pour le découvrir que tu es là », répond-elle.

Sauf qu'évidemment, je suis venue pour bien davantage. Je suis venue pour Jayd et sa mère seigneure, et pour ce je ne sais quoi qu'elles veulent faire avec le seul vaisseau capable de quitter la Légion. Je contemple de nouveau les scintillements derrière la Ceinture extérieure.

Le sentiment que quelque chose ne va pas bouillonne en moi.

« C'est quoi, ces débris autour de la Mokshi ? demandé-je pour tenter de mieux comprendre les sujets tabous.

— L'armée morte de notre sœur Nhim. »

Les restes éparpillés de l'armée de Nhim continuent à orbiter autour de la Mokshi : des corps desséchés dans des combinaisons boursouflées, des véhicules d'escorte écrasés et réduits à des formes spongieuses impossibles à reconnaître, des armes tordues et fondues qui semblent avoir implosé et s'être rongées de l'intérieur.

« On a tout de suite envoyé des équipes les récupérer, explique Jayd. La déesse de la Guerre veut que rien ne soit gaspillé. Mais leur sort n'a pas été meilleur que celui de Nhim. La Mokshi a aussitôt anéanti deux équipes. Six autres ont simplement… disparu.

— Disparu ?

— Mangées par le monde… ou peut-être projetées hors de portée de la gravité de la Légion. Quand tu es perdue pour la Légion, tu es perdue pour de bon.

— Pourquoi Anat veut-elle ce monde s'il dévore ses filles ?

— Il faut qu'elle se l'approprie. Beaucoup trop d'autres personnes essayent de prendre le contrôle de la Légion, dont la famille Bhavaja. Qui est en train de gagner, même si Seigneure Katazyrna refuse de l'admettre. »

Je ne peux imaginer conquérir des mondes ainsi, pas ce collier de vaisseaux épars qui tourne inlassablement autour du noyau. Ma mémoire rue et se cabre comme une créature d'énergie pure terrifiée par sa capture.

Je sue à grosses gouttes dans ma combinaison. Positionnée juste au-dessus de mon armée, je lui fais signe d'attaquer. Mon corps connaît le signal, tout comme il sait comment respirer.

C'est alors que le gémissement commence.

Il émane de la Mokshi elle-même. Nous ne devrions pas l'entendre, hors de son atmosphère ténue. Je n'arrive même pas à parler avec mon équipe quand elle est en combinaison.

Je sens pourtant dans mes os ce gémissement. On dirait un monstre désespéré qu'on a tiré du sommeil.

Je me prépare mentalement aux difficultés et fais avancer mon véhicule en brandissant mon arme. Je suis la première à pénétrer dans la zone de sécurité extérieure de la Mokshi, la première à voir s'illuminer la grande vague écarlate de son réseau de défense. Le gémissement continue, inlassable. Il fait frémir toute mon armée comme une force physique.

Cette lamentation réveille un horrible souvenir

de Jayd allant se soumettre à des traitements… pourquoi, ou pour quoi, je n'en sais rien. Elle est cachée derrière une porte noire qui pulse au rythme du cœur de Katazyrna. Jayd a gémi de cette manière-là, longtemps, tandis que je martelais la porte de mes poings jusqu'à les avoir en sang et jusqu'à ce qu'une imposante femme trapue – Seigneure Katazyrna ? – me gifle en me disant qu'une soldate devait faire des sacrifices, que chacune de ses filles était une soldate et que ce que Jayd avait dû porter ne serait jamais autorisé sur son vaisseau. Que c'était le prix à payer par les Katazyrna pour gouverner la Ceinture extérieure, et un jour la Légion.

S'il s'agit d'un souvenir véritable et non d'un rêve, il me déconcerte d'autant plus. Qu'est-ce que Jayd porterait de si dangereux ?

La première vague rouge des défenses de la Mokshi se détache de l'atmosphère : un énorme flamboiement écarlate. J'oriente habilement mon véhicule vers le pôle sud en déployant le brouilleur de défense dentelé installé sur le nez de mon véhicule et en changeant de trajectoire pour qu'il entre en contact avec la vague d'énergie à son point le plus faible. Elle éclate autour de moi comme une bulle de savon et se rue vers le bataillon derrière moi. Une autre vague se forme en dessous. J'écrase sur mon tableau de bord les commandes qui font se recharger le brouilleur ou je ne sais quoi.

Deux membres du bataillon me dépassent, brûlant tellement de combustible que j'en vois les spores jaunes usagées onduler dans leur sillage : des gamines stupides sans une once de bon sens à elles deux.

Je commence d'instinct à leur signer de rester en formation, en me demandant comment je connais ce signe, mais elles ont de toute évidence l'intention d'être les premières à pénétrer dans l'atmosphère. Elles ne regardent pas en arrière, seulement en avant.

« Qu'est-ce qui se passe ? » demande Jayd, mais j'ai déjà réagi, mon corps passant spontanément à l'action, comme elle l'avait promis. Ça me donne l'impression d'être pilotée par je ne sais qui, d'être un sac de viande poussé du bout d'un bâton.

Je me lance dans un autre violent tonneau, traverse la vague rouge suivante en m'efforçant d'acquérir la vitesse dont j'ai besoin pour passer sous le réseau de défense. Je sais qu'il faut que je passe dessous, je l'ai déjà fait cent fois, mais ce n'est là que le premier obstacle. Donner l'assaut à ce monde est comme avancer à tâtons sur un chemin bien connu.

Je rattrape les gamines juste au moment où elles plongent dans l'atmosphère et frôlent la surface des ruines d'os calcifié, de roche érodée et de dépôts d'ambre tordus.

Je vois la plus âgée signer à la plus jeune. J'approche suffisamment mon véhicule de celle-là pour attirer son attention, puis je signe : « Regagnez la formation. »

Les deux filles repassent derrière moi, où six autres membres du bataillon, ayant franchi le réseau de défense, montent et descendent au-dessus de la surface comme des mécanismes qui testent leurs dernières réparations en arpentant le monde. Bien qu'elles se trouvent à présent sous la zone de sécurité défensive, le plus grand danger reste à venir. Je le sens. Mon corps tout entier se raidit dans cette attente.

Je prends de nouveau la tête, je fonce en avant et le vois alors : un énorme gouffre béant au milieu du monde. C'est là que nous allons, dans cet immense cratère donnant l'impression d'avoir été créé non par un impact, mais par quelque chose d'incroyablement gros qui s'en serait *arraché*.

Je me réjouis de ne garder aucun souvenir de ce que ça pourrait bien être.

Les soldates survivantes forment une longue ligne irrégulière sur le rebord du cratère. Je compte rapidement : il ne m'en reste que soixante sur les deux cents avec qui je suis partie. Les autres n'ont pas survécu aux défenses du monde, à moins qu'elles aient fui le champ de bataille ou percuté des débris, ou encore qu'elles soient tombées en panne en chemin. Ce sont des pertes énormes, supérieures, me semble-t-il, à ce qu'auraient pu provoquer à elles seules les défenses.

« Grosses pertes, annoncé-je à haute voix.

— À cause des Bhavaja, répond tout bas Jayd d'un ton lugubre.

— C'est cette famille, là ? »

J'explore l'horizon à la recherche d'une autre armée, peut-être d'un groupe furieux de monstres, assez insensée pour venir jusqu'ici s'en prendre à nous.

« Elle n'aime pas les Katazyrna. On a conquis huit de ses mondes à l'époque de notre grand-mère.

— On va bien s'entendre, alors, pas vrai ? » Ma réponse me vaut un éclat de rire et je me demande ce que je peux dire, ou faire, pour entendre encore le rire de Jayd dans cet endroit sombre.

Je lève le poing fermé pour attirer l'attention de mon bataillon. Mon cœur bat fort dans mes oreilles. Je me demande si la Mokshi l'entend. Le gémissement continue : il fait désormais partie de moi, tout comme le battement de mon cœur, ma respiration rapide, la puanteur de mon corps dans l'écœurante combinaison.

En dessous, quelque chose tremblote au bord de la béance noire du cratère. Un brouillard jaune s'élève peu à peu, ses volutes s'insinuant dans l'atmosphère comme l'haleine d'une divinité titanesque. Un mécanisme de défense secondaire.

« Nous sommes le poing de la déesse de la Guerre, signé-je à mon équipe. Nous sommes les héritières des mondes. Montrez-vous-en dignes. » Ces mots ont une résonance antique, comme une bénédiction, mon corps les ayant si souvent signés qu'il les emploie sans réfléchir.

Ce n'est qu'en lisant la confusion sur leurs visages que je me rends compte que j'ai utilisé la mauvaise langue des signes. Je regarde mes mains. Je recommence dans une langue différente, vois l'émerveillement remplacer la perplexité sur leurs visages. Elles lèvent le poing.

Nous continuons.

L'armée fond sur le cratère. Avec de la chance, mes soldates vont faire irruption dans le cœur du monde, affronter ce qui les y attend, le vaincre et conquérir ainsi la Mokshi, si bien que je repartirai retrouver Jayd en héroïne et cesserai d'être recyclée par notre mère.

Je me joins à elles, sens le frottement de l'atmosphère sur ma combinaison. D'une embardée, j'esquive l'haleine jaune tourbillonnante du cratère.

Ma voisine de formation s'en écarte trop tard : la jambe prise dans une volute, elle est attirée dans les bras de cette haleine. Sa combinaison se dissout comme en grésillant. Sa chair bouillonne sur ses os. Mon véhicule et moi tombons en chute libre, dégringolons dans la gueule sombre du monde.

Je remets les gaz pour contrôler ma descente. Les deux gamines me rattrapent de nouveau, pleines de cran, ivres de jeunesse, le visage euphorique.

Le cratère semble s'élargir à notre approche, noir comme les espaces obscurs entre les mondes, comme la Légion quand le noyau se replie, comme la mort, comme le néant, comme l'univers avant que les déesses secouent leur chevelure pour en libérer les mondes et allument le cœur tourbillonnant de la Légion. J'ai un instant pour me demander qui sont toutes ces déesses avant qu'un objet bosselé me frôle la tête à grande vitesse. Il ne vient pas de la noirceur en dessous, mais de derrière nous. Il creuse un trou énorme dans le véhicule de ma voisine. Elle ouvre la bouche, davantage de surprise que de peur, et me voilà en train de descendre en tournoyant, de descendre et descendre dans le noir derrière elle. N'abandonner personne. Les sauver toutes.

Sa jeune compagne fait une embardée dans ma direction et manque me percuter. Un autre tir perturbe le brouillard. Une protubérance barbelée s'épanouit à présent sur le torse de la fille en train de tomber. Nous sommes entrées dans le puits de gravité de la Mokshi, qui exerce une forte attraction sur elle.

Je l'attrape juste au moment où elle lâche son véhicule, qui se détache d'elle.

Je l'agrippe avec force par le bras. Elle est si près de moi, désormais, que je distingue ses grands yeux sombres. Son visage est parfaitement visible à l'intérieur de la combinaison transparente qui la moule comme une seconde peau. J'examine son visage jeune et condamné. Ce n'est qu'une enfant, menstruée depuis peu. Je meurs d'envie de la sauver. Je serre les dents à en avoir mal.

La chose qui lui sort du torse est un projectile céphalopode à trois tentacules dont le poison noir assombrit et ronge la combinaison transparente.

« Qu'est-ce qui se passe ? » demande Jayd. Calme. Très calme.

J'essaye d'expliquer sans trop bredouiller ce que je vois arriver au corps de la fille.

« Ce n'est pas une arme de la Mokshi, mais des Bhavaja. Il faut que tu sortes de là. Tu ne peux pas survivre à la fois à la Mokshi et aux Bhavaja. On a déjà essayé. »

Je regarde derrière moi, repère tout un bataillon de soldates, pas les miennes. Disposées sur trois niveaux, elles s'en prennent au reste de mon armée avec de grosses armes anguleuses montées à l'avant de leurs véhicules.

Je tiens toujours le bras de la fille dont la combinaison se désintègre. Le matériau se retire de sa tête, libérant sa chevelure brune qui s'agite dans l'air comme des doigts noueux. Elle tente de respirer un air trop raréfié pour cela. Je pense à ma sœur Nhim et à son armée morte qui tournent autour de la Mokshi. Combien ont fini exactement de cette manière ? Combien d'autres seront sacrifiées pour contrôler un monde qui ne peut être conquis ?

Je la tiens encore longtemps, sans doute plus longtemps que je ne le devrais, jusqu'à ce que son corps devienne flasque et qu'un troisième tir, l'atteignant à la jambe, fasse tournoyer son véhicule. Je lâche la fille et oriente le mien vers un nuage jaune qui ondule.

Je tape du poing sur le tableau de bord pour déployer le bouclier anti-salves et traverse proprement le nuage. Une fois de l'autre côté, je retourne mon véhicule face à ce qui doit être la famille Bhavaja. Elle est en train d'achever les trois derniers membres de mon armée.

Je lui crie dessus, lui adresse un geste obscène, même si je sais qu'elle est trop loin pour le voir. Je fonce dans sa direction en déchargeant mon arme sur elle.

Leurs lignes s'écartent pour échapper à mes tirs.

Qui contrôle la Mokshi contrôle la Légion, encore un peu de savoir qui remonte de ma mémoire abîmée. Je ne sais pas de qui est cette phrase, mais les Bhavaja semblent la connaître aussi, si bien qu'elles ne me laisseront jamais prendre la Mokshi, que je ne recouvrerai jamais la mémoire et que toutes ces filles sont mortes pour rien. Je ne m'approcherai jamais davantage de cette plaie béante, ce passage vers le centre du monde.

Je dépasse pleins gaz une longue ligne de Bhavaja, puis me réoriente en direction du nuage jaune, vers lequel je fonce à perdre la raison. Quelques-unes se lancent à ma poursuite, bêtement, et pourquoi ne le feraient-elles pas ? Elles pensent que j'ai détruit et conquis leurs mondes, elles me poursuivront jusqu'aux confins de la Légion pour se venger, pas vrai ? *Moi*, je le ferais.

À deux doigts du brouillard, je coupe l'alimentation de mon véhicule qui tombe comme une pierre, chute si brutale et si rapide qu'elles ne comprennent ce qui se passe qu'en plongeant dans le brouillard jaune, en bouillonnant et grésillant, en se heurtant les unes les autres comme des étoiles brisées.

J'interromps ma chute et remonte si vite que je manque percuter un véhicule Bhavaja, un de ceux restés en arrière. Je fais le tour du cratère sans voir une seule de mes soldates dans l'atmosphère ténue de la Mokshi. Je suis seule. La brume jaune recouvre entièrement la gueule du cratère, à présent, dont elle barre l'accès. Il n'y a aucun moyen d'entrer, j'ai laissé se refermer l'étroite fenêtre entre le premier et le deuxième déploiement défensif du monde.

Une autre Bhavaja approche, prenant la tête du groupe, pour me parler par signes : « Tu n'arriveras jamais à regagner l'espace Katazyrna. Tu ne pourras pas rentrer chez toi. »

« Qu'est-ce qui se passe ? » demande Jayd dans mon oreille.

Je réponds en écrasant une commande, ce qui me propulse si brusquement vers le haut, me fait traverser à si grande vitesse l'atmosphère que j'en sens le frottement réchauffer ma combinaison.

Je jaillis hors du puits de faible gravité du monde et laisse l'inertie m'en éloigner. Je vois la vague écarlate du réseau de défense monter derrière moi. J'essaye de lui échapper et de la contrer avec le bouclier. Quand elle rebondit sur le rebord, je me mets à tournoyer sans pouvoir m'arrêter, à rouler-bouler dans les déserts obscurs entre les mondes.

L'impact de la vague défensive a brûlé le côté gauche de ma combinaison, ce qui obscurcit mon champ de vision de ce côté-là. Je plisse l'œil qui me reste, aveuglée par l'éclat auburn du soleil voilé du Noyau.

Devant moi, une dizaine de mondes s'illuminent de l'aurore de leurs défenses extérieures, expédiant des vagues de vaporeuse lumière vermillon, turquoise et émeraude.

Dans la lumière qui flamboie encore et encore

d'un bout à l'autre de mon champ de vision, je revois le visage de la gamine quand elle essayait de respirer, les doigts épais que faisaient ses cheveux.

Un véhicule me dépasse d'un coup par la gauche, non un des miens, mais un Bhavaja ; un deuxième en fait bientôt autant sur ma droite.

Je me bats avec le système de propulsion, les cuisses bien serrées pour rester sur mon véhicule.

Un céphalopode le percute par en dessous avec un bruit sourd.

Le choc me donne l'impulsion nécessaire pour me redresser. Je me réoriente et distance les deux véhicules qui me flanquent. Je vois Katazyrna grossir devant moi. Des tentacules effilés en sortent et s'enchevêtrent. Je remarque des débris pris dedans. Si j'arrive à atteindre la gravité de ce monde, je pourrais me jeter sur ces tentacules gluants pour en descendre ensuite un jusqu'à la surface.

Je fais mon maximum pour approcher. Katazyrna devient progressivement un grand disque ambré. Un autre choc secoue mon véhicule. Je le maîtrise avant qu'il parte en vrille.

Une des Bhavaja est revenue à ma hauteur, le visage dur : ses sourcils se rejoignent au-dessus de ses yeux profonds et tombants, une toute petite bouche laisse poindre une langue rose coincée entre des dents serrées.

La Bhavaja lève son arme et tire.

Je lâche mon véhicule, me lance bras tendus comme pour nager dans l'espace, me catapulte vers les tentacules d'un blanc chatoyant de Katazyrna.

Un céphalopode m'atteint à la jambe. Je sens avec une horreur croissante le vide glacé se ruer sur moi et la combinaison se dissoudre autour de ma jambe, se flétrissant de l'extérieur, se détachant comme la peau d'un fruit gorgé de sang.

Mes doigts qui cherchent à s'agripper se referment sur un des tentacules qui se déploient en ondulant de la surface de Katazyrna. Il s'enroule autour de mon bras, me tire d'un coup sec vers le bas, vers la surface de mon monde, vers sa fine atmosphère glacée.

Je heurte la surface spongieuse juste au moment où la combinaison se dissout sur mon visage, où l'oxygène vient à me manquer.

J'ai le temps d'aspirer une douloureuse goulée d'air froid et raréfié en adressant un geste obscène aux Bhavaja qui repartent en fuyant les défenses bleues du monde. Katazyrna décoche vague après vague d'énergie lumineuse en direction de nos hargneuses ennemies.

« Rentrée, dis-je entre mes lèvres glacées et desséchées dans le peu d'air crépitant, je suis rentrée. »

Et je m'évanouis.

« Nous sommes toutes des servantes de la Légion, certaines davantage que d'autres. Notre pouvoir vient de la prise de conscience que la servitude n'est pas un état naturel, mais acquis. Notre pouvoir vient du savoir que nous pouvons tout refaire. »

Seigneure Mokshi, annales de la Légion

4
JAYD

La première fois que Zan est revenue amnésique de la Mokshi, il m'a semblé que c'était une bénédiction de la déesse de la Guerre. Nous nous étions trop fait de choses horribles, à ce moment-là, et j'avais peur qu'on n'arrive jamais au bout de ce que nous avions entrepris. Elle a toujours été plus émotive que moi, aussi est-ce un miracle qu'elle ait accompli tant de choses avant qu'on commence à faire équipe.

En vérité, je n'aurais jamais cru avoir à jouer ce

jeu aussi longtemps. Mais ma mère, Anat, Seigneure Katazyrna, est têtue, tout comme les Bhavaja. Qui nous font la guerre depuis si longtemps qu'à mon avis, elles ne savent pas comment arrêter, et Anat n'a aucune chance de pouvoir les arrêter seule. Zan et moi croyons avoir un moyen de mettre fin à la guerre et de sauver Katazyrna, et peut-être la Légion avec. Mais certaines personnes ne veulent pas qu'on les sauve.

Voilà à quoi je pense en descendant parler à Anat. Les marcheuses de surface m'ont confirmé avoir vu Zan atteindre le puits de gravité de Katazyrna et assuré qu'elles s'apprêtaient à la ramener à l'intérieur. Ne pas être celle qui accueillera Zan me rend nerveuse, mais Anat se méfie déjà de moi, je ne veux pas exciter davantage ses soupçons. On a tant de fois failli la faire changer d'avis. Je me touche le ventre. Tout ce que nous avons projeté il y a si longtemps dépend de la présence de Zan là-bas à se jeter sur la Mokshi et de la mienne ici pour la sauver de celle-ci, jusqu'à ce que nous arrivions à convaincre Anat que je pourrais mieux la servir en étant aux mains de nos ennemies.

Après l'échec de cette dernière tentative d'accéder à la Mokshi, je me suis préparée à débriefer notre mère comme une soldate se prépare à la bataille. C'est de cette manière que notre mère nous a toutes élevées. Nous sommes des soldates Katazyrna, nées et élevées dans ce but précis. Mais la méthode militaire me semble inadaptée, inappropriée pour gérer les personnes qui devraient vous être attachées par amour et non par peur.

L'amour fonctionne bien mieux sur Zan que la

peur, ai-je découvert. Du moins jusqu'à ce qu'elle se rende compte de ce que j'ai fait à ce qu'elle aimait plus que tout. J'ai accumulé les erreurs. Je suis la première à le reconnaître. Mais le pardon est un luxe que je ne peux pas me permettre. Je ne suis pas convaincue de le mériter, même si je me mettais à genoux et m'ouvrai les paumes pour supplier Zan de me l'accorder.

Je lisse les plis de mon vêtement extérieur et demande à être admise dans le couloir de notre mère. Les femmes imposantes qui flanquent la porte appuient sur la chair de celle-ci, qui s'ouvre comme une fleur, sauf que ce n'est pas ma mère que je vois de l'autre côté, mais la horde de sorcières qui filent dans le couloir de leur démarche traînante, se hâtent de s'esquiver, fuient mon arrivée. Contrairement à Zan, les sorcières ont la mémoire longue. Elles se souviennent de quelle manière elle et moi avons dû les faire taire. Mais elles n'ont pas osé révéler nos secrets ensuite. Chaque fois que les sorcières sont recyclées, elles renaissent avec moins de santé mentale. Un secret comme le nôtre vaut la peine d'être gardé s'il leur permet de durer quelques tours de plus avant de renaître. Jusqu'à ce que ce soit Anat qui se lasse d'elles.

Je n'ai pas vu les sorcières depuis que Zan est revenue sans sa mémoire. Certains jours, je regrette de ne pas comprendre à qui ou à quoi va leur loyauté. Appartiennent-elles au vaisseau ou à Mère ? Comme tout ce qui appartient au monde, elles renaissent dans le ventre d'une femme, en général la même, mais si nous tuons cette femme, le vaisseau attribuera tout simplement à une autre la tâche de leur donner naissance, et tout recommencera. On ne peut jamais se débarrasser des sorcières : même si on ne cesse de les tuer et de les recycler, elles reviennent toujours.

Comme Zan. Comme moi.

Je trouve ma mère dans la longue portion de monde translucide qu'on appelle le bassin réfléchissant, même s'il n'y a pas d'eau, rien qu'une couche de peau brillante tellement fine qu'elle laisse voir les visages et les formes des mortes à demi décomposées en train de flotter au fond des parois du vaisseau. Tous ces fragments de corps que nous avons recyclés finissent par passer ici en allant se faire dévorer et reconvertir. Si je reste là assez longtemps, il peut m'arriver de voir le visage de mes sœurs mortes. Chacune ici est la sœur des autres, car nous sommes toutes du monde, à part celles que nous avons récupérées sur d'autres mondes. Le couloir se poursuit longtemps avant d'être obstrué par un éboulis, destruction délibérée pour s'assurer que personne n'irait plus loin, j'imagine. Il y a eu d'innombrables insurrections et saccages au fil des rotations. À un moment, j'ai demandé à Mère pourquoi elle ne le réparait pas, elle a répondu en grommelant quelque chose – je ne me rappelle même plus quoi –, et j'ai laissé tomber. Je soupçonne Mère d'avoir beaucoup moins de pouvoir qu'elle le prétend. C'est pour cela que je suis prête à prendre ces risques.

Anat parle fort à trois de ses secrétaires, des bas-mondistes qu'elle a fait monter pour la servir.

Les choisir dans les niveaux inférieurs au lieu de les capturer sur d'autres mondes les rend plus loyales, dit-elle toujours, mais je crois qu'elle confond beaucoup trop souvent peur et loyauté. J'ai peur d'elle, ça oui, mais je ne lui ai jamais été loyale. Elle fait des gestes à leur intention avec son grand bras en métal. Ce métal recouvre un noyau organique chaud à la couleur verte visible derrière la grille de la partie inférieure. Elle aime l'agiter comme le trophée de guerre qu'il est, mais il me soulève chaque fois l'estomac. Il me rappelle mes erreurs.

« Zan est revenue en vie de la dernière attaque », annoncé-je.

Anat continue à parler aux secrétaires dans leur dialecte. Je parle six langues bas-mondistes, ce qui me permet de comprendre que la discussion porte sur des contrats commerciaux. Un groupe dans le niveau en dessous est entré en conflit civil pour une question de tarifs. Anat se sert de ces biens pour tenter de gagner le cœur des gens qu'elle entend conquérir. Les sorcières de chaque monde nous implorent, souvent, de cesser de partager des biens matériels entre les mondes. Elles disent que ça a contribué au pourrissement de la Légion. Les vaisseaux-mondes sont censés être autonomes, d'après elles, et plus nous échangeons de ressources entre les mondes, plus nous perturbons l'équilibre délicat des vaisseaux. Mais j'en ai vu qui n'ont jamais rien partagé. Je les ai conquis. Ils disparaissaient plus vite que ceux qui commerçaient sur la Ceinture extérieure. Quand j'entrais par la force dans ces mondes soi-disant autonomes, les seules personnes en vie étaient à peine douées d'intelligence et survivaient tant bien que mal au centre du monde, où il faisait encore chaud. Je pense que les conseils des sorcières datent d'un autre temps, d'une époque où jamais la longévité des mondes n'était remise en question. Sauf qu'on en est sorties depuis longtemps. Pas les sorcières.

La réaction de ma mère aux injonctions des sorcières est moins rationnelle mais tout aussi dédaigneuse. Elle dit que sans elle, la Légion s'effondrerait, et qu'elle ne répond qu'à la seigneure de la Guerre. Anat croit pouvoir agir à sa guise tant qu'elle tient la surface du monde. Ce qu'elle fait depuis longtemps, sur Katazyrna. Voilà pourquoi Zan et moi avons besoin d'être plus intelligentes qu'elle, car personne ne règne d'une main plus sanglante qu'Anat.

Elle finit par donner congé à ses secrétaires, qui se sauvent dans le claquement de leurs petits pieds. « Zan a-t-elle pris ou non le contrôle de la Mokshi ? me demande-t-elle en se tournant vers moi.

— Non, mais…

— Alors cesse de me faire perdre mon temps. » Elle désigne du menton les rapports que je tiens sous le bras ; de petits rayons de lumière s'échappent des dossiers de chanvre. « Ça a empiré, pas vrai ? Le cancer à la surface du monde ?

— Oui. Les techniciennes effectuaient justement un nouveau scanning aux pôles quand Zan est revenue de la Mokshi. C'est la seule raison pour laquelle nous avons pu la faire rentrer à temps. On a failli la perdre, Anat.

— Ton petit plan n'a toujours rien donné. Je commence à en avoir assez d'elle, et de toi.

— Aucune d'entre nous n'a réussi à s'approcher autant de la Mokshi », rappelé-je avec prudence avant de passer au sujet le plus urgent, parce que mieux vaut que nous parlions le moins possible de mes plans. « Clairement, la pourriture sur la peau du monde est cancéreuse. Ça la ronge complètement. On n'est qu'à une rotation d'une rupture de la peau. Les techniciennes n'ont presque pas eu besoin de la percer pour laisser rentrer Zan.

— Je sais, petite. Laisse-moi m'occuper de ça.

— Comment sauver le monde ? On ne va pas pouvoir transférer la population sur la Mokshi. Zan ne va pas réussir à temps. Il nous faut une autre solution. »

J'insiste là-dessus depuis que Zan et moi avons commencé notre petit numéro, mais Anat est têtue. Personne ne le sait mieux que moi. On ne peut la pousser à une solution politique tant qu'elle pense qu'une solution militaire est envisageable.

Anat me jette un coup d'œil avec une moue qui lui plisse la bouche. « On fera comme on a toujours fait pour sauver le monde. Il faut qu'on lui sacrifie quelque chose.

— Il y a d'autres solutions, j'en conviens. On devrait en discuter.

— Tu me parles comme si je n'étais pas seigneure de la Légion.

— Jamais je ne me permettrais de…

— Oh que si. Oh que si. » Elle se met à marcher

de long en large, ce qui m'emplit de peur, car c'est le signe qu'elle est d'humeur violente. Et donc impossible à raisonner. « Comment se passent tes traitements ? Tu n'arrives pas à terme, si ?

— Les traitements se passent très bien. » Elle ne l'a jamais dit, mais je la soupçonne de ne pas vouloir que je porte ce que je suis capable de porter parce qu'aux yeux de nos sœurs, cela me rendrait plus puissante qu'elle. Découvrir ce que je m'étais fait ne l'a pas rendue folle de joie, mais glaciale. Elle a voulu savoir pourquoi je l'avais fait, pourquoi je voulais porter une telle chose dans mon ventre, si ce n'était pour inciter ses sujettes à la renverser.

« J'ai besoin que tu restes quelque temps à l'écart de la peau du monde, dit-elle. J'ai des projets grandioses pour toi, qui nécessitent que tu restes intacte. Il est temps de se servir de ce que tu portes.

— Et pour Zan ?

— Zan n'arrive à rien. Je ne devrais pas me poser de questions et la recycler encore. Peut-être que cette fois, elle restera morte.

— Ne fais pas ça, s'il te plaît. Tu sais ce qui s'est passé la dernière fois.

— À quoi sert qu'elle revienne si elle ne trouve pas le moyen de faire entrer mon armée dans la Mokshi avec elle ? On ne sait toujours pas ce qui lui arrive là-bas quand elle passe sous la peau. Est-ce que ça la dévore ? La recrée ? Si son amnésie n'est pas simulée…

— Elle ne l'est absolument pas. » Elle n'était pas réelle la première fois, mais l'a toujours été ensuite.

Je ne le dis pas à Anat, mais c'est une vérité que je connais et que Zan ignore, une vérité qui continue à me donner le frisson. Pourquoi perd-elle la mémoire, maintenant, quand elle retourne sur la Mokshi ? Ça n'a jamais fait partie de notre plan. Elle avait conservé tous ses souvenirs la deuxième fois qu'elle était remontée et retournée sur la Mokshi. Lui était-il arrivé quelque chose en dessous ? Je ne le saurai jamais.

Je regarde le plafond en imaginant la peau cancéreuse du monde ronger chaque niveau, s'enfoncer de plus en plus vers le centre de Katazyrna et nous détruire toutes, niveau après niveau, cellule après cellule, tandis que ma mère continue sa danse avec un monde brisé d'une manière incompréhensible qui a déjà coûté la vie à des centaines de ses filles, à des milliers de femmes d'autres mondes et d'inadaptées bas-mondistes. Sa vision n'est que folie. Il y a un autre moyen.

« C'est tout ce que tu as ? demande-t-elle. D'autres mauvaises nouvelles ?

— C'est tout. Tu ne devrais pas… »

Elle lève son bras métallique. « Essayes-tu encore de me dire ce que je devrais faire ou pas, petite ? »

J'ai un mouvement de recul. Ce pour quoi je m'en veux terriblement, mais j'ai trop souvent eu à souffrir de ses coups. « Non, chuchoté-je.

— Tant mieux. » Elle me passe devant, repart vers le premier niveau du monde. Je me dépêche de la rattraper, parce que je sais ce qui se passe quand Zan et elle sont seules.

« Les mondes peuvent renaître, mais nous autres sommes condamnées à la peau que nous nous sommes créée. Condamnées à vivre avec les choix que nous avons faits. »

Seigneure Mokshi, annales de la Légion

5
ZAN

Des ténèbres, puis du vert laiteux.

Aspirée de la surface du monde, je m'enfonce profondément dans l'intérieur d'émeraude verdoyant de Katazyrna, née de nouveau peut-être pour la millionième fois, ou seulement la dixième. En tout cas, ce n'est que la deuxième dont je me souvienne.

En tombant, je vois les véhicules effilés des Bhavaja devant les ténèbres. Je vois leurs visages sombres, le blanc luisant de leurs yeux dans le halo bleu-vert des défenses du monde. Elles ne peuvent pas approcher à travers ces défenses, mais tirent une autre salve de leurs armes à céphalopodes.

Au moment où la peau du monde se referme sur moi, l'une d'elles me signe : « Tu es déjà morte. »

Je percute le sol à l'intérieur du vaisseau, laisse échapper une bouffée d'air. Ma combinaison finit de se dissoudre dans le sol spongieux. Je panique, me mets à quatre pattes et suis prise d'une incontrôlable quinte de toux. Sans combinaison, je frissonne malgré l'humidité de l'air.

Autour de moi, le sol pulse d'une douce lueur bleue qui donne un aspect aquatique au monde vert laiteux.

Je vois devant moi des troupes de représailles monter vers la surface. Je ferme hermétiquement les yeux. J'ai mal aux poumons, au visage et à la gorge. J'ai inspiré de l'air, dehors, ça fait mal. J'ai des haut-le-cœur.

« Zan ! »

Je lève la tête en espérant voir Jayd. Mais c'est Sabita, la femme que j'ai rencontrée dans le hangar à véhicules. Elle porte une blouse rouge, vêtement sur lequel ma mémoire me fournit un petit renseignement : c'est celui que portent les techniciennes tissulaires d'urgence. Elle tend ses longs bras bruns vers moi, me serre dedans comme si j'étais une enfant.

J'essaye de parler, mais j'ai des cloques sur les lèvres et la langue. Sabita sort du sac qu'elle a sur la hanche un mollusque d'un violet chatoyant, avec lequel elle m'emplit la bouche d'onguent.

« Ne dis rien. » Elle me badigeonne les lèvres d'onguent, les doigts fermes et assurés sur ma peau abîmée.

La pommade commence à faire effet. Je sens de nouveau ma bouche et ma langue. Le tissu cellulaire mort dans ma bouche s'écaille rapidement, produisant un épais mucus qui m'étouffe un peu. Mon estomac se soulève de nouveau.

« Ne vomis pas. Laisse agir encore un peu. »

Mais je crache tout quand même, l'onguent comme les cellules mortes. Je m'essuie le visage, sens ma peau peler autour des lèvres. « Jayd, dis-je.

— Elle est avec la seigneure de Katazyrna.

— Il faut que je lui dise, pour les Bhavaja.

— Elle le sait, Zan. »

Les pulsations bleues cessent, remplacées par la lueur vert tendre. Le bleu indique-t-il une urgence quelconque ? J'observe les parois, perplexe. « Je ne comprends pas. Si elle sait qu'on est attaquées par les Bhavaja, pourquoi est-ce qu'elle ne fait rien ? »

Sabita touche ma main, juste un instant, comme si subsistait encore sur ma peau un peu du froid intense d'entre les mondes. « Ta mère ne permettra aucune représaille contre les Bhavaja. Celles qui nous attaquent ne le savent sans doute pas encore.

— Ne savent pas quoi ? J'ai vu une brigade se diriger vers l'extérieur, pourtant…

— Ta mère l'a envoyée à la Mokshi pour confirmer ton… ton échec. Pas pour s'en prendre aux attaquantes. »

J'entends un bruissement doux et irrégulier, celui de personnes qui approchent.

« Mais…

— Donc, tu vis. Tu meurs. Tu vis de nouveau », dit Gavatra. Elle lève un fourreau d'un violet scintillant, fait d'une matière qui ondule à la manière de quelque chose de vivant.

Je me lève et entre dans ce fourreau, qui s'adapte sans mal à mon corps. Je m'essuie les mains sur la matière ondulante. On la dirait faite de petits arachnides. Ils me chatouillent la peau. Je me rends compte qu'ils dévorent les derniers fragments de combinaison pulvérisée.

Gavatra accorde un regard à Sabita. « Rentre à l'infirmerie.

— Je l'ai ramenée chaque fois, et de bien pire que ça, et c'est de cette façon que tu me remercies ?

— On a d'autres techniciennes tissulaires.

— Où est Jayd ? demandé-je.

— Oh, elle arrive, indique Gavatra. Avec ta mère. »

J'aperçois cinq ou six femmes habillées comme Gavatra qui sortent de l'ombilical, plus loin dans le couloir.

« Qu'est-ce qui se passe ? m'étonné-je.

— Simple précaution », assure Gavatra.

Sabita s'en va d'un pas leste, les yeux baissés, et je sens qu'un affrontement menace. Je tiens bon. Sabita disparaît juste au moment où le groupe s'ouvre sur une femme corpulente au visage sévère qui s'approche de moi à grands pas. Elle est plus âgée et plus trapue que ses accompagnatrices, mais s'en distingue surtout par son grand bras métallique. Je vois que la partie inférieure luit faiblement en vert et me demande s'il est chaud au toucher. Qu'est-ce qu'une femme fait avec un bras comme ça ? Juste derrière elle, je vois Jayd, dont l'expression est difficile à déchiffrer à cette distance et dans cette lumière chiche, mais elle avance de manière à rester sur les talons de la femme au bras de fer.

Ce doit être Anat, car seule une femme qui se fait appeler Seigneure marcherait d'un pas aussi assuré alors qu'elle m'arrive à peine à l'épaule. J'imagine que son bras en métal gonfle considérablement son ego. Je n'ai jamais vu autant de métal à la fois, et l'objet est manifestement bien entretenu : il brille doucement dans la lumière bleuâtre.

Il faut toutefois qu'Anat soit quasiment sur moi pour que je me rende compte qu'elle est plus robuste que sa taille ne voudrait le faire croire.

Elle m'agrippe par l'oreille, ce que je n'aurais jamais imaginé aussi douloureux, et m'entraîne. Je suis tellement abasourdie qu'un cri m'échappe. Quand je lui attrape les mains, elle me lâche. Du couloir ouvert, elle m'a tirée jusque dans un vestibule. Les six costaudes de son service de sécurité se tiennent entre nous et le couloir, m'isolant de Jayd et de n'importe qui susceptible de passer. Elles nous tournent le dos, bras croisés, formant une muraille de chair qui me recouvre de son ombre.

« Tu t'es approchée jusqu'où ? demande Anat.

— Jusqu'au rebord du cratère. » Tout cet échange

m'ennuie, mais je suis encore plus agacée qu'elle ne se soit pas présentée. Bien sûr, elle me connaît déjà. Elle m'a sans doute vue de nombreuses fois. « Les Bhavaja ont détruit mon armée. Elles ont fait davantage de dégâts que les défenses de la Mokshi.

— Quelles barbares. Mais tu as failli y arriver. Pourquoi est-ce que tu échoues tout le temps ? Pourquoi es-tu défectueuse ?

— On se bat contre la mauvaise ennemie. Si les Bhavaja aussi veulent ce monde, il faut commencer par les vaincre, elles.

— Seul une démente se bat sur deux fronts.

— C'est pourtant ce que tu fais, que tu le veuilles ou non. C'est pour ça que tu perds.

— Je ne perds jamais. C'est *toi* qui as perdu. »

Elles sont toutes folles, ici, me dis-je, mais sans doute vaut-il mieux que je garde cette opinion pour moi jusqu'à nouvel ordre. « Emmènes-y l'armée toi-même, alors », réponds-je plutôt, ce qui risque de ne pas être bien pris non plus.

Anat lève son bras métallique pour me frapper.

Je l'attrape et l'immobilise, surprise par ma force. Le métal est tiède et réconfortant. Les morceaux de peau verts que je vois luire derrière les mailles métalliques dégagent une chaleur surprenante. Je croise le regard d'Anat, et à ce moment-là, nous sommes des ennemies mortelles, deux femmes coincées en orbite l'une autour de l'autre. Elle connaît son but ultime, alors que moi, je ne connais pas encore le mien. Pour l'instant, je veux seulement lui faire comprendre que je ne suis pas un animal qui va se laisser frapper. Quand elle me rend mon regard, c'est avec les yeux furieux et déments d'une prophétesse ou d'une devineresse, d'une femme ayant la certitude absolue d'être l'élue divine.

Elle se dégage. « Fini de danser », dit-elle en passant derrière ses gardes du corps.

J'ouvre les bras pour Jayd, mais elle ne vient pas me voir. Elle court derrière Anat. Alors je me dépêche de me relever pour suivre Jayd, et cette fois, les agentes de sécurité ne se donnent pas la peine de me retenir.

« J'ai passé un marché », dit Anat à Jayd.

Mais juste au moment où je les rejoins, les gardes du corps décident de me faire reculer, après tout. Je crie.

Jayd jette un coup d'œil par-dessus son épaule. Anat lui dit quelque chose, et au milieu de toute cette agitation, je n'entends pas quoi, mais je vois le visage de Jayd changer. Je crois d'abord à une expression de peur, mais quand elle se détourne d'Anat, je me rends compte que c'en est une de triomphe.

« Place ! »

La voix de Sabita. Elle est revenue. Elle m'attrape par-derrière.

« Sortez-la de là, intime une des femmes de la sécurité. Elle dérange la seigneure de la Légion.

— Tout de suite », dit Sabita, et même si j'ai très envie de retrouver Jayd, celle-ci a déjà disparu dans le sillage d'Anat, sur lequel se referme son escorte.

Sabita et moi nous retrouvons seules dans la pénombre du couloir. Elle tremble.

« Qu'est-ce qu'il y a ? demandé-je.

— Écoute, ne fais pas confiance à Jayd. J'ai juré de t'aider à accomplir ce que tu as besoin d'accomplir et je la protégerai comme tu me l'as demandé, mais…

— De quoi tu parles ? l'interromps-je.

— Ce n'est pas cette fois-ci que tu me l'as demandé, mais une fois d'avant. La première. Avant de perdre la mémoire.

— Si tu sais qui je suis…

— Il n'y a que Jayd à le savoir. Ce que tu ne m'as d'ailleurs même jamais dit. Ce qu'il y a entre elle et toi a survécu à toutes ses trahisons. Je ne prétends pas le comprendre, mais il faut que tu m'écoutes, parce qu'elle te bourrera le crâne de mensonges. Reste fidèle à ton but. J'étais censée te dire ça chaque fois. Ton but à toi. Pas celui de Jayd.

— Mais ce but, je ne t'ai pas dit en quoi il consistait ? » Elle secoue la tête. « Non, désolée. Ça m'a frustrée tout autant que ça te frustre en ce moment. À mon avis, tu pressentais que ça suffirait pour… déclencher je ne sais quel souvenir, peut-être ?

— Quand est-ce que je suis arrivée ici, Sabita ?

— Il y a quelques rotations.

— Et je ne suis pas une Katazyrna.

— Chut. Ce n'est pas prudent de parler ici. Retournons à ta chambre. »

Elle me prend par la main et m'éloigne davantage de Jayd et de sa mère démente.

« Au cœur de chaque vaisseau, il y a une sorcière.
Qui est la seule d'entre nous à se souvenir de tout.
Et c'est ce savoir qui les a toutes rendues folles. »

Seigneure Mokshi, annales de la Légion

6
JAYD

« Un marché ? » demandé-je. Zan crie dans le couloir, à de nombreux pas derrière ma mère et moi, mais notre conversation est beaucoup plus importante. Je colle aux basques d'Anat, qui retourne à l'ombilical pour descendre au deuxième niveau. « Avec qui ? » Mon cœur rate un battement.

« Avec les Bhavaja. »

Je fais un faux pas, manque trébucher. « Les Bhavaja ? Après tout ce temps ?

— Elles ont proposé de faire la paix, avant ce dernier départ. Je leur ai répondu que j'y réfléchirais. Apparemment, elles voulaient de nouveau faire pression sur moi et me rappeler qu'elles sont des fouteuses de merde.

— Quels sont leurs termes ? »

Anat se retourne vers moi. « Tu sais ce qu'elles veulent, Jayd. La même chose que n'importe quel monde. Elles ont déjà la capacité de créer de nouveaux mondes. Mais j'ai toujours eu beaucoup de filles capables de choses dont les leurs ne sont pas capables. Elles ont attaqué six mondes pour obtenir ce que tu portes. Elles pensent qu'ajouter à Bhavaja une nouvelle sorte de femme et sa progéniture peut les sauver.

— Tu ne ferais pas ça.

— Ah oui ? » Elle pose ses mains sur mes épaules. Serre fermement avec celle en métal. « Tu seras la mère de mondes. Les Bhavaja ont demandé que tu épouses leur générale, Jayd. Tu connais Rasida Bhavaja. Et j'ai donné mon consentement. C'est la meilleure décision pour la Légion. »

Je suis alors obligée de me détourner. J'étouffe un cri, mais pas celui auquel elle s'attend. Celui qu'elle essaye d'obtenir de moi depuis le début, qu'elle espère.

Je me détourne pour ne pas lui laisser voir que c'est un cri de soulagement. Pour ne pas lui laisser voir mon sourire.

Je regarde Anat qui emprunte l'ombilical jusqu'au deuxième niveau avec son service de sécurité. C'est à cause de lui qu'il est si difficile pour Zan et moi d'écraser Anat, après tous ces cycles. Soyons justes, son bras la rend plus dangereuse aussi, et c'est ma faute si elle l'a. Elle a beau afficher de l'arrogance, c'est une femme intelligente et brutale qui a défait nos plans à de multiples reprises. Mais pas cette fois.

Je calme ma respiration et ma résolution. Je pousse depuis si longtemps Anat vers cette ultime solution avec les Bhavaja que je ne sais plus que faire de moi maintenant que la décision est prise. Les Bhavaja ont besoin d'un mariage avec une femme comme moi. Elles ont besoin du potentiel que je porte. Moi, j'ai besoin de quitter le vaisseau afin de voler ce qu'elles ont et qui nous manque. Tout repose sur mon départ de ce vaisseau. Zan peut gérer Anat à partir de là.

Zan et moi n'avions pas prévu qu'Anat mettrait aussi longtemps à m'offrir à Rasida et nous avons sacrifié bien davantage que nous nous y attendions, mais nous avons convaincu Anat de la seule manière possible avec elle : par la ruse et la dissimulation. Je me sens pourtant bien seule dans la victoire. Il n'y a qu'à Zan que je peux parler de cette bonne fortune, et elle ne se rappellera absolument rien de sa signification.

Je rebrousse chemin, mais Zan n'est plus dans le couloir. J'imagine qu'elle est retournée dans sa chambre. Il faudra que je lui apprenne la nouvelle plus tard, même si celle-ci ne voudra rien dire pour elle. Les seuls êtres vivants à pouvoir comprendre et apprécier ma victoire sont donc les sorcières. Elles ont beau avoir perdu l'esprit, elles comprendront que je les bats. Zan et moi accomplissons l'impossible. Nous allons sauver la Légion.

Je descends deux niveaux plus bas à la distillerie où les deux brasseuses bas-mondistes à qui je demande où sont les sorcières – qui abusent souvent de la boisson – me conseillent de les chercher au poste d'observation près du hangar.

Je remonte au premier niveau par le grand ombilical qui relie tous ceux du monde. J'essuie le mucus sur ma peau en entrant dans l'observatoire qui surplombe le hangar.

Une silhouette confuse est accroupie sous une des énormes stations de travail nébuleuses. Leur surface émet en crépitant des lumières bleu et rouge qui forment des symboles dont la signification nous est perdue depuis longtemps. Seules les sorcières semblent les comprendre un tant soit peu ; Anat m'a confié, un jour qu'elle laissait filer ses pensées après avoir trop bu, que même sa propre grand-mère pensait ces lumières purement décoratives.

À première vue, les bras, jambes et têtes sous la console semblent appartenir à plusieurs personnes, mais je ne m'y laisse pas prendre. Les sorcières sortent de là-dessous, un seul torse sur deux épaisses jambes charnues. Deux autres jambes, vestigiales, leur pendent dans le dos. Cette itération a six bras, dont seuls quatre fonctionnent. La paire la plus petite est accrochée devant sur le torse, sans davantage d'os à l'intérieur qu'une queue vestigiale.

Elles me voient, commencent à bredouiller et à trépider.

« Je ne suis pas venue vous faire de mal, les rassuré-je. Je voulais vous dire que ça avait marché. Malgré vous. Ça a marché. »

Leur corps et leurs têtes tremblent. Puis s'immobilisent. Les trois bouches s'adressent un instant à moi dans une langue que je ne comprends pas, jusqu'à ce que celle de droite trouve les bons mots. « Il y a une anomalie ici, dit-elle. Tu as fait venir une anomalie du monde extérieur et elle contamine cet espace. Tu vas détruire l'équilibre des systèmes du vaisseau. Tu vas détruire la Légion.

— On ne peut pas continuer comme ça, réponds-je. On est en train de mourir. Vous avez beau le savoir mieux que personne, vous continuez à dire les mêmes bêtises. Les mondes qui ont cessé d'importer de la chair neuve sont morts depuis longtemps. Il n'y a plus que nous, mais nous n'avons fait que retarder l'inévitable.

— Tu es l'incarnation du mal », dit la tête du milieu, et les trois se mettent à jacasser en même temps, à cliquer et chuinter dans une langue bas-mondiste que je ne connais pas.

« Nouveau monde, dit celle de droite. Le monde est trop vieux et doit être régénéré, mais tu ne t'en rends pas compte, si ? Tu n'arrives pas à comprendre ta place.

— Nous avons toutes un but », dit celle de gauche. Je tressaille quand les sorcières s'avancent d'un coup vers moi en agitant les mains, en cherchant mon ventre.

« Pas à toi ! » crient-elles.

Je recule. « Ce n'est plus à vous d'en décider, dis-je. Vous avez échoué à préserver la Légion. Nous devons faire ce que vous n'avez pas réussi à faire. Celles qui vous ont donné cette responsabilité sont mortes depuis longtemps, et vous êtes trop démentes pour avoir une quelconque utilité. »

Les têtes caquettent. « Ça s'effondre », disent-elles, pas tout à fait à l'unisson, avant d'éclater de rire comme les folles qu'elles sont.

« Nous vous avons donné à toutes un but de ce genre, dit celle de droite. Mais tu romps l'équilibre. Trahison et malveillance. Nous sommes là pour protéger et préserver...

— Vous préservez la mort, l'interromps-je. Nous ne serons plus des esclaves.

— Tu es une méchante », dit-elle, et elles repartent se tapir sous la console, dont leurs quatre bras fonctionnels tapotent les entrailles. Elles n'ont peut-être jamais rien dit de plus sensé.

Parfois, elles essayent de réparer des choses, mais elles n'y arrivent que rarement. Comme la Légion, les sorcières n'ont plus de raison d'être. Nous sommes coincées à l'intérieur d'un système clos qui se délite petit à petit. Même elles, elles le savent. Sauf qu'elles ne peuvent pas supporter de l'admettre.

« Nous serons débarrassées de vous », dis-je.

La tête de gauche pivote, les autres restant tournées vers ce qui les occupe. « Les passagères doivent payer leur voyage.

— Payer leur voyage ! » approuvent les deux autres avant que, celle de droite se tournant elle aussi vers le dessous de la console, toutes m'ignorent de nouveau.

J'ai eu tort de venir les voir. Il leur reste presque aussi peu de souvenirs qu'à Zan. Nous ne sommes toutes vraiment que de la viande pour Anat, même les sorcières.

Je ne veux plus être de la viande.

Je m'approche de la baie d'observation, celle qui donne sur le hangar, baisse les yeux sur les quatre rangées de véhicules qui, accrochés au sol spongieux du vaisseau, gargouillent avec satisfaction. Le hangar s'étend sur plus de mille pas. Des amas de pièces détachées occupent quelques zones, mais le reste du hangar est vide, un cimetière pour ce qui a été une grande armée, ou peut-être… autre chose.

Je rêve d'un monde où ce hangar a un autre but, où nous enfourchons ces véhicules pour sortir dans l'obscurité entre les mondes afin de nous entraider, de former des alliances, de réparer des mondes ensemble, au lieu d'être ce que nous sommes devenues : les vestiges délabrés d'une Légion autrefois glorieuse.

Il m'arrive de regarder l'obscurité extérieure, quand je suis autorisée à aller à la surface examiner le cancer ou ramasser les détritus rapportés par les tentacules du monde. J'essaye alors d'imaginer comment avait dû être la Légion à ses débuts. On voit les espaces vides là où se trouvaient d'autres mondes, les lignes discontinues dans leurs rangs. Anat nous raconte, à mes sœurs et moi, des histoires de mondes morts et à l'agonie qu'elle se souvient avoir entendues dans sa jeunesse, ou des histoires de mondes qu'elle a connus, et l'ampleur de ces récits, de cette perte, est telle que nous en restons parfois stupéfaites.

La Légion agonise. Nous allons mourir avec elle, si nous n'agissons pas.

Anat pense que la solution se trouve à l'intérieur de la Mokshi. Elle croit pouvoir la contrôler et s'en servir pour faire la guerre au reste de la Légion. C'est le seul monde qui ait jamais été clairement capable de quitter son orbite, et même si Anat a aussi fait la guerre à la Mokshi, quand celle-ci est arrivée, elle n'a jamais réussi à monter dessus. Pas comme Zan y est arrivée.

Pas comme j'y suis arrivée.

Peut-être Anat pense-t-elle qu'elle en fera meilleur usage que les Bhavaja, qui se limiteront sûrement à la piller comme elles l'ont fait d'un monde sur deux. Mais même la vision d'Anat est limitée. Elle ne voit pas plus loin que la Légion. Ce qui ne l'empêchait pas d'être prête à sacrifier ses filles pour réaliser son ambition.

Zan et moi sommes prêtes à sacrifier bien davantage.

« C'est un simple échange de matériel génétique : ma fille contre la tienne. Mais ces premiers échanges ont marqué le début de la fin. Quand les mondes n'ont plus été capables d'autonomie, notre extinction n'était plus qu'une question de temps. »

Seigneure Mokshi, annales de la Légion

7
ZAN

Sabita me ramène à ma chambre pour que je me repose. « Sache bien que je ferai mon possible pour t'aider, me chuchote-t-elle comme si elle craignait que les murs nous entendent.

— Si tu ne peux pas me rendre ma mémoire ou me dire comment monter à bord de la Mokshi, tu ne peux m'être d'aucune utilité. Pourquoi donc Jayd cherche-t-elle à me garder à l'écart de tout le monde ?

— Tu es gardée recluse pendant ton rétablissement. Pour ta propre protection, mais aussi pour celle des autres. Quand tu reviens, il t'arrive d'avoir des crises d'extrême violence. Peut-être à cause de ce qui a provoqué ton amnésie, je n'en sais rien. Ça ne m'a pas empêchée de prendre soin de toi quand tu te rétablissais. Plein de fois.

— C'est un jeu de dupes, marmonné-je.

— Ça te revient, pas vrai ? Quelques-uns de tes souvenirs devraient refaire surface, maintenant.

— Comment le sais-tu ?

— C'est loin d'être la première fois qu'on en passe par là. » Un cri nous parvient du couloir. « Il faut que j'y aille.

— Attends… »

Mais elle sort en courant et la porte se ressoude derrière elle.

Dehors, quelqu'un est en train de hurler.

Et de hurler.

Je me bouche les oreilles et le hurlement cesse. Mes jambes tremblent, la faim me crispe l'estomac.

Je m'allonge sur le lit en repensant à tout ce qui s'est passé, et à tout ce dont je me souviens jusqu'ici. Chaque nouveau souvenir apporte avec lui un nœud d'horreur qui ne cesse de croître. Le panneau sur la paroi s'illumine de motifs géométriques bleu et rouge en mouvement. Est-ce une langue comme je le pense ? Qu'est-ce que cela me dit sur le vaisseau ?

Je ne sais pas au bout de combien de temps la porte s'ouvre, mais assez longtemps pour que je réfléchisse à la possibilité de la percer à coups de dents.

Jayd entre, hâve, les traits tirés.

« Le marché.

— Rasida Bhavaja, Seigneure Bhavaja, m'aime depuis toujours, explique-t-elle. Ou peut-être qu'elle est juste obsédée par moi. On a eu beaucoup de pourparlers avec leur famille au fil des ans. Et je porte maintenant autre chose qu'elles ont essayé d'obtenir en affrontant de nombreux mondes. C'est une combinaison… puissante. Anat propose que je me donne à Rasida en échange de la paix, ce qui te permettra de monter sans encombre à bord de la Mokshi.

— Tu es d'accord ? demandé-je, incrédule.

— On n'a pas à être ou non d'accord avec Anat.

— Ne le fais pas. Je peux prendre la Mokshi sans une trêve. Je peux entrer seule. Sans armée. Si j'entre seule…

— Quand tu entres seule, tu reviens amnésique. Pour te protéger de ce qui se passe à l'intérieur, et pour prendre vraiment la Mokshi, il faut que tu fasses entrer d'autres femmes avec toi, ce qui est impossible si les Bhavaja abattent celles que la Mokshi n'a pas tuées. Tu ne peux pas le faire toute seule. On a déjà essayé. » Elle serre les lèvres, comme si elle en avait trop dit.

« On peut réessayer.

— Avec une autre armée ? demande-t-elle. On a perdu trop de nos sœurs, Zan. Ça ne marche pas.

— Je peux te protéger. » Je sais à ce moment-là que je dis la vérité. Je le sens dans toutes les fibres de mon corps.

« Oh, Zan. » Jayd ouvre les bras et je me jette dedans, je mets ma joue contre sa tempe, je la serre si fort que je sens frémir son cœur. Elle a peur. Je me méfie de tout ce qu'elle dit, mais cette peur n'est pas un mensonge. « C'est tout ce que nous voulions, Zan. Mais je vais devoir commettre tellement d'horreurs.

— Pourquoi ? »

Elle ne répond pas, continue à me caresser les cheveux. C'est une des nombreuses choses qu'elle ne veut pas que je sache. Je me demande si ce sont celles qui me rendraient folle.

« Tu peux convaincre Anat d'attendre.

— Il y a eu beaucoup d'occasions », dit-elle en s'écartant de moi. Elle glisse ses mains dans les miennes. « C'est le seul moyen d'avoir la paix.

— La paix pour qui ? Il n'y a pas de paix quand on est esclave.

— Ce n'est pas comme ça. Rasida est belle et intelligente…

— Elle t'a achetée comme un animal !

— Ce sera un échange équitable, dit-elle sombrement. Je m'en assurerai. Elle m'a souvent demandée. À un moment, elle a dit à Anat qu'elle donnerait tout un monde pour moi, mais Anat connaît trop bien les Bhavaja. Elle sait que Rasida ferait un truc du genre reconquérir de force le monde dès que nous serions unies.

— Mais cette fois, tu crois qu'elle se tiendra tranquille ?

— Je crois que la paix durera assez longtemps

pour que tu puisses prendre la Mokshi. C'est tout ce qui compte. Une fois que tu l'auras, Anat te suivra dessus et je m'occuperai du reste.

— Le reste de quoi ?

— Le monde se meurt, dit Jayd. C'est la meilleure solution.

— Tu n'as pas répondu à ma question.

— Les réponses viendront avec le temps. Aie confiance.

— Ne le fais pas. » Elle est tout ce que je connais du monde. Et elle va le quitter.

« Si je dis non, elle va me recycler. Il faut qu'on se serre les coudes là-dessus. Si les Bhavaja te pensent animée de mauvaises intentions, ça peut très mal tourner. Je t'en prie, Zan. C'est ce que nous voulions. »

Je ne vois aucun moyen de me dépêtrer de cette situation sans essayer de retourner toute l'armée d'Anat contre elle. La dernière qu'elle a rassemblée est morte en attaquant la Mokshi et je ne sais pas de combien de conscrites supplémentaires elle dispose quelque part dans les autres niveaux du monde. Les faire se battre pour moi plutôt que pour elle exigerait davantage de pouvoir que je n'en ai pour l'instant. En ce moment, je suis moi-même à peine plus qu'une conscrite.

Une idée bien plus angoissante me vient alors. « Qu'est-ce qui va m'arriver une fois que tu seras partie ?

— Ne t'inquiète pas, répond-elle, mais sans me regarder.

— Tu *veux* y aller, dis-je d'une voix impassible.

— C'est comme ça que c'est censé se passer, Zan, assure-t-elle à voix encore plus basse. C'est tout ce que nous espérions, promis.

— Tu prononces des mots sans rien dedans.

— Je t'épargne.

— Dis à Anat de m'envoyer à ta place. De me marier à Rasida.

— Oh, Zan.

— Pourquoi elles ne peuvent pas me prendre, moi ? »

Jayd se penche sur moi, si près que je sens son haleine sur ma joue. « J'ai quelque chose en moi. Quelque chose qu'elles tiennent tellement à avoir qu'elles cesseront de se battre si je vais avec Rasida. Ce que j'ai dans le ventre nous sauvera, Zan, et la Légion avec. » Elle me caresse la joue. « Laisse faire, Zan. Allons de l'avant. »

Quelque chose en moi, a-t-elle dit. Un souvenir resurgit.

Une femme tricéphale en train de hurler. Du sang sur mes bras. Une grande machette d'obsidienne dans ma main. Elles en savent beaucoup trop, beaucoup trop, me dis-je en tranchant une des têtes d'un coup de machette.

Je m'écarte brusquement de Jayd. « Qu'est-ce que nous sommes ? demandé-je. Qu'est-ce que nous avons fait ?

— On a fait ce qu'on avait à faire », répond-elle en se détournant.

« La guerre fait de nous toutes des monstres.
Mais qu'arrive-t-il à celles d'entre nous
qui souhaitent cesser d'être des monstres ? »

Seigneure Mokshi, annales de la Légion

8
JAYD

D'aussi loin que je m'en souvienne, il n'y a que Rasida Bhavaja et sa famille dont j'ai vraiment peur. Je les crains davantage que ma mère parce qu'elles sont la seule famille de la Légion assez forte pour la défier. Ma peur est toutefois teintée de respect, car Rasida est arrivée à ce dont j'ai été incapable : se faire craindre d'Anat.

Pourtant, si on voulait que les Katazyrna survivent, et que la Légion soit épargnée, il fallait forcément que l'une d'entre nous mette fin à la guerre, soit en tuant Rasida, soit en l'épousant. Ce que je n'ai jamais dit à Anat, c'est que ce devait être moi. Il fallait qu'elle croie que l'idée venait d'elle. Quand, après avoir fait ce que j'ai fait durant la guerre contre la Mokshi, je suis allée lui dire ce que j'avais volé, elle s'est réjouie. Pendant un temps, elle a répété que j'étais la meilleure de toutes ses filles. La plus intelligente. La plus impitoyable. Mais je n'avais pas fait le bon choix. Je l'ai compris quand, malgré toutes ces personnes que nous recyclions, Katazyrna a continué à pourrir autour de nous. J'avais préféré plaire à Anat plutôt que me fier à mon bon sens, et j'ai craint de ne plus jamais pouvoir rectifier le tir.

Mais voilà que j'ai l'occasion de faire ce que j'aurais dû faire tout de suite. Je pouvais à présent expier tous ces corps, toute cette trahison.

Même alors qu'Anat brandissait son bras métallique, ce grand trophée étincelant que je lui avais rapporté, je savais qu'elle ne me ferait jamais seigneure de Katazyrna comme je l'avais espéré. Je n'obtiendrais jamais le pouvoir dont j'avais besoin pour vaincre les Bhavaja et voler l'utérus que, toutes, nous les savions posséder, celui qui pourrait sauver bien davantage que la seule Katazyrna. J'ai dû retourner sur la Mokshi et expier.

D'où cette stratégie que Zan et moi avons mise au point pour obtenir ce dont nous avions besoin. C'était un plan insensé et dangereux, mais l'endroit l'était tout autant.

Nous nous préparons à accueillir les Bhavaja dans la grande salle de réception. Mes meilleures sœurs sont toutes avec moi : la petite Maibe à la tête rasée, la grande Neith à l'air presque aussi âgé que notre mère et à l'œil crevé traversé par une cicatrice, la trapue Suld à la main difforme, Anka et Aiju, les jeunes jumelles tout juste menstruées, et Prisha, petit bout de femme aux mains douces et aux traits encore plus doux.

Je fais mine de ne pas voir Maibe se glisser à côté de Zan et la prendre par le coude en disant : « Chaque fois que tu reviens, tu as l'air d'une copie encore plus ratée. Ça se voit dans ton regard : il est toujours aussi vide, mais plus stupide à chaque retour.

— Il est moins stupide que ton visage », réplique Zan, ce qui me fait sans doute rire trop fort, mais il y a tant d'angoisse, d'impatience, de peur et d'espoir en moi que j'en tremble presque. J'espère que tout cela sera très bientôt terminé, parce que rester là sous les yeux désespérés et innocents de Zan va finir par me briser le cœur.

En attendant les Bhavaja, Zan observe les lumières qui défilent sur le plafond. Je fais de même. Je ne suis pas sûre qu'elle comprenne déjà ce qu'elles sont. Je crois que non. Mais Zan a toujours gardé ses pensées pour elle. La dernière fois qu'avec moi, elle a perdu puis retrouvé la mémoire, elle a essayé à deux reprises de me tuer avant d'avoir pleinement compris ce qui nous avait amenées à cet endroit ainsi que l'ampleur de ma trahison. Tout cela est nécessaire. Je le sais bien, mais cela ne rend pas moins douloureux que Zan se rappelle pourquoi.

Quand Anat entre en tenant levé son bras métallique, dont la lueur verte du noyau lui marque le visage d'ombres dures, je me redresse et me rapproche de Zan. Même maintenant, j'ai tendance à vouloir la protéger. C'est à cause de moi qu'elle se trouve dans une telle situation.

Gavatra entre derrière Anat. « Nos invitées sont arrivées, annonce-t-elle. Rassemblons-nous pour l'échange. »

J'inspire à fond et m'écarte de Zan pour venir me placer à mi-chemin entre Gavatra et mes sœurs.

Anat me rejoint, et je n'ai aucun mal à jouer l'appréhension. Tant de choses dépendent de ce moment.

Le visage rectangulaire d'Anat est fendu par un petit demi-sourire que je trouve répugnant. Deux bas-mondistes très maigres se tiennent à ses côtés avec des armes à impulsion qui me paraissent plus provocantes que rassurantes, mais je ne dis rien. Ces discussions ont commencé il y a longtemps. Nous avons combattu les Bhavaja pendant des générations, depuis bien avant que la Mokshi apparaisse sur la Ceinture extérieure après s'être libérée du Noyau. Quoi que veuillent les Katazyrna, les Bhavaja le veulent aussi, et vice versa. C'est un pas de deux vieux et fatigué.

Rasida Bhavaja arrive à grands pas dans notre salle de réception avec un imposant cortège constitué d'une douzaine de membres de sa famille. Je reconnais sa mère, Nashatra, et deux de ses sœurs, Aditva et Samti. Rasida les présente, elles et les autres, à Anat et à mes sœurs. Avoir autant de Bhavaja sur notre monde paraît effrayant, mais nous sommes armées, ce que nous ne les avons pas autorisées à être. Je m'attendais vraiment à ce que Rasida envoie une de ses sœurs à sa place, mais non. Je connais son visage parce que je connais intimement tous ceux de mes ennemies. Cela vaut mieux pour moi. Je jette un coup d'œil à Zan.

« Tu as grandi, Jayd », dit Rasida. C'est une grande et belle femme, sans la moindre cicatrice apparente. Je sais qu'elle en a sous son long vêtement, mais de loin, elle paraît intacte. Ce qui pourrait la faire passer pour molle, sans ses yeux d'une dureté de pierre. Elle me fixe sans ciller, comme si un prédateur m'observait par son intermédiaire. Son regard m'électrise et m'obnubile aussitôt, comme il le fait depuis mon enfance. La dernière fois que je l'ai vue, c'était pendant des pourparlers sur un autre monde, désormais mort depuis longtemps, quand ma sœur Nhim commandait les armées Katazyrna, bien avant que Zan nous rejoigne. Nhim aussi était intimidante, mais Rasida semblait la dominer physiquement, alors même qu'elle était plus petite et plus mince. Quand Nhim avait quitté la pièce pour envoyer un message à Anat, Rasida s'était penchée sur moi en me murmurant à l'oreille : « Qu'est-ce que nous ferions ici, seules, toi et moi, si nous n'étions pas ennemies ? », question qui m'a hantée par la suite, car elle l'avait posée d'une voix tellement chargée de désir qu'elle m'avait fait trembler. Pourquoi voulons-nous toujours ce que nous ne devrions pas avoir ?

« Tous les enfants grandissent », jette Anat.

J'aimerais qu'elle ait un peu de tact et de sens

politique, mais autant regretter de ne pouvoir traverser les parois du monde à la nage.

Elle tend son bras gauche, le grand en métal, et le regard de Rasida passe de ce bras à moi-même, puis à Zan. Un instant, je crois que la Bhavaja va dire quelque chose, mais elle y renonce. Le bras est clairement un trophée de guerre… plus personne ne sait fabriquer un aussi bel objet. Le porter en présence de Rasida pourrait être considéré comme une insulte, ou peut-être un moyen de rappeler que les Katazyrna sont des va-t-en-guerre.

« Maintenant que tu as vu ma fille, dit Anat, où est *mon* offrande de paix ? J'ai droit à un baiser ? »

Rasida montre les dents. « Ça fait trop longtemps que ça dure entre nous, Katazyrna.

— Asseyons-nous en faisant semblant d'être amies, proposé-je. J'ai attendu toute ma vie que cette guerre prenne fin. »

Anat me fusille du regard. L'expression de Rasida est plus mesurée. Me croit-elle hypocrite ? J'ai vraiment toujours voulu que la guerre cesse. Je n'ai jamais prétendu vouloir qu'elle se termine ainsi.

Rasida serre la main métallique d'Anat, qui sourit.

Tout le monde dans la salle reprend son souffle. Rasida et Anat gagnent la grande table. Zan se penche sur moi : « Et si elles avaient apporté une arme, ou donnaient en ce moment même l'assaut à la Mokshi ? Comment pouvez-vous faire confiance à un tel ramassis de voleuses, elle et toi ? »

Mon regard se tourne vers la peau humaine tendue sur la table. Zan s'en aperçoit, se tait. « On est toutes des méchantes, ici, dis-je.

— Pas moi », répond-elle. Je ne la reprends pas.

Nous nous installons avec beaucoup de cérémonie autour de la table. Une troupe de bas-mondistes ayant bénéficié d'une élévation commence à dévider des histoires, accompagnée des voix légères et aiguës du chœur placé derrière elles. Je n'y prête pas vraiment attention. Je ne peux m'empêcher de tourner les yeux vers Anat et Rasida. Je suis assez douée pour lire sur les lèvres, mais elles parlent tout en mangeant, ce qui me complique la tâche.

Rasida me glisse souvent des regards en coin, ce qui finit par faire maugréer Zan. Lorsque Anat sort se soulager, Rasida quitte sa place et vient me retrouver.

Zan bouge pour se plaquer à moi.

Rasida me prend la main. « Tu seras ma plus belle étoile. La mère d'un nouveau monde.

— Je ne suis qu'une femme, réponds-je, pas une étoile.

— Tu seras *mon* étoile », dit-elle d'un ton féroce, avec une intensité qui me surprend, même si elle ne devrait pas, bien entendu. Elle attend ce jour depuis longtemps. Peut-être qu'une partie de moi l'attendait aussi, une partie à laquelle je ne m'autorise pas à penser, parce que cela ressemble à une trahison de plus et que j'en ai assez d'être une traîtresse.

Zan prend la parole. « C'est bien beau, ces histoires d'étoiles, mais tu lui donnes quoi en échange ? »

Je la fais taire, mais Rasida éclate de rire. « Comment elle s'appelle, celle-ci, Jayd ? On dirait une conscrite. De quel monde vient-elle ?

— C'est ma sœur Zan, me dépêché-je de répondre.

— Ah vraiment ? C'est ce que tu es ? »

Sans répondre, Zan regarde Rasida d'un air dur. Elle crispe les épaules et j'ai peur qu'elle agisse de manière inconsidérée. Je prie la seigneure de la Guerre pour que la mémoire continue à lui manquer. Elle ne l'a jamais récupérée complètement, mais vu la chance que nous avons depuis des tours et des tours, une pensée malvenue pourrait s'insinuer en ce moment même dans sa conscience et causer notre perte. Les premières fois qu'elle est revenue amnésique, j'ai cru qu'elle simulait pour se venger de ce que j'avais fait. Par la suite, je me suis rendu compte que c'était bien mieux ainsi. Il m'arrive désormais de prier pour qu'elle reparte sur la Mokshi avant que trop de souvenirs lui reviennent. Se souvenir la fait souffrir. Et moi avec.

Je pose ma main sur celle de Zan. « Oui, vraiment.

— Permettez-moi de faire les présentations », dit Rasida en désignant les femmes de son escorte. Sa mère, une vieillarde ratatinée du nom de Nashatra, deux de ses « sœurs-proches », comme elle les appelle, Aditva et Samti, et quelques agentes de sécurité. Je regarde Zan prendre la mesure de chacune. Après tout, l'évaluation des menaces est son véritable domaine d'excellence.

« Une meute d'animaux », dit-elle.

Anat est de retour. Elle élève la voix. « Ça suffit. Tiens ta langue, Zan, si tu ne veux pas que je t'envoie une nouvelle fois au recyclage.

— Elle le fera, dis-je tout bas à Zan. Et ce n'est pas ce que nous voulons. » Zan a déjà été recyclée et y a survécu, mais je ne veux pas risquer une deuxième fois. Mon pouls s'accélère. J'ai l'impression de passer tout mon temps à essayer de réprimer la nature sombre de Zan, de transformer ses impulsions autodestructrices en actions concrètes, mais elle pourrait dire la même chose de moi.

Rasida prend dans l'assiette de Zan deux bâtonnets de purée de plantain qu'elle se met dans la bouche et suce jusqu'au bout.

Ma réaction physique manque complètement de dignité. Je suis obligée de me détourner, la chaleur me montant au visage. C'est une ennemie, me rappelé-je à l'ordre, mais ça n'a pas d'importance. Ça n'en a jamais. Peut-être cela complique-t-il les choses pour moi. Rasida est un problème à résoudre, et mon corps s'est déjà déclaré plus que disposé à essayer.

« Il y a autre chose sur quoi tu veux te battre ? demande Rasida. Je ne serais pas étonnée qu'on ait déjà joué avant… Zan. Recommençons pour voir ce que ça va donner, cette fois.

— Zan, dis-je tout haut, pas de dispute, s'il te plaît.

— Buvons ! » lance Anat en levant le poing vers le plafond. Les lumières changent de couleur, redeviennent blanc et bleu. C'est joli, mais ce n'est qu'un petit trucage. Le bras d'Anat ne lui sert à rien sur ce monde. Ce que Rasida ignore. Les lumières se reflètent dans le regard de la Bhavaja, dans lequel je vois de nouveau la faim. Elle a faim non de moi, mais de tout ce qu'a Anat, dont moi.

Je regarde avec envie le plafond, en suppliant le monde de m'accorder un répit. Je veux que ce soit terminé. Je veux être sur Bhavaja.

Les bas-mondistes apportent la bière et mes sœurs remplissent l'air frémissant de leurs bavardages en évitant tous les sujets sensibles. Rasida se lève pour regagner son siège, me serre l'épaule entre ses doigts en s'éloignant.

À la fin du dîner, Anat invite Rasida dans ses quartiers. Je tends le cou pour voir si celle-ci y emmène quelqu'un de son escorte, mais non. C'est là qu'elles vont discuter des termes précis de l'accord qui va sauver Katazyrna.

Une fois qu'elles sont parties, Zan se penche sur moi. « Ne me dis pas que tu t'y laisses prendre.

— Tu devrais être soulagée.

— Elle dirait n'importe quoi pour que tu l'accompagnes. Qui sait ce qui se passera quand tu seras loin de ta famille ? Je ne pourrai pas te protéger là-bas, Jayd.

— Je n'aurai pas besoin de protection. »

Mais elle dit alors ce qu'elle a vraiment sur le cœur, ce qui transperce le mien. « Qui sera là pour m'aider à me souvenir ? Qui se souciera de moi, quand tu ne seras plus là ? »

« Le peuple ne veut pas la guerre. Mieux vaut négocier la paix, et la compromettre, afin qu'il soit prêt à se battre pour ce qu'il a perdu, plutôt que prétendre que verser du sang glacé réchauffera des cœurs fatigués. »

Seigneure Mokshi, annales de la Légion

9
ZAN

La totalité de Katazyrna, davantage de personnes que je n'en ai vu jusqu'à présent, se déverse dans le hangar pour assister au départ de Jayd. Toutes sont d'une physionomie si proche de celle de Jayd, d'Anat et des autres femmes rencontrées dans la salle de réception qu'il saute aux yeux qu'elles sont parentes. Je sais cependant, pour l'avoir vu de l'extérieur, que le monde est énorme, et que donc même un rassemblement aussi important ne doit représenter qu'une faible partie de la population réelle.

Anat donne l'impression d'ouvrir la peau du monde avec son bras métallique sans laisser entrer le froid : ce doit être une démonstration destinée à impressionner les Bhavaja, car Jayd m'a murmuré au dîner que le bras ne peut rien sur Katazyrna, qu'il n'est qu'un trophée. Dehors, dans les ténèbres, attend une flotte entière de véhicules des Bhavaja équipés de canons à céphalopodes. Je les trouve fourbes de venir avec des armes montées sur leurs véhicules, mais au moins, elles n'ont pas essayé d'en faire entrer. Je suis coincée avec la foule des autres que je n'ai jamais vues, simple spectatrice. Je remarque quelques femmes avec des membres supplémentaires, une autre avec huit doigts à la main, et je me demande ce qu'elles font là. La plupart sont minces : ce doit être la première fois de leur vie qu'elles voient un repas comme celui que nous avons toutes partagé. Leur peau a quelque chose qui me perturbe et j'aperçois non loin de moi quelqu'un qui se gratte une plaie. Des grosseurs saillent de nombreux cous et bras, plusieurs des femmes torse nu n'ont qu'un seul sein. Elles sont cancéreuses. Toutes ces femmes meurent de faim et du cancer, lentement, mais sûrement.

La foule s'écarte pour livrer passage à Jayd, Rasida et au reste des Bhavaja. Gavatra et notre sœur Neith doivent partir avec Jayd, au moins pour un tour. Je pense à une petite attention de la part d'Anat, mais comprends que celle-ci veut sans doute récupérer par l'intermédiaire de Gavatra des informations sur l'état réel des mondes Bhavaja. Je me demande s'il est aussi mauvais que celui de Katazyrna.

Paix ou pas, Anat se bat depuis longtemps, et des instincts de combattante ne se perdent pas en quelques jours. Je le sais bien, moi qui continue à vouloir arracher à Rasida un membre après l'autre.

La procession passe devant moi. Le premier rang arrive à l'orifice et le franchit. Le film de la pièce se referme sur elles, qui sont alors expulsées. Je les vois flotter à la surface, se propulser d'un coup de pied dessus vers leurs grands véhicules.

Anat ne les a pas laissées se garer dans le hangar, ce qui est pour le moins commode. Les véhicules Bhavaja sont équipés d'armes externes, et s'ils avaient quelque chose d'explosif… J'y réfléchis encore un peu, en m'interrogeant sur mes propres suppositions. Est-ce quelque chose que j'aurais fait ? Apporter des armes dans une réunion commerciale pacifique ?

Jayd passe devant moi sans m'accorder un regard, ce qui me serre le cœur. Est-ce donc ainsi que tout se termine ? Jayd vendue aux Bhavaja pour que je puisse me rendre sans encombre sur la Mokshi ? Qu'est-ce que ça nous apporte, à elle ou à moi ? La paix ? En vaut-elle la peine ? Qu'est-ce qu'elle et moi avons à fiche de la paix ?

Jayd fait encore quatre pas, puis se retourne. Elle lâche le bras de Rasida pour courir vers moi. J'ai l'impression d'un rêve, ou de quelque chose à quoi j'ai déjà assisté.

Je me fraie un chemin dans la foule pour venir à sa rencontre et elle se jette dans mes bras. Pendant un instant grisant, je crois qu'elle a changé d'avis.

Mais elle m'étreint en me glissant à l'oreille : « Je t'apporterai le monde une fois que tu seras sur la Mokshi. Attends-moi avec Anat et son bras. »

Puis elle repart à toutes jambes retrouver Rasida, qui la prend par la taille pour l'attirer contre elle, et Jayd lève vers elle des yeux si aimants, si radieux que je ne suis pas loin de croire qu'elle ne s'est jamais jetée dans mes bras, qu'elle ne m'a pas promis de m'apporter un monde.

Jayd échappe à Anat, échappe à Katazyrna, échappe à ce monde en décomposition. Je veux être heureuse pour elle, mais le sourire de Rasida ne diminue en rien la noirceur de son regard. C'est tout à fait évident pour moi. Cette noirceur n'est éclipsée ni par les rides au coin de ses yeux, ni par l'éclat blanc de ses dents, ni par la petite langue rose qu'elle mordille quand elle porte une attention toute particulière aux paroles de Jayd, captivée comme une amoureuse éperdue. Non, cette obscurité est là, en permanence, ce que je trouve inquiétant. Je crains que sur Bhavaja, loin de moi, d'Anat, de Katazyrna, l'obscurité ressorte.

Rasida se pulvérise une combinaison, puis en pulvérise une sur Jayd, et elles passent dans l'orifice avec l'arrière-garde de l'escorte Bhavaja, dont la mère de Rasida, Nashatra, et ses sœurs Aditva et Samti. Leur famille pourrait être un miroir de celle d'Anat.

Je les regarde à travers la peau du monde quand elles sont aspirées sur la surface. Je les regarde jusqu'à ce que Jayd soit installée sur le véhicule de Rasida, et elles partent d'un coup à la suite des autres, en direction du collier des mondes Bhavaja. Si loin.

L'humeur s'assombrit. Je m'attends presque à ce que tout le monde pousse des acclamations, mais cela ne peut se faire qu'à l'initiative d'Anat. Et Anat monte sur le dos de trois bas-mondistes pour crier dans le silence : « La paix ! Nous régnons dorénavant en paix sur la Ceinture extérieure ! Et bientôt, sur la Légion ! »

Les acclamations s'élèvent alors, parmi les bas-mondistes et les autres, et même parmi certaines des sœurs de Jayd, que je suppose moins enthousiasmées par la paix que par le fait de ne pas avoir été celles qu'on lui a sacrifiées.

Je reste sans mot dire dans le couloir tandis qu'il se vide peu à peu et qu'Anat referme la peau du monde.

Il n'y a presque plus personne quand elle vient poser sa lourde main métallique sur mon épaule. « Au travail, maintenant, ordonne-t-elle. Elles ont convenu que la Mokshi était pour nous. Après l'union demain chez les Bhavaja, tu prendras la Mokshi pour Katazyrna et je serai la seule seigneure de la Légion.

— Et qu'est-ce que je deviendrai, après ça ? »

Elle ôte sa main. « Tout dépend de comment tu te débrouilles. »

Sans Jayd pour me guider, je me sens à la dérive. Je vais dans le hangar me consoler en nettoyant les véhicules. Me revoilà à réparer des tubes organiques abîmés, à ôter les carapaces fendues des véhicules, et au moins ceux-ci semblent-ils apprécier mes efforts. Après le désastre de la tentative pour s'emparer de la Mokshi et la perte de Jayd, cela me permet de reprendre un peu confiance.

Je travaille seule et en silence, longtemps. Lorsque je relève la tête, une des sœurs que j'ai vues dans la salle de réception se tient à quelques pas de moi. Je me souviens de son nom : Maibe. C'est elle qui m'a dit que je n'étais qu'une copie ratée de moi-même.

Si nous nous tenions côte à côte, elle m'arriverait à peine à l'épaule, mais comme je suis sur le dos, couverte du jus du système de combustible organique, les mains enfoncées dans les entrailles d'un véhicule, elle paraît redoutable, énorme, et le visage encore plus sévère du fait de son absence de cheveux. Je vois des plaies sur son crâne, des entailles dues au couteau avec lequel elle a dû se le raser. Le métal semblant une denrée rare et coûteuse, je suppose qu'elle s'est plutôt servie d'une lame en os.

« Elle t'envoie sur la Mokshi juste après l'union ? demande-t-elle.

— À ce qu'on m'a dit. Mais bon, j'y suis déjà allée une fois, et ça n'a pas donné grand-chose. » J'aimerais corriger mes propos en fonction de ce qu'on m'a appris, mais on ne m'a jamais indiqué le nombre exact de fois où je suis allée sur la Mokshi.

« Tu devrais parler aux sorcières avant, dit-elle.

— Aux… aux sorcières ? »

Elle hausse les épaules. « C'est comme ça que

Mère les appelle. Elles peuvent… parler au monde. Il arrive qu'il voie des choses. Des choses que toi et moi ne voyons pas. Les sorcières sont une bonne source d'informations sur les vieux trucs de la Légion.

— Quoi qu'elles aient dit sur la Mokshi, Anat me l'aurait déjà répété.

— Vraiment ? » Elle ronge ses ongles abîmés. Se penche de nouveau sur moi. « Jayd n'est pas là. Sabita a été réaffectée. Et tu es quasiment demeurée, maintenant, non ? Je pourrais te faire ce que je veux. »

Je me dresse sur mon séant. Ma mémoire me démange de nouveau, brûlante et inconfortable, mais rien de précis ne sort des ténèbres. Je tends mes deux mains, l'une paume ouverte, l'autre doigts serrés. « Une demeurée qui a un très bon coup de poing. Tu devrais voir ça. À moins qu'on saute cette étape pour passer directement au partage d'informations. »

Elle hausse les épaules. « Fais comme tu veux. Ce n'est pas moi qu'elle n'arrête pas de jeter dehors. » Sans accorder le moindre regard à mes mains, elle se tourne pour partir.

« Combien de fois ? demandé-je. Combien de fois m'a-t-elle envoyée sur la Mokshi ?

— Des centaines. »

Des centaines. Un trou béant dans ma mémoire a englouti des centaines de missions. De missions ratées.

« Elle n'a envoyé que moi ?

— Quelques-unes d'entre nous aussi. Mais c'est

toujours toi qui t'en es approchée le plus. L'armée de Nhim a été détruite là-bas, celle de Ravi aussi. Et celle de Moira. Et peut-être une dizaine d'autres. Mais tu as toujours été la meilleure. Jayd t'a trouvée pendant je ne sais quelle mission de récupération. Elle t'a ramenée ici avec des milliers d'autres prisonnières, vous veniez d'un endroit mort, à ce qu'elle disait. J'imagine que ça a fonctionné.

— Jayd était générale ?

— Jayd est beaucoup de choses. Ne va pas t'imaginer que c'est une victime dans cette histoire. Je ne connais pas son plan, mais je peux te dire qu'aucune d'entre nous n'est censée en bénéficier.

— Pourquoi veut-elle que je croie être sa sœur ?

— Pourquoi prétendons-nous toutes être sœurs ? On travaille mieux ensemble si on est de la même famille. » Elle a un petit sourire. « Anat a ses propres raisons d'agir comme elle le fait. Si tu prépares une autre attaque, va toi-même demander leur avis aux sorcières. Ne passe pas par Anat.

— Après l'union chez les Bhavaja ?

— Pas de problème.

— Merci.

— Ne me remercie pas. Je te l'ai dit des centaines de fois. Mais tu n'écoutes jamais. Jamais, bordel, Zan. » Elle s'en va.

Je m'assieds par terre dans les entrailles des véhicules pour réfléchir. Si je vais tout de suite rendre visite aux sorcières, je risque de laisser voir à Anat que je remets en cause son commandement. Voie qui mène droit au monstre recycleur. Le fait que j'en garde quelques souvenirs me conduit à penser que je l'ai déjà empruntée. Mais si j'attends, si je vais les trouver après l'union, juste avant l'attaque, Anat n'aura pas le temps de m'arrêter, du moins si elle veut que cette attaque soit lancée en temps voulu.

Je me lève, enfonce mes mains dans la surface spongieuse bleue du mur du fond, qui absorbe les fluides sur ma peau, la laisse propre et sans tache. Par certains côtés, la manière dont fonctionne le monde continue à me paraître très étrange, comme si je m'attendais à un fonctionnement différent de sa part, comme quand je ne savais plus trop si c'était un vaisseau, un monde ou les deux. Ou ni l'un ni l'autre.

C'est cette troisième éventualité qui me donne à réfléchir, ce *ni l'un ni l'autre*. Je suis au courant de choses extérieures à ce monde. Mais ce qu'elles sont, je n'en ai pas une vision complète. Si Maibe dit la vérité, si j'étais une prisonnière ramenée de je ne sais quel monde à l'agonie, pourquoi Jayd m'a-t-elle dit que je pouvais commander des armées ? Cela a-t-il fait de moi une meilleure cheffe, tout comme me dire que j'étais sa sœur devait me rendre plus loyale ? Être sa sœur et non sa prisonnière me pousserait certainement à lui faire davantage confiance.

Ne fais pas confiance à Jayd, ont-elles toutes dit, et je ne lui ai pas fait confiance. Je n'ai pu malgré tout m'empêcher de sentir un lien entre nous. Un secret nous unissait.

« Je t'apporterai le monde », avait-elle promis, et c'était la première fois que je croyais de tout mon cœur à ce qu'elle disait.

« Le cœur est un organe vital. Contrôlez le cœur et vous contrôlerez la chair qu'il alimente. Nous avons toutes des faiblesses. La mienne, c'est le cœur. »

Seigneure Mokshi, annales de la Légion

10
JAYD

Je veux détester Rasida de tout mon cœur. Je veux la détester comme je déteste ma mère, comme je déteste les Bhavaja, comme je déteste la lente apocalypse de la Légion qui m'a conduite ici. J'ai voulu la détester toute ma vie, mais comme je l'ai appris dès mes premiers jours à me languir d'elle, je suis attirée par mes ennemies, je les désire, ce qui est peut-être mon pire défaut.

Rasida, pour sa part, se montre on ne peut plus charmante.

Dès l'instant où j'aperçois le monde principal

des Bhavaja, je me rends compte que lui aussi est mourant. Il est bien plus malade que le nôtre. La pourriture cancéreuse qui ronge la surface de Katazyrna aux pôles, la laissant molle et vulnérable, recouvre ici la moitié du monde. La majeure partie des défenses extérieures semble morte. Je suis étonnée que les forces d'Anat n'aient jamais ouvert de brèche dans ce monde, mais cela fait un certain temps qu'elles se concentrent sur la Mokshi, qui est le seul monde sur lequel j'ai conduit des armées depuis son entrée dans la Ceinture extérieure. Même les grands tentacules qui rapportent les débris depuis les limites de l'atmosphère sont racornis. Je vois de longues files de marcheuses de l'espace convoyer à la main des débris depuis un monde à demi disséqué qui flotte tristement derrière Bhavaja, pillé par ses voisins.

À l'intérieur, Bhavaja ne vaut guère mieux, même si ses habitantes semblent pleines d'entrain.

Elles tendent les mains vers moi, mais sans me toucher. Certaines tombent à genoux devant Rasida comme devant une divinité. Ce qu'elle est peut-être : tout comme Anat se fait appeler seigneure de la Légion, Rasida est leur seigneure. Du Salut, peut-être. Je ne peux m'empêcher de joindre les mains sur l'abdomen. Mon dernier traitement est assez récent, et à moins que Rasida ait l'intention de décider où et quand j'accoucherai de ce qui grossit en moi, je lui donnerai ce pour quoi elle m'a épousée en moins d'une rotation de la Légion.

Nous nous enfonçons davantage dans les couloirs.

Je m'attends à ce que nous changions de niveau par l'ombilical, comme nous le faisons sur Katazyrna, mais nous empruntons des escaliers creusés dans les entrailles charnues du monde. Au-dessus de nous, dans les passages étroits, je vois la chair marron et flétrie de l'ancien ombilical. Je me demande à quel moment il a cessé de fonctionner pour elles.

Au deuxième niveau, Rasida demande à l'une de ses gardes du corps de conduire Neith et Gavatra à leurs chambres.

« Elles ne restent pas avec moi ? demandé-je.

— Tu les reverras demain au moment de l'union », répond Rasida.

Quand Gavatra proteste, elle lui explique : « Jayd est une Bhavaja, à présent. Seules les Bhavaja peuvent pénétrer dans ces parties-là du monde. Je m'en excuse, mais vous devez rester dans les chambres pour invitées.

— Elles font partie de ma famille, dis-je. Ça ne fait pas d'elles des membres de la tienne ?

— C'est ma mère qui fixe cette règle, pas moi. »

Je cherche sa mère Nashatra du regard, mais la foule l'a engloutie.

« Nous assisterons à l'union, dit Neith. Je demande juste à ce qu'on nous donne de la vraie nourriture. Vous en avez ?

— Bien entendu. Samti, emmène nos très estimées invitées au réfectoire. »

Samti notifie d'un geste son obéissance avant de s'éloigner. Visiblement toujours mécontente, Gavatra me signe quelque chose, les doigts bas contre sa cuisse. « Sois prudente », disent-ils, et je lui réponds de la même manière : « Je le suis toujours. »

Ce qui la fait grimacer. Elle me connaît depuis que je suis toute petite.

Le peuple de Rasida se presse le long des murs sur huit à dix rangs d'épaisseur, les plus petites sur les épaules des plus grandes, si nombreuses que je m'étonne qu'elle puisse prendre soin de toutes ici sur le premier niveau. Où trouve-t-elle si haut les ressources nécessaires ? Dans ce vaisseau-monde qu'elles sont en train de piller ? À quel point le cœur de son monde est-il fonctionnel ? Je regarde le sol spongieux sous mes pieds. Quand je marche, les creux laissés par mes pas ne se remplissent pas comme sur Katazyrna d'une fine couche d'eau le temps que le sol charnu reprenne sa forme initiale. Bhavaja est mourante.

Je jette un coup d'œil à Rasida pendant que nous avançons côte à côte, et je réfléchis aux rumeurs que j'ai entendues à son propos. Si elle a la capacité de faire ce dont Zan et moi la croyons capable, pourquoi a-t-elle laissé son monde se détériorer ainsi ? Il faut que je la comprenne, et pour cela, que je devienne proche d'elle.

Elle écarte un rideau chatoyant et nous voilà soudain seules dans une grande pièce au plafond vertigineux. Il n'y a pas de motifs lumineux, à cet endroit, mais d'excentriques formes géométriques creusées dans les parois, toutes peintes de rouge, de bleu et d'or. Je caresse la plus proche, et me rends compte en passant les doigts dans les rigoles que ces parois ne sont pas poreuses, mais dures et calcifiées. Je retire mes doigts d'un coup.

« Ton appartement est là », annonce Rasida en faisant coulisser un grand bloc pour révéler une longue enfilade de pièces. « Le mien est plus loin, mais tu auras accès à toute cette zone. » Elle désigne d'un geste la grande pièce dans laquelle je me trouve encore, et je remarque que les sept blocs ronds qui l'entourent comme des yeux immenses sont eux aussi des portes.

Deux jeunes filles font leur apparition dans mon appartement, grands yeux noirs, cheveux tirés en arrière autour de visages ronds identiques. Elles sont d'une maigreur effrayante. Elles ne portent pas de chaussures, ont les pieds sales et calleux.

« Voici tes servantes, dit Rasida.

— Comment vous appelez-vous ? demandé-je en me penchant sur elles, car elles me semblent encore à plusieurs rotations de leurs premières menstrues.

— Elles ne parlent pas », précise Rasida.

Un frisson me parcourt la colonne vertébrale, mais je me redresse en souriant. « Je vois.

— Je ne veux pas qu'elles t'embêtent avec leur bavardage superflu. » Rasida fait courir ses doigts de haut en bas de mon bras, prend ma main et ouvre ma paume, sur laquelle elle presse ses lèvres. « Je n'aime pas le bavardage.

— Je vois », répété-je, parce que Zan et moi avons beau nous être préparées pendant des tours et des tours, je m'aperçois que je ne suis absolument pas prête à être dans cet endroit avec une femme qui a autant de pouvoir et autant de lubies inconnues. Qu'est-ce que je sais d'elle, en réalité ? Je l'ai vue au cours de négociations et d'escarmouches. Mais je ne sais rien d'autre de son monde que ce que je viens d'en voir, et rien ou presque de la femme qui le gouverne.

C'est seulement au moment où elle relève les coins de sa bouche en un sourire qui n'atteint pas ses yeux que je me rends compte que j'ai eu affaire toute ma vie à une femme exactement du même acabit.

Elle est comme Anat. Elle est ma mère.

Je lui rends son sourire, pose mes doigts sur sa joue. « Quand serons-nous unies, amour ? demandé-je. J'ai hâte.

— Bientôt », répond-elle, et je ne peux réprimer un frisson.

Les filles sans nom me peignent les cheveux, lavent mes vêtements et m'apportent à manger. J'avais craint que la nourriture soit d'aussi mauvaise qualité que le reste du monde, mais elle consiste en tubercules frais et en bouillon, non en gélatine recuite préparée à partir de cadavres. Cela calme un peu mes inquiétudes.

Le passage du temps est étrange, ici, le vaisseau ne semblant plus le réglementer. Ce sont les filles qui réveillent les lumières en frottant les parois de la paume quand elles estiment que ma période de sommeil a assez duré. Ce qu'il y a dans les murs s'éclaire pour la durée de la période de veille, puis il est l'heure de dormir et le cycle recommence.

Quand je me réveille, Rasida m'apporte du vin et des douceurs. Elle envoie les filles dans la pièce principale.

« Je croyais que tu m'avais oubliée, lui lancé-je d'un ton léger. Tu m'as manqué. » Quand j'ai eu l'idée de dire cela, je ne pensais pas que je le ferais sincèrement, mais je prends conscience en la voyant s'asseoir au bout de mon lit que c'est la vérité. Les filles ne sont pas de très bonne compagnie. Elles ne me regardent pas et elles ne peuvent pas parler. J'ai trouvé un métier à tisser dans une des pièces du fond, je commence à réapprendre à m'en servir. Fabriquer des textiles a toujours été un passe-temps du bas-monde. Je préfère mes chiffres et mes rapports. Sauf qu'il n'y en a guère, ici.

J'ai passé tant de nuits enfermée chez moi sur Katazyrna à maudire ma mère que je ne suis pas surprise, seulement déçue, qu'on me traite de cette manière. Je vais devoir redoubler d'efforts pour devenir intime avec Rasida, si je n'ai pas le droit d'aller la retrouver. J'ai déjà essayé la grande porte qui donne dans le vestibule, mais chaque fois que je l'ouvre, les deux robustes gardes postées derrière par Rasida me regardent d'un air peu amène.

« Tu as envie de mieux me connaître ? demande Rasida en me passant l'ampoule de vin.

— Nous allons être appariées », réponds-je en buvant.

À ma grande surprise, elle s'allonge en posant la tête dans mon giron. Elle colle son oreille à mon ventre et soupire. Je lui écarte doucement les cheveux du front sans trop savoir ce qu'elle va faire.

« Tu seras la mère d'une nouvelle génération, annonce-t-elle. Mes sorcières l'ont prédit.

— Elles sont toujours en vie ?

— Pourquoi ne le seraient-elles pas ?

— Eh bien, ce monde est tellement... oh, pardon.

— Ne t'en fais pas, répond-elle avec un nouveau soupir en se serrant davantage contre moi. Tu as raison. Bhavaja se dégrade. Mais tout ça va bientôt changer.

— Comment ? »

Sa bouche se plisse dans son sourire qui n'en est pas un. « Tu verras.

— J'ai entendu dire que... » Je dois me montrer prudente, à présent. Ma respiration se fige. « J'ai entendu dire que tu pouvais donner naissance à des mondes. C'est ce que tu vas faire ? »

Elle se redresse. Mon cœur bat à tout rompre et je recule instinctivement, craignant d'être allée trop loin.

Rasida se lève et va ouvrir la porte, puis me fait signe. « Viens dans mon appartement. »

Je finis le vin avant de la suivre. Je me dis que mon sourire est plus convaincant que le sien.

Elle me guide par un itinéraire compliqué jusqu'à un autre niveau du monde. Il me semble que nous sommes montées, mais je ne peux pas en être certaine. Sur ce niveau-là, on a posté des femmes lourdement armées tous les cent pas. Rasida m'invite à entrer dans une grande pièce à haut plafond tapissé de dentelle osseuse. Elle me fait asseoir sur un luxueux divan recouvert de tissu en chanvre. Des bibelots dorés ornent les parois. Il me faut un moment pour comprendre de quoi il s'agit : ce sont des sortes de trophées, des pendentifs et symboles religieux originaires de mondes perdus. J'en reconnais deux d'un monde mort appelé Valante, une broche rayée d'argent que portaient toutes les filles de sa seigneure. Elles sont désormais dispersées sur les mondes qui ont pillé les ruines du leur avant qu'il se décompose complètement.

« Tu reveux du vin ? » Rasida ouvre une grande armoire globulaire en bois, d'un coût incroyable. Je me demande sur quel monde elle l'a récupérée. Le bois est sombre et brillant, ancien.

« D'accord », réponds-je parce que j'ai une idée de ce pour quoi nous sommes là et que j'ai besoin de courage. Rasida est une belle femme, et même si elle me serre de près et m'offre des babioles, je bataille pour ne pas oublier qu'elle est dangereuse, aussi.

Mais Zan et moi ne le sommes pas moins.

Rasida me verse du vin à l'aide d'une carafe en métal très vieille et très usée. Le liquide coule non dans des ampoules, mais dans de superbes coupes métalliques sur lesquelles sont gravés d'extravagants motifs géométriques. J'ai vu quelques objets de ce genre produits par des artisans des bas niveaux de Katazyrna, mais une telle beauté est en général signe d'une récupération sur un autre monde. Je sais que les Katazyrna en ont assassiné et pillé beaucoup, mais ce que garde Anat, ce sont les habitantes, les matières biologiques, pas ce genre d'ustensiles.

Je bois une gorgée de vin, pousse un grognement admiratif. Je m'étais attendue à ce que le vin ait plutôt le goût de bière. Je sais vaguement qu'on ne les produit pas avec le même genre de plantes. Je tremble. Cela fait longtemps que je n'ai pas habité dans un autre monde. Longtemps que je n'ai pas eu à apprendre d'autres règles.

Rasida s'assied à côté de moi. J'ai parfaitement conscience de sa chaleur et de sa douceur. La pièce est fraîche, et Rasida m'attire d'une manière qui me perturbe. Elle irradie calme et confiance. Les muscles noueux de ses bras, ses cuisses lourdes, le regard sombre et vif qu'elle pose sur moi, comme si j'étais la personne la plus intéressante au monde, me donnent envie de la chevaucher comme une jouisseuse et de m'enfoncer en elle, de devenir une partie d'elle, comme nous sommes toutes une partie des vaisseaux.

Ne sois pas idiote, me dis-je, mais Rasida me regarde de ses grands yeux noirs et ça m'électrise un peu qu'une femme aussi puissante soit à ce point éprise de moi. Je pourrais la contrôler totalement.

« Ce vaisseau est à toi comme il est à moi. Tu as une liberté totale, ici. J'espère que tu le comprends.

— C'est gentil », réponds-je, avant d'essayer de revenir au but que je poursuis. Je ne suis pas là pour baiser avec Rasida. Je suis là pour obtenir d'elle ce dont j'ai besoin afin de sauver la Légion.

« Tu es ma consorte, pas un simple fragment de matière organique, ajoute-t-elle. Tu comprends ?

Si c'était tout ce qui m'intéressait, j'aurais pu avoir quantité de femmes d'autres mondes. C'est toi que je voulais. Ça a toujours été toi. Depuis que toi et moi étions petites. » Elle pose ses doigts sur mon poignet, les fait monter jusqu'au coude. Quand elle ôte sa main, ma peau est chaude aux endroits qu'elle a touchés. Personne ne m'a touchée avec désir depuis un bon moment, c'est-à-dire depuis la dernière fois où Zan était elle-même. Oh, comme j'aime Zan, celle qu'elle était avant tout ça, avant qu'on abandonne tout pour que je puisse me retrouver ici, tremblante sous les doigts de Rasida.

Je finis le vin dans l'espoir qu'il m'apporte du courage, ou peut-être du bon sens. J'aimerais qu'un message ou un signe de la seigneure de la Guerre me dise comment me comporter maintenant que ce plan-là a réussi. Je ne m'attendais absolument pas à ce que Rasida soit aussi irrésistible, après tout ce temps. Je ne m'attendais absolument pas à m'embraser de désir comme une torche chaque fois qu'elle me regarderait. Je sens que mon corps est en train de nous trahir, mon objectif et moi. Je ne sais pas pourquoi il faut que le désir soit aussi compliqué. Je sais ce dont j'ai besoin comme ce que je veux, et il y a un endroit où l'un et l'autre se rejoignent, mais c'est un endroit dangereux.

Je le veux malgré tout.

Rasida pose son verre pour s'agenouiller devant moi. Elle penche la tête en m'écartant doucement les cuisses.

Je me fige, ne sachant pas trop comment réagir.

Je porte une longue tunique, sans rien dessous. Je sens sur ma peau l'haleine chaude de Rasida. Puis sa langue.

J'en ai le souffle coupé. Ma précieuse coupe en métal tombe par terre. Le sol assoiffé absorbe le vin tandis que Rasida plaque ses lèvres sur moi, comme si sa langue partait à la recherche de mon cœur. Elle est un murmure insistant, tremblotant.

J'enfonce mes mains dans sa longue chevelure en poussant un cri. Elle remonte ma tunique, me met nue. M'attire contre elle, affamée, passionnée, comme Zan m'avait prise au tout début, avant qu'elle soit réécrite, effacée, devienne une ombre pâle, une femme qui n'a pas de passé, seulement un but.

Est-ce moi ? Puis-je être une femme sans passé, à cet instant-là ? Je le veux, je le veux désespérément. Je veux recommencer comme l'a fait Zan.

Le désir de Rasida est contagieux. Je m'enroule sur sa cuisse avec un nouveau cri.

« Je t'aime, dit-elle dans mes cheveux. Tu fais trembler la seigneure de la Guerre elle-même. Je suis à toi. Je suis ta seigneure.

— Ma seigneure », dis-je pantelante. Je tiens sa tête sur ma poitrine, je sens sa chaleur et sa puissance. Que c'est grisant de tenir cette femme dans mes bras. Je suis ivre de son désir pour moi.

« Tu es l'amour de ma vie, la mère de mondes », murmure-t-elle en me caressant le ventre.

J'écarte ses mains. « Je suis davantage que ça, amour », dis-je, et cela a un goût étrange sur mes lèvres, d'appeler *amour* une autre femme. Mon ennemie. Mon amour.

« Bien entendu, répond-elle en me caressant la joue avant de redescendre les mains.

— Quand serons-nous unies ? » dis-je, sans ajouter « Parce que je veux revoir Zan », je ne suis pas stupide, mais avec les mains de Rasida sur moi, je revois Zan, je la revois comme elle était avant que tout cela commence, et je veux Zan. Je veux notre vie d'avant. Je veux la revoir une dernière fois avant de faire ce qui doit être fait.

« Bientôt, promet Rasida. Étanchons d'abord notre soif.

— Ma famille sera là ?

— Elle est invitée sur le monde de l'union », dit-elle. Ses doigts me trouvent de nouveau et je ferme les yeux en pensant à Zan. « Mais d'abord, je dois faire une dernière chose. »

« Une fois que vous avez le cœur, prenez la tête. »

Seigneure Mokshi, annales de la Légion

11
ZAN

C'est Sabita qui me réveille tandis que s'enchevêtrent devant moi les lumières bleues de la paroi. Je pulvérise un vêtement simple, qu'une bas-mondiste a laissé pour moi avant que j'aille dormir. Il est bleu et rouge et me colle à la peau comme le faisait ma combinaison, sauf qu'il ne me couvre ni les mains, ni le visage.

« Maibe dit que tu as été réaffectée », lancé-je à Sabita.

Elle ne me répond que d'un petit sourire avant de me conduire au hangar où mes sœurs attendent, non sans agitation : nous nous rassemblons là pour aller assister à l'union de Jayd.

« Sabita ? » appelé-je alors qu'elle s'éloigne.

Elle ouvre la bouche. Elle n'a plus de langue. J'ouvre moi-même la bouche pour la héler, mais elle referme la porte du hangar derrière elle, me laissant avec Anat et les autres. Je reste sidérée d'horreur et de surprise.

Anat tire sur le col d'un costume. Les autres sont bien trop habillées, me semble-t-il : elles portent des vestes et des redingotes par-dessus leurs vêtements normaux.

« Sabita… », commencé-je, mais Anka, une des jumelles, me fait taire.

« Laisse tomber, dit-elle.

— Qui lui a fait ça ?

— Pourquoi ne portes-tu pas ta combinaison d'extérieur ? crache Anat.

— Qui lui a fait ça ? répété-je, plus fort.

— À ton avis ? répond Anat. Jayd, bien entendu. Sabita parle trop. Elle te perturbe plus que de raison. »

Je reste bouche bée.

Anat pouffe. « Quelle idiote. Mets ta combi d'extérieur par-dessus ce vêtement. »

Aiju, l'autre jumelle, roule des yeux avant de m'expliquer : « C'est une manifestation de puissance que de porter à la fois des vêtements et des combinaisons. Tu crois que tous les mondes peuvent se permettre des tenues de ce genre ? Sur la plupart, les habitantes ne portent rien, comme des espèces de charognardes bas-mondistes. On est un des mondes les plus riches de la Ceinture extérieure. »

Mes yeux se tournent vers les lambeaux qui se détachent des parois vierges du hangar. Celui-ci halète doucement, en rythme avec le battement de cœur du monde. Je regarde la répugnante matière visqueuse qui recouvre les couloirs, les visages hagards des femmes présentes, et me demande à quoi peuvent bien ressembler les endroits les plus pauvres. Je me dis aussi que toute cette pourriture cache un centre encore plus pourri, exactement comme le sourire de Jayd.

« Maibe et Prisha prendront soin de Katazyrna, annonce Anat. Ce qui laisse Suld et les jumelles pour nous accompagner. Neith et Gavatra sont déjà avec Jayd. »

Elle entreprend de donner des instructions précises à l'équipe de sécurité chargée de nous suivre, dans laquelle je reconnais quelques-unes des femmes avec qui je me suis entraînée pendant ma convalescence.

Je sais que je ne suis pas la seule à remarquer la manière dont cette équipe salue Anat et garde l'œil sur moi. Pourquoi me traite-t-elle comme si je représentais une menace plus importante que les Bhavaja ?

Une fois que nous sommes toutes en combinaison et installées sur nos véhicules, Anat agite son grand bras et le hangar s'ouvre. Nous jaillissons dans l'obscurité entre les mondes, abandonnons la réconfortante étreinte de Katazyrna pour l'espace glacé et sans air qui menace de la dévorer.

Je reste en queue, juste devant les dernières

agentes de l'équipe de sécurité. Si c'était une paix authentique, si Anat y croyait, elle n'aurait pas emmené autant de gardes du corps.

Nous ne nous dirigeons pas vers Bhavaja, mais vers un monde en litige, un de ceux volés à Anat par les Bhavaja il y a seulement quelques tours, à ce que j'arrive à comprendre des signes qu'Anka adresse à sa jumelle. Je préfère ça à m'enfoncer droit en territoire ennemi.

Anat a pris la tête du groupe. De grandes volutes jaunes de carburant usagé s'élèvent dans son sillage. Nous dépassons les autres mondes Katazyrna, dont je m'aperçois que je peux donner les noms : Ashorok, Musmala, Titanil, noms qui apparaissent comme une litanie dans mon esprit. Alors que nous laissons Titanil derrière nous, le grand moteur du soleil se déploie au centre de la Légion et m'envoie un rayon de lumière droit dans les yeux.

Une fois remise de cet aveuglement passager, je vois Anat foncer vers un nouveau monde, une grosse chose animée de pulsations rouges et dotée d'une atmosphère laiteuse. Ma mémoire ne me fournit aucun nom, aussi sais-je uniquement que les Bhavaja comme nous-mêmes le voulons, et que nous l'obtiendrons en échange de Jayd. Avoir vu la pourriture cancéreuse à la surface de Katazyrna me permet de comprendre quelle valeur peut avoir ce monde-là. Sa peau écarlate est absolument intacte et je ne serais pas étonnée que son atmosphère, quoique ténue, soit respirable.

Nous nous alignons derrière Anat pour attendre

que les défenses extérieures se désactivent. Dès qu'elles le font, nous filons vers une ondulation dans la peau du monde, qui s'entrouvre à notre approche. Je vois à la surface des tentacules plus petits qui se déploient dans notre direction pour guider nos véhicules vers l'intérieur. Je devrais peut-être les considérer comme des doigts rassurants, mais je ne peux m'empêcher de penser qu'ils nous attirent dans la gueule d'une grande bête dangereuse.

À l'intérieur, ce monde est très différent de Katazyrna. Nous descendons de nos véhicules dans un étroit hangar au plafond recouvert d'un bout à l'autre d'excroissances orange qui palpitent. Des passages sinueux s'ouvrent tout autour de nous : je n'ai pas la moindre idée de celui que nous devrions emprunter. Lorsque la peau du monde se referme derrière nous, Anat descend de son propre véhicule et nous conduit dans l'un de ces passages sur notre gauche. L'air environnant change pendant que nous l'empruntons, comme si sa peau même normalisait la pression pour nous pendant que nous sommes à l'intérieur, même si je ne vois pas trop comment ce serait possible sans que les passages soient hermétiquement fermés comme sur Katazyrna.

Nous débouchons dans une grande salle bordée de statues luisantes faites d'une substance calcifiée blanche. Ce n'est qu'en regardant plus attentivement leurs visages que je reconnais de l'os. Des os humains, selon toute vraisemblance, étant donné que je n'ai rien vu d'autre dans cet endroit. Elles sont fixées aux parois comme si elles essayaient de s'en extraire. Leurs visages sont assez bizarres, pas tout à fait humains, à mes yeux. Certaines ont des queues. Les grands yeux sont écarquillés, les bouches ouvertes d'horreur. J'essaye d'imaginer quel événement cette salle essaye de commémorer. Une grande guerre ? Des personnes en train d'échapper à un monde mourant ?

Absorbée par ces statues, je ne remarque les gardes du corps de Rasida venues nous accueillir qu'au moment où Anat me pousse doucement dans le dos. Je lui emboîte le pas, toujours intriguée par les sculptures.

Nous nous glissons par un ombilical au niveau d'en dessous, où nous rencontrons les résidentes de ce monde. Les plafonds sont immensément hauts – j'ai du mal à croire que l'ombilical nous ait fait autant descendre –, il y a des boutiques et des logements creusés dans les parois, le tout éclairé depuis le plafond par des globes qui, je le vois à présent, sont une sorte de fongus.

Il y a des personnes de toutes sortes – beaucoup ressemblent aux Katazyrna, beaucoup aux Bhavaja, et davantage encore paraissent provenir d'autres mondes, à moins que celui-ci n'engendre de nombreux types différents de personnes à un point que je n'ai encore jamais vu sur Katazyrna. Les mondes de la Légion ne peuvent pas tous être comme Katazyrna. Et si chacun d'eux avait des règles différentes ? J'en ai le vertige rien qu'à y penser. Il y a tout un système de mondes ayant éventuellement chacun des règles différentes, dont je ne me souviens pas. Ne plus avoir la connaissance de son propre monde est horrible, mais ne plus avoir celle de l'univers ? C'est une perte dont l'ampleur m'accable.

L'union de Jayd et Rasida se déroulera dans un temple monumental situé au milieu de ce niveau. Nous y montons par une interminable volée de marches toutes creusées dans la chair du monde. À l'intérieur du temple, Anat finit par défaire sa combinaison, qui tombe sur le sol et y est absorbée. Nous l'imitons toutes, si bien que j'entends le monde et en sens les odeurs, en plus de le voir. Les sons sont étouffés, sans aucun doute amortis par les murs poreux. L'odeur est piquante, acide, mais l'air a un goût plus riche que sur Katazyrna. Je me surprends à respirer moins profondément.

L'union elle-même a lieu quelque temps plus tard, après que nous nous sommes toutes réunies et avons mangé sur de longues tables placées autour d'une grande tribune. Je n'ai cessé de chercher Jayd du regard, mais ni elle ni Rasida ne sont là. Une chorale chante sur un balcon élevé, d'où les voix de ses membres nous parviennent comme un gazouillis aigu. Je n'ai aucune idée de ce dont parlent ces chants, car je ne comprends pas la langue.

Lorsqu'une grosse femme à l'abondante chevelure brune monte sur la tribune prendre la parole, je ne la comprends pas davantage. Je me penche sur Aiju : « C'est quelle langue ?

— Du tiltre, répond-elle. Du haut tiltre. Sur le niveau d'en dessous, on parle bas tiltre. » Elle me tapote la main. « Ne t'inquiète pas, ce ne sont que des formalités.

— Pourquoi on est venues, si rien de tout ça n'a d'importance ? »

Anat me foudroie du regard. Elle est assise en tête de table, aussi espérais-je qu'elle ne faisait pas attention à moi. Je n'aurais pas dû me montrer aussi naïve. Elle se penche vers moi. « Tout est important, dit-elle. Nous essayons de libérer ces mondes des Bhavaja depuis l'époque de ma mère. Nous sommes vues comme des libératrices. »

Les regards craintifs que tout le monde lance à notre table m'en font douter. Anat et Rasida ne sont pas si différentes.

Je reconnais la mère et diverses parentes de Rasida attablées de l'autre côté de la tribune. Placée entre elles et nous, l'équipe de sécurité Bhavaja surveille ostensiblement tant les autochtones que nous-mêmes, mais on voit clairement quel groupe lui paraît le plus dangereux.

Enfin, une fois que les petites femmes qui s'occupent du service ont débarrassé les plats et apporté de grandes carafes de spiritueux rouge, je vois Jayd et Rasida entrer dans le temple par le même grand escalier que nous.

À leur approche, je me lève comme le reste de l'assistance – nous sommes plusieurs centaines –, le cœur douloureux de voir Jayd montrer bras dessus bras dessous avec Rasida sur la tribune où la grosse autochtone les étreint toutes les deux sur sa poitrine.

Elle prononce un autre discours en tenant la main à la fois à Rasida et à Jayd, puis se met à pleurer.

« Qu'est-ce qu'elle dit ? » demandé-je à Aiju, mais celle-ci me fait taire. Toute l'assistance est encore debout, le regard fixé sur la tribune.

La femme se met à genoux. Elle a un visage très avenant, et j'ai beau ne rien comprendre à ce qu'elle raconte, je vois qu'elle parle avec passion.

Rasida et Jayd se penchent sur elle. Chacune tire un grand couteau des étuis placés sur les hanches de la femme.

Ce que je vois continue à me laisser perplexe. Je me tourne vers Aiju en ouvrant la bouche, mais elle n'attend même pas que je parle pour me faire chut.

Rasida et Jayd répètent la même phrase, toujours en haut tiltre, j'imagine. Puis, d'un geste synchronisé, elles plongent l'une et l'autre leur lame dans le cou de la femme, chacune d'un côté.

Je m'étrangle et bondis de ma chaise, mais Aiju m'attrape par la manche avec un nouveau *chut*, comme à une enfant. La grosse femme sur la tribune oscille, puis tombe. Jayd recueille un peu de son sang dans un bol, qu'elle tend à Rasida.

Celle-ci avale quelques gorgées avant de rendre le récipient à Jayd qui, les yeux dans ceux de Rasida, boit à son tour le sang tiède.

Lorsqu'elles brandissent ensemble le bol, des cris jaillissent dans la pièce. Non de peur ou d'horreur, mais d'approbation.

Aiju applaudit et crie avec les autres. Puis

m'explique : « Elles font partie de ce monde, maintenant.

— Toutes les deux ? Je croyais que ce serait le monde d'Anat.

— C'est un traité compliqué. »

Je vois que Jayd tient Rasida par la main. Elles lèvent leurs bras couverts de sang. Jayd en a aussi sur la bouche. Le corps de l'ancienne… de l'ancienne quoi ? Première ? Dirigeante ? Supérieure ? gît entre elles. Jayd l'a abattue comme on détruit un bien mobilier. Et sans hésiter ni broncher d'une manière ou d'une autre. Sans trembler ni avoir le souffle court. Quand elle finit par croiser mon regard, elle sourit, révélant ses dents écarlates.

Je détourne les yeux.

Lorsqu'on fait sortir Jayd et Rasida de la tribune, je reste accablée sur mon siège. « Elles retournent sur Bhavaja, maintenant ? demandé-je à Aiju.

— Très probablement. » Elle me regarde. « Tu devrais plutôt te réjouir, tu sais. Jayd n'a jamais eu tes intérêts à cœur. Elle a ce qu'elle veut, maintenant.

— Tu crois qu'elle a toujours voulu épouser Rasida ?

— Bien entendu. » Elle baisse la voix avec un regard lourd de sens vers Anat, qui est heureusement en pleine conversation avec une table voisine. « Jayd n'avait aucune chance de devenir seigneure de Katazyrna. Anat ne l'aurait jamais autorisé. Elle aura bien davantage de pouvoir en étant liée à Rasida.

— Elle préparait ça depuis le début, à ton avis ? »

Aiju me tapote l'épaule. « Tu ne serais pas la première dont elle se sert. C'est la plus douée d'entre nous pour persuader Anat de faire ce qu'elle veut la voir faire en lui laissant croire que c'était son idée depuis le début. Bois un coup ou deux. Tu te sentiras mieux. »

Je plonge le regard dans ma coupe, où une ombre trouble me rend mon regard. Il fait trop sombre pour que je voie correctement mon reflet, mais je me sens vieille, à ce moment-là, vieille et stupide. Sabita m'a prévenue, pour Jayd, et elle en a payé les conséquences. Quant à ce que Jayd voulait de moi… est-ce cela ? Est-ce terminé ? Était-ce son intention depuis le début, de s'éloigner de moi et d'Anat pour pouvoir devenir coconsule d'un autre monde ?

Il y a encore des chants, encore du vin, et de nombreuses femmes se mettent à danser sur trois rangées au milieu de la pièce. Je ne me rappelle ni cet endroit ni ces personnes. Rien de ce à quoi j'assiste ne fait remonter le moindre souvenir, ce qui m'irrite au plus haut point. Jayd m'a laissée seule, a rompu avec sa mère et ses sœurs démentes. Je n'ai rien.

Anat approche par-derrière, pose son bras sur mon épaule. Je tressaille. Elle me regarde d'un air mauvais. « Nous ne sommes pas là pour Bhavaja. Garde l'œil sur la Mokshi. Toutes ces conneries n'ont aucune importance. »

Sauf que si. Ma vision n'est pas troublée comme la sienne par une obsession. Je n'essaye pas de voir la situation du point de vue d'Anat, ni même de Jayd, mais de Rasida. Qu'est-ce que tout ça ? Pourquoi tenir la cérémonie ici, entre les espaces que se disputent Katazyrna et Bhavaja ? Je regarde les femmes onduler ensemble au milieu de la pièce, la chevelure minutieusement remontée en mèches nattées, tordues et entrecroisées. Je vois ce qu'elles se sont mis dedans, on dirait du sang séché brun. Si j'étais Rasida, tout cela serait un spectacle, une diversion visant à dissimuler mon véritable but. Je vois Anat boire d'un trait à la coupe qu'elle tient dans l'autre main. Je vois toutes ses filles boire aussi, et même si Jayd s'est mise d'elle-même dans ce bourbier, j'ai de nouveau peur pour elle.

Si c'était moi qui cherchais une paix authentique, j'aurais invité les deux familles sur mon propre monde et proposé non seulement une planète, mais un échange de matière organique. Un échange de sœurs. Or Rasida n'a rien offert de tel. Elle n'a rien donné à Anat de sa propre matière organique. Rien de son propre monde. Seulement les laissées-pour-compte de ce monde-ci. Qu'en conclure ? Qu'elle n'a rien donné d'elle dans cette union, seulement le sang d'autres personnes.

Elle n'a rien risqué.

Anat leur a donné une fille. Et dans cet endroit, au milieu de mondes où la matière organique est littéralement vitale pour eux comme pour la Légion, une fille est tout.

Comparées au peuple de Katazyrna, au sein duquel défigurées et cancéreuses abondent, les habitantes d'ici semblent en bonne santé. Je n'en vois aucune de maigre, d'affamée, d'accablée par une maladie, contagieuse ou non.

« Que vont devenir toutes ces personnes ? » demandé-je à Anat.

Elle est fin saoule, le regard vitreux. Elle me sourit et me tape dans le dos. « J'ai vraiment bien fait de ne pas te recycler, cette fois ! T'es trop marrante. » Elle tend le doigt en direction du plafond. « Tu vois comme ce monde est sain ? Sa peau bloque toutes les radiations nuisibles à sa population. On l'enlèvera et on s'en servira pour réparer Katazyrna. Voilà comment on durera assez longtemps pour prendre la Mokshi et l'ensemble de la Légion. Rasida est vraiment bête de me donner ce monde en pleine forme.

— Mais… qu'est-ce qu'elles vont devenir ? Comment on va réparer ce monde-ci ?

— Le réparer ? Tu m'écoutes ou pas ? On n'est pas là pour réparer quoi que ce soit. On va dépouiller ce monde de tous ses biens et laisser pourrir le reste. On prendra ce qu'on veut, ça nous servira pour nous emparer de la Mokshi. Tu as vu la peau de la Mokshi. À part au cratère, elle est saine et intacte. Les sorcières n'auront pas trop de mal à réparer le trou. Mais pour ça, il nous faut du matériel organique. C'est à ça que sert cet échange. On n'est pas venues aider qui que ce soit. Ne perds pas de vue l'objectif final. »

Je regarde de nouveau les femmes qui dansent joyeusement. Il y en a de tout âge, et même des enfants, mais pas de bébés. On dirait que personne n'a accouché d'une enfant depuis au moins dix rotations. Elles sont toutes si grasses, heureuses et vivantes.

Rien d'étonnant à ce qu'Anat veuille détruire tout cela.

« Allons-y, dit-elle en me tapotant la tête comme on fait avec une petite fille. Aiju et les autres ! On s'en va. »

Aiju me tapote aussi, mais l'épaule, ce qui ne rend pas le geste moins condescendant. « Jayd est des leurs, maintenant, dit-elle. Plus vite tu l'accepteras, mieux ce sera. »

Alors que nous nous rassemblons pour partir, quelques visages se tournent afin de nous suivre des yeux. Elles ne traitent pas Anat comme la nouvelle seigneure de leur monde. Tout cet étalage semble montrer que ce sont plutôt Rasida et Jayd qui gouvernent, ici, à présent. Mais Anat a l'air absolument certaine d'avoir gagné quelque chose dans cet endroit et de pouvoir dévaster ce monde.

Les agentes de sécurité de Rasida abandonnent leurs positions pour nous raccompagner jusqu'à notre hangar. Nous nous arrêtons le temps de nous pulvériser de nouvelles combinaisons. Anat se dispute un moment d'une voix avinée avec les agentes jusqu'à ce que les jumelles la fassent reculer. Comme je ne veux plus l'écouter, je suis la première à me pulvériser une combinaison.

Je regarde une dernière fois le plafond pendant que nous gagnons nos véhicules. Puis nous les enfourchons et la peau du monde se plisse, s'ouvre, nous laissant nous élancer dans l'obscurité qui enveloppe la Légion.

Lorsque je jette un coup d'œil en arrière, le monde ne m'apparaît pas changé, mais ma mémoire me fournit un avenir possible pour lui, comme si elle en avait vu un exactement identique sur beaucoup de ses semblables. Bientôt, il n'en restera qu'une ruine en décomposition, où Anat nous enverra avec une armée, moi ou une de ses filles, récupérer tout ce qui est récupérable pour le fourrer dans l'énorme gueule des monstres recycleurs sur Katazyrna, jusqu'à ce que Katazyrna recouvre la santé. Mais la recouvre seulement un certain temps. Un certain temps. Parce que les mondes sont des créatures affamées et que la matière organique disponible pour les nourrir est finie. Au bout du compte, elle nous engloutira toutes.

« Sois une méchante. »

Seigneure Mokshi, annales de la Légion

12
ZAN

Anat nous reconduit à Katazyrna en se comportant comme l'ivrogne qu'elle est. Elle se lance dans de grands tonneaux avec son véhicule, slalome entre les jumelles, nous adresse des signes obscènes. Elle est d'excellente humeur. Je n'ai en tout cas aucun souvenir de l'avoir jamais vue aussi heureuse, mais c'est peut-être parce que j'en ai très peu. En ce qui me concerne, j'ai l'impression d'avoir avalé une pierre noire extrêmement dure qui pèse sur ma poitrine. Peut-être la Mokshi est-elle capable de me rendre la mémoire qu'elle m'a prise, mais je ne suis pas sûre d'en avoir envie. Si ma mémoire rend raisonnables ces personnes et cette vie insensées, très peu pour moi. Je ne veux pas que ces personnes, ces décisions soient normales.

Anat fonce au-dessus puis à travers un grand anneau de détritus. Qui tourne autour des restes grêlés d'un monde aux limites du territoire Katazyrna, un monde mort et décortiqué depuis longtemps. J'aperçois des reflets métalliques au milieu des enchevêtrements de peau décomposée, sans doute des plaques trop grandes pour être découpées et récupérées. Le centre de ce monde en ruine laisse voir l'éclat de l'œil du soleil situé au cœur de la Légion.

Je plisse les paupières, lève la main pour ne pas être éblouie tout en me demandant si Anat va foncer à travers ces débris-là aussi, en espérant presque qu'elle en percute un assez fort pour s'assommer.

Mais alors que nous contournons ces restes dans le sillage de son combustible brûlé, son véhicule part soudain en tête-à-queue.

Une grande masse barbelée jaillit du flanc de celui-ci et la désarçonne.

Un des véhicules de la sécurité se fait ensuite toucher. Une fois. Deux. Trois.

Il dégringole dans ma direction. Je n'ai pas le temps de réagir. Il me rentre dedans. L'impact est si violent que je suis éjectée loin de mon véhicule. Je ne hurle pas, mais je lâche un hoquet qui résonne tout proche dans ma combinaison. Nous ne portons aucun appareil de communication. Nous dérivons seules et dans le silence.

Isolée du groupe, je vois les attaquantes jaillir de

derrière le monde en ruine. Ce ne sont pas dix ou vingt, mais plus de soixante véhicules équipés de canons à céphalopodes. Les gros projectiles à tentacules frappent les véhicules des Katazyrna, nous éliminent comme on écrase des insectes.

Les jumelles entrent en collision et se brisent les membres. Alors que je tournoie hors de portée, je vois Aiju s'agripper à Anka et la combinaison de celle-ci se décomposer à partir de l'endroit de sa jambe touché par un céphalopode à trois pointes.

Un autre projectile atteint Aiju dans le dos avec une brutalité telle qu'il les écarte toutes deux encore davantage des autres et les envoie heurter leurs véhicules oubliés. Elles s'enfoncent dans l'obscurité, à la dérive.

Suld résiste avec quelques membres de la force de sécurité. Elle a bondi sur un des véhicules abandonnés par celle-ci, le tourne à présent vers les assaillantes en approche. Elle leur lâche dessus des rafales d'énergie si lumineuse que j'en ai mal aux yeux.

Je me cogne à un autre corps qui roule cul par-dessus tête derrière moi : une des agentes de sécurité, le visage figé par la mort, la combinaison presque entièrement décomposée : il ne lui en reste plus que quelques lambeaux collés au corps. La collision me permet de réduire mon inertie. Je veux prendre appui sur ce cadavre pour retourner dans la mêlée, mais il est déjà à deux cents pas au moins de moi, et s'il n'avance pas plus rapidement, c'est uniquement parce que la gravité du monde l'empêche d'aller plus loin.

La force d'attaque s'agglutine autour de Suld et des sept autres qui continuent à résister, tire céphalopode sur céphalopode avec ses canons. Elle les perce de part en part comme du papier fragile, expédie leurs corps dans toutes les directions.

Je m'accroche à un autre corps derrière moi, un qui est encore relié à un véhicule. Je passe le bras dans les organes tubulaires de celui-ci pour en rester solidaire, mais en gardant la même immobilité que la morte. Asphyxiée, la moitié de sa combinaison manquante, Anka flotte à côté de moi. Je vois sa bouche béer dans la mort, ses yeux, ses lèvres et sa langue commencer à geler.

Je n'ai pas besoin d'approcher pour savoir qui sont nos assaillantes. Je connais ces armes. Et ces véhicules. Les Bhavaja nous ont trahies et Anat n'a rien vu venir. Trois d'entre elles retrouvent son corps. L'une saisit son grand poing en métal. L'autre immobilise le cadavre. La troisième lui lâche une décharge de son arme à énergie dans le coude pour en détacher le bras artificiel.

Elles tirent dans la tête d'Anat pour faire bonne mesure et poussent son corps en orbite avec les autres. Puis lèvent et agitent les bras, brandissant leur trophée.

Lorsqu'elles reviennent à proximité des épaves et des cadavres, je regarde droit devant moi aussi fixement que je peux, consciente qu'elles tireront sur tout ce qui leur paraîtra un tant soit peu vivant. Les armes sont précieuses et s'usent à chaque céphalopode. C'est là-dessus que je compte, en tout cas.

Elles me tirent dessus quand même. Un projectile me heurte la jambe. Je laisse mes membres et mon torse tressauter sous l'impact, mais garde bien mon bras accroché aux tubulures du véhicule.

Je m'attends à ce qu'elles nous rassemblent toutes dans un filet ou nous relient en caravane pour nous emmener au recyclage. Je me dis que personne ne laisserait une telle quantité de bonne matière organique en orbite quelque part, sauf si elle est impossible à récupérer, comme les armées autour de la Mokshi.

J'attends, en ne prenant que de légères inspirations, tandis que la soixantaine de Bhavaja rassemblent les débris épars de notre groupe. Au bout d'un long moment, je m'autorise à cligner des yeux, et les vois discuter avec animation en langue des signes. Ont-elles reçu de nouveaux ordres ?

Finalement leurs meneuses repartent en direction du monde en ruine. Les autres les suivent en nous abandonnant en orbite, les mortes et moi.

Je me demande s'il ne s'agirait pas d'une ruse, si elles n'auraient pas laissé l'une d'entre elles nous surveiller. Mais je ne vois que les mortes qu'on m'a dit être ma famille, et pendant un instant terrible, je crois qu'elles sont bel et bien de mon sang, que tout ce que je connais est mort. Je chasse cette pensée et me hisse sur le véhicule d'Aiju. Tente de le démarrer.

Mais il est mort. Comme tout le reste.

Je lâche un juron en me penchant pour fourrager dans ses entrailles sous le regard mort d'Aiju. Je ne peux m'empêcher de croire que si je pouvais me souvenir de tout, si j'étais entière comme je devrais l'être, non seulement j'aurais vu venir cette trahison, mais j'en aurais convaincu Anat.

Je trouve un demi-tentacule enfoncé dans les organes du véhicule. Je l'extrais avec précaution. Des gouttelettes de combustible coulent d'un tuyau arraché. Je le referme du bout du doigt, mais je ne vois pas assez loin dans les entrailles pour déceler d'autres problèmes éventuels. Je regrette de ne pas avoir un des spéculums que j'ai vus dans le hangar. Cela me faciliterait considérablement la tâche.

Il faut que je trouve quelque chose pour réparer la fuite. Je ne peux pas rester la main dessus comme ça. Je cherche du regard autour de moi, en vain. Le corps d'Aiju est toujours accroché de l'autre côté du véhicule. Les autres sont éparpillés à deux cents pas de moi et tournent doucement en orbite. Tôt ou tard, les habitantes d'un autre monde les découvriront et se lanceront dans un grand recyclage. Je n'ai pas l'intention d'attendre jusque-là. J'arriverai à court d'air avant. Non ? Je ne sais même pas combien de temps on peut respirer, dans ces combinaisons.

Je regarde longuement le visage accusateur et le torse à nu d'Aiju. Bien entendu, on peut trouver dans un corps humain l'équivalent des tubes organiques du véhicule.

J'arrache une partie de la carapace de celui-ci, que je cogne d'une main jusqu'à ce qu'un fragment pointu se détache. Je maintiens le corps d'Aiju, plonge cette pointe dans son torse glacé. Des deux mains, j'élargis la plaie : le corps n'est pas encore complètement gelé, juste froid. J'extrais les intestins dont je prélève un petit morceau, que je presse entre mes doigts pour le vider.

Je ferme ensuite l'alimentation du véhicule, détache le tube organique et glisse l'intestin dessus avant qu'il gèle. Cela s'ajuste à la perfection, comme si le véhicule était en réalité calqué sur les organes humains. Je reconnecte le tube et essaye de démarrer.

Le véhicule vient à la vie, son pupitre de commande s'illumine de vert. Je le fais avancer, contourne les restes de ma famille en me demandant une nouvelle fois pourquoi nos attaquantes ne les ont pas rapportés sur un monde Bhavaja.

Que peut-il y avoir de plus important que récupérer de la chair et des éléments de véhicule ? Que sont-elles parties faire ?

Je vais me placer à côté du cadavre d'Anat. Sa combinaison s'est entièrement décomposée. Un énorme céphalopode saille sur son flanc. Le bras métallique avec lequel elle nous a toutes menacées n'est plus. Il ne reste qu'un moignon au niveau du coude.

Je regarde longuement, attentivement ce bras en me souvenant de ce qu'Anat prétendait faire avec. Pourquoi s'en encombrer, s'il n'a aucune valeur ? Et que fera Rasida à Jayd, maintenant ? L'a-t-elle expulsée dans l'espace pour qu'elle y meure asphyxiée ?

Non, la clé de tout, c'est le bras.

Pourquoi l'ont-elles pris ? Pourquoi, *moi*, je

l'aurais pris, à leur place ? Sans doute parce que la démonstration d'Anat m'aurait conduite à penser que je pouvais contrôler Katazyrna avec.

L'explication m'apparaît. Je détourne brutalement mon véhicule de la morte et fonce vers Katazyrna, vers l'invasion que je sais avoir commencé.

Les Bhavaja ont disposé leurs forces autour en deux grands arcs de cercle. Je me cache juste derrière le monde le plus proche en espérant qu'elles me prendront pour une récupératrice ou une éclaireuse d'un autre monde. Mais elles ne font pas attention à moi. Elles ne s'intéressent qu'à Katazyrna, sur les défenses duquel elles ne cessent d'expédier céphalopodes, salves et brouilleurs. Katazyrna baigne dans des nappes défensives bleues, rouges et vertes. L'énergie en déboule en épais rubans. Cela dégage une telle lumière qu'à cette distance, je pourrais presque croire à celle du soleil.

Je vois alors les Bhavaja arriver à percer la peau du monde. Elle s'ouvre à un endroit sous leurs décharges, se racornit comme de l'écorce brûlée. Je relâche ma respiration. Elles vont entrer.

La moitié des Bhavaja pivotent pour plonger droit sur cette brèche, cherchant à détruire tout ce que je connais de l'univers, tout ce que je sais être vrai.

Je lance mon véhicule vers Katazyrna. Je pense à tout un tas de choses pendant ces quelques furieuses secondes où je fonce vers le monde. Les Bhavaja vont très probablement me tirer dessus. Mon propre monde ne me reconnaîtra pas forcément. C'est un geste désespéré, et risqué, mais être en vie l'est tout autant.

Je me rue pleins gaz vers la brèche. À un moment, regardant en arrière, je vois les volutes jaunes de combustible brûlé que je laisse dans mon sillage.

Je tombe en panne sèche à quatre cents pas de la surface. Je m'aplatis le plus possible sur le véhicule, même si j'imagine que cela ne change rien – il n'y a pas de résistance atmosphérique –, et continue sur mon élan à descendre vers l'ouverture dans la peau du monde.

Je file entre deux lignes de Bhavaja, si vite qu'un coup d'œil par-dessus mon épaule me les montre toujours occupées à signer entre elles pour déterminer si je suis amie ou ennemie.

Je n'ai aucun moyen de réduire mon inertie, n'ayant plus de combustible à éjecter par l'avant, si bien que je percute violemment le sol spongieux du premier niveau de Katazyrna.

Éjectée de mon véhicule, je rampe pour m'éloigner de l'immense ouverture, plus ou moins protégée par la mince atmosphère du monde : peut-être arriverais-je à respirer un moment, si j'enlevais ma combinaison, ce à quoi je ne vais pas me risquer avant d'être descendue de plusieurs niveaux. Je me demande si le vaisseau dispose de protections contre un trou à sa surface.

Je pars à toutes jambes dans les couloirs vides, dépasse des corps recroquevillés sur des seuils de porte, tous habillés du rouge et noir du personnel de sécurité. J'aboutis au fond du couloir à un large mur charnu dans lequel une arme a percé un orifice, si bien qu'il semble me regarder d'un œil menaçant et fatigué.

Je me glisse de l'autre côté en me rendant compte que je n'ai non seulement pas d'arme, mais pas de plan. *Trouver une arme, rejoindre mes sœurs et les aider à contenir les Bhavaja*, voilà à peu près jusqu'où j'arrive à pousser mon raisonnement.

Derrière un coude, je tombe sur deux Bhavaja en pleine discussion. J'envoie mon poing dans la figure de la première sans la moindre difficulté. La seconde s'apprête à dégainer, mais elle n'a pas le temps de le faire entièrement, et encore moins de tirer. Il me revient un vague souvenir de la meilleure méthode de l'emporter sur une adversaire mieux armée que soi mais n'ayant pas encore dégainé, du moment qu'elle est à moins de dix pas, ce que mon corps fait avant que j'aie le temps de prendre consciemment la décision.

Je désarme adroitement les deux Bhavaja et tire un céphalopode sur chacune. Leurs combinaisons se dissolvent sur leur corps, les laissant le souffle court dans cette atmosphère ténue. Je relève la lourde arme et repars dans le couloir, en me guidant à la vue plutôt qu'au bruit. Cela me manque de ne pas avoir Jayd au creux de l'oreille, de ne pas entendre la voix apaisante de la seule personne au monde qui semble en avoir quelque chose à fiche.

Qu'est-ce que Rasida a fait d'elle ? Elle l'a tuée ? Jetée dans l'espace ? À moins que Jayd soit aussi importante pour elle qu'elle le dit ?

Je passe dans un autre couloir forcé. Une femme se penche sur deux corps. Je m'apprête à tirer, mais elle se retourne et je reconnais, sous la combinaison pulvérisée, ma sœur Maibe.

Maibe me signe : « Les autres ?

— Mortes. Anat aussi, réponds-je de la même manière.

— Jayd ?

— Je ne sais pas.

— Viens avec moi. On s'est repliées dans le cortex. Ce n'est pas la force principale. »

Elle ouvre un panneau gluant dans le couloir : il se détache comme une croûte de la paroi poisseuse. Je rampe à sa suite dans l'obscurité en traînant comme je peux l'arme d'une main, l'autre me servant à soutenir mon propre poids.

L'obscurité dure longtemps, longtemps. Je m'interroge une nouvelle fois sur l'air présent à l'intérieur de ma combinaison. Celle-ci le recycle-t-il ? En ai-je une quantité limitée ? Je n'en sais fichtre rien.

Des lumières vert et violet apparaissent devant nous. Maibe sort du passage et tend la main pour m'aider. Pendant un moment interminable, je me demande si elle m'attire dans un piège.

J'attrape malgré tout sa main et nous nous glissons dans un autre long couloir. On dirait une série de cordons ombilicaux qui relient les divers niveaux du vaisseau. Nous marchons un certain temps avant d'arriver à ce que Maibe m'indique par signes être le deuxième niveau et le cortex. *Cortex*, ça sonne important, je pense qu'il s'agit d'une espèce de centre de commande.

Maibe désactive sa combinaison, qui se dissout. Elle me signe d'enlever la mienne. « Nous avons une pression correcte sur tous les niveaux, sauf le premier », ajoute-t-elle.

Je glisse donc comme elle deux doigts sur mon poignet gauche et remonte jusqu'à une série de petites bosses. Je compose le code et la combinaison se détache rapidement, comme une mue. J'enlève les petits morceaux en suivant Maibe jusqu'à une grande porte sécurisée rayée de vert. Elle frappe quatre fois.

Derrière, j'entends des voix, ainsi qu'un grand bruit sourd.

La porte s'ouvre sur Prisha, la main serrée sur une arme volumineuse comme celle dont je me suis servie pour attaquer la Mokshi.

« Mère ? demande-t-elle.

— Mortes, toutes », réponds-je.

Elle plisse les yeux, comme convaincue que j'ai quelque chose à voir avec la mort d'Anat. Si seulement.

Elle finit par hocher la tête et nous faire signe d'entrer.

Je ne sais pas trop à quoi je m'attendais quant au cortex, mais pas à cela. C'est une pièce étanche et ronde, avec de hauts plafonds et des interfaces encastrées dans les parois. Des tubes organiques sortent de chaque station, comme s'ils avaient été reliés à un équipement démonté depuis longtemps.

La pièce est bondée, il y a là toutes mes sœurs restantes et beaucoup d'autres que je ne connais pas – encore de la famille, peut-être ? J'ai l'impression de les connaître. Toutes sont armées. Je m'aperçois qu'aucune enfant n'est présente. La personne la plus jeune est à peine menstruée. La plus âgée est beaucoup plus vieille qu'Anat.

Si c'est le centre de commande du monde, il ne paye pas de mine et est terriblement délabré. Je n'arrive pas à déterminer l'usage de quoi que ce soit dans la pièce.

Tout le monde a les yeux tournés vers l'origine du bruit sourd : le grand portail rond au fond. Je distingue tout juste sa jonction avec la paroi. Personne n'a besoin de me dire que les Bhavaja sont de l'autre côté.

« Comment elles ont su où trouver cette pièce ? demandé-je à Maibe.

— Comment savent-elles ce qu'elles savent ? répond-elle. Par leurs espionnes, sans doute. Ou leurs sorcières. Certaines se rappellent mieux que d'autres de quelle manière fonctionnent les mondes.

— Pourquoi se retrancher ici ? Si on continue à descendre, on trouvera aux autres niveaux des endroits où résister et se regrouper. On peut…

— Zan, m'interrompt-elle en fronçant les sourcils, si elles prennent le cortex, elles prennent le contrôle du monde. Une fois qu'elles ont cette salle, il n'y a aucune raison de continuer.

— Mais… à quoi il sert, cet endroit ?

— Rasida peut se brancher dans l'esprit du

monde, ici, répond Prisha en se tournant vers nous. Elle peut lui faire faire ce qu'elle veut. Peut-être mieux que nous. C'est un vaisseau détraqué, mais les Bhavaja… tu as vu ce qu'elles font aux autres mondes. »

Ah bon ? Je ne me s'en souviens pas, mais ce n'est sans doute pas le bon moment pour en discuter.

L'atmosphère est tendue. Et d'une puanteur horrible : trop de corps non lavés et suants d'angoisse au même endroit. Je passe la salle en revue en essayant d'évaluer nos options stratégiques. Lorsque la porte cédera – et je suis certaine qu'elle cédera –, nous pourrons battre en retraite par le passage secret que Maibe et moi avons emprunté, mais il semble n'y avoir aucune autre sortie. Et ce passage secret est trop étroit, bien trop étroit pour permettre une fuite en grand nombre. C'est notre dernier carré. Mes sœurs ont l'intention de l'emporter ou de mourir ici… elles n'ont d'ailleurs pas d'autres possibilités, si ce que Maibe dit du cortex est exact.

Je vérifie combien mon arme contient encore de céphalopodes. Je n'aime pas envisager de perdre. Surtout face à des personnes qui ont acheté Jayd comme on achète un animal destiné à la reproduction. Qu'arrivera-t-il à Jayd si je suis morte ? Qui ira à sa recherche quand je ne serai plus là ? Personne. Elle se retrouvera toute seule.

Les chocs sourds continuent. Je reste en place devant notre issue de secours, davantage pour empêcher quiconque d'entrer que dans l'espoir d'être la première à sortir. Maibe a raison : s'enfuir maintenant ne servira à rien si on abandonne ce monde aux Bhavaja. Qu'Anat a été idiote de leur faire confiance. Que Jayd a été stupide de jouer le jeu. Me voilà maintenant inutile et coincée.

Le portail résiste moins longtemps que je l'aurais cru. Au premier tir qui le traverse, trois femmes essayent de me passer devant pour sortir. L'une d'elles, perdant complètement la tête, se met à hurler et à s'arracher les cheveux. Je la frappe en plein visage avec la crosse de mon arme. Elle tombe brutalement sur le cul. Pour moi, ce trou dans le portail est un soulagement. Je ne sais pas attendre. Mais je sais agir.

Deux femmes au fond tirent sur l'ouverture, ce qui est idiot, car cela ne fera que l'élargir.

« Attendez ! crié-je. Ne tirez que lorsque vous voyez votre cible ! »

Quelque chose s'écrase sur le portail avec une force telle que toute la pièce en tremble. Le pourtour se courbe vers l'intérieur.

Les Katazyrna au fond de la pièce tiennent leurs armes prêtes.

Je sais ce qui va se passer, mais je ne vois pas comment l'empêcher. Le portail va basculer dans notre direction quand elles le pousseront pour l'ouvrir. Il écrasera les vingt premières personnes de notre côté. Mais on est tellement serrées qu'elles ne peuvent pas s'en écarter.

« Quand le portail tombera, venez à l'ouverture ! » crié-je, sauf qu'avec toute cette peur et cette confusion, je ne suis pas sûre que quiconque fasse attention à moi. Prisha leur crie des choses aussi, tout comme Maibe.

Un second énorme choc fait se détacher le portail.

Il réduit notre premier cercle de femmes en une horrible bouillie. Je me baisse, redoutant une salve. Qui arrive, tirée par de multiples armes. Au moins cinquante céphalopodes explosent dans la pièce et abattent notre deuxième cercle. Les Bhavaja se ruent ensuite à l'intérieur par l'unique entrée, nous taillant en pièces tels des animaux, le visage large, souriant et déterminé, comme si c'était la fin inévitable du jeu, comme si elles savaient depuis le début que cela se passerait ainsi.

Je riposte, crie pour imposer de l'ordre, pour mettre en place une tactique. Prisha est touchée la première : un céphalopode l'atteint au visage et elle tombe. Maibe comble le vide tout en tirant sur la masse de Bhavaja en train d'avancer, comme si cela pouvait changer quoi que ce soit.

C'est un massacre.

J'arrive au contact des lignes ennemies, celles de ma famille ne cessant de tomber. Je décharge encore trois fois mon arme avant qu'elle cesse de fonctionner. J'en abats la crosse sur le visage de la Bhavaja suivante. Je descends deux de ses sœurs avec son arme à elle et me retrouve au corps à corps avec une troisième.

Elles se jettent sur moi. Un coup m'atteint dans les reins. Une crosse s'écrase sur ma figure. Une explosion de ténèbres, une lumière brillante. Je tombe à genoux. Un tir perdu d'une arme Katazyrna me démolit la jambe et je m'effondre comme une fleur en papier plié sur un tas de cadavres.

Je rampe dessus en direction du passage secret. Ma main se referme sur un visage, je reconnais celui de Maibe. Elle crache du sang, la main crispée sur une plaie à l'abdomen. L'œil du céphalopode niché là se lève bêtement vers moi, ce qui manque me faire vomir.

Une douleur foudroyante soudain dans mon épaule, comme si on la frappait avec un marteau de feu. Je m'écroule sur Maibe.

Je perds un peu la notion du temps.

Le monde tourne autour de moi. J'ai conscience que Maibe respire de plus en plus faiblement. J'ai conscience des cris de mes sœurs. De tirs. De plaisanteries qu'échangent des voix joyeuses, entrecoupées par les bruits des armes. De corps qui glissent sur le sol. Du *clic clic* des armes qu'on empile. Les Bhavaja font le ménage.

On me retourne, je vois au-dessus de moi le visage de Rasida. Elle mâche quelque chose et me sourit comme si j'étais un animal de grande valeur.

« Jayd », marmonné-je.

Rasida me lance un coup de pied avant de crier par-dessus son épaule : « Recyclez-les. Ne laissez pas un seul corps se perdre. »

Une femme commence à me traîner par les bras. C'est douloureux. Je vois une longue trace de sang derrière moi et ne me rends pas tout de suite compte que c'est en grande partie le mien. Ma jambe est en charpie et mon épaule ne me ferait pas davantage souffrir si elle était chauffée à blanc. Des taches noires flottent dans mon champ de vision, comme des brûlures.

On m'abandonne à côté d'un tas de cadavres dans une pièce basse où s'ouvre une grande embouchure noire. Deux Bhavaja s'activent sans un mot, attrapant les cadavres chacune d'un côté pour les lancer ensemble dans les ténèbres.

Le recycleur. Le monstre. Le souvenir vrombit dans mon esprit confus. Je ne suis pas un cadavre, essayé-je de dire, mais je m'étrangle sur quelque chose : ma salive et mon sang.

Elles jettent le corps de Prisha dans l'obscurité.

J'essaye de hurler. Aucun son ne franchit mes lèvres.

L'une des femmes me saisit par les bras, l'autre par mes jambes abîmées.

Douleur. Peur et douleur. Elles me projettent en direction de la gueule noire que je sais conduire au monstre.

Les ténèbres, au moins, peuvent m'apporter un peu de paix. Je connais les ténèbres. Je les connais très bien.

Les Bhavaja me lâchent.

Je fais alors un bruit qui pourrait être celui d'un animal mourant : un grognement, rien de plus. Puis je tombe, tombe dans l'obscurité gluante, je tombe et tombe en direction du centre du monde.

« Le véritable pouvoir consiste à savoir donner désespérément envie de vous aimer à celles qui vous craignent. »

Seigneure Mokshi, annales de la Légion

13
JAYD

Je me réveille dans l'appartement de Rasida sur Bhavaja, blottie dans son lit et l'esprit brouillé par une terrible gueule de bois. En me redressant, je vois que j'ai encore plein de sang brunâtre sur les mains. J'en ai même partout : sur les vêtements, les cheveux, les bras. Quand je pose les pieds par terre, mon estomac se soulève. J'essaye de reconstituer les événements de la soirée, mais ils restent flous. L'union, oui, je m'en souviens un peu. Je me rappelle Rasida me conduisant à l'estrade et me donnant quelque chose à boire, puis me remettant à son équipe de sécurité ainsi qu'à sa sœur Aditva, qui avait très mauvaise haleine et un tic à une paupière.

Je voulais me retourner pour voir Zan et Anat, mais Aditva m'a dit que pour ma sécurité, elles avaient besoin que j'aille attendre Rasida dans une piècc juste à l'extérieur du temple. J'y suis allée. J'ai attendu. J'ai bu.

Et je me réveille sur Bhavaja. Où est passé le reste ?

À côté de moi, le lit n'est pas froissé : Rasida n'a pas dormi là. Où est-elle, alors ? Malgré son absence, cela me réconforte qu'elle ne m'ait pas renvoyée dans mon appartement, comme elle l'aurait fait d'une prisonnière. Nous deviendrons proches, tout comme je le suis devenue avec Zan. Mais ça me donne à réfléchir, car ce qui est arrivé avec Zan, ni elle ni moi n'aurions pu le prévoir et ce n'est pas une voie que je veux emprunter de nouveau.

Mes mains tachées de sang me donnent irrésistiblement envie de me nettoyer.

Je passe sous la douche, me verse de l'huile sur le corps et frotte afin de me débarrasser du sang et de l'odeur de sexe qui imprègnent ma peau depuis la veille, même si quand j'en fais ensuite tomber l'huile sale sur le sol poisseux où elle sera absorbée, je m'avoue que j'aurais adoré passer le reste de la période de veille enfouie sous les draps à respirer cette odeur.

Je suis peut-être une horrible traîtresse. Mais Zan est loin, et ce n'est pas la vraie Zan, de toute manière, si ? Plutôt une pâle copie, effacée et récupérée à de multiples reprises. Peut-être la Zan que je croyais aimer, celle dont j'ai passé tant de temps à discuter avec Anat, n'existe plus. Qu'est-ce que l'amour, de toute manière, sinon une faim qu'aucun repas ne peut assouvir ?

Je baisse les yeux sur mon ventre. Je suis allée suivre mes traitements toutes les quatorze rotations. La chose que je porte doit déjà être en train de se diviser et de se multiplier, en se servant de mon corps, de ma force pour prendre consistance. Grâce à Zan, je suis capable de donner naissance à la ressource la plus importante en ce moment dans la Légion. Le monde de Rasida ne peut pas vivre sans moi. Qu'elle m'aime vraiment ou non, je lui suis précieuse. Cela me contrarie qu'elle ne m'ait pas laissée voir Anat et Zan une dernière fois. Je trouve bizarre d'assister à une union où les deux familles ne se mêlent pas à la fin. Peut-être est-ce arrivé sans que je m'en souvienne ?

J'enfile une des tuniques de Rasida, que je trouve un peu étroite et trop longue, avant de m'aventurer dehors. Une femme robuste monte la garde devant la porte et me lance un regard noir quand je m'éloigne, puis me suit à huit ou dix pas.

Je fais volte-face. « Pardon, mais tu es là pour me protéger ?

— Si tu sors, je dois m'assurer que tu regagnes ton appartement.

— Comment tu t'appelles ? »

Elle ne s'y laisse pas prendre et serre les lèvres.

« Où est Rasida ?

— Elle s'occupe de questions de politique étrangère.

— Conduis-moi à elle.

— Je dois accéder à chacune de tes demandes, dit-elle, sauf si elle transgresse les ordres de Seigneure Rasida. Seigneure Rasida demande à ce que tu sois escortée jusqu'à ton appartement. Tes servantes t'y attendent.

— Je peux aller à la salle de réception ? Pour manger avec les autres membres de la famille, peut-être ?

— Tu n'es pas de la famille. »

Ça me reste sur le cœur, mais je reconnais cette réplique. C'est quelque chose que Gavatra dirait. Où est Gavatra ? J'essaye de réprimer mon sentiment de malaise. Rasida professe l'amour. Je pourrais presque parler d'une espèce d'amour pour ce que je ressens à son égard. Je tremble au souvenir de son contact. Une femme qui me touche de cette manière ne me ferait pas prisonnière.

Mais je ne peux m'empêcher de penser, une nouvelle fois, à Zan. Si Rasida a besoin de moi, je me servirai de ce besoin pour œuvrer à sa ruine. Je garderai le contrôle de la situation. J'ai réussi à me retrouver ici, contre toute attente et non sans sacrifices. Je peux faire ce qu'il faut pour aller jusqu'au bout.

Je laisse l'agente de sécurité me ramener à mon appartement. Les filles sont déjà là, elles ont servi à manger et posé sur la table une pile de tablettes luisantes.

« Qu'est-ce que c'est ? » demandé-je, mais évidemment, elles ne peuvent pas répondre. Je retourne une des tablettes, constate qu'il s'agit d'un livre d'histoires animé. Je n'en avais plus vu depuis mon enfance. En me concentrant bien sur l'image qui bouge à la surface, je peux me plonger dans l'histoire. Celle-là est toutefois difficilement compréhensible. La langue n'est pas de celles que je connais et cela se déroule dans un monde étrange. Même les personnages sont étranges : chétifs, avec de longs membres, de petits yeux plissés et des visages aplatis. Je repose la tablette en me demandant dans quel monde Rasida les a dénichées.

Je m'attends à la voir avant que les parois s'assombrissent, mais elle ne vient pas me retrouver. Je me dis qu'elle me fera peut-être appeler pour le dîner, qui passe toutefois à son tour sans qu'elle se montre.

J'ai la nausée, et vomis dans la douche.

Je tue le temps avec les tablettes à histoires, mais la plupart ressemblent à la première : leur grand âge les rend quasiment impossibles à comprendre. Et elles me font faire des rêves bizarres.

Au milieu de l'un d'eux, je me réveille tout à coup dans le noir. Ma porte est ouverte et je distingue Rasida sur le seuil.

Je cligne des yeux, frotte les murs pour qu'ils brillent. Je repousse mes couvertures, prête à lui crier après parce qu'elle m'a laissée seule ici, mais en la voyant dans la lumière, je reste muette de stupéfaction.

Elle est couverte de sang des pieds à la tête. Non

de sang ancien et brunâtre comme j'en avais sur le corps à cause de l'union, mais de frais qui n'a pas fini de coaguler. Ses cheveux sont poisseux et emmêlés. De toute évidence, une partie de ce sang est à elle. Elle a le bras gauche enduit d'un épais baume jaune, et dans la main un objet lourd qui luit en vert.

« Qu'est-ce qui s'est passé ? » demandé-je, et mon cœur rate un battement, parce que j'ai peur que Zan ait fait quelque chose d'idiot. A-t-elle attaqué les Bhavaja ? Elle va tout gâcher.

Rasida ne croise pas mon regard, mais s'agenouille devant moi avant de lâcher ce qu'elle tient à la main.

C'est le bras de ma mère.

« Je te rapporte un trophée de guerre », dit-elle, et je me retiens de toutes mes forces de hurler, car c'est exactement ce que j'ai dit à ma mère en lui offrant ce bras que j'avais volé.

« Ma mère… », dis-je sans finir ma phrase, car je sais à quoi m'attendre, maintenant, si bien que je voudrais m'enfuir, mais je reste clouée sur place.

Où irais-je ? Je n'ai nulle part où aller.

Rasida prend mes mains, ce qui les barbouille d'un peu de sang séché et de saleté, les pose sur sa joue. « Tu es libre, à présent.

— Libre ? » Ma voix n'est qu'un murmure.

« Je t'ai libérée de Katazyrna. Ta mère est morte. Ton monde est à nous. »

Mon ventre se crispe. Je dois dire ce qu'il faut dire. Je ne peux pas flancher, sinon elle va me tuer aussi. « Je ne comprends pas. Nous avions négocié la paix.

— Je l'ai fait pour toi. » Elle lève à présent vers moi ses yeux noirs, dans lesquels je lis une certitude absolue, un calme parfait. « Tu es une Bhavaja, maintenant. Katazyrna n'existe plus.

— Qu'est-ce que tu as fait à mes sœurs ?

— Elles vont renouveler le monde. Elles ont été recyclées. Nous mangerons leurs os.

— Non. » Je m'écarte d'elle. Je ne peux pas m'en empêcher. Mon esprit et mon corps s'opposent. Je veux lui arracher les yeux. Non, je veux m'arracher les miens, parce que c'est ma faute. C'est moi qui ai provoqué cela. « Rasida, nous avions négocié la paix. Tu n'as pas respecté ce qui était négocié. Tu as manqué à ta parole ! »

Rasida se relève, lentement. Elle me fait peur, à ce moment-là. Non comme avant, comme mon ennemie, c'est plutôt la peur qu'inspire un animal enragé, une créature mutante n'ayant jamais vu la lumière.

« Je ne manquerai jamais à ma parole avec toi. Mais la paix a été négociée avec Anat, pas avec toi. L'ajustement sera difficile. Mais tu es chez toi, ici, maintenant.

— Tu ne peux pas... », dis-je, et je ne veux pas lui poser la question, je ne veux pas savoir si elle a tué Zan aussi, bien entendu qu'elle l'a fait, et je me demande alors si elle est au courant, pour Zan, si elle sait qui elle est vraiment. A-t-elle des soupçons ? Me serais-je trahie ? Je regarde le bras. Il y a encore de la chair ensanglantée de ma mère à l'intérieur : il a toujours été trop petit pour elle. Cela lui faisait mal de le porter.

Je joins les mains pour essayer de contrôler mon tremblement. Les larmes jaillissent spontanément, mais Rasida ne peut que s'attendre à des larmes. Si je ne pleurais pas, je serais moins crédible quand je finirais par dire que je lui pardonne d'avoir massacré mon monde.

Je m'effondre sur le sol et elle s'assied à mes côtés. Je la laisse me prendre dans ses bras. « Qu'est-ce que tu as fait ? sangloté-je. Qu'est-ce que tu as fait ? »

Elle me berce. Me met du sang de mes sœurs dans les cheveux en me caressant.

« Chut, dit-elle. Il n'y a plus que nous, maintenant. »

Et là, enfin, je hurle.

Deuxième partie

EN BAS

« Les monstres ne vivent pas dans le ventre du monde comme on le dit partout. Les monstres vivent en nous. C'est nous qui les créons. »

Seigneure Mokshi, annales de la Légion

14
ZAN

Tout est monstrueux, dans le noir.

Le monstre recycleur patauge lourdement sous la lumière fluctuante dans les déchets du monde : combinaisons hors d'usage, restes de nourriture, pisse mêlée de sang, merde, corps endommagés minces ou corpulents, jeunes ou vieux, mutilés, déformés, mutants ou taillés en pièces, ceux des laissées-pour-compte, des éclopées, des boiteuses, des erreurs, des simplement malchanceuses, des mortes.

Je reprends conscience en pensant avoir rêvé cette horreur, mais c'est la réalité. J'ai la tête lourde, remplie d'une boue gluante. Je vois une brume de lumière bleue traversée d'obscurité, comme si un puissant éclairage se balançait au-dessus de moi au bout d'une longue corde. J'en suis étourdie. La puanteur est suffocante, si agressive qu'elle me soulève le cœur.

Je suis incapable de bouger. Quand j'arrive à comprendre la lumière et les ombres qui passent dans mon champ de vision, je constate que je me trouve au milieu d'un tas de cadavres. La main de l'un d'eux me pèse sur le visage. J'ai un goût de bile dans la bouche. Je crache et bave pour m'en débarrasser. Un sanglot tremblotant monte en moi, si gros que j'ai l'impression que je vais éclater. Dans le noir, entre les montagnes suintantes de déchets et de membres en décomposition, je distingue vaguement quelque chose d'épouvantable qui se déplace. J'ai déjà rencontré ce monstre, dans une autre vie, une autre époque. Je connais cet instant jusqu'au plus profond de mon être.

J'essaye de m'extraire des cadavres. Ils ont amorti ma longue chute dans les ténèbres. J'ignore combien de temps elle a duré. Parmi tout ce dont je ne veux pas me souvenir, il y a cette chute, qui me revient pourtant en mémoire par vagues atroces : un glissement visqueux et cahotant vers la mort. Mes mains sont couvertes de crasse. Mes ongles pleins de sang, maculés de mucus pour avoir essayé de ralentir ma chute en s'agrippant aux parois du vidoir.

Pour le moment, je tiens plus que tout à m'extirper de ces cadavres qui m'ont sauvé la vie. Quelques pas plus loin, je repère un autre mouvement. L'oscillation de la lumière bleue la ramène vers moi, si bien que je vois Maibe, à quatre pattes, en train de cracher de la bile ou du sang sur le sol pourri et instable.

L'imposante créature qui déambule derrière le tas de cadavres voisin grogne, puis soupire. Tout ce qui nous entoure semble agité de secousses et de tremblements quand elle avance d'un pas lourd.

Je fais signe à Maibe, mais peut-être ne me voit-elle pas. Puis je me fige, car le monstre est sur nous.

Maibe lève la tête au moment où il émet un grondement dans sa direction. Je n'en distingue que la silhouette, celle d'une bête énorme, au moins cinquante pas de haut, avec quatre grands bras devant, un arrière-train puissant et un moignon de queue. Elle avance pesamment. Ce que Maibe bredouille alors tient autant du hurlement que de la respiration relâchée d'un coup.

La lumière repart dans l'autre sens. Le monstre attrape Maibe. Il referme ses gigantesques doigts osseux sur sa tête, qu'il lui arrache du torse comme si elle n'était pas plus solide qu'une brindille. Il se jette dans la gueule la tête et le corps, les écrase entre ses puissantes mâchoires avec un craquement si sonore qu'il me pénètre jusqu'aux os.

Le monstre grogne et se remet en mouvement, ce qui fait de nouveau frémir les cadavres autour de moi. L'un d'eux dégringole du sommet de la pile.

Le monstre s'ébroue, puis approche du tas de mortes dans lequel je me trouve. Je retiens ma respiration en tremblant si fort que tout mon corps me semble une plaie ouverte.

Je sens la chaleur de son haleine sur moi. Il renifle. Il empeste. La lumière revient, m'éclaire pour la première fois sa face. Je ravale un hurlement en me mordant si fort la langue qu'il me vient un goût de sang.

Il a un visage grossièrement humain, avec un nez bulbeux, des lèvres épaisses, une gueule pleine de dents irrégulières, mais un seul œil, immense et jaunâtre, placé au milieu du front. Une épaisse crinière emmêlée couvre ses épaules massives. La première paire de bras est la plus grande, avec des poignets épais comme mon corps. Les mains n'ont que trois doigts : un pouce, un index et une espèce d'auriculaire, le plus court des trois étant aussi long que mon bras.

Le monstre grogne de nouveau dans ma direction, l'œil roule dans son orbite, à la recherche de… de quoi ? De mouvement ?

Il fouille dans le tas de cadavres avec ses mains à trois doigts, attrape des corps, leur arrache la tête et les mange. L'un d'eux est encore en vie, comme Maibe, et hurle.

Le monstre renâcle. Cela fait un bruit grave et régulier, comme un rire.

Il joue quelques instants avec ce corps-là, le fait passer d'une main à l'autre, l'abat sur les piles de cadavres jusqu'à ce que le hurlement cesse. Je ne veux pas savoir qui c'était. J'espère ne l'avoir jamais rencontrée.

La mastication se poursuit un bon moment. Enfin, avec un dernier grognement à l'adresse des mortes entassées autour de moi, le monstre s'éloigne en traînant les pieds. Je reste immobile, l'oreille tendue, jusqu'à ce que je n'entende plus rien. Puis j'étouffe un sanglot, parce que je ne sais pas quoi faire sinon rester là à me morfondre. Il aurait mieux valu pour moi être tuée là-haut. Ou succomber à ma chute. Mais le monde se fiche de ce qui est mieux pour moi.

« Zan ? »

C'est la voix de Prisha.

« Où es-tu ? » demandé-je. J'essaye une fois encore de me dégager. Ma jambe et mon épaule m'élancent. « Tu me vois ? T'es où ?

— Je ne peux pas bouger », répond Prisha. Elle semble être au moins à douze pas. Une distance impossible à franchir, dans mon état.

« Il y a d'autres survivantes ?

— Il a mangé Soraya, indique Prisha. Seigneure de la Guerre, prends pitié de celles qui sont tombées. Seigneure de la Guerre, laisse-nous mourir ici. Laisse-moi mourir, Seigneure. »

J'entends quelqu'un d'autre se joindre à sa prière, au fond du tas de mortes et de presque mortes. Je ne connaissais pas Soraya. Tant mieux.

Peut-être aurons-nous toutes de la chance. Peut-être mourrons-nous de nos blessures avant le retour du monstre. Je veux croire en une seigneure de la Guerre qui donne à chacune ce qu'elle mérite, mais je crains que – parmi ces personnes – je sois bel et bien en train d'obtenir mon dû.

J'essaye de m'abandonner aux véritables ténèbres. Peut-être vais-je me vider de mon sang. Mais qui ira alors au secours de Jayd ?

C'est cette pensée qui me stimule. J'ouvre les yeux. Les ténèbres ne viendront pas.

Mais le monstre est de retour.

Il s'avance de sa démarche traînante entre les mortes, en choisit certaines comme on goûte de la nourriture pour un banquet. Son œil immense se pose sur un corps non loin de moi. J'entends une prière incohérente et un cri perçant.

C'est Prisha.

Je regarde le monstre l'agiter très haut. Il lui croque une jambe pendant qu'elle hurle. Je m'attends à ce qu'il la dévore de la même manière que Maibe, mais il se dresse sur son arrière-train pour attraper une sorte de tentacule ou de vrille qui pend au-dessus d'eux. Il en entoure le torse de Prisha, la laisse ainsi accrochée à saigner et se débattre, ce qu'elle fait jusqu'à ce qu'elle meure ou perde connaissance, je ne sais pas. J'espère qu'elle est morte.

Le monstre s'éloigne pesamment en l'abandonnant comme un appât pour quelque chose de bien pire et de bien plus gros, et à ce moment-là, je n'aime pas avoir de l'imagination. Vraiment pas.

Il se passe je ne sais combien de temps avant que j'entende Prisha de nouveau. Je sue, je brûle de ce qui me semble une énorme fièvre. Je caresse l'espoir que tout ça ne puisse être qu'un rêve provoqué par la fièvre.

Prisha crie. Je ne sais pas où elle en trouve la force. Elle devrait se taire. Elle n'arrivera qu'à faire revenir le monstre. C'est peut-être ce qu'elle cherche. Comme moi, elle veut seulement que tout soit terminé.

Elle continue à pousser des cris inarticulés. Des hurlements lui font écho ici et là, loin, si bien que je me demande combien d'autres ont été comme nous jetées ici, toujours vivantes, depuis différentes parties du monde.

Je grince des dents. J'ai deux solutions : attendre la mort ou la combattre. Personne ne viendra à notre secours. Nous ne pouvons compter que sur nous-mêmes pour nous sauver.

Je soulève à grand-peine les cadavres qui m'entourent et parviens enfin à m'extraire du tas. Ce qui me prend une éternité, me laisse suante et tremblante, mais me voilà libre des mortes. Le passage du temps est difficile à évaluer, ici. Je n'ai que la lumière oscillante comme base, et les grandes ombres. D'où vient cette lumière ? Les tentacules qui pendent du plafond sont-ils attachés à autre chose, à une horreur encore pire ?

S'il y a un moyen pour descendre dans cet endroit, il doit en exister un pour en remonter. Comment ces créatures sont-elles arrivées là ?

Je m'évanouis de l'autre côté du tas de cadavres.

Je reprends conscience dégoulinante de sueur et prise de délire. Je sais que je délire parce que je vois devant moi des petites bêtes noires ramper dans les immondices, mais quand je plisse les yeux, elles disparaissent et je suis seule avec Prisha en train de sangloter, pendue dans les hauteurs.

C'est à ce moment-là que le sol se met à trembler.

Je me plaque dessus comme si c'était une substance solide, et non un mélange d'os, de fèces et de choses plus sombres. J'ai soif et je frissonne, mais rien n'est pire que la peur que je ressens en voyant le monstre approcher, louvoyer entre les cadavres. J'entends craquer les os sous son poids.

Il se dresse à présent au-dessus de moi comme un horrible cauchemar, une histoire d'épouvante de mère. Il attrape Prisha, qui se balance au bout du tentacule, fait le bruit *mfff-mfff*, celui qui ressemble à un rire, puis arrache la tête de Prisha et la mange avec le corps.

J'enfonce mes ongles dans le sol, m'accroche à la vie.

Le monstre fait du vacarme derrière moi en fouillant dans les détritus. Quelque chose me percute violemment l'épaule.

Il enroule ses énormes doigts autour de mon buste, serre si fort que cela me chasse tout l'air des poumons. Il me lève haut, jusque devant son grand œil jaune.

Je lance en avant ma jambe valide, mais rate l'œil. Le monstre rugit. Son haleine brûlante et fétide se déverse sur moi. J'aurais voulu avoir le temps d'être emportée par la fièvre et l'infection. Que les ténèbres viennent. Tout mais pas ça.

Le monstre aboie. Il tire sur un autre des tentacules du plafond, le noue autour de ma poitrine.

« Espèce de merde infâme, marmonné-je si bas que je m'entends à peine moi-même. Bouffe-moi donc. Bouffe-moi. »

Mais il ne le fait pas, il glousse et me laisse seule.

Le tentacule gluant reste collé à moi comme s'il était vivant. Je sens sur sa chair de petites aiguilles pointues qui s'enfoncent dans la mienne.

J'ai les pieds à au moins vingt pas du sol. Même si j'arrive à me libérer, la chute sera douloureuse, et je ne suis déjà guère vaillante. Je ne sais pas ce que je peux encore supporter.

Je reste longtemps ainsi pendue, à baver, à perdre et regagner conscience. La troisième fois que je me réveille, j'ai assez de force pour essayer de me libérer du tentacule. La lumière bleue passe au-dessus de moi, me révèle un tas de très anciens cadavres pas si loin de moi.

Je me contorsionne d'avant en arrière, pour faire se balancer doucement le grand tentacule. Petit à petit, avec une régularité douloureuse, j'accentue le mouvement d'avant en arrière, d'avant en arrière. Cela me rapproche chaque fois un peu plus de l'amas de cadavres gonflés.

Un beuglement chevrotant s'élève dans le lointain.

Je me balance plus vite, en m'efforçant de desserrer la puissante étreinte du tentacule et en priant la seigneure de la Guerre, même si je ne suis pas sûre d'y croire, ou de croire à quoi que ce soit, dans cet endroit.

Les cadavres frissonnent. J'entends le monstre au loin, je l'entends qui approche. Qui approche de plus en plus.

Je ne mourrai pas ici. Je ne serai pas dévorée au centre du monde sans savoir qui je suis. Sans mère. Sans mémoire. Sans Jayd.

J'échappe à l'étreinte du tentacule. Je m'agrippe à lui avant de tomber, le lâche juste au moment où son mouvement de balancier le renvoie en direction du tas de cadavres.

Je m'écrase sur ces corps gonflés. Ils éclatent, libérant de grandes quantités de gaz. Je manque vomir, tousse. La douleur embrase mes plaies ouvertes, remonte en trépidant à l'intérieur de ma jambe abîmée. Qui est sans doute irrécupérable, maintenant. Qu'est-ce que j'en ai à fiche ? Il n'y a qu'à la couper.

Je m'évanouis. Perds la notion du temps. Douleur. Obscurité. Quelque chose trottine près de mon corps. À un moment, je découvre en reprenant conscience une créature humanoïde, pas plus haute que mon genou, penchée sur ma jambe, les lèvres maculées de sang, sourire rouge sur son visage déformé. Je lance sans force mon poing dans sa direction et elle s'écarte d'un bond à quatre pattes, avec un coup d'œil en arrière et un petit gloussement aigu.

Je ne vais pas mourir. Mais il n'est pas impossible que je sois dévorée vivante, d'une manière ou d'une autre.

J'entends le monstre rugir et essaye d'avancer au milieu des chairs gonflées et suintantes. La peau se détache des os. Les visages semblent à peine humains. Peut-être ne le sont-ils pas.

Je rampe ainsi jusqu'au bord du tas.

Puis je me laisse glisser jusqu'en bas. Je glisse encore et encore. Je heurte le sol avec brutalité. Douleur et ténèbres, douleur et ténèbres. Une partie de moi veut mourir, même si Jayd est vivante. Même si je pouvais la sauver.

Peut-être cette partie-là va-t-elle voir son désir exaucé.

« Ne te soucie pas de tes sœurs. Elles te conduiront à la ruine. J'ai dû commencer par tuer les miennes, qui étaient incapables de supporter le changement nécessaire pour nous sauver toutes. »

Seigneure Mokshi, annales de la Légion

15
ZAN

Une odeur de fumée, la chaleur de flammes. La puanteur fait remonter un souvenir de monde en feu. Lequel ? Je n'en sais rien, mais cela fait naître en moi un puissant sentiment de perte et de trahison, de peuple mis au rebut, d'objectif contrecarré. Quel objectif ? Le mien ? En quoi aurais-je pu m'être investie dans l'avenir d'un monde ? Je ne sais plus qui de Maibe ou de Sabita m'a dit que j'étais a priori une conscrite d'un autre monde… Peut-être était-ce le mien, ce monde en feu.

C'est l'odeur qui me réveille. J'ouvre les yeux. Je suis à l'intérieur d'une espèce de grotte ou de masure humide. Une femme efflanquée est accroupie près d'un feu, le visage parsemé d'ombre par les flammes qui lèchent l'air entre nous. Elle a les cheveux fins et gras, des mains minces et osseuses, légèrement courbées comme des griffes. Un enchevêtrement de cicatrices lui couvre la moitié de la figure.

« Tu es qui ? » croassé-je. Les yeux fixés sur les flammes, je m'inquiète de son expression affamée.

« Das Muni, répond-elle doucement.

— Tu es quoi ? » Je me sens groggy de nouveau. « Les Bhavaja. Elles ont pris le monde. Il faut que je les chasse. Que je retrouve Jayd.

— Je sais.

— Tu es quoi ?

— Rien qu'une femme. Mon monde est mort.

— Qu'est-ce qu'ils deviennent, les mondes morts ? »

Elle remonte ses genoux sur sa poitrine. « Ils sont mangés. On récupère tout ce qu'on peut dessus jusqu'à ce qu'ils ne tiennent plus en un seul morceau. Tu n'as jamais assisté à la mort d'un monde ? »

Je frissonne. On dirait que, penchée sur moi, elle lit dans mes pensées. « Pourquoi est-ce que...

— Chut. » Das Muni porte ses mains sales à sa bouche en désignant du regard l'entrée de sa petite masure de déchets. Dont les fondations sont d'os et de structures organiques calcifiées, le reste bourré de détritus.

Toute la cabane tremble. J'entends le rugissement

familier du grand monstre recycleur qui déambule dans les ordures.

Au bout de quelques minutes, le bruit de ses pas s'éloigne et Das Muni enlève les mains de sa bouche. « C'est le pire, celui-là, dit-elle. Il s'appelle Teigne. Il t'adore, je crois. Il te trouve vraiment délicieuse.

— Il y en a plusieurs ? » Ma question ressemble à un glapissement plein de tension, on dirait une gamine qui vient d'avoir son premier sermon sur ce qu'est un vide. Cette pensée en amenant un autre, je me rappelle avoir récité les cinq règles de la marche sur le monde dans une salle pleine de filles de mon âge. Nous ne parlions pas la langue dont se servent les Katazyrna. C'en était une autre. Dont le nom m'échappe, malgré mes efforts pour m'en souvenir.

« Il y a beaucoup de monstres. Nous sommes au centre du monde, ou juste à côté. Ils recyclent tout pour le monde. Ça représente beaucoup de travail. Sur le mien, de monde, il y en avait davantage…

— Comment tu t'es retrouvée ici ? l'interromps-je.

— De la même manière que toi », répond-elle, mais sans me regarder. Elle observe de nouveau, derrière les flammes, le monde de Teigne. Je me demande ce qu'elle fait brûler. « On m'a recyclée.

— Pourquoi ?

— On t'a recyclée pourquoi, toi ? »

Je ne sais pas dans quelle mesure je peux me confier à elle. Je continue à me demander si elle va me manger. « Le monde a été envahi, dis-je. Les Bhavaja se sont emparées de Katazyrna.

— Ah, fait-elle, comme si je lui avais dit que je

m'étais pulvérisé ce matin-là une combinaison bleue et non verte.

— C'est très grave, insisté-je. Elles ont tué toute la population.

— Elles ne feraient rien de tel. Elles tueraient juste assez pour être sûres de pouvoir amener leur propre peuple. J'ai entendu dire que Bhavaja mourait. Une fois qu'un monde commence à mourir, le seul moyen de le sauver est de donner naissance à un nouveau. Et c'est… rare.

— Comment se fait-il que tu en saches autant ?

— Comment se fait-il que tu en saches si peu ? J'ai vécu sur plusieurs mondes. Jamais personne ne veut de moi. On me recycle chaque fois.

— Tu fais quoi ? »

Elle incline la tête. « Je donne naissance aux mauvaises choses.

— Tu… donnes naissance ?

— Comme tout le monde.

— Pas moi.

— Bien sûr que si. Il n'y a personne à qui ça n'arrive pas. »

Je fouille mes souvenirs à la recherche d'une naissance ou d'une grossesse. Rien ne me vient. Par réflexe, je pose les mains sur mon ventre, appuie pour essayer de découvrir une autre vie à l'intérieur. Mais je ne remarque rien. Je me souviens avoir une cicatrice, à cet endroit.

« Comment… Comment ça marche ? » demandé-je.

Das Muni lève les sourcils. « Tu as perdu la tête, ici ?

— Oui », réponds-je, soulagée de trouver une excuse qui m'évitera de lui en dire davantage sur mon étrange histoire. « Depuis qu'on m'a jetée ici, je ne me souviens plus de grand-chose.

— On donne naissance à ce que le monde veut », explique-t-elle en sortant de la marmite posée sur les flammes ce qui ressemble à un bâton, dont elle se met à mâcher l'extrémité ramollie. « Quand il décide qu'il a besoin de quelque chose, on le fait. Les sorcières de chaque vaisseau savent tout à ce sujet. Certaines sont plus folles que d'autres, mais elles peuvent te raconter.

— On… on le fait ? » Mais bon, qui d'autre ferait ce dont le vaisseau a besoin ? Le vaisseau lui-même, peut-être ? Est-ce que nous *sommes* le vaisseau, qui nous nourrissons de sa chair tels des parasites ? « Et toi, alors, tu fais quoi ? »

Das Muni me regarde un bon moment, en continuant de mâchonner d'un air songeur. Puis elle se lève, sans se redresser complètement vu la faible hauteur de plafond, pour aller prendre un panier à mailles serrées à l'autre bout de la pièce, derrière des piles de cordon combustible et ce qui ressemble à des denrées à moitié pourries.

Elle revient me le fourrer dans les bras.

Il contient une masse bouillonnante d'organismes huileux qui ressemblent à des poissons avec une tête humanoïde et de nombreuses dents pointues.

J'ai un mouvement de recul.

Das Muni regarde à son tour dans le panier et se renfrogne. « Ils ne sont pas si mal, cette fois. »

Le cœur me monte aux lèvres.

« Pas grave, dit-elle. Ils ont aussi beaucoup de goût.

— Je ne peux pas rester. Merci d'avoir pris soin de moi, mais il faut que je remonte à la surface.

— Il n'y a rien pour remonter.

— Mais tu es déjà allée à l'intérieur d'autres mondes. Tu as déjà été recyclée. Comment as-tu réussi à sortir ?

— Quand les pilleuses viennent, explique-t-elle, elles percent un niveau après l'autre jusqu'à ce qu'elles arrivent ici, au cœur, et elles emportent tout ce qui est organique. Du coup, le monde meurt. Il n'a plus rien pour se régénérer.

— Tu faisais quoi, avant ?

— Je servais des personnes, rien de plus.

— Comment ça se fait que tu en saches autant, alors ?

— J'écoute, répond Das Muni. J'écoute quand on croit que je n'écoute pas. C'est le secret pour rester en vie. Il faut en savoir davantage qu'on en a l'air.

— Je ne sais rien.

— Alors on va bien ensemble », dit-elle en se mettant à tuer sa progéniture à coups de bâton pour préparer le dîner.

« Les méchantes ont le sourire le plus lumineux. Le mien n'est jamais aussi grand que quand je vais dîner. Toutes mes ennemies le savent. »

Seigneure Mokshi, annales de la Légion

16
JAYD

Je ne perdrai pas de vue ce pour quoi je suis venue. Maintenant plus que jamais, chaque mot et chaque geste comptent. Mais je ne m'attendais pas à la trahison de Rasida. Pas aussi vite. C'était… C'était quelque chose que j'aurais fait, négocier la paix et détruire le monde. Je ferme les yeux. Je l'ai déjà fait.

Rasida a le bras. Je me dis qu'elle m'a rendu service. Je suis à mi-chemin d'obtenir les deux choses que je veux, mais je suis seule, maintenant. Je ne peux pas compter sur Zan pour jouer son rôle dans ce plan. À vrai dire, son rôle consistait surtout à me faire venir ici. Pour le reste, je peux me débrouiller toute seule. Ce sera plus difficile, mais faisable. Je dois partir du principe que Zan et mes sœurs sont mortes, qu'il n'y a plus que moi. Il me faut donc aller jusqu'au bout de ce plan que Zan et moi avons élaboré il y a tant de rotations de cela, et croire que toutes nos idées d'alors peuvent encore fonctionner.

Plusieurs périodes de sommeil s'écoulent malgré tout avant que j'arrive à accepter l'invitation à dîner de Rasida. Même sortir de mon lit est pénible. Pourtant, le matin, j'ai du mal à garder ce que j'ai avalé, si bien que je meurs de faim le soir. Ce que les filles me donnent à manger est immonde. Je soupçonne Rasida de savoir qu'espérer une meilleure nourriture finirait par me pousser à prendre un repas avec elle.

Je veille sur mon apparence. Je m'assure d'être propre et d'allure soignée. Je m'entraîne à sourire. Ce qui m'est bien utile quand je pénètre dans l'appartement de Rasida et la revois pour la première fois depuis qu'elle a assassiné ma famille.

Mon expression est triste mais sincère, j'espère.

Je ne l'interroge pas sur Neith et Gavatra, même si j'ai réfléchi pendant mes longues périodes d'insomnie à des centaines de manière de le faire. Elles sont mortes. Je les ai sans doute mangées.

« Merci d'avoir accepté, amour », dit Rasida. Le terme affectueux me glace le cœur. Elle est folle, de la même folie qu'Anat. Mais vu que je dîne avec elle de mon plein gré, je ne vaux guère mieux.

Samti fait le service, aussi me demandé-je si elles

sont vraiment sœurs. Comme moi, Rasida s'est révélée experte en tromperie. En partie, je pense, parce qu'au moment où elle me dit quelque chose, elle n'a pas le moindre doute sur sa propre sincérité. Par ses paroles, elle donne chair à la réalité.

« J'ai beaucoup réfléchi à ce qui s'est passé », dis-je. Je mange du bout des dents le mélange de gel protéiné et de légumes frais. Au moins, des plantes continuent-elles à pousser quelque part sur ce monde mourant. On ne m'a jamais rien servi d'aussi frais, dans mon appartement. Peut-être ensuite aurons-nous du sucré. Je ne suis pas loin de rire de moi en me rendant compte qu'un peu de nourriture suffit à acheter ma soumission.

« Je suis venue te trouver à cause de ma mère, poursuis-je. Elle se montrait toujours autoritaire. Tu l'as connue. Toute ma famille voulait passer sa vie à tuer et mourir pour Katazyrna. Moi… je ne suis pas pareille. Je n'ai jamais voulu ça. Les choses que j'ai faites… Tous ces mondes. C'est parce qu'elle m'y obligeait, jamais parce que je le voulais. Mais sur Katazyrna, on obéissait à Anat, sinon elle vous recyclait.

— Qu'est-ce que tu veux, Jayd ?

— Rien que toi. » Je croise son regard. « Je veux une nouvelle vie. Peut-être que je suis libre, oui, maintenant. Peut-être que tu m'as libérée. »

Elle me sourit, mais de ce sourire qui n'atteint jamais ses yeux, le sourire noir qui s'accorde avec son regard noir. Un nœud d'inquiétude se forme dans ma poitrine, où il reste. Si elle me retient prisonnière ici, m'échapper sera beaucoup plus difficile.

Rasida se lève, gagne son armoire, en revient avec le bras en métal de ma mère, qu'elle lâche sur la table entre nous avant de se rasseoir.

« Il y a un truc, pour s'en servir ? demande-t-elle. On sait toutes qu'Anat commandait au monde avec. Elle donnait de très jolis petits spectacles de lumières, et bien plus, d'après les rumeurs. Il paraît qu'il lui permettait de contrôler Katazyrna à la manière des sorcières. Et comme on n'arrive pas à trouver les sorcières Katazyrna, on a besoin de ce bras, si on veut recréer le monde.

— Je ne sais pas », mens-je. Je le regarde. Comme elle a enlevé ce qu'il restait de chair de ma mère à l'intérieur, ce n'est plus qu'une sorte de cage métallique autour du vert et de la tiédeur de la peau organique. Je ne dis pas à Rasida qu'il n'est en rien originaire de Katazyrna. Nous ne sommes pas davantage qu'elle capables de construire un objet de ce genre. Il n'y a qu'un seul monde qui en soit capable.

« Si tu savais comment on s'en sert…, commence Rasida.

— Mère ne faisait confiance à aucune d'entre nous. Je suis désolée, amour. Si je connaissais son fonctionnement, je te le dirais.

— Vraiment ?

— Vraiment. »

Elle me regarde avec une expression calme et calculatrice. Elle se relève, va ranger le bras dans son armoire. Je prends note de sa localisation et remarque qu'elle ne semble pas avoir de serrure. Peut-être Rasida part-elle du principe que son peuple a bien trop peur d'elle pour y toucher. Heureusement que je n'en fais pas partie.

« J'imagine qu'avoir ce genre de connaissances n'était pas important, dit-elle. Avec ce que tu as dans le ventre, tu n'as pas à t'inquiéter de ça. Combien de fois as-tu accouché ?

— Zéro.

— Ah bon ? » Elle plisse les yeux. « Alors comment sais-tu que…

— Anat les faisait enlever avant terme. Elle décide… elle décidait qui donnerait naissance, et à quoi, sur le monde.

— Bel exploit.

— Tu contrôles sûrement la fécondité de ton peuple tout autant que la tienne, dis-je avec prudence.

— J'administre des corrections quand je le juge bon. » Elle boit à une autre magnifique timbale métallique : celle-ci a le rebord enchâssé de gemmes bleues. Je n'arrive pas à imaginer que Rasida mange ainsi à chaque rotation. Mais j'en sais très peu sur cette femme qui est mon ennemie, bien moins que je ne pensais en savoir avant de venir.

« J'ai toujours trouvé étrange, dis-je, que tu continues à vivre dans un monde comme celui-ci alors que tu as le pouvoir d'en créer un nouveau. Pourquoi te soucies-tu d'un bras en métal pour rapiécer un monde que tu peux refaire ? »

Rasida lève les sourcils. « Ah, c'est une interrogation qui revient souvent. Mais personne ne raconte jamais ce que ça vous fait de créer un monde. » Elle remplit de nouveau ma timbale. « Pas vrai ? »

Je croise les mains sur mon ventre. « Anat disait toujours que diriger un monde était bien plus dangereux et plus terrifiant qu'en créer un.

— Anat était une imbécile. Bois ton vin. »

Je bois mon vin.

Je ne peux retenir un nouveau coup d'œil sur l'armoire. Ma famille est morte, Zan est morte, et je suis à quelques pas du bras, en train de me faire resservir en vin par la femme qui peut recréer des mondes.

Je me suis introduite dans le ventre de mon ennemie. Je suis à un cheveu de tout ce que je cherchais. Mais à quel prix ?

Rasida se penche sur moi. « Il y a un truc qu'il faut que tu saches. »

Je patiente. Elle semble attendre une réaction de ma part, mais comme elle n'en obtient aucune, elle continue. « Je t'aime énormément. » Elle sourit.

« Je t'aime aussi. »

Souris encore et encore, dirait Zan. D'un sourire d'autant plus lumineux que tu es la méchante.

« Ça m'inquiète que tu n'aies jamais mené une grossesse à terme, dit Rasida.

— Maintenant que j'en ai l'occasion…

— Oui, évidemment. Nous prendrons bien soin de toi. Tu sais que c'est tout ce que je demande. M'occuper de toi.

— Je sais. »

Pendant le reste du dîner, Rasida parle du travail de récupération sur le monde voisin et de petites insurrections dans le niveau d'en dessous, me raconte comment une de ses sœurs a éradiqué par le feu une infestation de parasites au niveau supérieur. Une conversation qui semble sans importance, mais je remarque que Rasida prend soin de ne pas trop m'en dire. Elle ne me révèle ni le nom d'autres de ses sœurs, ni celui du monde sur lequel la récupération est en cours, ni sur quoi porte celle-ci.

Nous sommes interrompues par sa mère, Nashatra.

Je veux me lever à son entrée, par respect, mais Rasida me fait signe de rester assise. « Que veux-tu, vieille idiote ? » demande-t-elle.

Nashatra baisse la tête. « Mes excuses, Seigneure, on a besoin de toi au quatrième niveau.

— Au quatrième ? Fichtre et feu, marmonne sa fille. Tu ne peux pas t'en occuper toute seule ?

— Tu as demandé à être prévenue chaque fois que…

— Ferme-la, imbécile. »

Je referme moi-même la bouche, même si ce n'est pas à moi qu'elle s'adressait. Je ne peux m'empêcher d'être scandalisée par le ton qu'elle emploie. Si j'avais parlé comme cela à Anat, on m'aurait recyclée.

Rasida se dresse. Nashatra recule pour la laisser passer, mais heurte la table. La timbale de Rasida tombe par terre.

Rasida lève le bras, mais déjà Nashatra se met à

genoux – ce qui lui est pénible, à voir son expression – pour bredouiller des excuses. « Je te demande pardon, ma fille. » Elle ramasse la timbale, l'essuie avec sa tunique.

Je m'apprête à l'aider quand Rasida claque des doigts à mon intention. « Rentre chez toi, dit-elle. Samti, raccompagne ma consorte à son appartement.

— Je suis désolée », dis-je à Nashatra, ce qui est stupide : pourquoi le serais-je ? Nous ne sommes toutes que des objets, ici, des possessions de la personne la plus puissante de la Légion.

Lorsque je me retrouve enfin dans mon appartement, la lumière des parois me semble très vive et je suis épuisée d'avoir passé tant de temps en représentation. Mais les filles sont encore là, elles préparent mon lit et versent de l'eau tiède dans une cuvette pour que je puisse me débarbouiller avant de me coucher. Je me déshabille, me lave et me mets au lit sans leur adresser un mot. J'apprécie de me retrouver dans la pénombre, car je peux être certaine que personne ne voit mon visage.

Je tire malgré tout les couvertures sur ma tête avant de laisser mon visage se décontracter. Si dans Katazyrna la température restait à peu près toujours la même, celle de Bhavaja fluctue. Elle est agréable pour le moment, mais pourrait descendre dans quelques respirations à une valeur qui l'est moins. Ainsi blottie sous les couvertures, je peux faire comme si j'étais retournée sur Katazyrna, mais je me rends compte que ce souvenir ne m'apporte qu'un maigre réconfort. La vie sur Katazyrna, avant Zan, valait à peine mieux que ma situation actuelle. C'est elle qui m'a donné l'espoir que nous puissions être autre chose, après que j'ai failli la détruire.

À mon réveil, les filles frottent les parois pour les allumer et je me retrouve avec un autre long cycle de rien devant moi. Je me force à me lever et à m'habiller. Quand les filles filent me chercher à manger, je passe dans la cour devant mon appartement et commence à en faire le tour. J'ai trop mal au cœur pour manger, mais j'espère par cet exercice soulager mon estomac comme mon appréhension. Je n'avais encore jamais été prisonnière. Je comprends maintenant ce que Zan ressentait.

Lorsque les servantes arrivent avec la nourriture, quelqu'un les accompagne. Nashatra.

« Bonjour, Mère », dis-je. Je m'attends à voir Rasida derrière elle, mais elle est seule. Elle est maigre de bras et de jambes, avec pourtant un peu de ventre, ainsi qu'un visage rond et charnu aux lèvres fermes qui me rappelle Rasida. Elle a les paupières tombantes, et qu'elle ne les relève jamais complètement rend son expression difficile à déchiffrer. J'imagine que cela vaut mieux, ici.

« Viens faire quelques pas avec moi, mon enfant. »

Je la suis dans le vestibule. Nous dépassons en silence les gardes dans le couloir externe, empruntons une succession de passages tortueux, débouchons enfin dans une grande salle voûtée. La moitié du plafond s'est effondrée, dévoilant de fragiles couches du monde d'au-dessus, toutes fusionnées et enchevêtrées, comme du tissu cicatriciel.

« Nous sommes seules, annonce Nashatra.

— Je vois ça.

— Ta famille est morte et tu nous dois ton ventre.

— C'est vrai.

— J'ai dit à Rasida qu'on devrait uniquement troquer ce que tu as dans le ventre et le faire porter par une de ses sœurs. Elle a refusé. C'est toi qu'elle voulait. Toi tout entière, contre mon avis. Les Katazyrna ne m'inspirent aucune confiance.

— Malgré ça, te voilà seule avec moi.

— Tu n'es pas assez idiote pour me faire du mal ici. Tu ne connais pas encore toute l'ampleur de la colère de Rasida, mais ça viendra, mon enfant. Rasida obtient toujours ce qu'elle veut.

— J'ai vu ce qu'elle fait à sa propre mère.

— Je n'ai jamais voulu la guerre. La tante de Rasida a été Seigneure avant elle. Je n'ai jamais été détentrice de ce titre. Tu vois pourquoi.

— Tu n'as rien à te reprocher.

— Vraiment ?

— Pourquoi m'as-tu emmenée ici ?

— Tes servantes sont à Rasida, comme la plupart d'entre nous ici. Mais pas la totalité. Pas nous toutes, mon enfant. Tu comprends ? Ce n'est pas parce que j'ai élevé cette fille que je vais rester les bras croisés en laissant ce monde pourrir autour de nous.

— Qu'est-ce que tu vas faire ?

— Quand tu es arrivée ici, je t'ai prise pour une espionne. Ensuite, je me suis dit que tu l'aimais peut-être. Et après, j'ai vu que nous étions pareilles.

— Nous ne sommes pas pareilles.

— Oh que si. Tu es comme moi une femme intelligente qui pensait qu'ici, son intelligence pourrait la sauver. Sauf que c'est impossible, avec Rasida. La logique ne fonctionne pas avec elle. L'amour non plus. Tu as essayé les deux. Je le sais. Je sais comment tu es arrivée ici. Mais ni la logique ni l'amour ne vont fonctionner. Il faut que tu essayes autre chose.

— Pourquoi tu me racontes ça ?

— Parce que c'est toi la plus proche d'elle, à présent, et que si on veut la vaincre, il nous faut quelqu'un qui peut en approcher suffisamment pour la tuer. »

Mon expression ne change pas. Tuer Rasida n'a jamais fait partie du plan, mais j'ai désespérément besoin d'alliées.

« Tu as bien fait de parler rapidement », réponds-je doucement, de crainte que les murs nous écoutent. Qu'ils puissent deviner ma véritable intention. « Parce que je ne trahirai jamais Rasida de cette manière. » Et en prononçant ces mots à voix haute, j'y crois presque. Je crois presque être la femme pour laquelle je me fais passer.

« Revenir dans le monde est toujours atroce. »

Seigneure Mokshi, annales de la Légion

17
ZAN

Guérir manque me tuer.

Je vomis et tremble. Das Muni me nourrit de ses mains crochues avec ce qui ressemble à de l'eau – une substance visqueuse. À un moment, en me réveillant, je l'entends grogner en s'accroupissant au-dessus du panier. Il y a ensuite des flocs, des gargouillis. Je me rendors aux cris étouffés d'une créature mutante qu'on laisse se noyer dans son placenta.

L'horreur du monde réel se glisse dans mes songes. Je rêve que je donne naissance à un monstre recycleur n'ayant qu'un œil. Un monstre qui braille et qui grossit à une vitesse telle qu'il me mange un bras quelques minutes seulement après sa naissance. Qui me suit en reniflant quand je m'enfuis à quatre pattes, me dévore morceau par morceau, finit par avaler ma poitrine et engloutir ma tête.

Souvent, je me réveille en hurlant. Mes hurlements me rappellent ceux que j'ai entendus quand je dormais dans ma chambre, avant l'invasion. Mes sœurs font-elles les mêmes cauchemars ? Rêvent-elles de personnes recyclées ? Jayd aussi ?

Das Muni fait couler de l'eau entre mes lèvres desséchées, essuie mon front fiévreux. Je me pisse souvent dessus, et elle remplace l'épaisse couverture, sous mon corps, qui absorbe presque toute ma sueur et mon urine. Je regarde avec fascination Das Muni sortir de la masure pour l'essorer comme une éponge.

Je ne sais pas au bout de combien de temps elle finit par me faire bouger.

« Ta jambe cicatrise plutôt bien, dit-elle. Il faut que tu te lèves et que tu t'en serves, sans quoi tu vas perdre tes forces. »

Je lui réponds d'un grognement. J'ai perdu quelque chose dans toute cette misère et cette horreur, et je ne sais pas comment le récupérer. En regardant Das Muni, je me dis qu'il vaut mieux mourir que passer ici le reste de ma vie. Quel espoir y a-t-il de quitter cet endroit un jour, si ce qu'elle dit est vrai ? Et si Jayd était déjà morte, comme le reste de nos soi-disant sœurs ? Anat est morte. Les armées Katazyrna sont mortes. Je veux pouvoir espérer une autre réalité que celle-là, mais je ne vois pas laquelle. Mon corps se rebelle. Je lâche un gémissement.

Bien que considérablement plus petite que moi, Das Muni est d'une force surprenante. Elle me prend par les bras, me traîne pour la première fois de l'autre côté du feu, puis à l'extérieur de la masure. La lumière n'est pas celle, bleue et oscillante, que j'ai vue en arrivant dans ce bourbier, mais douce et verte. Elle provient des piles de déchets qui nous entourent de toutes parts, furtive, comme vivante. Et elle *l'est*, je m'en aperçois en voyant un filament vert monter sur mon bras. Ce sont des vers bioluminescents.

Je fais tomber celui qui est sur moi. Il s'enroule sur lui-même et dégringole par terre, se tortille dans la boue.

« Debout, intime Das Muni en me tirant de nouveau.

— Je ne peux pas.

— Si tu ne te lèves pas, je te laisse ici pour Teigne. »

Je ne la crois pas vraiment, mais je bouge quand même les jambes, en prenant lourdement appui sur elle.

De ma jambe abîmée irradie une douleur qui me fait souffler entre mes dents. Me lever, même en m'aidant le plus possible de Das Muni, suffit à me laisser tremblante et en sueur. Quand je suis enfin complètement debout, je m'aperçois qu'elle m'arrive à l'aisselle. Même dans mon état, après avoir beaucoup maigri durant ma guérison, je pèse facilement vingt-cinq à trente kilos de plus qu'elle.

Elle me fait faire le tour de la masure, et je

pataugé dans la sorte de vase en souffrant horriblement. Je ne porte ni chaussures ni pantalon, rien qu'une longue tunique tissée avec la même matière végétale que le panier. Du chanvre, peut-être ? Où poussent toutes ces plantes ? Pas ici, en tout cas.

Après cela, je dors, épuisée, en nage. Quand Das Muni me réveille de nouveau, nous ressortons faire le tour de la masure, et même deux fois, malgré mes protestations. Plus je suis obligée de dépendre d'elle, plus je la déteste, mais plus mon séjour se prolonge, plus elle semble me dévisager. Je ne sais pas trop si la faim dans ses yeux est du désir ou une vraie faim. Peut-être un peu des deux. Je prends conscience que c'est son regard qui me pousse à bouger, maintenant. Il faut que je sois complètement remise avant qu'elle décide à laquelle de ces deux compulsions elle veut céder.

Quand nous ne sommes pas en train de tourner autour de la masure, nous écoutons le monstre recycleur, nous écoutons Teigne et les autres : Dentelos, Porte-Fléau, Ravisseuse et Smorg. Tous ces noms me donnent l'impression d'avoir été concoctés par Das Muni à la manière d'une enfant. Je me demande depuis combien de temps elle est là, en fait. Quel âge avait-elle à la mort de son monde ? Je l'interroge sur les noms et elle me dit qu'ils lui sont venus comme ça, qu'ils n'ont pas d'autre signification.

Quand je lui pose des questions sur son passé et son peuple, elle a la même réaction. « Cette époque n'est plus. »

Après de nombreuses périodes de sommeil et de

veille, j'arrive à tourner seule cinq ou six fois autour de la masure, en me servant comme canne du long fémur de je ne sais quelle énorme bête.

Il m'arrive encore de ne pas avoir envie de me lever, mais Das Muni me bouscule alors jusqu'à ce que je le fasse. Un jour que je persiste dans mon refus, elle se penche sur moi, bras croisés, j'aperçois le panier derrière elle et me souviens l'avoir vue manger dedans. Ce n'est pas quelqu'un avec qui je veux passer le reste de ma vie.

Alors je me lève et me dirige lentement, douloureusement vers le trou puant à l'extérieur pour me soulager comme une personne civilisée. Quand je veux rentrer, Das Muni me dit que la nourriture est déjà en place : je la vois disposée sur un long chemin sinueux entre les piles de détritus. Je déteste Das Muni tout en l'admirant. Si j'étais à sa place et elle à la mienne, j'aurais laissé l'amas de chair pleurnichard que je suis mourir sur un tas de déchets. Je l'aurais donné à manger à mon amie Teigne et voilà tout. Pas vrai ?

« Quelle raison de vivre y a-t-il ici ? lui demandé-je.

— Il y a toujours une raison de vivre. Les déesses ont un plan pour chacune de nous. Elles nous donnent des signes.

— Des signes ? Lequel as-tu eu, dans cet endroit horrible ?

— Elles n'ont pas jugé bon de te tuer. Ni de me tuer, moi. C'est un signe très fort, ici. »

Je suis désormais capable de mesurer le passage du

temps en me basant sur les lumières oscillantes et les périodes de bioluminescence. Pour autant que je puisse le dire, tout cela suit des cycles liés à la rotation du vaisseau. Environ quinze heures de lumière bleue intermittente. Quinze heures d'obscurité complète, durant lesquelles la faune émet sa singulière lueur. Cela fait longtemps que je ne remarque plus la puanteur, ce qui me perturbe. Je ne veux pas que cette vie devienne normale.

Comme je n'aime pas la lumière oscillante, variable, j'attends que la bioluminescence commence. Je sors en enjambant Das Muni profondément endormie. Je me suis peut-être éloignée d'une dizaine de pas quand je m'aperçois qu'elle me suit. Elle continue à me donner la chair de poule quand je me rappelle les têtards à dents pointues dans le panier. À quoi servent de telles créatures ? Pourquoi les peuples de chaque monde craignent-ils Das Muni au point de la jeter dans ce trou ?

Je me glisse entre les déchets luisants, marche encore et encore, toujours en m'appuyant lourdement sur l'os qui me sert de canne. Je scrute les ténèbres au-dessus de moi. Je ne vois aucun plafond. Mais je sais qu'il y a là-haut plusieurs niveaux du monde. Il faut juste que je trouve un moyen de les atteindre.

Je me retourne en appelant Das Muni, qui se cache derrière un tas. Croit-elle vraiment que je ne la vois pas ?

« Tu as déjà fait le plan de cet endroit ? Déjà vu ses limites ? »

Elle me rejoint à petits pas rapides, le dos courbé, en penchant la tête à gauche et à droite comme une marionnette à fils. Une fois près de moi, elle me dit tout bas : « Il n'a pas de limites. Pas de parois. C'est un grand cercle. »

Un cercle, tout comme le reste du monde, mais sans portes, sans passages, sans couloirs ? Une immense sphère.

« Il doit bien y avoir un moyen de monter, dis-je. Comment font les choses recyclées par le monde ? Ce qui descend doit bien remonter sous une forme ou sous une autre. »

Elle désigne le sol. « Le monde l'absorbe. Absorbe la merde que Teigne et les autres produisent. C'est ce qu'on a appris des mères. Tu n'as pas appris ça, toi ? »

J'élude. « Il doit y avoir une sortie. Le sommet ne peut pas être aussi loin. Le vaisseau est vaste, d'accord, mais pas sans limites. Si on peut entrer, on peut sortir.

— Reste ici, dit-elle en posant sa main crochue sur mon avant-bras.

— Ma sœur », dis-je, et prononcer ces deux mots à voix haute brise quelque chose en moi, dissipe un affreux brouillard qui m'a privée de ma volonté et de ma force pendant tout ce long rétablissement. « Ma sœur est en danger. Il faut que je la sauve, et je ne peux pas le faire d'ici. Il est peut-être trop tard. Elle est peut-être morte. Mais dans ce cas, je veux me venger de celles qui l'ont tuée. Je veux me venger des Bhavaja. » Je plonge longuement le regard dans l'obscurité au-dessus de nous. Comment m'attaquer à ce problème ? J'ai besoin que Das Muni m'aide, aussi perturbante soit-elle pour moi.

« Écoute, dis-je. Si tu m'aides à prendre ce monde aux Bhavaja, tu auras droit à une place d'honneur tout là-haut. Tu auras ton propre endroit. De la nourriture chaque fois que tu en voudras. Tu pourras vivre dans le haut-monde. Je peux le faire, si nous gagnons.

— Tu auras besoin d'une armée, pour prendre le monde.

— C'est vrai. Tu en seras la première soldate. D'accord ?

— Nous ne survivrons pas. »

Elle a sans doute raison. Je me penche sur elle en ravalant ma révulsion. Je pose la main sur son épaule sale et tombante. « Il y a une différence entre vivre et survivre. Je veux vivre, Das Muni. Pas toi ? »

Elle frémit à mon contact. « Je vivrai », dit-elle.

J'ôte ma main. « Alors il faut qu'on entreprenne un long voyage ensemble.

— Je suis tienne », dit-elle, et quelque chose dans son ton me fait hésiter, comme si je me trouvais au bord d'un grand précipice. Pourquoi m'est-elle si dévouée ? A-t-elle vraiment faim de compagnie humaine au point d'être prête à venir avec moi ? Je décide d'accepter sa réponse, peu importe pendant combien de temps elle sera valable et pour quelle raison elle l'est.

« Nous voilà liées, donc, jusqu'à ce que nous atteignions la surface.

— Il n'y a pas de surface », répond-elle, et je me demande, glacée, si Jayd et mes sœurs n'étaient pas un délire dû à la fièvre, si ceci n'est pas ma véritable réalité. Je chasse cette pensée.

« Nous y arriverons, promets-je.

— Je t'accompagnerai, mais tu seras déçue.

— Je ne peux pas l'être davantage que maintenant », dis-je en priant la déesse de la Guerre, et je ne sais quelles divinités vénérées par Das Muni, que ce soit la vérité.

« Quand j'ai libéré la Mokshi de son orbite, je ne m'attendais absolument pas à rencontrer de la résistance pour sortir de la Légion. Je n'aurais pas dû être surprise que tant de monde ait peur de l'avenir. »

Seigneure Mokshi, annales de la Légion.

18
ZAN

Les recycleurs sont pires pendant la période de sommeil.

Je tiens pourtant à voyager durant l'éclosion de la bioluminescence, la même qui vit désormais dans ma jambe blessée. Les bactéries luisent sous ma peau cicatrisée, font partie de moi. Parfois, j'ai peur qu'elles s'emparent de moi. Vont-elles me coloniser ? Mais Das Muni, qui vit là depuis longtemps, m'assure qu'elles finiront par s'assimiler à mon corps. Bientôt, d'après elle, la lueur va disparaître car elles seront mangées et absorbées par mon organisme. Se réveiller chaque matin avec la cuisse qui palpite d'une lueur verte est quand même déconcertant.

Nous marchons pendant de nombreux cycles. Je réveille Das Muni quand les vers bleus commencent à luire, et nous nous mettons en marche. Nous ne nous disons presque rien. À force, toute cette marche dans la pénombre sans fin me redonne des forces, mais je sens vaciller ma santé mentale.

« Tu as bien dû trouver une limite à cet endroit », dis-je, au bout de bien des cycles.

Das Muni secoue la tête sans un mot.

Vingt cycles de sommeil passent avant que nous tombions sur une structure que je reconnais.

J'en ai les jambes coupées. C'est exactement comme Das Muni l'a dit : il n'y a aucune issue.

Nous avons marché, marché, et nous revoilà devant la petite masure dans laquelle Das Muni m'a soignée, non loin du champ des horreurs où j'ai vu mourir mes sœurs. C'est la preuve. Cet endroit n'a pas de limites.

Je m'étrangle sur un sanglot. Das Muni vient me prendre la main et je la serre dans mes bras parce que jamais, même quand je me suis réveillée sans mémoire, je ne me suis sentie aussi perdue et aussi seule. Ici, Das Muni est le monde tout entier.

« Ce n'est pas si horrible comme existence, dit-elle en me caressant les cheveux. On peut vivre ici toutes les deux et…

— Jayd, rappelé-je. Choisissons une autre direction. Demain, on partira… par là. » Je tends le doigt droit devant moi. On peut diviser le monde en sections qu'on explorera une par une, des sections en forme de parts de gâteau. Je ne vais pas me laisser détruire par cela. Je ne vais pas me laisser dissuader. Il n'y a pas d'autre solution que de trouver un moyen de remonter. Je ne renonce pas.

Le temps perd toute signification. Pendant sept autres périodes, nous marchons péniblement dans le monde en nous cachant des monstres recycleurs. J'ai résolu de me mettre sur le chemin du prochain que je vois, de m'offrir à lui.

C'est à ce moment-là que j'aperçois la corde.

Elle pend devant nous, comme vivante, comme un tentacule ou une plante tubulaire, et en approchant, je me demande si ce n'est pas l'un ou l'autre, mais en tout cas, cela sert de corde, par laquelle descend une robuste silhouette. Je me frotte les yeux, juste pour être sûre, mais quand je les rouvre, la silhouette n'a pas disparu.

« T'as vu ? » demandé-je tout bas à Das Muni, mais elle dort contre une muraille tremblotante d'ordures. Des os brisés et des parties calcifiées sortent de la matière organique pourrie, désormais visible dans la lumière bleue oscillante de cette étrange soirée dans les entrailles du monde.

Je m'accroupis au maximum et, sans m'écarter des amas, m'approche de la silhouette qui passe d'une pile à l'autre. Parfois, elle lève la tête et je me fige en comptant sur les ombres pour me dissimuler.

Quand j'arrive à une dizaine de pas, son visage se retrouve éclairé par les lumières qui vont et viennent dans les hauteurs, ce qui me permet de vérifier qu'il s'agit bien d'une humaine. Elle a le visage propre et porte de beaux vêtements soignés qui semblent remarquablement peu usés, pour quelqu'un qui vivoterait ici à la manière de Das Muni.

Mais son regard croise alors le mien, coup de hasard dans la lumière intermittente. Ses yeux s'écarquillent, puis elle part en courant, lance son corps bien en chair en direction du tentacule qui fait office de corde.

Je longe au plus court une pile de déchets. Je suis presque complètement remise, mais surtout, je connais les lieux comme ma poche, à force, si bien que j'évolue bien plus rapidement que ma proie entre les monticules. Je l'attrape par la tunique. La tire en arrière. « Comment tu es arrivée là ? » demandé-je.

Elle essaye de se dégager. Je lance le poing, elle le dévie. Une bagarreuse. Je l'attrape par les cheveux, mais ils sont trop courts pour que j'arrive à bien la tenir. Je donne un coup de pied avec ma jambe abîmée, l'atteins au ventre. Elle manque tomber, mais moi aussi, la douleur ayant fulguré dans ma cuisse.

Elle repart à une allure plus soutenue que je n'en aurais crues capables ses petites jambes musclées.

Je la poursuis, mais les débris que nous devons escalader nous ralentissent. Je titube comme une ivrogne sur ses talons. J'entends vaguement Das Muni crier dans mon dos. Je ne vais pas abandonner.

La femme bondit pour agripper le tentacule. Je

bondis à mon tour. Je l'attrape par les pieds, la fais retomber sur le sol spongieux.

« Arrête ! dis-je. Je ne te veux aucun mal. »

Elle me regarde, bouche bée.

« Je m'appelle Zan. Et elle, Das Muni. Tout ce qu'on veut, c'est sortir d'ici. Par en haut. » Je montre la corde.

« Casamir, répond-elle. Je m'appelle Casamir.

— Qu'est-ce que tu fais là ?

— Je peux te poser la même question. » Elle se frotte la jambe. « Je suis ingénieure à Arokisa. Du moins, c'est la meilleure traduction à laquelle je puisse penser. » Je remarque son accent et me demande quelle est sa langue natale.

« Je ne sais pas ce que c'est qu'une ingénieure.

— Eh bien, le fond de chaque monde est rempli des laissées-pour-compte des autres mondes. C'est comme ça que la Légion a duré aussi longtemps.

— Comment tu le sais ?

— Les ingénieures savent des choses. »

Je me penche vers elle. « Tu sais qui je suis, alors ? »

Elle incline la tête. « Non. Tu n'as pas un visage très banal.

— La plupart des visages le sont ?

— Oui, bien sûr. » Un rugissement s'élève au loin. Casamir montre la corde. « Je suggère que nous poursuivions cette conversation au niveau supérieur.

— On ne peut pas partir, dit Das Muni en approchant dans mon dos.

— Bien sûr que si, répond Casamir. Il suffit de le vouloir.

— Il y a qui, là-haut ? demandé-je. Combien de personnes ?

— Rien que moi. Je pense que si vous aviez l'intention de me manger, vous l'auriez déjà fait, du coup, je n'ai aucune raison de vous cacher une éventuelle bande d'amies. Je ne m'attends pas à trouver beaucoup de vie ici, à part les monstres, et… » Un coup d'œil à Das Muni. « … les gens qui ne veulent pas partir.

— Il faut que je remonte, dis-je.

— Tu n'as pas vraiment l'air assez en forme pour ça.

— Alors nous allons improviser.

— Nous ?

— Oui, nous. Tu sais que les Bhavaja sont là-haut. En train de s'emparer du monde.

— Qui ça ?

— Les Bhavaja. Celles qui ont pris la place des Katazyrna. »

Casamir hausse les épaules. « Désolée.

— Comment peux-tu ne pas t'en soucier ? Ce sont elles qui gouvernent ce monde.

— Pas cette partie-là. » Elle soupire. « J'ai rencontré quelques personnes d'au-dessus d'Arokisa, c'est vrai. Des exploratrices, en général. Je ne les ai jamais vraiment appréciées.

— Il faut qu'on monte. Qu'on passe tous les niveaux, jusqu'à la surface.

— La surface ? » Casamir hausse les sourcils. « La surface de quoi ?

— Du monde. »

Elle met la main devant sa bouche, comme si elle allait rire. Retrouve son calme. « Je t'emmène jusqu'à Arokisa, au moins, à une condition. Ou peut-être deux. Bon, une pour commencer ; peut-être qu'en y pensant, je trouverai… »

Je l'attrape par la gorge avec ma bonne main. Casamir est une petite femme épaisse, mais plus légère qu'elle n'en a l'air au premier abord. « Et si on disait sans conditions ?

— Oui oui bien sûr », répond-elle, le souffle court, en agitant les jambes.

Je la lâche. « Vas-y en premier. Je te suis. »

Elle se précipite sur la corde. Je la retiens par le col. « On reste tout près l'une de l'autre. » Je défais la ficelle qui me sert de ceinture et la noue autour de nos poignets, en laissant assez de mou pour qu'on arrive à grimper ensemble.

« Ce n'est vraiment pas nécessaire, dit Casamir.

— Je l'enlèverai une fois là-haut. »

Das Muni me tourne autour avec de petits marmonnements. « Je ne peux pas monter », dit-elle.

Je n'avais pas encore réfléchi à cette partie du problème, ce dont je me sens un peu coupable. Bien sûr qu'elle ne peut pas monter, avec son peu de force, ses petites jambes, son dos tordu et ses mains crochues.

« On te tirera d'en haut », conclus-je.

Elle cesse ses marmonnements pour lever vers

moi ses grands yeux vitreux. Je suis obligée de détourner le regard. Elle ne croit pas que je vais l'emmener. Elle pense que je vais la laisser là.

Au moment où Casamir attrape la corde à nœuds, je jette un coup d'œil par-dessus mon épaule à la misérable petite Das Muni en me disant que ce serait beaucoup plus facile de continuer sans elle. Casamir est plus forte et sait manifestement traverser plusieurs niveaux. Das Muni n'est même pas de ce monde.

Je grimpe derrière Casamir. La corde est plus glissante que je m'y attendais et je ne me porte pas aussi bien que je le croyais. Je monte lentement, avec beaucoup de difficulté. Casamir est obligée de m'attendre. La ficelle qui relie nos poignets est tendue.

Casamir agrippe enfin le rebord de l'ouverture dans le ciel, se hisse. Je grimpe encore d'un nœud, puis perds toute énergie. Je suis à une coudée du sommet. Bras tremblants, je me cramponne à la corde. Je prends de grandes respirations en voulant que mes forces reviennent.

Casamir baisse la tête vers moi. Son regard va de son poignet au mien en passant par la ficelle entre eux. Si je tombe, elle tombera avec moi. Elle touche le nœud sur son poignet. Je grince des dents. Elle va le défaire et je serai coincée là, incapable de terminer l'ascension. J'avais craint qu'elle remonte la corde une fois arrivée, sans cette ficelle, mais bien sûr, mes précautions ne servent plus à rien une fois qu'elle est en haut. Elle peut la couper et s'enfuir, maintenant.

Je croise son regard, serre les dents pour afficher un visage ferme. Je tremble de tout mon corps, à présent. J'ai une peur animale de montrer de la faiblesse. Mais je suis faible et elle s'en aperçoit.

Quand elle tend la main, je m'attends à la voir couper la corde ou défaire la ficelle, mais elle m'attrape par le poignet.

« Allez, monte », dit-elle en souriant. Au-dessus d'elle tremblote un halo de lumière, c'est une lumière plus blanche qu'en bas et je ressens alors un peu d'amour pour Casamir, pour son sourire timide, son bras solide, sa courte chevelure désordonnée ramenée en arrière, la facilité avec laquelle elle choisit de me tendre la main au lieu de m'abandonner.

Je relâche ma respiration, referme ma main blessée autour de son poignet. Elle me tracte tandis que je pousse des pieds sur le nœud qu'ils enserraient.

Je passe par-dessus la déchirure dans le sol, essaye de reprendre mon souffle. Casamir se laisse tomber près de moi. Sourit de nouveau. Je vois le blanc de ses yeux dans la faible lumière. Un instant, je crois que la pièce est recouverte de bioluminescence, comme la fosse à ordures en dessous, mais ces lumières-là se déplacent, passent d'une paroi à l'autre. Ce sont je ne sais quelles bêtes volantes.

Casamir suit mon regard des yeux. « Des papillons de nuit, explique-t-elle. Il y a de vraies lumières plus loin. Plus près de la ville. Lève-toi. Il faut que tu m'aides à faire monter ton amie. »

J'appelle Das Muni. « Attache-toi au bout de la corde et agrippe-toi bien ! On va te tirer. »

D'aussi haut et avec la lumière des papillons, je ne la vois pas du tout. Je plisse les yeux, demande à Casamir : « Comment tu te débrouilles pour arriver en bas sans te faire manger ?

— Je fais des pauses. Pour laisser le temps à mes yeux de s'habituer. Et j'apporte des casse-croûte.

— Des casse-croûte ?

— Pour les grosses bébêtes.

— Les grosses bébêtes ? Les monstres recycleurs ?

— Recycleurs ? » Elle répète deux ou trois fois le mot, comme pour en évaluer le goût. « C'est ça », conclut-elle.

J'appelle Das Muni. « Tu es prête ? Je ne te vois pas. » Je tire un peu sur la corde, sens une résistance. « Das Muni ? »

J'entends un glapissement. J'exerce une nouvelle traction sur la corde. « Aide-moi », dis-je à Casamir.

Elle se met derrière moi, attrape la corde et unit ses efforts aux miens. « Das Muni », crié-je.

Un autre glapissement. « Teigne ! »

Je tire plus vite. Elle n'est pas lourde, mais mes muscles sont déjà à bout. Un rugissement nous parvient, le cri épouvantable de ces terribles monstres recycleurs. Ma peau se hérisse.

Hisser Das Muni nous prend une éternité. Elle continue à pousser de petits glapissements aigus et sifflants. Je vois le sommet de son crâne.

Je lâche la corde de ma bonne main pour attraper Das Muni par le bras.

Elle lève la tête vers moi et, dans la lueur des papillons, je la vois distinctement pour la première fois.

Elle a un visage plat et osseux, et malgré la couche de crasse, je me rends compte qu'elle a des yeux énormes, deux fois plus grands que toutes les femmes que j'ai croisées dans ma vie. Son capuchon est tombé, me dévoilant ses cheveux blancs, mais elle n'est pas vieille. Sa peau, bien que plus pâle que les nôtres, à Casamir et moi, n'a aucune marque. Ses oreilles saillent sur son étroite petite tête, on dirait de grandes feuilles, presque de la taille de ses petites mains. Elle est maigre, blême et ne ressemble clairement à personne que j'ai vu dans ce monde, y compris Casamir, trapue et ronde avec un visage large couvert de taches de rousseur.

Je retire ma main d'un coup. Par réflexe, mais je le fais et elle s'en aperçoit. Elle a l'air tellement triste que mon cœur se serre. J'attrape son poignet. Je détourne le visage quand elle se hisse sur le plancher. Casamir l'aide, puis nous passons dans le couloir, Das Muni entre nous deux.

Un autre rugissement résonne en bas. Das Muni m'agrippe, me serre fort. Elle est chaude, décharnée, agitée, et je me retrouve à penser à des insectes.

« Tu es en sécurité », dis-je, mais je lis sur son visage qu'elle sait que je n'y crois pas.

« Je n'aurais jamais cru avoir besoin de l'aide de quiconque pour mener à son terme la conversion de la Mokshi en monde libre. Mais l'indépendance est une des plus grandes illusions de la jeunesse. »

Seigneure Mokshi, annales de la Légion

19
ZAN

Casamir ramasse une lanterne qu'elle secoue. Les papillons à l'intérieur se mettent à voleter et à répandre une douce lumière. Je constate que la lanterne est faite d'os et d'une claire-voie organique verte.

« Par ici », indique Casamir.

Das Muni et moi la suivons dans le tunnel bas.

« Ça va s'élargir, dit-elle. Restez près de moi. Ne sortez pas de la lumière.

— Pourquoi ? demandé-je.

— C'est dangereux, en dehors de la lumière. »

Je m'approche d'elle. Das Muni enfonce dans ma chair ses doigts aux ongles longs et inégaux.

« Des bêtes ? insisté-je. Comme les monstres en bas ?

— Hein ? Non, c'est juste que les parois ne sont pas aussi solides, dans le noir.

— Comment ça ? » Je pense avoir mal compris.

« Restez près de moi, c'est tout.

— Où vas-tu ? Il faut qu'on monte au niveau suivant. Ma chute a duré longtemps. Il pourrait y avoir des dizaines de niveaux jusqu'à la surface.

— Oui, oui. Laisse-moi d'abord t'emmener au conclave. Il pourrait t'aider.

— Je te dis que j'ai besoin…

— Ce dont tu as besoin, me coupe Casamir, c'est de l'aide du conclave d'ingénieures. Elles en sauront davantage sur… sur les niveaux. Tu leur présenteras ton cas. Elles t'écouteront.

— Toi, non ?

— Oh, je t'écouterai avec plaisir. J'adore les histoires.

— Tu ne crois pas un mot de ce que je raconte. »

Elle soupire. Se retourne en levant la lanterne. Elle est plus propre que Das Muni ou que moi, et maintenant que nous sommes sorties de la fosse, je me rends compte à quel point je pue. Je vois que j'ai les mains sales, que de la crasse s'est incrustée dans les replis de ma peau.

« Beaucoup de femmes se font jeter là-dedans pour une raison ou pour une autre, dit-elle. L'histoire que tu as besoin de te raconter sur ce qui s'est passé…

— Il y a eu une attaque, l'interromps-je, et les Bhavaja se sont emparées du monde entier. Les Katazyrna sont…

— Je n'ai jamais entendu parler de ces deux familles.

— Mais ce sont les Katazyrna qui règnent sur ce monde.

— Pas sur ma partie à moi, ni sur aucune de celles que je connais. On résoudra ça au conclave. Vous avez faim ? J'ai des pommes.

— Des pommes ? »

Elle tire de sa poche un tubercule spongieux tapissé de cils verts. « C'est délicieux. Goûtez. »

Je secoue la tête, contrairement à Das Muni qui le saisit des deux mains. Le renifle. Croque une grosse bouchée qu'elle mâche d'un air pensif.

« Tu sais ce que c'est ? lui demandé-je.

— Non, répond-elle en prenant une nouvelle bouchée. Mais c'est bon. »

Casamir nous précède dans le couloir jusqu'à ce qu'il débouche dans une grande salle. Je lève la tête et lâche un petit cri de surprise – dont Casamir pensera ce qu'elle veut –, car le plafond est recouvert de triangles imbriqués apparemment sculptés dans de l'os poreux. Des gouttes en tombent sur le sol, dissimulé sous un tapis vert chatoyant. Je mets un moment à m'apercevoir qu'il remue : ce sont des insectes brillants qui nous trottinent autour des pieds en produisant un léger chuintement.

Das Muni siffle et recule, mais Casamir lui fait signe d'avancer. « Ils sont inoffensifs, assure-t-elle. C'est bien qu'il y ait des scarabées, ça veut dire que le sol est encore stable, à cet endroit. Ça ne durera peut-être pas. Venez. »

Nous nous précipitons à sa suite. Des papillons se posent sur mon corps. Je ne tarde pas à renoncer à les chasser. Ils sont trop nombreux. « Ils se nourrissent de quoi ?

— Il arrive qu'ils se dévorent entre eux, me répond Casamir. Mais ils mangent surtout les parasites dans les murs. Et les scarabées mangent les papillons. Tout est lié, exactement comme nous et le monde. »

Plus loin, je repère des signes d'activité humaine. Des protubérances osseuses sortent du sol, reliées par une longue corde de cheveux tressés sur laquelle sont attachées de petites claquettes en bois. Quand une brise chaude s'élève dans la salle, elles s'entrechoquent avec bruit pour donner l'alerte, envoyer un signal ou faire de la musique, je ne sais pas.

En passant, nous voyons dans les murs de longues fissures dans lesquelles ont été enfoncés des lambeaux de vêtements, des morceaux de tissu déchiquetés et pourris, des jouets ou des paniers.

« Qu'est-ce que c'est ? demandé-je.

— Des souvenirs commémoratifs.

— Ne faudrait-il pas les recycler ?

— C'est ce qu'on fait. Les murs finissent par les absorber. On ne jette dans la fosse que ce qu'on ne veut plus jamais revoir. Comme ça, on a du temps, tu le sais, non ? » Elle me jette un coup d'œil par-dessus son épaule. « Peut-être pas. Hum.

— Ce n'est pas pareil là d'où je viens, voilà tout.

— D'accord. On a pas mal de chemin, si tu me racontais ?

— Non.

— Ah bon ?

— Oui.

— Je vais te dire d'où je viens, moi, intervient Das Muni. Je ne suis pas de ce monde.

— Tu n'es qu'une mutante, déclare Casamir d'un ton neutre. Dire que tu viens d'un autre monde me semble un peu exagéré. Il y a plein de mutantes, tu sais, des personnes nées pas comme il faut, abîmées par le monde.

— Mais je *viens* d'un autre monde. »

Casamir secoue la tête. « Vous êtes vraiment intéressantes, toutes les deux. Le conclave va vous adorer. »

Ce conclave me plaît de moins en moins. « Si tu nous montrais juste la bonne direction ? » proposé-je en levant de nouveau les yeux, mais le plafond est plus haut, maintenant, et toujours recouvert de ces motifs triangulaires. L'atteindre sans aide va être difficile pour Das Muni et moi. Et une fois qu'on l'atteint, on fait quoi ? On passe à travers en le creusant ? En le brûlant ?

Casamir glousse et secoue la tête. « Je vous tends une main amicale. Vous devriez la prendre.

— Personne ne tend la main sans vouloir qu'on lui mette quelque chose dedans. »

Elle ne répond pas. Nous arrivons à une muraille de débris qui bloque le passage. On dirait que le plafond osseux s'est effondré : j'en vois de grandes parties tordues, détériorées et visqueuses. Les débris ont fusionné, comme une plaie cicatrisée, laissant à leurs jonctions de grandes balafres plissées.

De la pointe du poignard en os qu'elle porte dans un étui sur sa hanche, Casamir se pique un doigt avec lequel elle trace trois courbes sur la muraille.

Tandis que celle-ci se boursoufle et se rétracte, je me demande s'il s'agit d'une offrande ou d'un rituel. Un épais morceau oblique de peau se décolle, nous dévoilant une femme aux nattes brunes emmêlées qui le tient en position ouverte. Elle regarde Casamir, puis nous jauge, Das Muni et moi. « Encore des ordures, dit-elle avant de disparaître en laissant la porte ouverte.

— Moi aussi, je suis contente de te revoir, Andamis ! » lance Casamir, qui nous fait signe d'entrer.

Une vague de chaleur et de bruit me submerge lorsque je franchis le seuil. Je m'immobilise si brusquement que Das Muni se cogne à moi. Je l'entends reprendre son souffle.

Une ville immense s'étend à perte de vue devant et au-dessus de nous. Elle grouille d'une humanité bruyante, avec des femmes rassemblées autour de tables de négociations commerciales ou déambulant dans un complexe entrecroisement de passerelles en os et en tendons audessus de nos têtes. Les parois sont masquées par des espaces de vie et des ateliers. Sur les passages devant leurs domiciles, des groupes de résidentes étendent du linge ou sifflent leurs petits troupeaux. Il y a plus d'une dizaine d'espèces animales, dont une haute comme le genou, velue et avec un œil énorme au milieu de la tête. Quelques spécimens d'une autre, glabre, toute en gueule et en dents, se dandinent gauchement, aiguillonnés à l'aide d'un long roseau par la femme qui les suit. Le sol devrait être couvert d'excréments, avec toutes ces bêtes au même endroit, mais je vois qu'il n'est pas glissant, plutôt tapissé de petites excroissances charnues, comme une langue, et qu'il absorbe tout ce dont l'alimente la ville.

« Bienvenue à Amaris, cité de Lumière », nous souhaite Casamir.

Il tombe une légère bruine. Je lève la main pour en frotter un peu entre mes doigts. Elle est visqueuse, comme du mucus ou de la salive. « Qu'est-ce que c'est ? »

Casamir se met à rire. « De la pluie. Tu n'en as jamais vu ? Bon sang, t'es vraiment bizarre. Tu as dû passer encore plus de temps en bas que je ne pensais. On ne pourra sans doute rien faire pour ta santé mentale. »

Je scrute l'obscurité au-dessus de nous. « De l'eau ?

— En majorité. C'est bon pour toi. De bonnes bactéries pour tes intestins. On ne peut pas s'en sortir autrement, ici. » Elle poursuit son chemin.

Mais le plus extraordinaire reste la lumière. La lumière et la chaleur. Il y a des papillons partout : sur les ponts, les chemins, les tables. Ils se posent sur les chevelures à la coiffure complexe des habitantes, toujours nattée et remontée pour donner une impression de grand chapeau. Au-dessus de nous flottent de volumineux ballons qui, attachés à de longues cordes, font traverser les niveaux supérieurs de la ville aux passagères dans leurs nacelles. La lumière et la chaleur sont toutefois fournies en majeure partie par des sphères grosses comme ma tête, installées le long des chemins et devant chaque résidence. Elles sont remplies d'un liquide cristallin dans lequel évoluent des centaines, peut-être des milliers de minuscules créatures orange à tentacules fragiles, sources de chaleur et d'une éclatante lumière orange.

Je m'arrête pour examiner une de ces sphères.

Das Muni me tire par la manche. « Ne regarde pas la lumière de trop près, me chuchote-t-elle. Elle va te voler ton âme. »

Nous attirons quelques regards curieux. Das Muni remet son capuchon, ce que je ne peux pas lui reprocher. J'aimerais en avoir un aussi. La foule nous regarde passer en bavardant dans une langue que je ne reconnais pas. Je pose les yeux sur Casamir devant nous. C'est une femme solide, mais au pied agile, et visiblement, elle connaît bien les lieux. On s'écarte moins devant elle qu'on ne se résigne à céder à son inertie.

Elle monte une volée de marches en os, puis s'engage sur une des passerelles souples, que Das Muni refuse de traverser si je ne lui tiens pas la main. Comme j'ai faim et rêve d'un bain, je referme en soupirant mes doigts sur sa paume grasse. Elle tremble. Je lui jette un coup d'œil, mais son expression reste dissimulée par le grand capuchon.

« Regardez ce que je ramène ! » s'exclame Casamir en passant la tête par la porte d'une maison. Ou plutôt par l'embrasure, car il n'y a rien à fermer. Je me demande comment on fait pour bénéficier d'un peu d'intimité, mais je m'aperçois en entrant que la première pièce est une sorte de coin salon, avec dans le fond une autre ouverture qui permet d'accéder au reste de la demeure.

« Attendez ici », nous enjoint Casamir avant de franchir cette porte-là.

« C'est une mauvaise idée, chuchote Das Muni. Trop de gens.

— Ça vaut mieux que Teigne.

— Non. Je comprends Teigne. Comment elle respire. Comment elle marche. Ses faims. Ici… les personnes sont compliquées. Elles ne se comportent pas normalement. »

Je cherche où m'asseoir. Ma jambe m'ennuie de nouveau. Il y a des bancs creusés dans la paroi, de la même matière spongieuse que le reste du monde. Je m'installe dessus, étends la jambe. « On verra bien, dis-je. On peut toujours partir.

— Pas toujours, non. »

J'entends une discussion animée dans les pièces derrière nous. Casamir a peut-être fait preuve d'un optimisme prématuré sur la manière dont nous serions accueillies.

« Je voudrais juste prendre un bain, marmonné-je.

— Je peux te nettoyer en te léchant, si tu veux. »

Je la scrute pour voir si elle parle sérieusement. Discuter avec elle, c'est comme écouter s'entremêler des fragments disjoints de ma mémoire. Sans Casamir pour confirmer que Das Muni existe bien, je penserais peut-être l'avoir inventée.

Casamir revient précipitamment, bras ouverts. « On ne peut pas rester ici, annonce-t-elle aussitôt. Je vais vous emmener aux locaux d'hébergement jusqu'à ce que le conclave puisse vous voir.

— Si on ne veut pas de nous ici, réponds-je, partir ne me pose aucun problème. Das Muni et moi trouverons toutes seules comment monter.

— Non, non, c'est très important. Promis, il faut juste un peu de patience. Vous avez faim, non ? Qu'est-ce que vous diriez d'un brin de toilette ? On peut vous fournir de nouveaux vêtements. »

Nous redescendons en bas de la ville, passons devant des commerces et des groupes de femmes occupées à bouillir, passer à la vapeur, tisser et coudre diverses parties du monde et ses laissées-pour-compte. La plupart sont trapues comme Casamir, mais la présence de plus grandes et plus minces, habillées et coiffées différemment, m'amène à conclure qu'il s'agit sans doute d'une espèce de marché.

« Vous vendez ce que vous trouvez en dessous ? demandé-je. Vous êtes des récupératrices ?

— Des exploratrices. Et je fais partie des meilleures. »

Deux femmes se tiennent devant ce que je finis par reconnaître comme une porte. Sauf qu'elle n'est pas en chair, mais en métal. Je l'examine, n'ayant encore jamais vu de métal dans cet endroit. Je m'étonne de connaître le mot qui désigne cette matière que je n'avais jamais vue, mais elle figure bel et bien dans ma mémoire. Froide, dure, inerte, sans conscience.

Casamir sourit aux deux gardes avant de leur parler dans une autre langue, la même dont j'ai entendu des bribes en chemin. Elles lui répondent, l'air sévère. Mais Casamir continue à parler, mains écartées, sans cesser de sourire, en déplaçant son poids d'un pied sur l'autre. Elle trouve les mots pour convaincre les gardes, puisque celles-ci tirent avec réticence sur les grandes poignées de la porte, qui coulisse dans le mur avec un crissement horrible.

Je n'arrive pas à décider si, dans cet endroit, chaque porte cache une nouvelle merveille ou une nouvelle horreur. Peut-être les deux. La peau des parois intérieures est calcinée et arrachée pour révéler d'autres cloisons de métal, des tables et des compartiments. Des dizaines de femmes en grand tablier s'affairent autour de tables qui croulent sous les artéfacts. Leur matière est plus visiblement non organique, mais il n'y a pas que du métal pour autant. Ils sont durs et lisses, comme de l'os, mais en moins poreux. Les femmes construisent d'étranges choses avec, en les reliant à l'aide de tendons et de greffons de peau humaine. Je ne sais pas ce qu'elles fabriquent, mais j'en ai des frissons.

« C'est quoi ? » demandé-je à Casamir.

Elle fait signe à certaines des femmes, ce qui lui

vaut des saluts dans cette autre langue. « On est des ingénieures, dit-elle. Je t'avais dit que j'en étais une. Enfin, je me forme pour en devenir une, du moins.

— En quelle langue vous parlez, toutes ?

— Oh, c'est la langue des humaines.

— Mais… on parle en humain, là. Toutes les langues sont celles des humaines. »

Casamir se met à rire. « Certaines le sont plus que d'autres. On fait beaucoup de commerce avec d'autres peuples, si bien que je connais, je ne sais pas, disons, une vingtaine de langues.

— Une… vingtaine ? Combien de peuples y a-t-il, ici ?

— Beaucoup. »

En avançant dans la pièce, j'aperçois de grandes cages en os remplies de prisonnières. J'ai un mouvement de recul. Elles sont horriblement défigurées, et nues. L'une est complètement aveugle : on lui a arraché les yeux.

Das Muni pousse un cri en les voyant.

« Oh, ce n'est rien, assure Casamir. Juste des ennemies du conclave. Pas d'inquiétude. »

Une des captives m'attrape par la manche. J'essaye de me dégager, mais elle me tient solidement. Son visage est un entrelacs de rides. Elle perd ses cheveux, taillés très court. Elle n'a qu'un bras et il lui manque un pied. « Je me souviens de toi, dit-elle. Tu as détruit tout ce que j'aimais. »

Je me libère. « Qui es-tu ? »

Casamir m'écarte. « Oh, ce n'est rien. Elles ne

sont rien. Elles disent n'importe quoi. Elles sont folles. Ne vous préoccupez pas d'elles.

— D'où viennent-elles ?

— D'ici ou là. Tenez, votre local d'hébergement est là. »

Elle presse une saillie osseuse et une porte s'ouvre comme une fleur. Je trouve apaisant de voir quelque chose qui me rappelle le monde d'au-dessus.

Nous découvrons à l'intérieur deux petites plateformes, des couvertures en tissu pliées et ce qui constitue a priori un réceptacle à déchets. J'entre et me retourne pour demander si je peux prendre un bain, mais déjà la porte se replie.

« Non ! » s'écrie Das Muni en se jetant dessus au moment où l'orifice se referme dans un souffle.

Je pense aux ateliers, à la peau et aux tendons à l'extérieur, ce qui me serre le ventre. Elle n'est peut-être pas en os, mais c'est quand même une cage. Voilà ce qui arrive quand on fait confiance aux gens. Quelle idiote je suis. J'aurais dû me montrer plus méfiante, après les Bhavaja et leur fourberie. Dans cet endroit, on mange ou on est mangée.

Das Muni se laisse tomber dans un coin.

Je fouille la pièce pour savoir exactement à quoi m'en tenir. Aucune ouverture. Accrochée dans le fond à un pilier, une sphère d'eau pleine de bêtes tentaculaires fournit lumière et chaleur. J'envisage de la briser rien que pour boire l'eau. Si c'en est bien.

En testant les divers mamelons et saillies sur le mur, je découvre qu'on peut faire couler de l'eau dans une cuvette peu profonde en arc de cercle. Je bois tout mon soûl, puis me déshabille et me lave. L'eau est froide, mais la pièce chaude, et le sol absorbe le liquide que je me verse sur le cou et les épaules.

« Tu as soif ? » demandé-je en me retournant vers Das Muni. Je me rends compte qu'elle m'a observée pendant ma toilette. Elle baisse les yeux. Hoche la tête.

Je m'essuie avec une des couvertures. Elle est faite de fibres végétales. Je n'ai toujours pas vu la moindre plante. Je passe sous l'eau ma combinaison, qui n'en retient pas beaucoup et n'absorbe pas de saletés. Une fois rhabillée, je m'aperçois que plus rien n'empeste à part mes cheveux et Das Muni, mais ça reste supportable.

J'arrache une bonne longueur de couverture, me l'enroule autour des poignets pour tester sa résistance en me souvenant de ce que j'ai fait aux femmes sans langue. Je suis capable d'une extrême violence, sous pression. Casamir et les autres ne vont pas tarder à le découvrir.

Das Muni boit à la cuvette et se débarbouille la figure. Puis nous attendons. Je m'allonge sur le banc en contemplant le jeu de lumière sur le plafond de chair. Je joue avec la bandelette de couverture en imaginant m'en servir pour étrangler Casamir. Je me dis qu'une telle perspective devrait me réjouir, mais ce n'est pas le cas. Je veux croire le monde meilleur que ce qu'il est.

La porte finit par se rouvrir. Non sur Casamir, mais sur les deux gardes que nous avions vues au seuil de la pièce des ingénieures. « Le conclave est prêt à vous recevoir, annonce la plus grande.

— Où est Casamir ? demandé-je en cachant dans ma poche mon garrot improvisé.

— Elle y est déjà », répond l'autre, moins grande et plus mince, en se curant les dents.

Je garde les mains hors de mes poches pendant qu'on nous fait passer dans la salle des ingénieures, maintenant étrangement vide. On nous conduit ensuite par une longue volée de larges marches à l'intérieur d'un énorme amphithéâtre. Toutes les ingénieures sont là, assises sur les gradins en arc de cercle autour de la scène, qu'occupent six femmes installées à une grande table. Debout devant elles, Casamir suit des yeux notre arrivée. Je ne l'ai jamais vue le visage aussi grave. Elle a l'air encore plus effrayée que quand je l'ai menacée, dans la fosse de recyclage, mais lorsque je croise son regard, elle me fait un grand sourire.

Nos gardes nous conduisent au bas des marches près de Casamir. Je mets alors la main dans ma poche, celle où j'ai rangé le garrot, et j'attends.

« Casamir nous dit que tu parles handavi », lance une femme potelée et rabougrie assise au milieu des autres à la table. Ses cheveux sont coiffés en forme de couronne hérissée de pointes. Elle porte une tunique en tissu rouge et un tablier bleu. Ses mains sont tachées de graisse.

« Oui, si c'est le nom que vous donnez à la langue que nous sommes en train d'utiliser », réponds-je.

Das Muni marmonne je ne sais quoi.

« Et vous dites venir du sommet du monde.

— Exact. Il y a une guerre, là-haut, sur la surface du monde, entre nous et un monde comme le nôtre. Entre les Bhavaja et les Katazyrna. Mes sœurs et moi avons été recyclées. »

Un murmure parcourt la foule dans mon dos.

Une maigre d'un âge plus proche du mien me désigne de son doigt osseux. « Il s'agit manifestement d'un cas de délire, ricane-t-elle.

— Il y a d'autres niveaux, rappelle Casamir. Nous en avons vu beaucoup et avons rencontré toutes sortes de personnes. Ce n'est pas forcément… aussi incroyable que ça. Peut-être est-ce juste la manière dont son esprit malade reconstitue ce qu'elle a vécu.

— Il n'y en a aucun comme elle le dit », décrète la plus âgée.

Je palpe le garrot en envisageant de prendre Casamir en otage pour m'enfuir. Ce sera compliqué. J'essaye une tactique différente. « Vous faites du commerce. Si vous m'aidez à regagner mon niveau, je peux vous ouvrir une nouvelle route commerciale. Nous avons toutes sortes de merveilles. Des vêtements qu'on se pulvérise sur le corps et qui tiennent longtemps, comme les miens. » Je lisse ma manche du plat de la main. « Nous avons des véhicules conscients… » Bon, elles n'iront pas dans le vide, pas vrai ? « … qui peuvent vous aider à tracter des marchandises. Nous avons plein d'aliments et de matériaux différents. » Je vois sur leur visage qu'elles ne sont toujours pas convaincues. Je pousse encore plus loin. « Nous avons diverses sortes de métal », mens-je, la plus grande quantité de métal que j'ai vue au premier niveau se situant sur le bras d'Anat. « Du marron, du doré, du gris. Vous pouvez construire quantité de choses avec ce que nous avons à vous offrir. »

Cela excite l'assistance. Autour de la table, les femmes débattent dans leur langue. Celle âgée et potelée se penche en avant. « Et si tu es folle ?

— Si je ne suis qu'une folle, qu'avez-vous à perdre à m'aider ? Casamir est précoce. Elle cherche les sensations fortes, elle vous attirera des ennuis. Que perdez-vous à la laisser nous guider, si c'est ce que vous voulez ? Ça l'occupera et vous ne l'aurez plus dans les jambes. C'est tout bénéfice pour vous. »

Casamir me regarde en haussant les sourcils, mais ne dit rien.

« Comment lui faire tenir parole ? demande la maigre. Si tu dis la vérité et que tu arrives à ce… ce niveau dont tu parles, qu'est-ce qui t'obligera à tenir parole ? »

Je hausse les épaules. « Il va falloir que vous me fassiez confiance. »

Elle ricane. « Confiance ? Non. Je propose qu'on astreigne son sang. »

D'autres murmures dans la foule. Je regarde Casamir. « Je ne suis pas sûre que ce soit nécessaire, dit celle-ci.

— De quoi s'agit-il ?

— On te coupe un morceau de chair, m'explique-t-elle. Et… on en fait un truc.

— De quel genre ? »

Elle secoue la tête. « Mieux vaut pour toi ne pas le savoir.

— Eh bien, je n'en ai pas besoin. Je respecterai ma promesse. Si vous me ramenez à la surface, je serai ravie de faire commerce avec votre peuple. Mais il faut d'abord qu'on arrive là-haut. » Je marque une pause le temps de croiser le regard de chacune des femmes sur la scène. « Saines et sauves. »

Elles discutent de nouveau entre elles. L'assistance fait de même à voix basse. J'essaye d'évaluer son humeur. Casamir ne me regarde pas. Je referme les doigts sur mon garrot.

Das Muni me prend le bras. « Pas encore, me glisse-t-elle. Pas encore. »

Nous patientons. Je regarde longuement le plafond, puis suis rapidement des yeux l'itinéraire à emprunter pour sortir. Casamir n'est peut-être pas la meilleure personne à prendre en otage. Il me faut une des anciennes, une des membres du conseil. La maigre, de préférence. Ce sera plus satisfaisant pour moi. Je déroule les opérations dans mon esprit. Six pas jusqu'à la table. Passer le garrot autour de son cou, menacer, remonter rapidement les marches… La porte métallique posera problème, mais si elles tiennent un tant soit peu à leur petit conseil…

« Nous acceptons », dit la maigre.

Je reviens d'un coup à la réalité, assez surprise.

Casamir sourit. Lève le poing. « Oh, vous n'allez pas le regretter, dit-elle. Ma première mission !

— Espérons que ce ne sera pas ta dernière, réagit la potelée. Emmène-la aux bouchères pour le prélèvement de chair. Vous avez droit aux fournitures standard. Allez. »

J'ai la tête un peu ailleurs quand nous quittons le théâtre. Je suis encore un peu coincée dans l'autre réalité, celle où je dois me battre pour partir. Casamir me conduit, dans une petite pièce aseptisée et pratique, à une femme qui tient un grand scalpel en os.

« Tu veux que je la prenne où ? » s'enquiert-elle. N'en ayant pas la moindre idée, je regarde mon corps en me demandant de combien de chair au juste je peux me passer. Qui veut sacrifier ce qui lui donne force et présence ?

« Ma cuisse ? »

Sans me laisser le temps de changer d'avis, elle pratique deux profondes incisions dedans.

Je pousse un cri. Deux autres femmes viennent m'immobiliser pendant qu'elle extrait de ma cuisse une masse de chair grosse comme le poing, qu'elle lâche dans un récipient transparent.

Elle comble la plaie avec une compresse odoriférante qui grouille visiblement de vers et de parasites, m'enjoint de ne pas bouger pendant qu'elle me bande. Je lâche un juron parce qu'elle a coupé dans ma bonne jambe. Pourquoi ne l'a-t-elle pas fait dans l'autre ?

Malgré tout, la compresse atténue suffisamment la douleur pour que je puisse me lever en criant à Casamir : « À quoi ça sert ? Vous allez en faire quoi ?

— Ne t'inquiète pas. Tu vas respecter ta promesse, pas vrai ? Donc ce n'est pas important. »

Je veux sortir de là au plus vite, maintenant, de peur que le conseil change d'avis. Casamir voudrait discuter du procès avec ses amies, parce que c'en était bien un, mais je la pousse à avancer. Nous récupérons des fournitures dans la salle des ingénieures. Je meurs de faim, j'en ai des crampes d'estomac, mais je ne veux même pas m'arrêter pour manger.

Tandis que des ballons passent au-dessus de nous avec leurs passagères, je suis en boitant Casamir, qui traverse la grande place du marché pour retourner vers l'entrée principale.

« Il faut que je dise au revoir à ma famille, je reviens tout de suite ! » avertit-elle en s'élançant vers les marches.

Je soupire et l'attends avec Das Muni en essayant de ne pas rester en travers du chemin des piétonnes. Elles nous regardent plus ouvertement, maintenant. Quelques-unes me posent une question, mais dans leur langue, si bien que je secoue la tête, sourcils froncés.

Das Muni se penche vers moi. « On devrait y aller. Sans attendre Casamir.

— Arrête. Il n'en est pas question. Elle connaît la région bien mieux que nous.

— Tu leur as donné de ta chair. Tu n'aurais pas dû.

— C'était soit ça, soit toutes les tuer. Ç'aurait été mieux ?

— Oui. » Elle appuie sa tête sur moi.

Casamir revient, la mine sombre.

Je vais pour lui demander comment ça s'est passé

avec sa famille, mais décide que je m'en fiche. Nous n'allons pas voyager longtemps ensemble, seulement jusqu'au niveau suivant. Après, il faudra que je trouve quelqu'un d'autre pour nous aider. Mieux vaut ne pas s'attacher.

Mais elle fournit spontanément l'information, comme elle semble le faire chaque fois que je n'en veux pas. « Elle me prend pour une folle, mais ça n'a rien de surprenant. Elle dit que je vise trop haut, sauf que je suis là pour être ingénieure, pas recycleuse. Les ingénieures doivent partir en mission.

— Allons-y, dans ce cas. » Je la prends par le bras pour franchir la porte, parce que mes deux jambes me font souffrir, maintenant, et que je ne sais pas trop combien de temps je peux encore tenir dans cet endroit bondé qui détient désormais une portion de ma chair.

Nous sortons dans la pénombre relative du couloir extérieur. Je cligne des yeux pour m'adapter à celle-ci. Les papillons descendent en masse sur mes bras et mes cheveux. Je les chasse.

« Montre-nous le chemin, ingénieure », lancé-je à Casamir, ce qui la fait sourire.

« Pas de problème », dit-elle avant de se mettre en route.

Il ne faut pas que je tarde à manger, mais cela peut attendre qu'on soit loin.

« Il y a quoi, entre nous et le niveau suivant ? » demandé-je en lui emboîtant le pas, Das Muni fermant la marche à distance.

« Oh, je ne sais pas. » Elle déroule quelque chose

qu'elle gardait dans son sac. C'est une carte sur de la peau humaine.

« Comment ça, tu ne sais pas ?

— Eh bien, je sais ce que dit la carte. »

Je l'attrape par l'épaule. Nous nous arrêtons. « Tu veux dire que tu n'es jamais allée à un autre niveau ? »

Elle me montre la carte. « Aucun problème ! J'ai la carte des routes commerciales. » Elle l'examine. « D'après elle, il y a des fosses, un massif montagneux, des meutes de monstres et deux ou trois tribus de mutantes. Aucun problème ! Une chouette aventure !

— Tu plaisantes. »

Elle dévoile ses dents. « Aucun problème ! » répète-t-elle en se remettant en route.

Je la regarde, stupéfaite, et reste si longtemps bouche bée que Das Muni me rattrape. En passant à côté de moi, elle me lâche dans un soupir : « Je te l'avais dit. »

« J'ai appris la duplicité de ma mère, mais c'est le monde qui m'a appris qu'on ne pouvait survivre sans duplicité. Quand les autres mondes sont venus s'emparer de la Mokshi, j'étais prête au combat. »

Seigneure Mokshi, annales de la Légion

20
JAYD

Ayant tendu toute ma vie des pièges pour ma famille, je soupçonne toujours qu'il y en a un. Nashatra a beau paraître sincère, je repousse sa proposition. J'affirme ne rien connaître à d'aussi horribles machinations et aimer Rasida. De toute évidence, elle ne me croit pas, mais si elle est en train de me tendre un piège, je ne vais pas tomber dedans.

Je regagne donc mon appartement pour réfléchir à ce que je sais. Les habitantes de ce monde semblent adorer Rasida, contrairement à sa famille. Si c'est *vraiment* sa famille. Et bien entendu, je n'ai réfléchi ni à ce que la famille signifie ici, ni aux différences avec Katazyrna sur ce point. Anat nous a élevées, mais ne nous a pas donné naissance. Elle nous a choisies parmi les enfants des femmes qui pouvaient en avoir. J'ai grandi avec Nhim, Neith, Maibe et une dizaine d'autres, mortes depuis. Suld et Prisha, beaucoup plus âgées que moi, ont été élevées avec un autre groupe ; quant à Anka et Aiju, elles avaient six rotations de moins que moi. À chaque groupe d'âge, le nombre de filles diminuait. Anat aimait penser qu'élever des armées était facile, sauf qu'elle devait toujours aller plus profond dans le monde et plus loin dans la Légion pour trouver des soldates, qui s'avéraient toujours plus bizarres et plus difficiles à plier à ses caprices. Nous avions des porteuses d'enfants sur Katazyrna plusieurs rotations avant que Zan nous rejoigne, mais la plupart ont disparu. J'imagine que c'est davantage du fait d'Anat que du monde, car tant qu'existaient des porteuses d'enfants natives de Katazyrna, elle avait des rivales pour le pouvoir.

Chaque fois qu'on m'emmène dîner avec Rasida, je prends bien soin d'étudier les couloirs, les marches et les endroits où, s'écaillant sur de larges surfaces, les parois laissent voir du métal brillant. Comme leur monde pourrit autour d'elles, les Bhavaja n'ont eu d'autre choix que de se mélanger avec tous les niveaux. N'importe qui peut être une Bhavaja, ici. La hiérarchie compte moins pour Rasida qu'elle ne comptait pour Anat. Le sang était le sang. Il n'est pas impossible que cela explique la facilité avec laquelle elle a déclaré que j'étais maintenant une Bhavaja, et l'a fait accepter par au moins une partie de son peuple.

Plus ma grossesse avance, plus Rasida semble prendre ses distances. J'essaye l'affection, même si cela m'est pénible, mais elle se détourne de moi. Voilà une chose que Zan n'a jamais pu feindre, l'affection. Mais je sais quant à moi très bien faire semblant, au point que je me persuade parfois de ma parfaite sincérité.

« Tu dois me vouloir, dit-elle. Je ne désire pas ce qui n'a pas d'amour pour moi. C'est facile d'obliger à l'affection. Ça l'est beaucoup moins de la susciter.

— Mais je t'aime, dis-je sans toutefois me trouver convaincante.

— Ce n'est pas vrai. » Elle écarte mes mains de sa gorge et je me dis que transformer ma caresse en strangulation ne poserait aucun problème. Peut-être le pense-t-elle aussi.

Nous dînons ce soir-là une nouvelle fois dans son appartement. L'armoire est ouverte et dans sa pénombre, la lueur verte du bras attire mon regard. Je retourne m'asseoir. Rasida a servi du vin, mais je n'en ai plus bu depuis la nuit de notre union, quand j'étais trop malade ou trop droguée pour me rappeler quoi que ce soit.

« Tu ne veux plus de moi ? demandé-je. Tu ne veux que ce que j'ai dans le ventre ?

— Je peux avoir qui je veux. Je peux avoir toute

la Légion, non ? Elles s'inclinent et se prosternent, elles s'arrachent leurs vêtements en me suppliant de leur accorder mes faveurs. Mais ce n'est pas me vouloir.

— Nous avons baisé ici, dans cette pièce, sous des prétextes fallacieux. » Au lieu de serrer les poings, je mange, mais j'ai du mal à me comporter comme il faut. J'essaye, en vain, d'imaginer Zan en train de faire cela sans décapiter Rasida. Zan a mauvais caractère. Moi aussi, mais je suis devenue bien meilleure qu'elle pour me contenir. J'ai la patience dont elle manque. C'est pour ça que c'est moi qui suis là, pas elle.

« Ah bon ? Lesquels ? Je te répète que je ne t'ai jamais menti. La trêve n'a pas été conclue avec toi, mais avec Anat. À aucun moment je ne t'ai dit que je ne prendrais pas la Légion.

— Tu ne peux pas dire à quelqu'un que tu l'aimes et ensuite assassiner sa famille. » Je bois une gorgée de vin en gardant une expression parfaitement neutre. J'admire mon propre calme. Je ne suis même pas ivre.

« Pourquoi pas ? » demande-t-elle, et sans la moindre ironie. Elle semble me poser sincèrement la question. « Tu n'aimais pas ta famille. Peut-être aimais-tu appartenir à quelque chose de plus grand que toi. Mais tu détestais Anat. Tu la détestais depuis toute petite.

— Toutes les filles méprisent leur mère.

— J'adore la mienne. Elle sait rester à sa place, ici. Elle joue bien son rôle.

— Je me demande pourquoi. Tu traites ta famille comme Anat me traitait. »

Rasida bondit de son siège.

Je sursaute et recule précipitamment. Je bouge moins vite que je ne voudrais : la grossesse prive mon corps d'agilité et de rapidité.

Mais Rasida ne me frappe pas. Elle va ressortir le bras en métal de l'armoire et le jette à mes pieds. « Mets-le.

— Je… je ne peux pas.

— Pourquoi ? Tu es une Katazyrna, il va sûrement t'aller. »

Je tends mon bras gauche. « Il ne m'ira pas. Ce n'est pas le mien.

— Ce n'était pas non plus celui d'Anat. » La tournure prise par la conversation me laisse perplexe. « Elle a dû se couper le bras pour pouvoir le mettre là-dedans. À qui appartenait cette chose, Jayd ? De quel monde venait-elle ?

— Je ne sais pas. Anat l'a depuis toujours. » Je referme d'un coup la bouche, mais trop tard. Rasida a vu Anat à de nombreuses reprises. Elle sait à quel moment Anat s'est procuré le bras, peu avant que Zan se joigne à nous.

Elle croise mon regard, échange muet par lequel nous convenons que j'ai menti.

« Je te demande pardon, m'excusé-je.

— Le temps des mensonges est révolu.

— Les sorcières », dis-je, peut-être dans l'espoir que tout de suite après sa phrase sur le temps des mensonges, elle ne pense pas que je mens encore.

« Les sorcières savent comment il fonctionne. Elles l'ont offert à Anat. C'est un très vieil objet. Je ne sais rien d'autre. Si tu retrouves les sorcières Katazyrna, elles pourront te renseigner.

— Tu aurais pu le dire avant.

— Je devais avoir peur de ce que tu ferais avec. » En réalité, je sais ce qu'elle pourrait faire avec, et ce n'est pas ce qu'elle croit. C'est bien pire encore. Il déferait tout ce que j'essaye d'accomplir ici. Plus je retarde le moment où Rasida enfilera ce bras, plus cela me laisse de temps pour découvrir comment voler le monde.

« Il y a des personnes ici, sur mon monde, qui me trahiraient comme tu as trahi Anat.

— Je n'ai pas…

— Je sais qui était Zan, Jayd. Je ne suis pas aussi idiote que tu crois.

— Personne ne sait qui est Zan, bredouillé-je. Pas même elle.

— Je sais ce que tu as fait à la Mokshi. Tu crois que je n'ai pas d'espionnes dans Katazyrna ?

— Je ne t'ai jamais prise pour une idiote. » Même si c'est vrai, si elle sait qui était Zan alors que même Anat n'en a jamais eu la moindre idée, quelle importance, maintenant ? Qu'elle pense que Zan était une construction que j'ai fabriquée en assemblant des morceaux d'autres femmes, ou en transférant l'esprit d'une générale dans le corps d'une de mes propres sœurs. Mais ça m'inquiète qu'elle ait mentionné la Mokshi juste après avoir parlé de Zan.

« Je veux que tu saches ce qui arrive aux personnes qui me trahissent.

— Je ne t'ai pas…

— Pas toi. Pas encore. »

Le soulagement m'envahit. « Ton peuple t'aime, Rasida. J'ai vu de quelle manière il te regarde. Pourquoi as-tu peur ?

— Parce que tu es nouvelle ici et que tout le monde va essayer de te retourner contre moi. On ne peut pas le permettre. Il faut exciser ce cancer maintenant, avant qu'il soit trop tard. »

Elle va à la porte en laissant le bras par terre, appelle Samti et deux autres gardes du corps.

Nous marchons toutes les cinq en silence, Rasida et moi côte à côte derrière Samti et suivies par ses collègues.

Je mémorise l'itinéraire que nous empruntons, en comptant les marches et les changements de direction. Au lit, les couvertures tirées sur ma tête, je reconstitue souvent ma carte mentale de Bhavaja, puis la mets en réserve pour le jour où j'aurai besoin de partir rapidement d'ici. Celui où j'aurai le bras et le monde.

Nous arrivons par un large couloir dans une salle de détention. J'y découvre sans surprise Nashatra, debout à côté d'Aditva, une des sœurs de Rasida.

« Ce n'est pas indispensable », dit Nashatra en voyant entrer sa fille.

Elle ne me regarde pas. Je reste les yeux fixés juste au-dessus de la tête d'Aditva, en essayant de faire comme si je n'étais au courant de rien.

Rasida prend Aditva par l'épaule. Je me crispe.

« Dis-moi ce que tu projetais, dit Rasida à sa sœur, qui se met à pleurer.

— S'il te plaît, Rasida, plaide Nashatra. Je sais que tu n'es pas contente, mais…

— Tu sais ce qu'on fait aux traîtresses, Mère.

— Je sais.

— La Légion est ma sœur. Nous sommes toutes sœurs. Ce qui ne veut rien dire quand la survie est en jeu. »

Je ne remarque qu'à ce moment-là la béance noire sur la paroi du fond. Ses rebords sont secs et plissés, mais je sais à quoi elle devait ressembler avant. C'est l'ouverture d'un vide-déchets.

Elle va recycler sa propre mère. « C'est vraiment indispensable ? » demandé-je, parce que j'ai beau n'éprouver aucun amour pour Nashatra, je crains que sans elle, il n'y ait plus personne pour s'opposer à Rasida. Si Nashatra prépare un putsch et que je l'aide, peut-être m'aidera-t-elle à son tour à obtenir de Rasida ce dont j'ai besoin. Stratégie à long terme. J'ai toujours été douée pour ça. Voilà aussi pourquoi il fallait que ce soit moi qui vienne ici et non Zan. Elle comprend les véhicules, la génétique et la boue organique gluante, pas les humaines.

« Bien sûr que oui, répond Rasida.

— Mais…

— Laisse », me dit Nashatra en croisant mon regard.

Je baisse les yeux vers ses pieds. Me mords la

langue. Si je me trahis, alors nous sommes fichues toutes les deux. Si je…

« Lève-toi, Aditva, et raconte à ma consorte ce que tu as fait », ordonne Rasida.

Aditva ?

Elle se met debout. Elle est petite et maigre, tout en genoux et en coudes, avec un long visage affligé et des cheveux raides. Je me demande depuis combien de temps elle est là.

« Dis-lui, répète doucement Rasida en caressant les cheveux sales de sa sœur.

— Je t'ai trahie, Seigneure. » Aditva se met à sangloter. « Pardon, Seigneure. J'étais faible. La seigneure de la Guerre…

— Ne mets pas ta bêtise sur le dos de la seigneure de la Guerre. Tu as essayé de fomenter une rébellion, pas vrai ? Un soulèvement. Mais un soulèvement de qui, et pour quoi faire ? Il n'y a nulle part où aller, Aditva. Si tu avais vraiment écouté la seigneure de la Guerre, elle t'aurait dit tout ça et bien davantage encore, comme elle me l'a dit à moi. Elle m'a murmuré que le seul moyen de sauver notre peuple est de travailler ensemble à l'union de la Légion. Il n'y a pas d'autre moyen. Tu ne voulais pas nous unir. Tu voulais me renverser et nous diviser.

— Oui, Seigneure. »

Je regarde à présent les pieds nus et calleux d'Aditva. Je ne veux pas voir le visage de Nashatra. J'ai peur de nous trahir, elle et moi. Pourquoi me sentirais-je maintenant coupable, alors que ce n'est pas ma famille ? Alors que j'ai décliné la proposition de Nashatra ? Ce pourrait très bien être moi, là, sale et pieds nus. La prochaine fois, peut-être bien que ce sera moi. Que se passera-t-il alors ? Nashatra me défendra-t-elle, ou me laissera-t-elle recycler comme elle est en train de le faire de sa propre fille ?

Rasida émet de petits bruits apaisants et attire Aditva contre elle. Aditva la serre dans ses bras, son petit corps agité de gros sanglots. Les deux protubérances grosses comme le poing que je découvre sur sa nuque, sans doute des tumeurs, me font me demander depuis combien de temps elle est malade.

Rasida la réconforte d'une main, prend de l'autre le long poignard en os qu'elle garde à la ceinture. Je pourrais dire quelque chose. Je pourrais, comme Nashatra, supplier Rasida d'épargner cette femme, sa propre sœur.

Mais je ne dis rien. Je croise les mains sur mon ventre en regardant Rasida plonger sa lame dans l'aisselle d'Aditva. Une fois. Deux. Trois.

Aditva s'effondre.

Elle baigne dans son sang quand Rasida la soulève avec une expression triste, presque douce, comme si elle lui rendait un grand service, puis la jette dans la gueule béante du vide-déchets.

Aditva pousse un grand cri. Puis le silence revient. Rasida reste le regard plongé dans l'obscurité.

Ce n'est qu'à ce moment-là, alors qu'elle nous tourne le dos, que j'ose regarder Nashatra en face.

Elle me dit quelque chose par signes. Il me faut un moment pour comprendre, parce qu'elle utilise une autre langue, non celle des Katazyrna, mais une plus répandue dont nous nous servons entre mondes de la Ceinture extérieure. Elle signe : « Qui est ta maîtresse ?

— Je suis ma propre maîtresse », réponds-je de la même manière.

Rasida se retourne alors. « C'est ce que j'ai fait à Zan, ta prisonnière qui n'est pas une prisonnière. Si tu ne peux pas m'aimer, si tu me mens, si tu me trahis, tu finiras comme Aditva. Comme Zan. »

Elle cherche à m'avertir. À me briser, ou peut-être à briser Nashatra. Mais ni elle ni moi ne sommes impressionnées. Même si je ne peux pas sourire, de crainte de me trahir, l'espoir fleurit dans mon corps comme jamais depuis que Rasida a détruit Katazyrna. Il fleurit parce que je sais que cela veut dire que Zan est peut-être toujours en vie. Zan est déjà remontée du ventre du monde. Zan y a déjà survécu. Elle peut recommencer. Elle reviendra pour moi. Elle revient toujours pour moi.

Nashatra soupire. « Y a-t-il autre chose, Seigneure ?

— Oui. Samti, emmène Mère aux sorcières.

— Aux sorcières ? s'étonne Nashatra. Que…

— J'ai entendu dire que tu voulais sauver le monde, j'ai décidé de t'y aider.

— Hein ? Non, je… »

Samti la prend par le bras. Ses deux collègues l'imitent et toutes trois sortent avec Nashatra.

« Qu'est-ce que tu vas lui faire ? demandé-je.

— En quoi ça te regarde ?

— Vous êtes ma famille, maintenant. C'est ma mère aussi. »

Elle essuie sa lame sur sa tunique et la rengaine.

« Accompagne-moi, amour », dit-elle en me tendant sa main pleine de sang.

Je la prends.

Nous revenons à mon appartement. Je vois au passage un couloir qui m'est familier : c'est celui par lequel je suis arrivée, celui qui vient du hangar. J'en prends mentalement note et compte mes pas en chemin. J'ai été idiote de ne pas le faire à mon arrivée, mais je ne m'attendais pas à la trahison de Rasida. Je croyais avoir la situation bien en main. J'avais passé tellement de temps à essayer de comprendre Anat que je n'avais jamais réfléchi à ce qui se passerait avec Rasida.

Elle s'assied au bord de mon lit, m'attire doucement près d'elle. Elle écarte les cheveux de mon visage. « Est-ce que ça a suffi ? demande-t-elle.

— Suffi pour quoi ?

— Pour te dissuader de faire ce que tu projettes de faire.

— Je ne sais pas de quoi tu parles. C'est chez moi, ici, maintenant.

— Oui. Nous devons nous assurer que tu restes ici.

— Comment ça ? » Ma voix est presque inaudible.

« Chhhh… » Rasida a quelque chose dans la main. Le poignard en os.

Je bondis du lit. Je fais trois pas jusqu'au seuil. Agrippe le chambranle.

Une douleur cuisante me traverse l'arrière du genou droit. Je trébuche, tombe lourdement sur le flanc, hurle.

Rasida se penche sur moi. Elle essuie sa lame ensanglantée sur mon épaule. S'agenouille près de moi. « Tu vas aller mieux, dit-elle. Tu auras l'esprit plus clair. La douleur a cet effet. Tu ne t'enfuiras pas, amour, parce que tu n'as nulle part où aller. Tu comprends ? »

Elle m'a sectionné un tendon. Je ne veux pas comprendre. Je ne veux pas que ce soit vrai.

Quand j'aurai le bras et le monde, il faudra que je parte au plus vite. Et voilà qu'elle m'a estropiée.

« Je te déteste. Je t'ai toujours détestée.

— Je sais, répond-elle. Je sais. C'est pour ça que nous allons si bien ensemble. Tu te sentiras mieux demain matin. »

« Pour échapper à la Légion, il faut d'abord comprendre ce qu'elle est. Mon erreur a été de supposer que je comprenais la manière dont les mondes fonctionnaient. »

Seigneure Mokshi, annales de la Légion.

21
ZAN

Nous escaladons une chaîne de montagnes en os humains. Du moins, pour la plupart : tandis que nous avançons comme nous pouvons sur ces amas soudés par je ne sais quelle substance calcifiée, je vois certains crânes trop gros, certains bassins trop larges pour être entièrement humains. J'ignore de qui c'est le cimetière, du coup. De tout le monde, j'imagine. De toute chose.

Le temps est impossible à mesurer, en bas du monde. Au bout de quelques périodes de sommeil, les papillons se font plus rares, remplacés progressivement par des scarabées dotés d'un volumineux abdomen luisant. Nous existons parfois dans une obscurité complète et Casamir sort alors une petite version portable des globes à tentacules, qu'elle appelle simplement torche.

Nous avancerions dans un silence morose, s'il n'y avait que Das Muni avec moi, mais Casamir ne cesse de jacasser. Quand nous bivouaquons, elle raconte des histoires, dont la plupart n'ont aucun sens pour moi. La treizième ou quatorzième fois que nous campons, elle en raconte une longue et compliquée sur une femme avec une roue dentée qui défèque tous les matins dans son chapeau. Je ne l'écoute que d'une oreille en mangeant le ragoût tiède qu'elle a préparé avec des ingrédients tirés de son sac.

« Et c'est pour ça qu'on l'appelle Seigneure Nouée ! » conclut-elle avant de se taper sur le genou en s'esclaffant.

Je secoue la tête. « Je ne comprends pas.

— C'est une blague. À cause de la science.

— Je vois.

— Je suis très drôle. Tout le monde adore cette blague. Je la recommence, tu as peut-être raté le milieu. Donc, cette femme…

— Ça ira », l'interromps-je.

Das Muni marmonne je ne sais quoi sur des scientifiques qui défèquent et s'éloigne, pour aller elle-même faire ses besoins, j'imagine.

Je regarde Casamir fredonner en dînant. « Tu me crois, quand je dis que je suis de la surface ?

— Oh, oui, bien sûr.

— Ce qui veut dire non. »

Elle hausse les épaules. « Qu'est-ce que la réalité, de toute manière ? Quelque chose que nous fabriquons avec nos esprits. La tienne existe aussi sûrement que la mienne.

— Tu me prends pour une folle.

— Pas du tout. Je crois juste que tu souffres d'idées délirantes. Aucun problème. C'est très fréquent. Surtout chez celles dont leur peuple s'est débarrassé.

— Tu es donc d'accord pour dire qu'il y a des niveaux supérieurs ?

— Je reconnais qu'il y en a des *différents*.

— Très diplomatique. »

Elle se cache la bouche, mais son petit sourire suffisant ne m'échappe pas.

« Je suis une expérience, alors ? demandé-je. Tu sais quoi, Casamir ? J'en ai assez d'être l'expérience de l'une ou de l'autre.

— Pardon. Mais ce n'est pas ça. Je ne peux pas devenir ingénieure sans entreprendre ce voyage. Chaque ingénieure doit monter un niveau et explorer. J'en ai assez, des fosses. On n'arrête pas de m'y envoyer parce que je parle tout le temps. Pour devenir ingénieure, il faut se battre.

— Comment fais-tu pour prouver que tu es allée sur un autre niveau ?

— En rapportant quelque chose. Il y a… » Elle prend la carte dans son sac, la déroule dans la lumière de la torche. « Il y a un passage, là, dit-elle en montrant un endroit.

— Et on est où ?

— On y est presque. Encore cent mille pas, je pense. Quelque chose comme cinq périodes de sommeil.

— Tu as parlé de hordes de mutantes.

— Ah, oui. » Elle enroule la carte. « On aura peut-être affaire à elles dans les vingt à trente mille pas qui viennent. Il faudra monter la garde chacune son tour.

— Tu as apporté des armes ?

— J'ai mon couteau. » Je l'ai vu, son couteau : un tibia aiguisé.

« Elles sont dangereuses, ces mutantes ?

— Ça arrive. En général, elles évitent la lumière. Il faudra juste ne pas s'éloigner les unes des autres pendant quelques périodes. Ça ne devrait pas être trop méchant. »

Mais elle le dit en fuyant mon regard.

Je ne dors pas bien. Je m'agite et me retourne au moindre bruit. L'endroit est si vaste qu'on ne peut pas se blottir contre les parois, aussi dormons-nous au pied des montagnes, dont les os crissent ou s'entrechoquent quand petits animaux et insectes trottinent dedans. Je me réveille deux fois la poitrine recouverte d'insectes noirs grands comme la main. Je les chasse et les écrase avec le fémur dont je me sers comme canne.

Quand Casamir me secoue pour que je me lève, je suis déjà réveillée, épuisée et irritable.

Je les suis, elle et sa lumière oscillante, tandis que nous parvenons aux dernières montagnes. Elle la tient le plus haut possible, ce qui me permet de distinguer des amas de protubérances charnues, certains hauts de deux étages, minés de trous et d'entrées de terrier dans lesquels je pourrais passer la tête.

Je n'ai pas besoin de demander ce qui vit là-dedans, car je vois dans les terriers leurs six yeux refléter la lueur de la torche. Ces bêtes n'aiment pas la lumière.

Casamir me sourit nerveusement par-dessus son épaule. « Allons de l'avant, c'est tout », dit-elle.

Nous avançons avec précaution sur le sol grêlé, qu'on dirait rongé par je ne sais quoi. Cela me rappelle ce que Casamir nous avait dit, aux alentours de la ville : hors de la lumière, les parois et les sols sont perméables.

Un trottinement se fait entendre juste à la limite de l'obscurité. Casamir se fige.

Je m'arrête derrière elle. Das Muni se cogne à moi. S'accroche à ma combinaison.

« Continue, intimé-je.

— Peut-être que... je vais juste... », répond Casamir.

Je passe devant elle, m'arrête au même endroit que la lumière. « Il n'est pas question que je fasse demi-tour », préviens-je. Je pense à Jayd et à tout ce que je n'ai pas encore raconté à Casamir, ni à Das Muni. « Un monde entier est en jeu, là-haut.

— Ce n'est pas le mien, contre Casamir.

— Si, c'est le tien. Avance. »

Elle se déplace de quelques centimètres. La torche lui échappe quand elle veut la changer de main. Casamir prononce quelques mots dans sa langue, sans doute des jurons, puis se précipite à la poursuite de la torche qui roule en direction d'un trou.

Je m'élance à mon tour. Je plonge, trop tard, alors qu'elle tombe dans l'ouverture, nous abandonnant à l'obscurité.

Tout autour de nous, des hululements s'élèvent l'un après l'autre.

J'enfonce la main, sens la torche du bout des doigts, mais ma taille m'empêche d'aller plus loin. « Casamir », appelé-je.

Elle se met contre moi, passe la tête à l'intérieur. « J'ai les bras trop courts !

— Laissez-moi faire », conseille doucement Das Muni.

Les trottinements approchent. Je lance le pied en sentant un souffle sur mes chevilles, mais n'atteins rien.

Das Muni s'allonge à côté de moi, puis enfonce le torse dans le trou. Je la tiens par les jambes, de peur que je ne sais quelle bête la tire à l'intérieur.

« Aïe ! dit Casamir. Quelque chose m'a mordue ! »

Les hululements se sont déchaînés et résonnent en tous sens. Je me retiens de me boucher les oreilles.

« Je l'ai ! s'écrie Das Muni. Je l'ai. » Je la ressors du trou. Elle soulève le globe et dans ses grands yeux brille comme une lueur de triomphe. Jusqu'à ce que la peur se peigne sur son visage quand, se tournant dans ma direction, elle voit ce qui se passe derrière moi.

Casamir est empêtrée dans une toile transparente qui grouille de bêtes bulbeuses multisegmentées ayant chacune dix ou douze pattes semblables à de longs doigts griffus recouverts d'un pelage noir. Elles ont sur la tête des crocs, six yeux et des centaines de petites antennes duveteuses.

J'abats ma canne sur la toile. « Approche la lumière ! » crié-je à Das Muni, mais elle reste bouche bée, sous le choc.

Je me précipite sur les bêtes en les frappant sans relâche. Elles explosent sous mes coups, m'éclaboussant le visage de leurs entrailles jaunes. J'essaye d'arracher la toile du corps de Casamir. Les insectes commencent à s'intéresser à moi. Je sens leurs antennes duveteuses m'effleurer les chevilles.

« La lumière ! Das Muni ! »

Je frappe d'estoc et de taille. Des viscères jaunes me recouvrent le visage, les mains, le devant de la combinaison. Les insectes me montent sur les bras, maintenant. Me pincent. Me mordent. Je tire de nouveau sur la toile dans laquelle Casamir n'arrive même plus à se débattre. Elle me hurle quelque chose, mais je ne sais pas quoi, parce que j'ai les pieds emmêlés dans cette toile et que je panique.

« Das Muni ! » J'essaye de me redresser, tombe. La nuée descend. Je mords, donne des coups de pied et de poing. J'ai la bouche pleine d'entrailles d'insectes.

Puis j'entends une sorte de cri strident. Les insectes s'éloignent.

Je crache tout ce que j'ai dans la bouche. Das Muni se penche sur moi, la torche brandie bien haut.

Je me libère de la toile. Das Muni m'aide à me relever. J'entends les insectes hululer et voleter, en attente juste à l'extérieur de la lumière.

Je taille dans la toile pour dégager Casamir, enchevêtrée dans ses fils si résistants qu'ils l'immobilisent debout. Une fois libérée, elle s'effondre. Je passe le bras autour de sa taille. « Tu es blessée ? » demandé-je tandis qu'elle s'appuie sur moi.

Sa tête dodeline. « Je ne sais pas. Je ne… Pas plus que d'habitude, sans doute. »

Je cherche des morsures ou des griffures sur son corps, découvre quatre petits trous au niveau du poignet, deux autres sur sa cuisse. « Ils sont venimeux ? demandé-je. Les insectes ? » Je suis mordue aussi, bien davantage qu'elle.

« Venimeux ? Pourquoi est-ce qu'ils le seraient ? »

Ce qui répond peut-être à ma question, ou peut-être pas. Les connaissances de Casamir lui viennent des cartes et des histoires.

« Remettons-nous en route, dis-je. Das Muni, j'ai besoin que tu passes devant.

— Tiens, prends la torche, répond-elle en me la mettant dans les mains.

— Il faut que j'aide Casamir. Je suis juste derrière toi.

— Mais… »

Les hululements reprennent. Ils me dressent les cheveux sur la tête.

Les yeux de Das Muni s'écarquillent jusqu'à une taille impossible. Je me demande de quelle acuité visuelle supplémentaire elle bénéficie avec d'aussi grands yeux. « D'accord », dit-elle en avançant avec hésitation de quelques pas. Les insectes s'agitent, reculent face à la lumière. Beaucoup regagnent leurs trous, d'où ils continuent à nous surveiller.

Nous marchons, marchons, trop effrayées pour nous arrêter tant que les monticules d'os restent en vue. Puis le sol commence à descendre et nous pénétrons dans une immense forêt de colonnes recouvertes de fongus, si hautes que je n'en vois pas le sommet.

La forêt n'en finit pas, et en l'absence de rencontre hostile, je finis par suggérer que nous bivouaquions et nous reposions.

Nous prenons le temps de nettoyer nos plaies et d'enlever les restes de toile emmêlés dans nos cheveux. Partie à la recherche d'eau, je trouve des flaques saumâtres entre les arbres. J'en parle à Casamir, qui assure qu'elle est potable.

« On a un moyen de la nettoyer ? demandé-je. Elle est salée.

— L'eau n'a pas besoin d'être nettoyée, dit-elle comme si elle n'avait jamais rencontré personne d'aussi stupide. Elle est mouillée. Elle ne fait aucun mal. Rien dans ce monde n'a pour but de te nuire.

— Pas même les insectes ?

— Eh bien, répond-elle en frottant les morsures sur son poignet, je crois qu'on les a effrayés, en fait. »

Je ne suis pas convaincue, mais Das Muni et elle

boivent l'eau, si bien que ma soif finit par l'emporter sur ma prudence. Nous dormons, et quand je me réveille, toute la forêt est remplie de légères lueurs vertes. Casamir, déjà debout, cueille des champignons sur les arbres.

Je me mets sur mon séant, admire les lumières. « C'est quoi ? » La brumeuse luminescence verte donne l'impression de sortir de l'air lui-même.

« Du pollen, je pense, répond Casamir. Les arbres s'accouplent. »

Notre échange tire Das Muni du sommeil. Nous suivons pendant un bon moment des yeux les évolutions des vagues de brume verte entre les arbres. En haut de ceux-ci, je vois de petits animaux sauter de l'un à l'autre en gazouillant.

Je me rallonge sur le sol souple : il est recouvert de fongus mort et probablement des restes des bêtes que je viens de voir là-haut, mais plutôt confortable. Je préfère son odeur de moisi à la puanteur des fosses de recyclage.

« C'est un voyage que chaque ingénieure doit entreprendre, explique Casamir en mettant un autre champignon dans son sac. On en apprend davantage sur le monde, paraît-il, et sur notre place dans celui-ci. Je trouve toujours qu'on est très grandes, mais ici, eh bien, on prend conscience qu'on n'est qu'une petite partie de quelque chose de beaucoup plus grand.

— Le monde est énorme, dis-je. Je l'ai vu de l'extérieur. Je n'ai pas pensé à ce qu'il y avait à l'intérieur, par contre. »

Casamir croque un champignon. « Ton délire est vraiment tenace.

— Les meilleurs ne sont-ils pas les plus tenaces ? réponds-je. Ceux qui t'intéressent le plus ?

— Tu continues à être intéressante, grâce à ça. Je n'ai jamais apprécié les raseuses. Je t'ai déjà raconté l'histoire de…

— Je me recouche, l'interromps-je.

— C'est une excellente histoire !

— Plus tard », dis-je en fermant les yeux.

Elle me la raconte quand même. C'est celle d'une ingénieure qui veut devenir guerrière mais ne comprend pas que cela implique de tuer des personnes. J'imagine que l'histoire est censée être drôle, vu que cette femme essaye de tuer d'abord des insectes, puis d'autres animaux afin d'arriver petit à petit aux humaines, mais toutes ses tentatives échouent pour une raison ou une autre. « Ce dont elle s'est rendu compte, c'est que tout est relié à nous », conclut Casamir alors que je m'endors. Pour le meilleur ou pour le pire, je me suis habituée à sa voix. « Si on tue une chose, on tue tout. »

Au bout de la forêt, il y a une porte.

J'ai compté nos pas pendant que nous traversions la forêt : plus de cinquante mille. Ce qui me frappe à présent n'est pas sa taille, mais combien paraît étrange la présence d'une porte à son extrémité.

Elle est ronde et métallique, si bien qu'on dirait un grand œil cousu dans la chair du monde. Comme le sol remonte depuis trente mille pas, il est à peu près certain qu'elle conduit au niveau suivant.

Ce qui ne me réjouit pas outre mesure. Je suis surtout surprise et perplexe, parce que cette porte, je la connais. Je l'ai déjà vue. Non pas une qui lui ressemble, *cette porte-là.* Je l'ai déjà franchie. Mais surtout, je me rappelle y avoir laissé quelque chose d'important. Quelque chose pour moi-même.

« Zan ? » appelle Casamir.

Je regarde cette porte depuis un bon moment. Casamir et Das Muni me dévisagent.

J'approche avec prudence du panneau de métal en essayant de me souvenir. Qu'ai-je laissé là de si important ?

Je m'accroupis devant. « Tu es certaine de ne jamais m'avoir rencontrée ? demandé-je.

— Je ne t'avais jamais vue avant, assure Casamir. De quoi tu parles ? On y est ! Tu n'es pas excitée ?

— Personne dans ton peuple ne m'avait jamais vue ?

— Non, pourquoi ? C'est toi qui n'arrêtes pas de dire que tu n'es même pas d'ici ! »

Je passe les mains sur les jointures de la porte, tout comme je l'ai fait dans ma cellule la première fois que Jayd m'y a enfermée. Et là, enfoncé dans une des jointures supérieures, je trouve un rouleau de chair humaine.

Je le sors et le déroule. Casamir et Das Muni s'approchent pour voir.

Il y a des marques sur ce parchemin. Je ne les comprends pas, mais j'ai l'impression de les reconnaître. « Casamir, tu aurais de quoi faire des marques sur ce truc ?

— Bien sûr. » Elle tire de sa ceinture d'outils un bâton à l'extrémité carbonisée. Il m'émerveille quelques instants. Où sont toutes ces plantes ? Je trace les mêmes marques sur la page, histoire de voir si cela réveille ma mémoire.

Je ne me rappelle rien de nouveau, mais constate avec surprise que ce que j'inscris ressemble exactement à ce qui était déjà inscrit. J'ai la même écriture.

« Tu arrives à lire ça, Casamir ? »

Elle secoue la tête. « Je n'avais jamais vu cette langue. Mais toi, si, apparemment.

— Moi, je peux la lire », affirme Das Muni en me prenant le parchemin de ses longs doigts. Casamir approche la lumière. « Ça dit : "Si tu n'as pas le bras et le monde, tu dois recommencer."

— C'est tout ?

— Oui. » Elle me rend le parchemin.

« Comment se fait-il que tu saches lire ça, Das Muni ? » demandé-je.

Elle hausse les épaules. « Je connais cette langue.

— C'est étrange qu'une mutante la connaisse. » Casamir me reprend le parchemin pour l'examiner de près. « Je pense qu'elle invente.

— Je n'invente rien.

— Das Muni, dis-je, en m'étonnant de ne pas lui avoir posé la question plus tôt, de ne la poser que maintenant qu'il est presque trop tard. De quel monde viens-tu ? Comment s'appelle-t-il exactement ?

— Je viens de la Mokshi », répond-elle.

« Prends garde à ce que tu prétends être.
Il est bien trop facile de le devenir. »

Seigneure Mokshi, annales de la Légion

22
JAYD

« Tu es encore bien triste », dit Rasida.

Je suis au lit, les mains posées sur mon ventre de plus en plus gros. Il m'arrive encore de me lever, pour manger et parcourir les tablettes à histoires, mais j'ai les cheveux sales. Je pourrais laver mes vêtements, ou les faire nettoyer par les filles. Je sais tout cela, mais ne me résous pas à agir.

Rasida entre et s'approche de mon lit. Elle me rend visite au moins une fois par cycle. Elle s'assied à côté de moi pour prendre ma main dans les siennes, aux paumes rugueuses et calleuses. Je me souviens d'elles sur mon corps et du plaisir qu'elles me procuraient, à l'époque où je pensais avoir le pouvoir ici, où je pensais que tout se déroulait comme prévu.

« Je sais que c'est difficile, dit-elle. Ça l'a été, pour moi, quand j'ai pris mon premier monde. Parfois, l'obscurité arrive. Elle anéantit notre sentiment d'avoir un avenir. Mais l'avenir de Bhavaja est en toi, Jayd. Tu as de la valeur. »

De la valeur, pensé-je avant de détourner le visage. De la valeur uniquement pour ce que je porte, comme si je n'étais qu'un récipient. Mais c'est ce que je voulais, bien entendu. Par contre, je ne voulais pas que Katazyrna soit complètement détruite pour me permettre de me retrouver ici. Je me dis que, n'importe comment, nous mourrons toutes si Zan et moi n'arrivons pas à mener ce plan à bien, mais c'est un piètre réconfort. Savoir que les Katazyrna vont disparaître en une génération, c'est très différent de les voir mourir de mon vivant.

« Je tiens beaucoup à toi, Jayd. J'espère que nous pouvons être de vraies amoureuses. »

Des larmes me montent aux yeux et je reste le visage tourné. Qu'elle me voie souffrir. Qu'elle ait pitié de moi. Je le mérite. Je veux qu'elle souffre à son tour.

« Je t'ai apporté un cadeau, murmure-t-elle. Nous nous dépêchons de préparer Katazyrna pour toi, tu comprends. Maintenant que j'ai le bras, notre peuple peut emménager là-bas. Ce qui ne plaît pas trop à certaines, celles qui suivaient Aditva et les autres sœurs que j'ai dû tuer, mais elles s'y feront. Elles comprendront, comme tu comprends. »

Je ne dis rien.

« Tu m'as entendue ? demande-t-elle doucement. C'est ma manière de m'excuser, amour. Il m'arrive d'agir sans réfléchir. J'avais peur pour toi. J'avais peur que ma famille te corrompe. Je vois maintenant que tu n'aurais jamais eu besoin de me fuir. Laisse-moi me faire pardonner en t'offrant un cadeau. J'ai trouvé une de tes sœurs, vivante. Je me suis dit qu'elle pouvait être une bonne dame de compagnie pour toi. La solitude peut être difficile, à ce que me dit ma mère. »

Je me retourne vers elle, le cœur battant à tout rompre. Mais bien entendu, ce ne sera pas Zan, si ? Rasida a vu Zan et l'a recyclée, jamais elle ne l'amènerait ici.

Je me redresse malgré tout. Au moins, elle a éveillé ma curiosité, que je croyais être morte au même moment que mon cœur.

« Allons, allons, dit Rasida en essuyant les larmes sur mes joues, je ne suis pas si monstrueuse. J'ai fait tout ça pour toi, amour. Viens. » Elle me tend sa main.

Je la prends. Je retrouve tout à coup mon objectif de vue tandis que nous pénétrons dans le grand vestibule. Je donnerai naissance dans cent trente tours, si tout se passe normalement. Les sorcières de Rasida sont déjà venues à plusieurs reprises m'examiner afin de confirmer que la grossesse se déroulait comme convenu. Si je les avais trompées et étais vouée à porter autre chose, elles me recycleraient aussitôt et les belles paroles de Rasida n'auraient aucune signification. Mais je sais ce que je porte, parce que Zan l'a porté aussi, avant de me donner son utérus.

J'écarte les cheveux de mon visage. Comme marcher sans aide m'est devenu très pénible, je m'appuie lourdement au bras de Rasida pendant qu'elle me conduit à mon « cadeau ». Chaque pas est une souffrance, mais nous n'avons pas beaucoup de chemin à faire.

Elle m'amène devant mon appartement, adresse un grand geste à un groupe de trois femmes debout dans le vestibule. Deux sont des Bhavaja, avec entre elles une belle jeune femme mince que je reconnais tout de suite. Je suis prise de colère et de désespoir. Je souris.

« Sabita. » Mon cœur se serre. À part Anat, Rasida n'aurait pu m'amener personne de pire. J'ai fait couper la langue de Sabita par une de nos agentes de sécurité, de peur de ce qu'elle pourrait révéler à Zan. J'ai beau ne pas m'en être chargée moi-même, elle a sans doute deviné de qui venait l'ordre. Anat n'en aurait rien eu à faire, parce qu'elle n'a jamais su qui était Zan. Sabita, par contre… avait peut-être pressenti quelque chose. Il fallait la réduire au silence avant qu'elle gâche tout en parlant à Zan.

« Elle a vraiment fait preuve d'initiative, raconte Rasida. Elle s'était cachée dans une des grandes artères qui longent le couloir à l'extérieur du cortex. Si on n'avait pas remarqué la fuite de fluide, on ne l'aurait peut-être jamais trouvée. Mon cadeau te plaît ?

— Je l'adore. » Je laisse couler mes larmes. Elle n'a pas besoin de savoir pourquoi j'en verse. De toutes les femmes qu'aurait pu m'amener Rasida, c'est Sabita, la Katazyrna qui détestait le plus ce que j'avais fait à Zan, et cela parce qu'elle avait bêtement pris Zan dans ses bras pour la réconforter quand celle-ci était revenue après avoir été recyclée et avant de perdre la mémoire. De quoi avaient-elles parlé, durant ces quelques heures précédant le nouveau départ de Zan pour la Mokshi, où l'amnésie l'attendait ? Je ne le saurai jamais, mais je savais que Sabita en était venue à prendre soin de Zan pendant tous ces tours, à la soigner après chaque attaque.

J'adresse un petit signe à Sabita sans lever les mains. Il serait étonnant que les Bhavaja connaissent notre langue des signes, mais mieux vaut rester discrètes en présence d'une paranoïaque comme Rasida.

Sabita jette un coup d'œil à mes doigts, mais ne répond pas. Je me demande si ce ne sera pas pire qu'elle soit là. Va-t-elle m'assassiner dans mon sommeil ? Mais c'est peut-être la dernière Katazyrna encore en vie, avec moi. Les liens du sang ont leurs avantages. Il n'est pas impossible qu'elle sache ce qui se passe sur Katazyrna, qu'elle ait des informations utiles pour moi.

« Merci, Rasida, dis-je. Tu es… gentille. »

Elle m'embrasse sur le front. Prend mon visage entre ses mains pour étudier mon expression. Je ne sais pas trop ce qu'elle y cherche, mais je presse doucement mes lèvres sur les siennes. J'essaye d'imaginer Zan en train de l'embrasser ainsi, après tout ce que Rasida a fait, mais je n'y arrive pas. Zan la tuerait, sans se soucier du plan, et la jetterait dans les fosses de recyclage.

« Eh bien, tu vois, dit Rasida. Tu te sens juste seule.

— C'est vrai. Je sais que tu es très occupée. Ton cadeau me plaît beaucoup. »

Rasida fait entrer Sabita dans mon appartement, lui montre où elle va dormir, par terre à côté de mon lit, ordonne aux filles de la traiter comme ma dame de compagnie. Sabita suit le mouvement, le regard terne. Je tente d'imaginer à quoi cela a ressemblé de rester aussi longtemps cachée dans une des artères au-dessus du cortex, couverte du sang du monde, en se nourrissant de ce sang et de ce qu'on arrive à détacher des parois de chair.

Quand Rasida nous laisse et que les filles vont nous chercher des rafraîchissements, Sabita et moi nous retrouvons en tête à tête, lasses l'une comme l'autre. Est-ce que j'ai l'air aussi vaincue qu'elle ?

Elle finit par me signer : « Je sais où tu as eu cet utérus. Ce n'est pas le tien. Tu as acheté ta liberté, par contre. Tu es une traîtresse. C'est ce que Zan m'a raconté. »

Je réponds de la même manière : « Tu ne sais pas de quoi tu parles. Réjouis-toi d'être vivante et qu'Anat ne t'ait pas recyclée. Tu en dis toujours trop à Zan, ce qui la rend folle, pas vrai ?

— Folle de chagrin, oui, signe-t-elle. Elle ne me le dira jamais, mais je te soupçonne d'être la cause de ce chagrin. Toi ou quelque chose que tu as fait. C'est toujours comme ça. Tu ne nous apportes rien que de la peine. Quand je lui parlais du passé, elle se souvenait de ce chagrin et ça la détruisait à chaque fois. Ce n'est pas ma faute, c'est la tienne.

— Tu ne sais pas ce que Zan et moi…

— Tu es un monstre », signe-t-elle avant de me tourner le dos.

Je veux tout raconter à Sabita, mais il me vient à l'esprit que ce pourrait être exactement ce qu'espère Rasida. Elle a peut-être sauvé Sabita pour que je m'ouvre à elle. Des trahisons cachées dans d'autres. J'ai résisté à Nashatra, ce qui m'a probablement épargné un sort bien plus funeste. Je n'ai pas revu Nashatra depuis qu'Aditva a été recyclée. À part Rasida et les filles, Sabita est la première personne que je vois depuis un bon moment.

Cela me met quand même en colère. Cela me met en colère parce que malgré tous mes efforts, je ne peux pas oublier ce que j'ai fait pour arriver ici. Zan est capable d'oublier. Moi, non. Comment puis-je la plaindre alors qu'elle a la possibilité de repartir de zéro ? C'est moi qui suis obligée de vivre avec ce qui s'est passé. C'est sur moi que pèse le fardeau. C'est moi qui continue pendant qu'elle s'agite en tous sens comme une petite écervelée n'ayant qu'un seul but en tête. Je suis obligée de vivre avec parce que je peux enfouir tout cela, l'enfermer comme si c'était arrivé à une autre. Elle, non. Elle n'a jamais pu.

Quand on comprend la nature du monde, on a le choix entre deux possibilités : soit en devenir une partie et perpétuer ce système jusqu'à la génération suivante, soit le combattre, le briser, et construire quelque chose de nouveau.

La première possibilité est plus sûre, plus facile. La seconde plus effrayante, car qui dit que ce qu'on construira sera mieux ?

Mais vivre en esclavage n'est pas vivre. L'esclavage garantit votre existence, sauf qu'il n'y a pas d'avenir, là-dedans.

Zan et moi croyions à l'avenir.

« Aide-moi », dis-je tout haut.

Sabita se tourne, grimace. « Je vois qu'elle t'a estropiée, signe-t-elle, à moins que tu ne te sois fait ça toute seule histoire de susciter la pitié ? Tu en es bien capable.

— Ne prétends pas me connaître », dis-je tout haut. Me rappelant que les filles peuvent revenir d'un moment à l'autre, je repasse à la langue des signes. « Tu sais à quelle distance est le hangar, d'ici ?

— Tu prévois de t'échapper ? Je m'étonne que tu ne l'aies pas déjà fait, alors.

— Pour aller où ? signé-je. Raconte-moi Katazyrna.

— C'est la guerre, là-bas. Si elle te dit qu'elle l'a vaincue, elle ment. La moitié des personnes qu'elle y a transférées se sont alliées à nous quand elles ont vu à quel point le monde était riche. Elles essayent de chasser son peuple. Rasida a une guerre civile sur les bras, là-bas. Je n'en suis pas revenue, qu'on n'en voie aucun signe ici. Sur Katazyrna, il y a toute une faction qui essaye de faire sécession de Bhavaja.

— Sa famille s'est retournée contre elle, ici. Mais j'ignorais qu'elle ne maîtrisait pas la situation là-bas.

— Je me cachais avec trois personnes de son peuple. Elle les a tuées, moi, elle m'a capturée. J'étais sûre qu'elle allait me tuer aussi. Où sont Neith et Gavatra ?

— Mortes comme les autres. Enfin, je crois. Nous avons été séparées avant l'union.

— Quel putain de désastre, signe Sabita. En tout cas, tu as eu ce que tu voulais, non ?

— Que sais-tu de ce que je veux ?

— Zan m'a raconté un jour, au début, qu'elle et toi vouliez vous retrouver aux mains des Bhavaja. Je ne sais pas pourquoi. Mais j'espère que ça se passe bien pour toi.

— Rasida est intelligente.

— Elle est complètement dingue. »

Je n'ai rien à ajouter à cela. Je me contente de hocher la tête, et les filles reviennent à ce moment-là avec les rafraîchissements. Du geste, je leur enjoins de nous laisser et m'assieds pour manger avec Sabita à une petite table au bout de mon lit.

Si Rasida a retourné Sabita avant de l'amener ici, elle a fait de l'excellent travail. Je vais me couvrir quand même. C'est ma méfiance qui m'a permis de survivre jusqu'ici. Je ne peux pas baisser ma garde, pas pour le moment.

Nous mangeons sans un mot. Sabita se gave de gel protéiné et de légumes verts. Il y a aussi des fruits aigres à peau tendre, elle les mange avec avidité.

Lorsqu'elle a terminé, elle signe : « Comment on sort d'ici, alors ?

— On ne sort pas. »

Elle se penche vers moi. « Tu es la plus intelligente des Katazyrna. Tu as conquis des mondes entiers. Tu peux conquérir une folle.

— Bientôt. J'ai besoin de trouver quelque chose.

— Qu'est-ce qui t'a pris aussi longtemps ? » signe Sabita, avec une expression – exaspérée, incrédule – qui remue je ne sais quoi en moi.

La Jayd dont elle se souvient ne resterait pas ainsi au lit dans sa crasse à broyer du noir. La Jayd dont elle se souvient se battrait. Et se battrait encore. Et encore. Je peux sourire en faisant semblant d'être tenue en servitude, mais à force, le faux-semblant s'est fait réalité. Je me rends alors compte que je suis devenue ce que Rasida croit sur moi. J'ai tellement fait d'efforts pour la convaincre que je lui appartiens que je me suis laissé intimider. J'ai peur d'elle. Je veux lui plaire. J'ai cessé de faire semblant. Je suis devenue tout ce que je voulais que Rasida croie à mon sujet. Je ne peux plus continuer comme ça.

« Je suis contente que tu sois là », signé-je.

Elle lève les sourcils. « Je n'aurais jamais cru que tu dirais ça un jour.

— Mieux vaut ne pas le dire à voix haute, alors », signé-je avant de repousser la table.

Il est temps de recommencer à faire la cour à Rasida. Il est temps de trouver le monde.

« Les mondes naissent et meurent.
Mais je ne m'attendais pas à ce que le monde
qui meurt soit le mien. »

Seigneure Mokshi, annales de la Légion

23
ZAN

« Qu'est-il arrivé à la Mokshi ? » demandé-je à Das Muni. Mes doigts tremblent.

« Je n'en sais rien. Nous avons été attaquées. Et recyclées, pour la plupart. Certaines là-bas, mais beaucoup ici.

— Qui a attaqué la Mokshi ? Les Bhavaja ? Les Katazyrna ?

— Je ne sais pas. C'était il y a longtemps.

— Il y a combien de temps ? » Comme j'ai élevé la voix, elle se crispe.

« Je ne sais pas. Longtemps. Teigne…

— Je me fiche de Teigne. » Je jette le parchemin contre le mur, parce qu'il ne veut rien dire. Das Muni se précipite pour le ramasser. Rien de tout cela n'est utile. Ce n'est que mystère sur mystère. J'ai l'impression qu'on se sert de moi et que tout le monde dans cet endroit infect en sait davantage que moi sur mon propre compte.

« Si tu es déjà venue ici après avoir été recyclée par ton peuple là-haut, dit Casamir, tu as peut-être des conseils sur la manière d'ouvrir cette porte ?

— Tu n'es pas là pour ça ? répliqué-je, de nouveau trop sèchement.

— Je cherche juste la solution la plus facile », grommelle-t-elle avant d'ôter son sac, puis de dérouler une trousse qui renferme un ensemble complexe de limes en métal et de potions organiques. « Ça pourrait prendre un moment.

— Ton épreuve consiste à l'ouvrir ? demandé-je.

— Exactement. C'est une serrure compliquée, à la fois organique et non organique. Très précise. Il y a une cachette de l'autre côté. Je prends un artéfact dedans et je rentre à Amaris. Vous, vous pouvez continuer.

— Si tu arrives à l'ouvrir.

— Un peu d'optimisme. » Casamir jette un coup d'œil à l'obscurité dans son dos. « Surveillez qu'il n'y ait pas de mutantes qui arrivent. Ni de tous ces autres trucs. »

Je lève bien haut la torche pour regarder la porte. De quel monde suis-je censée m'emparer ? De celui-là ? De la Mokshi ? Je frissonne, même si l'air est doux, et me tourne de nouveau vers l'obscurité. Assise contre la porte, Das Muni serre fermement le parchemin entre ses mains. Elle tremble. Je ne veux pas lui poser d'autres questions, parce que je suis en colère et qu'elle se referme sur elle-même quand je crie. Il faut que j'attende d'avoir retrouvé mon calme. Das Muni a longtemps vécu dans la terreur. La terroriser davantage ne servirait à rien.

Casamir poursuit ses efforts de déverrouillage. Je la regarde faire en espérant que cela me rappellera quelque chose. Le mécanisme qui l'occupe est un disque saillant avec des sections emboîtées. Il est moins sale que le reste de la porte, recouvert d'une vase visqueuse venue de plus haut et hérissé de protubérances produites par la calcification de je ne sais quel sédiment.

Le temps s'écoule lentement. Je mange une des pommes apportées par Casamir, en recrachant les poils souples enfouis à l'intérieur. Je scrute les ténèbres, écoute les hululements des insectes noirs.

Au bout d'un moment, Das Muni se lève pour venir s'installer près de moi.

En nage, Casamir marmonne tout bas dans sa langue. Qui commence à me sembler familière. Je pense comprendre quelques mots, mais peut-être est-ce pure présomption de ma part.

« Et voilà ! » s'exclame Casamir. De la grande porte nous parvient un déclic. Puis quelque chose bouge et gronde de l'autre côté.

Je recule en entraînant Das Muni avec moi. Elle

m'agrippe le bras. Je lui tends la torche pour brandir ma canne.

Casamir se tourne pour me regarder, le sourire aux lèvres, tandis que l'imposante porte s'ouvre avec bruit. « Tout va bien, dit-elle, ce n'est que… »

Un hurlement aigu jaillit des ténèbres derrière la porte. Je vois une grande agitation, un océan de membres décharnés et d'yeux immenses, puis les mutantes sont sur nous.

« Les mutantes sont une bonne source de nourriture.
Je n'ai jamais voulu en débarrasser le monde.
Ce sont les Katazyrna qui s'y sont mises les premières. »

Seigneure Mokshi, annales de la Légion

24
ZAN

Le peuple de Casamir avait traité Das Muni de mutante, mais elle ne ressemble en rien à la horde qui nous tombe dessus depuis le grand œil de la porte.

Difficile de dire si elles sont ou ont été humaines. C'est une masse hargneuse et velue de chair, de dents et de griffes. Certaines galopent à quatre pattes, d'autres titubent sur de lourds pieds bots. Elles hurlent, déchaînées, et je commence à frapper d'instinct.

Casamir, qui a dégainé son couteau, me crie de me

replier. J'atteins à la gorge la première mutante qui parvient à ma portée. Elle tombe, d'autres déferlent. Je brandis ma canne, mais me rends compte qu'elles n'ont rien contre moi : elles me dépassent en agitant leurs bras et autres appendices. Il ne s'agit pas pour elles de lancer une attaque sur nous, mais d'en fuir une dont elles sont la cible.

Je me fraie un chemin entre elles, ce qui me vaut plusieurs morsures. Quelques coups de coude suffisent à tenir les autres en respect. Je vois en franchissant la porte deux femmes dos à dos au milieu des corps de leurs camarades. Elles affrontent quatre grandes mutantes au visage en croissant et aux bras osseux terminés par deux et trois doigts au lieu de mains. Ces mutantes ont toutefois les dents pointues et résistent bien aux femmes qui manient des gourdins recouverts d'os durci et de peau qui en font de véritables massues.

J'avance pour crier aux mutantes : « Ça suffit ! Fichez le camp ! »

Les femmes ne se tournent pas vers moi. L'une tombe sous les mâchoires de la mutante la plus imposante, que je vais d'un bond frapper de toutes mes forces à la nuque. Elle s'écarte et s'enfuit. Recouvert d'une pellicule grise, son grand œil larmoie.

Une autre frappe à toute volée la dernière femme encore debout, qui encaisse et lui défonce la tête. La mutante s'écroule. Les deux dernières partent au galop rejoindre la horde.

Je m'approche des femmes par terre. Toutes sont

mortes, sauf une, qui se vide trop rapidement de son sang pour espérer en réchapper.

Leur camarade encore debout s'effondre. Elle tient sa massue devant elle en montrant les dents, comme pour me mettre au défi.

« Je veux juste aider, dis-je en levant les mains. Comment tu t'appelles ? »

Elle me dévisage. Crache à mes pieds. « Arankadash.

— C'est ton nom ou une malédiction ? »

Das Muni me rejoint avec Casamir, qui boite. « Tu ne nous as pas beaucoup aidées, là-bas, me reproche celle-ci.

— Elles fuyaient, elles n'attaquaient pas.

— C'est elles qu'elles fuyaient ? »

Je hoche la tête. « Tu les connais ?

— Possible. » Elle essaye deux autres langues, mais vu la manière dont cette femme immense me regarde, je ne serais pas étonnée qu'elle me comprenne parfaitement.

« Je m'appelle Zan, du moins, à ce qu'on m'a dit. » Je présente Casamir et Das Muni, puis lui explique qu'on essaye de monter. « Au niveau au-dessus, précisé-je en pointant le doigt vers le haut. Jusqu'à la surface. Tu connais la surface du monde ?

— La mer », dit-elle.

Je connais ce mot, qui m'évoque une étendue plate et visqueuse d'eau sombre dans une profonde crevasse du monde. « Tu es allée à la mer ? lui demandé-je sans savoir s'il y en a une ou plusieurs.

— Au-dessus de nous, il y a la mer. Nous en

venons toutes et nous y retournons toutes. » Elle s'accroupit près de ses camarades mortes et je suis prise d'empathie, car la situation me rappelle le massacre de mes sœurs.

Je m'agenouille à ses côtés. « Dommage qu'on n'ait pas pu les sauver.

— Tu m'as sauvée, moi. Ça doit suffire.

— Les mutantes vous attaquaient ? »

Elle secoue la tête, puis enlève du poignet d'une des mortes un bracelet de perles d'os enfilées sur un tendon, qu'elle glisse à son propre poignet, déjà alourdi par une dizaine d'objets similaires. « Nous sommes des chasseuses, explique-t-elle. Nous chassons les mutantes. Elles tuent nos procréatrices et notre bétail. Elles mangent de la chair sans honneur. Elles ne comprennent pas le sacrifice.

— Si tu nous montres dans quelle direction est la mer, dis-je, nous allons te laisser. »

Elle regarde les cadavres, puis ses mains ouvertes. Secoue la tête. « Je ne peux pas les laisser comme ça aux récupératrices. Il faut que je les ramène. »

Les six mortes ne seront pas faciles à transporter, ni pour elle, ni pour nous. Das Muni ne sera pas capable de déplacer la moindre cuisse, encore moins un corps entier.

« Je ne suis pas sûre que nous soyons les mieux à même de fournir ce genre d'aide », dis-je.

Elle relève la tête, les larmes aux yeux. « Aidez-moi à les ramener chez nous et je vous conduirai à la mer. »

Je jette un coup d'œil à Casamir, qui serre contre sa poitrine son éclat de diamant. « Tu repars ?

— J'ai ce que je suis venue chercher », répond-elle.

Je hoche la tête et tends la main vers l'obscurité. « Tu es libre de t'en aller, dans ce cas. »

Elle ramasse sa torche et se dirige vers la porte.

Je passe les corps en revue en essayant de trouver un moyen de les transporter. « On pourrait les traîner avec des cordes qu'on fabriquerait, non ?

— Et fabriquer un traîneau, c'est possible ? » répond Arankadash.

Je sors de ma poche le garrot que j'ai confectionné en entortillant une bande de tissu. « Peut-être qu'en faisant comme ça… »

Casamir soupire et revient vers nous. Elle pose son sac. « Vous pouvez les transporter sur de longues perches en os, dit-elle. Vous en trouverez dans les amas d'ossements. Vous y attachez les corps et chacune porte un bout de perche. On est quatre. On peut y arriver.

— Ça reste lourd, dis-je.

— C'est plus facile que de les traîner. Il faut donc que je pense à tout ? »

Casamir et moi repartons au pied des montagnes récupérer des os assez longs pour faire des perches à porter à deux. Par chance, nous n'avons pas à chercher longtemps pour en trouver quatre de bonne taille.

En revenant, j'entends Das Muni crier. Je lâche mes os, franchis le seuil à toute vitesse, la découvre allongée par terre, chevauchée par Arankadash en train de l'étrangler.

Je me jette sur celle-ci et la renverse par terre. Elle se débat, mais je suis plus lourde et plus rapide. Je lui immobilise les bras le long du corps. « Qu'est-ce que tu fiches ?

— C'est une mutante ! profère-t-elle. Elle doit mourir comme les autres !

— C'est mon amie ! Si tu acceptes mon aide, tu acceptes la sienne. Compris ? Mutante ou pas, elle est à moi. Je suis responsable d'elle. »

Arankadash ricane, mais cesse de se débattre. « Imbécile, me dit-elle. Elles se transforment toutes. Elles ont l'air normal un certain temps, mais elles deviennent folles. Elles mangent de la chair, tuent et chassent. Elles ne font que ça.

— Tu m'as dit que c'était vous qui chassiez, réponds-je. Elles vous fuyaient quand elles ont déboulé sur nous. Qui sont les chasseuses, alors ?

— Ne lui fais pas confiance ! »

Casamir arrive derrière moi, ses os dans les bras. « Elle est bien, pour une mutante, juge-t-elle. Laide, mais bien.

— Imbéciles, répète Arankadash.

— Les imbéciles, tu veux qu'elles t'aident ou pas ? Parce que ça ne me pose aucun problème de te laisser ramener tes camarades une par une et te faire bouffer par les mutantes, les insectes ou je ne sais quoi d'autre que tu croiseras en chemin. »

Elle crache quelque chose dans une autre langue.

Puis : « D'accord, mais nous sommes ennemies, maintenant.

— Ça me va, du moment que tu es le genre d'ennemie qui tient parole, vu que tu as promis de me conduire à la mer.

— Tu es méprisable. »

Je la relâche. « Je pourrais en dire autant à ton sujet. Excuse-toi auprès de Das Muni.

— Non.

— Jure de ne plus lui faire de mal, alors. Parce que la prochaine fois que tu essaies, je ne serai pas aussi gentille.

— Je ne suis pas gentille non plus.

— On fait la paire, alors. Eh bien ? »

Elle grimace. « Je ne lui ferai pas de mal tant qu'elle sera à toi. »

Je me lève.

« Génial, dit Casamir. On peut s'y mettre, maintenant ? Je ne veux pas traîner ici.

— Tu nous accompagnes ? »

Elle est déjà occupée à nouer à l'extrémité des perches une corde sortie de son sac. « Vous seriez perdues, sans moi. Et puis je n'ai jamais vu la mer.

— Et le trajet du retour est long, dans le noir. »

Elle roule des yeux. « Je n'ai pas peur du noir. Je suis une récupératrice. Je me glisse dans les boyaux du monde pour…

— J'ai compris, dis-je. Restons-en là. »

Pendant que Casamir et Arankadash s'activent, je vais voir Das Muni. Son capuchon est rabattu. Son visage, de nouveau sale. Je me lèche le doigt pour enlever un peu de sang sur sa figure. Du sang à elle ?

« Ça va ? » demandé-je.

Elle lève ses énormes yeux vers moi. D'aussi près, je vois combien ses iris sont étranges : on dirait de petits croissants colorés. C'est troublant. Elle a de si grandes oreilles que je me demande comment elle a pu ne pas entendre les mutantes bien avant que la porte s'ouvre.

« Je t'avais dit qu'il ne fallait pas voyager avec d'autres, me souffle-t-elle.

— Si j'avais été d'accord, je ne t'aurais pas emmenée non plus. C'est un argument à double tranchant.

— Je veux rentrer. » Elle plaque ses mains sur ses yeux.

« Personne ne sait comment retourner sur la Mokshi. Beaucoup ont essayé. Moi y comprise.

— Pas sur la Mokshi, je n'étais rien, là-bas. Je veux rentrer retrouver Traîne-Scie et Teigne.

— Ce n'est pas un bon endroit pour toi », dis-je, mais en jetant un coup d'œil par-dessus mon épaule à Casamir et Arankadash, je prends conscience que celui où nous nous trouvons ne l'est pas non plus. Au moins, pour les monstres, elle n'est qu'un morceau de viande comme un autre. Je ne comprends pas cette haine que je vois dirigée contre des personnes comme elle. Notre apparence change suivant le niveau. Pourquoi détester les mutantes et les hors-monde ? Tout est recyclé de la même manière. On est toutes faites de viande.

J'aide Casamir et Arankadash à finir d'attacher les corps aux brancards de fortune. Casamir accroche sa torche à celui qu'Arankadash et elle portent, et je les suis avec Das Muni. Notre fardeau est trop lourd pour elle, je le sais, mais je veux voir jusqu'où on peut aller avant d'envisager unc autre solution.

Mais quand elle se met son côté sur l'épaule, je constate avec surprise qu'clle ne se plaint pas un instant. Elle trottine derrière moi, trop lente à mon goût, mais pas assez pour que je perde de vue le premier brancard. Il n'y pas grand-chose à voir à l'extérieur de notre cercle de lumière. De longues lignes de flore ou de faune bioluminescente recouvrent le sol ondulé et les parois au loin. J'aperçois à l'occasion une protubérance ou une portion de plafond effondrée. Après une pause pour nous ravitailler en eau à une mare bouillonnante qui suinte du sol spongieux, nous nous remettons en route. Cette eau m'a laissé un goût de cuivre dans la bouche, comme s'il y avait eu du sang dedans.

Nous finissons par atteindre un large sentier, une dépression très usée qui signale une habitation humaine. Casamir et moi sommes épuisées, mais Arankadash et Das Muni semblent à peine essoufflées. Nous nous reposons de nouveau et Arankadash suggère que nous dormions. « Je monterai la garde », prome-t-elle.

Casamir partage la nourriture de son sac. « Je parie que personne de ma connaissance n'est allé aussi loin, dit-elle.

— Tu es une Bharataiv ? demande Arankadash. Une des rétameuses ?

— Ingénieure.

— Ah oui, les revendeuses. Nos marchandes vous rencontrent de temps en temps, près du voile doré.

— Qu'est-ce que c'est, le voile doré ? m'enquiers-je.

— Oh, rien, répond Casamir. Tu veux des champignons ?

— Non. » Je repose ma question, mais à Arankadash.

« Trente mille pas en arrière, répond-elle, près des montagnes. Un itinéraire beaucoup plus facile que celui par lequel vous êtes montées. Franchir cette porte, il n'y a que ces idiotes de rétameuses pour le faire de temps en temps, ça oblige à traverser la vallée des bêtes et les camps de mutantes. »

Je regarde durement Casamir. « Tu aurais pu nous faire prendre l'autre itinéraire ! On se serait épargné tous ces pas ! Plus les insectes, les rampeurs, la por…

— Je devais compléter mon initiation, m'interrompt-elle. Si on prend le raccourci, ça ne compte pas. »

Je me frotte le visage. « J'en ai vraiment marre de tes conneries, Casamir.

— Vous auriez voulu prendre le raccourci ! Je vais vous raconter une histoire sur quelqu'un qui l'a pris. Elle commence avec…

— Arrête, dis-je.

— … une femme qui portait son utérus en chapeau, parce que…

— Attends, qui faisait quoi ?

— Elle portait son utérus sur sa tête, dit Casamir en tapotant sa chevelure nattée en couronne, mais ce n'est pas important, ça sert juste à l'identifier, tu comprends. Bref, comme ça lui donnait l'air plus grande et plus imposante, elle a pris le raccourci en pensant que…

— C'est une histoire vraie ? »

Elle fait la moue. « Je ne partage que des histoires vraies.

— On ne peut pas ôter son utérus comme ça.

— Bien sûr que si. Les échanges d'utérus sont très courants.

— Ah bon ? »

Elle croque dans un champignon gros comme le poing. Chaque fois que je redoute qu'on se retrouve à court de nourriture, je la vois en chercher dans la nature. Je n'aurais pas cru qu'il y en avait tant par ici, mais c'est parce que je ne sais plus faire la différence entre nourriture et déchets.

« Nous donnons toutes naissance à des trucs différents, explique Casamir. Parfois, ce qu'une personne veut n'est pas ce que veut une autre, mais tu ne décides pas à quoi tu donnes naissance. La Divinité décide, mais comme pour tout, tu peux changer ton destin. Tu peux échanger ton utérus contre celui d'une membre de ta famille, si tu as une bonne chirurgienne. »

Je repense à cette longue cicatrice sur mon ventre. « On peut l'enlever entièrement ?

— Ce n'est pas recommandé. Tu ne sais donc

rien ? Vous êtes vraiment complètement cinglées, toutes les deux.

— Chez nous, on ne fait rien de tel, intervient Arankadash. C'est une insulte à la mer qui nous a donné naissance.

— Ouais, bon, c'est différent pour nous, dit Casamir.

— Tu n'as pas peur de mettre la mer en colère ? demande Arankadash.

— Je ne sais même pas ce que c'est. Donc non. » Elle gobe le reste du champignon. « Vous devriez les goûter. J'en ai d'autres.

— Tu ne risques pas une infection ou je ne sais quoi ? demandé-je.

— En mangeant des champignons ?

— En découpant des corps.

— Pourquoi ? Nous sommes faits de la même matière, le monde et nous toutes. Et rien ne pourrit vraiment, ici : c'est juste recyclé. Le monde le mange. Et nous mange aussi. Lui et nous sommes une seule chose. Tu ne m'as donc jamais écoutée ? Ces femmes que nous avons dans la salle des ingénieures, elles n'attrapent pas d'infections quand on fait des expériences sur elles. Ta jambe non plus, tu as remarqué ? On prélève une poignée de chair et tu marches aussi bien qu'avant. Il faut juste la soigner avec la bonne matière. Ton corps cicatrise le reste. Il se recoud tout seul, ou presque. Chez la plupart d'entre nous, du moins.

— Comment ça, *la plupart* ? »

Elle jette un coup d'œil à Das Muni. « Pas chez les mutantes.

— Parce qu'elles ne sont pas de ce monde ?

— Eh bien, je n'irais pas jusque-là. Enfin, je ne dis pas que je ne te crois pas, mais…

— Ton explication, c'est juste que ce sont des mutantes ?

— Oui. Mal nées. Du coup, elles ne cicatrisent pas comme il faut. Elles ne grandissent pas comme il faut.

— "Comme il faut" me semble être une question d'opinion.

— Mon opinion a beaucoup d'importance à mes yeux.

— Vous en faites, du bruit, reproche Arankadash. On dirait trois lapanches en train de jacasser.

— Je ne vais même pas poser la question, dis-je.

— Il ne vaut mieux pas que tu saches, répond Casamir.

— Ça, c'est quelque chose qu'on me dit souvent.

— Parfois, ici, ne pas savoir vous facilite la vie, ajoute-t-elle.

— C'est ce que j'ai cru comprendre. »

Le parchemin entre les doigts, Das Muni s'est allongée et nous tourne le dos, mais en restant collée à moi pour se tenir chaud. Je ne vois pas de véritable avantage à ne pas savoir ce que ce monde me cache, à part peut-être un grand sentiment de désespoir. Das Muni avait ce désespoir, tout comme Casamir et Arankadash, à leur manière. Elles croient aux mythes et aux vérités qu'on leur a dits. Mais je n'ai foi en rien de tout ça. Est-ce ce que Jayd veut que je sois : une non-croyante capable de continuer ?

On dirait que ça marche, mais ce parchemin est la preuve que j'ai déjà emprunté cette voie, et si elle m'a menée à l'échec, pourquoi devrais-je croire qu'elle me conduira maintenant au succès ? Et *à quoi* est-ce que je travaillais ? Je ne peux tout de même pas m'être retrouvée dans le bas-monde pour la même raison, la dernière fois. Combien de fois les Bhavaja peuvent-elles prendre le même monde ?

À mon réveil, je vois Casamir tout sourire. Qu'elle arrive à rester aussi enjouée me dépasse. Je serais peut-être plus heureuse, moi aussi, si je connaissais des histoires de femmes qui portent leur utérus sur la tête.

Nous bouclons nos sacs, buvons quelques gorgées d'eau au goût de cuivre dans les ampoules que Casamir a remplies à la dernière flaque.

Je repose celle que je partage avec Casamir et pivote pour ramasser ma canne.

Dos tourné, Casamir bavarde avec Arankadash. Je vois du coin de l'œil Das Muni se pencher sur l'ampoule et laisser tomber quelque chose à l'intérieur. Elle retire précipitamment la main en s'apercevant que je la regarde.

« Qu'est-ce que tu fais ? » sifflé-je. J'attrape sa main et, du pied, renverse le récipient, qui se vide par terre.

J'éloigne Das Muni des autres ampoules.

« Un problème ? demande Casamir.

— Aucun, réponds-je tout haut. Das Muni a renversé l'eau. Je crois qu'elle ne se sent pas bien. »

Je la prends par les épaules, la secoue un peu. « Qu'est-ce que tu fichais ? insisté-je à voix basse.

— Rien.

— Je t'ai vue mettre quelque chose dedans, alors ne me mens pas, sinon je t'abandonne pour que tu te fasses dévorer par une des bêtes qui vivent dans les parages.

— Ces femmes sont dangereuses. »

Je la secoue de nouveau. « Raconte-moi.

— J'ai essayé… c'est…

— Tu voulais m'empoisonner ?

— Non, pas toi ! Tu avais déjà bu.

— Casamir, alors ? »

Elle baisse les yeux.

« Bouse et flammes, Das Muni, ce n'est pas un jeu.

— Ça ne l'empoisonnerait pas. Elle se sentirait juste très malade. Les choses d'ici ne vous tuent pas.

— On a besoin d'elles deux. Tu comprends ? Si tu veux rentrer chez toi, retrouver tes monstres et tes tas d'ordures, je me ferai une joie de te jeter dans le prochain vide-déchets qu'on trouvera.

— Pourquoi est-ce qu'on a besoin de leur aide ? On peut y arriver sans elles.

— Je devrais t'abandonner. Je voulais te laisser dans les fosses, mais je ne l'ai pas fait, comme tu vois. Je commence à le regretter.

— Zan ? » La voix de Casamir, tout près.

Je sursaute, me retourne. « Ouais, on arrive. Mais je n'aime pas qu'elle gaspille l'eau.

— Ce n'est pas l'eau qui manque, répond Arankadash. On arrive dans quinze à seize mille pas. »

En regardant Das Muni, je me souviens qu'elle a pris soin de moi dans les fosses. Elle aurait pu m'abandonner, elle aussi, ou me manger, ou me donner à manger à ses précieux monstres, mais elle ne l'a pas fait. Lui suis-je redevable, de la manière dont Arankadash pense m'être maintenant redevable ? Possible.

« Allons-y », dis-je.

Das Muni relève lentement la tête. « Tu ne vas pas m'abandonner ?

— Non, je ne vais pas t'abandonner, mais... » Consciente que Casamir et Arankadash nous écoutent, je termine : « Ne recommence pas. »

Nous passons à côté d'immenses formations écarlates, traversons une brume épaisse dont les gouttelettes nous piquent la peau et m'engourdissent la langue, et enfin le chemin nous conduit des larges grottes à un couloir plus étroit. En tendant les bras, j'arriverais sans doute à toucher les deux parois, mais je n'ai pas les mains libres.

Arankadash pose son brancard en nous disant de l'attendre, qu'elle va revenir. Il y a de la lumière, à cet endroit, issue de pustules à la luminosité fluctuante dans le haut plafond.

Sur les murs courent de petits insectes qui émettent une lueur rouge, or et vert, mais très faible.

Nous patientons avec de plus en plus de nervosité.

« Vous croyez qu'elle va nous manger, en fin de compte ? » demande Casamir d'un ton léger. Sa tentative de plaisanterie tombe à plat. « Vous n'êtes pas faciles, toutes les deux », ajoute-t-elle, mais en se dandinant et en tâtant de sa canne en os les parois du couloir.

Arankadash revient. « Le passage est libre, annonce-t-elle.

— Libre de quoi ? demandé-je.

— De mutantes. Elles poussent leurs proies par ici et les attendent au bout du couloir. Venez, ne traînez pas. »

Nous nous remettons vivement en marche dans l'étroit passage. Les corps que nous transportons sont lourds, maintenant. Ils ont la bouche pleine d'insectes et du fongus leur pousse sur les yeux. Derrière moi, Das Muni trébuche et son extrémité du brancard va s'enfoncer dans la paroi, y reste coincée. Un épais liquide vert suinte autour de cette plaie.

« Attendez ! » crié-je à Casamir et Arankadash, mais elles continuent à avancer sans se soucier de nous.

« Je te demande pardon, dit Das Muni.

— Ne t'excuse pas, aide-moi. »

Nous repartons après avoir ressorti l'os de la paroi. Il y a assez de lumière pour distinguer les coudes du couloir, mais nous avons perdu nos deux compagnes de voyage.

Mon cœur bat fort dans ma poitrine. Je suis si fatiguée que j'aurais du mal à tirer ma canne aiguisée en cas d'attaque.

Das Muni gardant le silence, je n'entends que nos pas et nos respirations. De temps en temps, je lève les yeux vers les pustules lumineuses.

Au bout de cinq ou six cents pas, des éclats de voix me parviennent. Je ralentis, tends l'oreille.

Je fais signe à Das Muni de poser le brancard. J'avance discrètement, en faisant porter l'essentiel de mon poids sur l'extérieur de mon pied avant de le poser complètement, une astuce pour marcher sans bruit que, jusqu'à présent, j'ignorais connaître.

Un coup d'œil derrière un coude du couloir me montre Arankadash et Casamir encerclées par un groupe de femmes en armure d'os et de tendons. Des doigts de squelette leur cliquettent dans les cheveux. Elles se sont barbouillé le visage de noir et ont des armes en os pointues reliées à leur poignet. Arankadash tend les mains, paumes vers le haut, et parle à toute vitesse. Les corps qu'elle portait avec Casamir gisent à leurs pieds.

Je tire ma canne et attends. La diplomatie d'abord, toujours. Je me suis aperçue que c'est ce que je préfère.

Mais la meneuse du groupe ne veut rien savoir. Elle écrase sa massue en os sur le visage d'Arankadash, qui s'écroule.

Casamir met ses mains sur sa nuque et tombe à genoux. Elle montre les dents, bredouille.

Je me lance.

Je fonce sur elles en brandissant mon arme. Je me jette d'abord sur la plus proche de Casamir et lui enfonce l'extrémité de ma canne dans l'œil. Au moment où elle tombe, je pivote pour frapper celle de derrière à l'aisselle, non protégée. Les autres réagissent, maintenant.

L'effet de surprise ne jouant plus, je me bats à quatre contre une. J'écarte d'un coup de pied les jambes de celle qui m'arrive dessus par la gauche, donne un coup de tête à celle devant moi et esquive celle à la massue, dont l'arme va percuter l'avant-bras d'une autre. J'entends le craquement et le cri.

Je prends un de ses yeux pour cible, mais elle est rapide et se baisse tout en parvenant à me toucher au ventre.

Le souffle coupé, je recule en titubant et me cogne à la quatrième femme. Je la frappe latéralement avec ma canne, mais son armure la détourne. Je commence à manquer de précision.

La femme à la massue l'abat de nouveau sur moi. Je bloque avec ma canne et lance mon pied dans son abdomen. Elle tombe, je l'égorge et me retourne.

Notre dernière adversaire encore debout prend la fuite.

« Tue-la ! crie Casamir. Elle va en ramener d'autres ! Zan ! »

Je lève ma canne comme une arme de jet, prête à la lancer. Hésite. Qui suis-je, pour tuer dans le dos une fuyarde ?

« Zan ! » répète Casamir.

Je baisse le bras. « On est presque arrivées au peuple d'Arankadash », dis-je. Je m'accroupis près de celle-ci, écarte les cheveux de la plaie. « Apporte-moi de l'eau. Voyons si j'arrive à lui faire reprendre conscience. »

Casamir ne bouge pas. Elle continue à me dévisager, bouche pincée.

« Quoi ? demandé-je.

— Tu es lâche. »

Je pointe l'extrémité sanglante de mon bâton sur elle.

« Tuer des gens, c'est facile, Casamir. Ça n'a rien de courageux.

— Elles ont tué Arankadash ! Elles m'auraient tuée !

— Arankadash n'est pas morte.

— Tu t'es laissé attendrir.

— Et pas toi ? Tu aurais pu nous abandonner dans la fosse, Das Muni et moi. Tu aurais pu couper la corde. Dénouer la ficelle que je t'avais mise et me laisser trembler sur la corde jusqu'à ce que je tombe. Tu ne l'as pas fait. Du coup, on est quoi, toutes les deux ? Des lâches ? Des faibles ? »

Das Muni accourt. « Arankadash va bien ? demande-t-elle.

— Non, répond Casamir en croisant les bras. Rien ne va bien.

— On ne doit plus être loin de son peuple, dis-je. On va la porter en suivant ce chemin.

— Pourquoi ne pas les laisser toutes ici ? propose doucement Das Muni. Le monde les mangera. C'est normal.

— J'ai fait une promesse. Portez les corps que

vous pouvez. On enverra le peuple d'Arankadash chercher les autres. »

Je hisse Arankadash sur mon épaule… je ne peux pas porter aussi ses camarades mortes, mais Casamir et Das Muni arrivent à soulever un brancard. Nous suivons le chemin, qui grimpe par un long escalier sinueux. Il est très délabré, si bien que je trébuche. Das Muni et Casamir ont du mal à monter les corps.

Nous montons longtemps en silence, jusqu'à ce que nous voyions loin devant une femme debout sur une saillie.

Je lui fais signe. Elle se baisse d'un coup. Je crie : « J'ai Arankadash ! »

Elle disparaît.

« Sentinelle ? » demande Casamir.

Je hoche la tête. « Attendons ici. Je ne veux pas tomber sur qui que ce soit comme ça nous est arrivé avec ces autres femmes.

— Comment sais-tu que celle-là n'est pas l'une d'elles ?

— Elle n'est pas coiffée pareil. Tu devrais savoir mieux que moi faire attention à ça.

— Je ne vois pas aussi loin, explique Casamir, les yeux plissés. Je n'ai pas la vue assez bonne. » Das Muni et elle reposent toutefois les corps sur les marches.

Quelques minutes plus tard, une longue procession vient à notre rencontre. Deux des femmes sont armées, mais les autres portent de longues robes flottantes faites de chanvre et de feuilles cireuses.

Casamir les salue dans leur langue. Arankadash

est lourde. Je la sens qui bouge, mais je la garde sur mon épaule. Elle pourrait avoir du mal à tenir debout, avec sa blessure à la tête.

La procession est menée par une femme d'un certain âge, qui porte une grande quantité d'os ainsi qu'un collier de chanvre, le tout lui recouvrant le torse quasiment jusqu'à la ceinture.

« Ça fait un moment que je n'ai pas parlé handavi, me dit-elle.

— Tu vas pouvoir pratiquer un peu avec moi, alors. On a laissé d'autres de vos sœurs sur le chemin. On ne pouvait pas toutes les porter. Elle nous a demandé de les ramener ici. »

Elle fait un signe. L'une des deux femmes armées part en courant sur les marches.

« Elles vont récupérer nos sœurs. Venez, nous vous offrons eau et repos. Il y aura un festin funéraire. Vous êtes invitées. Vous serez nos invitées d'honneur.

— Ne le prends pas mal, mais être invitée d'honneur ne m'a jamais rapporté rien de bon.

— Vous avez souffert, dit-elle, non sans amabilité. C'est regrettable. Nous sommes un peuple pacifique. Vous n'avez rien à craindre.

— Pacifique du moment que je ne suis pas une mutante. » Das Muni a remis son capuchon, mais je sens sa respiration oppressée à côté de moi.

« Nous accueillons tout le monde, répond-elle en regardant Casamir et Das Muni. Vous nous avez rendu un grand service. Perdre le corps des nôtres, c'est perdre une partie de notre peuple. Nous perdons notre avenir. »

Son escorte et elle repartent, je les suis. Deux femmes descendent la colline avec une civière pour me débarrasser d'Arankadash. J'ai les mains couvertes de son sang. Je les essuie sur ma combinaison.

Das Muni prend mon bras, Casamir roule des yeux, et nous continuons à monter jusqu'à pénétrer dans un autre monde.

« Toutes les femmes veulent contrôler leur fécondité,
toutes croient en avoir le droit inaliénable.
Les mondes ont d'autres idées, ce qui a fini
par les conduire à leur destruction. »

Seigneure Mokshi, annales de la Légion

25

JAYD

Quand j'ai avorté de ce que fabriquait mon premier utérus, je m'attendais à voir un vilain monstre à tentacules dans un bocal, un amas mal fini de vie potentielle désormais simple chair mutilée ; un ensemble de tissus éclatés et d'esquisses de tentacules. Ou peut-être à voir la chose elle-même se tortillant entière dans le sang et le placenta avant que les sorcières la recyclent sur ordre d'Anat.

Je me suis arrachée au rêve vaporeux dans lequel m'avait plongée le léger anesthésique mêlé à mon air et j'ai mobilisé mes forces pour me redresser au moment où elles ont détaché le tubercule affamé qui me vidait l'utérus. Mais quand les sorcières ont levé le bocal au-dessus de leurs têtes, celui-ci ne contenait qu'un ou deux doigts de sang sombre et mousseux. Si foncé que je ne voyais rien à l'intérieur. Pas de monstre estropié. Pas de substance déchiquetée. Rien que du sang.

« C'est tout ? » ai-je demandé, mots qui me sont sortis de la bouche aussi troubles et indistincts que le contenu du bocal.

« C'est tout », ont-elles répondu d'un air amusé, comme si elles venaient de dire à une recycleuse que la roue dentée qu'elle portait et qui remplacerait celle en fin de vie dans le poumon atmosphérique central du monde était exactement ce qu'elles voulaient, qu'elles n'espéraient rien de plus.

Je me suis alors aperçue que nous avions un certain pouvoir sur ce que nous faisait le vaisseau. Pour la première fois, j'ai osé espérer que nous puissions échapper à la Légion. Je me suis rendu compte que je pouvais me bâtir un avenir, au lieu de n'avoir qu'un destin.

Quand je me suis procuré le nouvel utérus, celui dont je savais que Rasida aurait besoin, et que ma mère a appris qu'il n'allait en sortir ni un simple bout de bouclier organique ni un nouveau monstre recycleur, elle m'a fait prendre à intervalles réguliers ce qu'elle appelait « des traitements », même si chaque fois, les sorcières suppliaient et imploraient la raison : nous n'avions pas eu d'utérus comme celui-là au premier niveau du monde depuis si longtemps qu'elles voyaient en cela un puissant présage.

« On n'en a pas besoin pour le moment », a tranché Anat, comme si ce que je portais ne pouvait se produire qu'un nombre limité de fois, et peut-être avait-elle raison. Je n'en savais rien. Je n'avais jamais eu le moindre contact avec les personnes qui donnaient naissance à ce à quoi je pouvais maintenant donner naissance. J'ai commencé à me demander à quoi elle le réservait.

J'ai appris à reconnaître l'expression dégoûtée de ma mère chaque fois que les sorcières présentaient leurs arguments – soupçon, peur et aussi… prise de conscience que je n'étais pas la fille qu'elle espérait. Elle voulait que je conduise une armée. Mais j'étais tombée amoureuse, m'étais offert un utérus de grande valeur et avais échoué à lui donner la Mokshi. Ce n'était pas l'avenir qu'elle voulait.

« Débarrassez-vous-en », disait-elle chaque fois.

Les sorcières s'inclinaient et hochaient toutes trois la tête. « Elle est indispensable. Il est indispensable. Il faut qu'on ait celui-là, s'il te plaît. Celui-là est pour nous. Il faut qu'on l'ait. S'il te plaît.

— Éliminez-le. Vous savez ce qui se passe.

— C'est la volonté du monde. Un monde sans descendance…

— Elle n'en a pas encore accouché, si ? Éliminez-le ou je vous fais recycler, finalement, comme j'ai promis de le faire quand j'ai envoyé Zan en expédition. Ce n'est pas comme si elle allait donner naissance à un monde entier, c'en sera juste un vilain morceau. »

Voilà comment je sais que Rasida ne prend pas les mêmes traitements que moi. Je connais les signes et les symptômes. Si elle n'est pas loin de donner naissance, si elle est enceinte ou a avorté depuis peu, elle n'en montre aucun signe. Quand elle m'invite à dîner, j'accepte. Quand elle frôle mes doigts, je ne bronche pas. Quand elle me parle des ennuis du monde, je l'écoute avec mon expression la plus compréhensive, celle dont je me suis servie toute mon enfance avec Anat.

Et voilà comment j'en viens à me rendre compte que Rasida n'a pas le monde, tout comme Zan n'a plus son propre utérus. Rasida l'a donné à quelqu'un d'autre et il faut que je découvre à qui.

Un soir, après le dîner, je m'assieds sur son lit, un verre à la main, et elle s'allonge, la tête sur mes genoux. Je lui caresse la joue. « On se sent très seule, en étant seigneure, commence-t-elle.

— J'imagine », réponds-je. Je ne dis pas : « Parce que tu as assassiné toutes celles qui tenaient à toi ou pourraient tenir à toi un jour. » Non, nous avons dépassé ce stade. Je sais ce qui se passera si je le dis. Ma manière de faire a évolué, même si elle n'est pas devenue plus facile.

Elle plaque les mains sur mon ventre. « Je le sens qui bouge.

— Oui, ça lui arrive.

— Tu n'as jamais eu une grossesse aussi avancée ? demande-t-elle en me caressant le ventre.

— Non. »

Elle sourit et ferme les yeux, et je demande enfin : « Et ta descendance à toi ? Je ne t'ai jamais vue enceinte, depuis tout ce temps.

— La grossesse est un risque. Chaque fois, quoi que tu portes. Il faut que je reste en forme pour conduire la Légion.

— Qu'est-ce que tu veux dire par là ?

— Rien de plus ni de moins que ce que j'ai dit. Il n'y en aura qu'un à venir un jour à terme. Tu dois être absolument certaine que c'est le bon moment pour lui donner naissance. Il pourrait te détruire à l'accouchement. Tous les accouchements sont dangereux. Trop pour moi. J'ai fait comme beaucoup de femmes : je l'ai donné à porter à une autre.

— Il mettra longtemps à arriver à terme ? demandé-je, parce que lui demander où est maintenant son utérus serait cousu de fil blanc.

— Non. Je crois au contrôle absolu sur ce que je dois porter. Il est en cours d'incubation. Il naîtra quand nous serons prêtes à aller sur Katazyrna. Pendant que nous serons là-bas, il recréera Bhavaja, en fera un nouveau monde.

— Et il fera ça comment ? » L'ignorance donnait des résultats, avec Anat.

« On ne te l'a pas dit ? C'est vraiment cruel, de ne rien te dire.

— Pas dit quoi ? »

Rasida se lève. Ses mains montent vers mon cou. Je me raidis, mais elle ne veut que me masser les épaules, comme si j'avais besoin de réconfort. « Je peux donner naissance à des mondes. Tu en as sûrement entendu parler, sur Katazyrna.

— Oui, par des rumeurs. On pensait toutes que c'était toi qui les faisais courir pour avoir l'air très puissante.

— Patience. Tout est en train de se mettre en place.

— La patience est difficile, sans réponses.

— J'imagine que ta petite expérience avec Zan n'a pas dû lui faire du bien non plus.

— Tu compares ce qui s'est passé avec Zan à ce que tu me fais ?

— Pas du tout, répond Rasida en s'écartant.

— Tu n'es pas très convaincante », dis-je, sur le mauvais ton. C'est un faux pas. Une fois encore, j'aimerais pouvoir me débarrasser de ma mémoire comme Zan en a la possibilité. Elle peut se permettre d'être convenable. Moi, non.

Rasida se lève. « J'ai hâte que tu donnes naissance. Je n'ai jamais connu ça moi-même.

— Jamais ? Même pas la descendance d'une autre ?

— Non. » Elle a un petit rire. « Ta question n'a sans doute rien d'étonnant. J'ai vu tes cicatrices, Jayd. Je sais que tu n'es pas née avec un utérus qui fabrique ce dont j'ai besoin. Non, il te vient d'une autre femme. Qui, je me le demande ? Mais je me demande surtout pourquoi et comment tu l'as convaincue de te le donner. À moins que tu l'aies pris de force, que tu le lui aies arraché du corps comme nous avons arraché la vie à cette femme sur Tiltre ?

— Je le voulais. Faut-il qu'il y ait une autre raison ? J'en avais assez de me battre. Je voulais faire quelque chose qui dure. »

Elle sourit d'un air suffisant. Ses sourires sont de plus en plus souvent suffisants, amusés et dégoûtés. Elle n'essaye pas de dissimuler son mépris. « Ça me plaît, que tu ne sois pas une petite idiote.

— Mais ça pourrait me coûter la vie », réponds-je en essayant de trouver un sujet qui serait moins dangereux, qui serait susceptible de la pincer au cœur, au cas où elle en ait un. « Je pourrais mourir en donnant naissance à cette chose pour toi, et dans ce cas, tu aurais tué ma famille et pris mon monde, pour rien. Est-ce de l'amour ?

— Je ne l'ai pas fait pour toi. Pas au début.

— Pour qui, alors ?

— Pour Zan, pour la libérer de cette horrible prison que tu lui as construite. C'est une prisonnière originaire de la Mokshi, non ? Faite pour se jeter sur son propre monde. Vous êtes vraiment des monstres, là-bas.

— Et toi, tu es quoi ? Tu as assassiné toute ma famille. » Nous en sommes encore arrivées là, même si c'est exactement là où je ne voulais pas aller. Comment se débrouille-t-elle pour continuer à me piéger alors que je suis sur mes gardes ?

Elle éclate de rire. « Qu'est-ce que ça fait de moi ? Je suis une tueuse dc monstres.

— Rasida…

— Tu n'es pas encore prête, décrète-t-elle avec dédain. Rentre dans ton appartement. Quand tu seras prête à être mienne et civilisée, tu pourras revenir. Mais tu n'y es pas encore. Et de loin. Le seras-tu un jour ? Ma mère pense que non.

— Je suis tienne, Rasida.

— Tu n'arrêtes pas de le répéter, et pendant un moment, j'ai pensé que tu le croyais. Ton corps est mien, certainement, et ce que tu portes aussi. Mais toi, non. Non. Et c'est *toi* que je veux, Jayd. Corps et âme. »

Elle croise mon regard, et je pense, même si je ne le dis pas : « Tu ne m'auras jamais. » Alors même qu'elle ne peut pas entendre cette pensée – ses pouvoirs ne sont sûrement pas assez étendus pour cela –, elle hoche la tête, une seule fois, me donnant ainsi l'impression qu'elle l'a fait, que cela a tordu quelque chose en elle, quelque chose qui ne l'était pas encore, ce qui paraît impossible. Comment pourrait-elle être plus tordue ?

« Bonne nuit, amour », lance-t-elle en ouvrant la porte. Et pour la première fois, elle m'inspire de la pitié, parce que quand elle dit *amour*, je la pense sincère. Pour elle, c'est de l'amour. C'est ce qu'elle fait à une femme qu'elle aime. Je me demande alors si je vaux mieux qu'elle, parce que c'est ce que j'ai fait à Zan toutes ces rotations auparavant. Je l'ai séduite jusqu'à ce qu'elle m'aime de tout son cœur, et quand est venu le moment de faire ce qui devait être fait, j'étais disposée à sacrifier cet amour, mais elle, non. Elle a préféré me quitter et revenir sans mémoire.

Et nous avons commencé notre longue danse. C'est la première fois que j'envisage qu'elle ait pu perdre exprès la mémoire. Ce n'est peut-être pas la Mokshi qui la lui a prise. Peut-être que m'aimer était trop difficile à supporter.

Rasida est une tueuse de monstres.

Mais moi aussi.

« D'aussi loin que je m'en souvienne,
j'ai su que la Légion nous tuerait. Je m'efforce depuis
toujours de me libérer de ce qu'elle a fait de nous.
Je pensais que le seul moyen consistait à assassiner
tout ce qui se trouvait sur mon chemin. »

Seigneure Mokshi, annales de la Légion

26

ZAN

Le festin funéraire est exactement cela : un festin de mortes.

Je ne sais pas trop à quoi je m'attendais au moment où je me suis installée à table et où on a disposé devant nous les cadavres que nous avons rapportés de la grande porte. On a cuit et badigeonné de sauce leurs côtes. On a fait frire leurs doigts avec des champignons émincés. Je serais plus révulsée si tout cela ne sentait pas aussi bon.

Je regarde Casamir qui, assise près de moi, ne réagit que par un soupir en découvrant les têtes des défuntes alignées sur la cheminée de l'immense réfectoire, le visage éclairé de vert par une abondante flore bioluminescente. Ce sont des fougères duveteuses qui sortent des murs inégaux par chaque crevasse, renfoncement et saillie.

Tout autour de nous, des femmes en robe transportent des bols d'eau et de thé, ainsi que des plats préparés avec les restes de leurs mortes.

« Mangez, mangez », nous enjoint la femme venue à notre rencontre sur les marches. J'ai appris entretemps que c'est une sorte de doyenne religieuse appelée Vashapaldi. Ce n'est pas la cheffe, assise quant à elle avec Arankadash en bout de table à la place d'honneur. Beaucoup plus âgée, elle a les cheveux ras en signe de deuil, me dit-on, car deux membres de sa famille figurent parmi les victimes de l'attaque des mutantes. Ou plutôt de la chasse aux mutantes ayant tourné au désastre.

Je ne sais pas trop non plus ce que je pense de la nourriture.

Casamir se penche vers moi. « Pas faim ?

— Je n'ai… jamais mangé ça avant.

— Tu croyais manger quoi, jusqu'ici ? Nous et le monde, on est faits de la même chose. » Elle lève un bol de vin amer.

Je demande à Vashapaldi l'origine de ce breuvage. « Il vient des vergers, bien entendu.

— J'aimerais les visiter. Je n'ai pas vu la moindre

plante, ici. Rien que des champignons et des êtres bizarres. »

Vashapaldi ronge un os de doigt. « D'accord, après le repas. J'ai aussi autre chose pour toi. »

Je mange du bout des dents, finis par me décider pour un bouillon. J'essaye de ne pas penser à ce qui lui donne son goût. C'est bon, en tout cas, je dois bien le reconnaître.

Une fois le repas terminé, nous nous retirons dans les chambres qu'on nous a attribuées et qui sont encastrées dans de grands monticules bulbeux, ce qui me rappelle les grottes des insectes. Das Muni est si fatiguée qu'elle ne proteste même pas quand Vashapaldi vient me chercher pour ma visite des vergers. En marchant sur le chemin usé, je prends conscience que pour la première fois depuis ma descente dans le ventre du monde, je n'ai pas Das Muni avec moi.

Nous montons un grand escalier en colimaçon creusé dans la chair du monde. Elle a été cautérisée, mais un épais mucus vert en suinte encore par endroits. Les pustules lumineuses nous éclairent de tout là-haut.

En haut des marches, une odeur agréable me parvient. J'atteins le palier, où je découvre un plateau luxuriant, loin au-dessus du reste du village. Des rangées de poteaux couverts de plantes grimpantes se succèdent à perte de vue. Il y a aussi une dizaine d'arbres noueux, différents des colonnes de fongus dans la forêt, puisqu'ils sont en bois. Je vais plaquer ma main sur un de ces troncs, pour être sûre.

Je connais ces choses, ces mots, même si je ne me rappelle pas les avoir vues.

« Nous cultivons aussi du chanvre ainsi que diverses espèces de tubercules et de légumes-feuilles.

— Comment ? demandé-je en levant les yeux vers les pustules lumineuses.

— La lumière est un facteur, en effet. Il n'y a que quelques villages à en avoir. Beaucoup ont disparu au fil des générations, il en reste de moins en moins. Pour les nourrir, nous montons ici nos déchets, ainsi que le fongus mort et d'autres détritus. Ça a pris beaucoup de temps, plus de générations qu'il n'est possible de s'en souvenir, mais on a fini par réussir à faire pousser des plantes à cet endroit.

— D'où venaient les graines ?

— Des marchandes. Du peuple de Casamir. Elles ont un trésor surprenant d'objets utiles, la plupart récupérés dans la bourbe d'ordures au centre du monde. C'est dément tout ce que les gens jettent. »

J'inspire l'odeur des cultures. Je m'accroupis pour prendre une poignée de terre. Elle est riche, noire, âcre. « Le monde ne l'absorbe pas ? Et pour l'eau ?

— On a tout ce dont on a besoin, répond Vashapaldi avec un petit rire. Et ça te surprend, maintenant. Amusant.

— Pourquoi ça ? »

Elle sort de la poche de sa robe une sphère grosse comme le poing, qu'elle me remet.

La surface ne s'enfonce qu'un peu quand je la presse entre mes doigts, souple comme un fruit en train de mûrir. L'objet est gris-vert, brillant. Il me donne une vague impression de familiarité, comme si j'étais censée savoir qu'en faire, mais qui disparaît aussitôt. « Qu'est-ce que c'est ?

— J'espérais que tu pourrais me le dire. La dernière fois que tu es venue, tu m'as dit de te le garder. »

Une lame glacée me traverse les entrailles. « Tu m'as déjà rencontrée ?

— Il y a à peu près un cycle.

— Un cycle, c'est combien de temps ?

— Il y a soixante battements de cœur par minute, soixante minutes par heure, six heures par période, six périodes par journée et six cents journées par cycle. »

Je sais donc enfin depuis combien de temps cela dure. Un cycle. « Ça remonte à loin. Qu'est-ce que je t'ai dit d'autre ?

— Que tu t'appelais Zan. Que tu essayais de sauver la Légion. Je n'ai pas posé de questions et tu ne m'as rien raconté de plus. Mais tu aimais une femme. Je le sais parce que tu n'as succombé aux charmes d'aucune autre. On a essayé. »

Je presse la sphère.

« Tu m'as dit que si je te revoyais un jour, il fallait que je te donne ça. Tu m'as dit que tu ne te souviendrais sans doute pas de moi, ni d'ailleurs de toi-même, mais que je te reconnaîtrais malgré tout et que te donner ça pourrait t'aider dans ta mission pour nous sauver toutes. Et je t'ai reconnue. Si bien que j'ai honoré ma promesse.

— Qu'est-ce que j'ai fait pour vous, pour que tu aies tenu à l'honorer si longtemps après ?

— Tu nous as aidées avec les enfants.

— Je n'en ai vu aucune ici.

— Elles arrivent par vagues. Ça fait un moment que nous n'avons pas eu de porteuse d'enfants. Mais plusieurs d'entre nous entrent dans l'adolescence.

— Il y a des femmes enceintes en bas, pourtant. »

Elle hausse les sourcils. « Bien sûr. Nous tombons toutes enceintes. Mais nous ne portons pas toutes une enfant. Celles d'entre nous bénies de la lumière d'en porter sont très recherchées. C'est sur ce plan-là que tu nous as aidées. Tu es partie avec nos patrouilleuses et tu as trouvé une porteuse d'enfants. Elle est morte après seulement quelques accouchements, mais ça a suffi à assurer la survie de notre peuple.

— J'ai fait comment ? »

Vashapaldi se met le doigt sur les lèvres. « Il y a certaines choses que je ne demande pas. »

Je frissonne. Étais-je aussi une meurtrière et une kidnappeuse ? Plus j'en apprends sur celle que j'étais, moins je l'apprécie. Existe-t-il un moyen de m'en tenir à distance ? Une fois tous mes souvenirs revenus, comme Jayd dit qu'ils le feront, redeviendrai-je cette Zan-là ? Me perdrai-je moi-même ?

J'empoche la sphère. « Merci. Mais je vais avoir besoin de ton aide encore une fois.

— Tout ce que tu veux.

— Il faut qu'on monte au niveau suivant, puis encore au suivant, pendant tout le temps qu'il faudra pour regagner la surface. Pour rentrer chez moi.

Une… une femme que j'aime a de gros ennuis. Il faut que j'aille la rejoindre.

— Ah oui. L'éternelle histoire. » Elle pose la main sur mon poignet. « Ne t'inquiète pas, je ne vais rien tenter pour te faire rester.

— Il faut encore combien de temps pour arriver à la surface ?

— Je n'en sais rien. Tu avais déjà dit vouloir aller à la surface, mais je n'en ai jamais entendu parler. Il existe d'autres niveaux, bien sûr, mais le monde est un grand cercle. Tu verras qu'en atteignant le sommet, on se retrouve de nouveau au fond, dans les fosses.

— Je suis obligée de croire à autre chose.

— Nous devons toutes croire à quelque chose, dit-elle avant de montrer les pustules au plafond. Moi, c'est à la lumière. Viens, je vais trouver une volontaire pour t'accompagner. »

Lorsque je regagne nos chambres, le calme y règne. Das Muni ronfle doucement dans son sommeil, Casamir grommelle un peu dans le sien. Je reste dehors un moment à regarder les lumières au plafond et les petits groupes de femmes en robe vaquer à leurs occupations. Je me demande qui travaille aux champs là-haut. Sûrement pas ces femmes en jolie robe, si bien que je pense aux mutantes. Une société est-elle pacifique et parfaite si on ne voit pas tout ce qu'elle a de sale ? Si on n'y regarde pas de trop près ? Peut-être toute société est-elle une utopie quand on n'arrive pas à en décoller les couches pour voir ce qu'il y a dessous.

C'est Das Muni qui me réveille après la période de sommeil. Elle a l'air malheureuse. « Elles veulent que cette femme vienne avec nous, m'annonce-t-elle.

— Qui ça ? » En me redressant, je vois Arankadash sur le seuil, appuyée sur sa grande massue.

« Je suis chargée de vous conduire à la mer, dit celle-ci, et au trou dans le ciel auquel nous abandonnons les enfants mal nées. J'emporte de la corde, mais aucune de vous ne semble en assez bonne condition physique pour monter dans le ciel avec.

— Si tu ne veux pas y aller… », dis-je.

Elle grimace. « La conseillère Vashapaldi m'a rappelé ma dette de sang à ton égard. Tu m'as sauvé la vie et tu as ramené mes sœurs ici. Nous avons une dette envers toi. Elle doit être payée. »

Je dois admettre que je préfère ça à me faire enlever un gros morceau de chair.

« Ce trou dans le ciel, il est loin ?

— Plutôt, oui, me répond-elle. De nombreuses périodes de sommeil, mais nous avons un moyen d'y arriver plus vite. Ensuite, il faut traverser la mer. Parfois, il y a un bateau, parfois non.

— Et on fait quoi, s'il n'y en a pas ? » demande Casamir.

Arankadash hausse les épaules. « On avisera le moment venu.

— Sur le plan logistique, on va avoir du mal à s'en passer, dit Casamir.

— Tu y es déjà allée, à cette mer ? demandé-je à Arankadash avec un coup d'œil à Casamir. J'ai eu quelques ennuis avec des guides qui se sont avérées n'avoir aucune idée de là où elles allaient.

— Je nous ai menées jusqu'ici, non ? réplique Casamir avec une moue.

— Oui, j'y suis déjà allée. » Arankadash parle plus sombrement, maintenant, au point que je me demande si je l'ai offensée. « Il y a une route. Nous prendrons un traîneau jusqu'à la mer. Ce n'est pas aussi sauvage que la descente qui mène à la porte des rétameuses.

— On est des *ingénieures* », proteste Casamir.

Das Muni me tire par la manche. « Je ne me sens pas bien », me dit-elle. Elle a relevé son capuchon.

« Tu es malade ?

— Je crois que j'ai un problème au ventre.

— Tu as besoin de te reposer ?

— Non, mais on devrait partir.

— Tu as beaucoup mangé, hier soir.

— Je t'en prie, partons d'ici.

— Tu dis ça chaque fois qu'on s'arrête quelque part. »

Casamir et Arankadash nous ont réapprovisionnées. La deuxième me donne aussi un sac fait de chanvre et d'un matériau lisse comme celui de ma combinaison, avec des coutures en tendon. Je frotte les parties brillantes en pensant à la surface. Combien de ces combinaisons mes sœurs ont-elles jetées sans hésiter de là-haut dans le ventre du monde ? Toutes ces personnes, tous ces différents villages, ce monde entier à l'intérieur du monde, les englobent-elles dans ce qu'elles appellent « le bas-monde » ? Le terme me semble un peu insuffisant pour désigner un nombre aussi élevé de choses.

Le conseil de femmes en robe sort assister à notre départ. Vashapaldi prend ma main et colle son front au mien. « Y a-t-il quelque chose que je doive te dire à ton prochain passage parmi nous ? demande-t-elle.

— Il n'y aura pas de prochain passage.

— Parfait », répond-elle, mais je vois bien qu'elle ne me croit pas. Est-ce mon destin, d'être recyclée encore et encore ? Non. Je ne crois pas au destin. Je crois à la voie que je me trace moi-même.

Nous commençons par redescendre les larges marches et retrouver la pénombre. Je m'attends à un nouveau long trajet à pied, mais j'aperçois alors le traîneau plus bas, avec son attelage. Je m'arrête net en me souvenant qu'Arankadash a parlé d'une route.

Il s'agit bien d'un traîneau, c'est-à-dire d'un véhicule long avec de grands patins lisses. Y sont attelés huit animaux à la tête deux fois plus grosse que la nôtre. Ils ont le museau aplati et des fanons tremblotants, des oreilles qui leur descendent presque jusqu'aux pieds et qui ressemblent assez à d'énormes pompons quand ils secouent la tête. Leurs six pattes sont toutes bordées de doigts calleux terminés par d'énormes griffes.

« C'est quoi, ces bêtes ? » demandé-je.

Das Muni se penche vers moi. Elle a la peau brûlante, je la sens sur mon bras à travers ses vêtements et les miens. « Traîne-Scie, murmure-t-elle.

— Ce sont des féliches, répond Arankadash. Nous les élevons pour nous protéger des mutantes.

Mais elles sont aussi très bien pour tirer le traîneau, en cas de besoin.

— Si l'une d'elles me dévore, dit Casamir, je vais être très déçue. »

Arankadash tapote la tête d'un des gros animaux, qui bave et ouvre la gueule, révélant une longue langue violette. « Elles sont très gentilles, dit-elle. Évitez juste d'être méchantes avec elles. »

Nous montons à bord. Arankadash accroche à l'avant une poche lumineuse. Je ne sais pas trop ce qu'il y a à l'intérieur, mais à mon avis, elles ont gonflé un organe, un estomac, par exemple, qu'elles ont rempli de ce qu'il y a dans les pustules. En mettant nos bagages au milieu, Das Muni, Casamir et moi pouvons nous asseoir sur des banquettes, les genoux contre ceux-ci. Arankadash s'installe à l'avant sur un large siège en os et crie quelque chose aux féliches. Le traîneau se met en branle. J'agrippe mon sac, de peur que les à-coups ne nous fassent toutes tomber à l'extérieur, mais il n'y en a que deux ou trois avant que nous commencions à avancer lentement sur la plaine.

Après nos longues et pénibles traversées des niveaux du monde, les légères secousses et trépidations dues aux inégalités du terrain sont étrangement apaisantes. Je finis par dormir pendant une bonne partie du trajet, Das Muni recroquevillée contre moi, si chaude que je n'ai même pas besoin de couverture.

C'est quand le bruit qu'elle fait en vomissant me tire du sommeil que je m'aperçois n'avoir pas pris le temps de m'inquiéter de sa fièvre croissante, tant je tenais à monter au niveau suivant.

Nous sommes arrêtées à côté d'un édifice d'os et de chair qui semble de construction humaine. Des lumières bleues s'allument et s'éteignent d'un bout à l'autre d'un village inhabité depuis longtemps.

Un peu à l'écart du traîneau, Das Muni expulse le contenu de son estomac tandis que les féliches s'ébrouent et s'agitent.

Casamir cherche quelque chose dans ses bagages et Arankadash, qui n'a pas quitté son siège, semble s'ennuyer.

Je descends retrouver Das Muni. « Ça va ? »

Elle s'essuie la bouche. « Je crois que je suis encore enceinte.

— Oh. Comment est-ce que… comment tu le sais ?

— C'est le bon moment.

— Mais enfin, lance Arankadash, je suis à mi-grossesse et personne ne m'entend me plaindre, moi.

— Je croyais qu'il n'y avait pas de porteuses d'enfants dans votre village ? m'étonné-je.

— Je n'ai pas dit que j'étais enceinte d'une enfant. En général, on n'accouche pas d'enfants, plutôt de choses dont le monde a besoin. » Elle désigne d'un geste ample les ruines qui nous entourent. « Le monde a toujours besoin de morceaux de lui-même pour renaître. C'est pour ça qu'on est là.

— J'ai vu ce à quoi Das Muni donne naissance. Je ne pense pas qu'un monde en ait besoin.

— Tu ne peux pas prétendre comprendre la volonté de la Seigneure », dit Casamir. Elle trouve enfin ce qu'elle cherchait dans son sac et croque dedans.

J'aide Das Muni à remonter. « Donc, vous tombez... enceintes comme ça, toutes ?

— Il n'y a rien de plus prévisible, répond Casamir. Mais c'est très dangereux, bien entendu. Ça peut te tuer.

— À quoi vous... donnez naissance ? » Encore une question que j'avais peur de poser. Mais le moment est venu pour moi de commencer à m'accommoder des réponses.

« Moi, à une amsharasa, répond Arankadash.

— C'est quoi ?

— Un élément indispensable au grand tout.

— Moi, ça ne m'arrive pas souvent, dit Casamir, et je ne vais pas m'en plaindre. Peut-être toutes les six rotations. Du coup, ça ne m'est arrivé que deux fois. Les prophétesses disent toutes que ce sont des choses nécessaires, d'accord, mais nous ne les gardons pas toujours.

— Blasphématrice, lâche Arankadash.

— Ingénieure, réplique Casamir. Ce n'est pas rationnel de conserver ce dont on n'a pas l'usage. Parfois, on le met dans des cuves et on en fait des gâteaux de protéines.

— Mais... quelle horreur », dis-je.

Elle hausse les épaules. « C'est la vie, voilà tout. »

Nous repartons. Le traîneau se coince parfois dans les trous, et à un moment nous sommes obligées de le vider et de le porter par-dessus une portion pourrie de plafond qui bloque la route. J'essaye de repérer d'où elle est tombée en levant au maximum la torche de Casamir, mais là-haut, je ne vois que l'obscurité.

« Avant, il y avait des lumières tout du long, ici, raconte Arankadash. Mais c'est devenu instable depuis mon enfance. Ça ne fait qu'empirer. On s'inquiète parfois de ce que la pourriture va arriver jusque chez nous. Pas forcément de notre vivant, mais de celui de la génération suivante.

— On peut l'empêcher de gagner du terrain ? » veux-je savoir.

Elle hausse les épaules à son tour. « On a trop investi dans notre village. C'est le plus puissant de la région. Quand cette pourriture arrivera là-haut… allez savoir. On essaye de l'étudier, mais qu'y a-t-il à étudier ? Le monde est vieux. Peut-être que sa durée de vie est limitée, comme la nôtre. Et peut-être qu'il en est presque au bout.

— Mais il y a… vous êtes des milliers, ici. Vous irez où ?

— On mourra avec le monde, répond Arankadash. Toi, moi et les autres.

— Mais pas tout de suite, dit Casamir. Il n'y a rien de ce genre sur mon niveau.

— Ça viendra. On ne croyait pas non plus aux histoires que nous racontaient les marchandes. Mais au bout d'un moment, elles ont arrêté de venir et la pourriture s'est étendue. »

Je pense à la grande guerre d'Anat qui fait rage

sur toute la Ceinture extérieure de la Légion et je me demande ce qu'elle savait de l'ampleur de la pourriture du monde. Est-ce pour cette raison qu'elle voulait la Mokshi ? Est-ce un monde plus jeune ? Mais si ce que j'ai entendu dire partout est vrai et que nous sommes liées à notre monde de naissance, transférer son peuple sur la Mokshi ne résoudra rien. Si ? À moins que ce ne soit pas aussi simple ?

La majeure partie de ce qu'on m'a chargée de faire depuis que je me suis réveillée consiste à démêler le vrai du faux, la rhétorique de la réalité.

Nous bivouaquons cinq fois avant que je sente enfin l'odeur de la mer. Une odeur saumâtre et de pourriture. Une brise fraîche nous arrive de cette direction et une fois encore, je m'interroge sur l'origine du vent. On dirait que le monde entier respire.

Des gouttes salées nous tombent dessus depuis de grandes stalactites marbrées de rouge et d'orange. Elles sont rejointes par des stalagmites, qui ressemblent à des dents deux fois plus grandes que moi et compliquent la progression du traîneau.

À deux reprises, nous stoppons pour le dégager. Les féliches s'impatientent et pressent l'allure. Arankadash a beau siffler et tirer sur les rênes pour les calmer, elles ont senti l'odeur de la mer.

Nous passons derrière une petite colline et la découvrons alors, soupe grise visqueuse et plate. De grandes lueurs bleues se déplacent à l'intérieur comme des êtres vivants. Au bout d'un moment, je décide que ce sont bel et bien des animaux à la tête et au dos lumineux. Chacun d'eux est aussi long que notre traîneau. Je monte au sommet d'une crête pour élargir mon champ de vision. Il y a aussi des lumières en mouvement le long du ciel, une forêt de fongus verts luisants. Je vois assez loin au large pour remarquer un horizon, c'est-à-dire l'endroit où le miroitement bleu de la mer rencontre le vert du ciel. Des formes sombres volent au-dessus de l'eau, la rasent parfois. Elles ont des ailes parcheminées noires grandes comme la main et des corps bulbeux, mais je n'arrive à rien distinguer d'autre à une telle distance et dans une lumière comme celle-là.

« J'étais exactement au même endroit la première fois que j'ai vu la mer, dit Arankadash. Je ne croyais pas qu'une chose pareille pouvait exister.

— C'est extraordinaire », réponds-je.

Casamir montre une des bêtes volantes. « Ça se mange ?

— Tout se mange, mais sache qu'elles sont difficiles à attraper, ce que tu regretteras d'avoir voulu faire quand elles te planteront leurs griffes dans le visage. Leur viande a très mauvais goût. Ça ne vaut pas la peine. »

Capuchon relevé, Das Muni se tient en silence au bord de la mer.

Je n'avais pas remarqué que le ventre d'Arankadash s'était arrondi, mais c'est net maintenant que le vent repousse sa longue robe dans son dos, ce qui nous dévoile l'ensemble de sa silhouette. Ça ne les terrifie donc pas, toutes, de n'avoir de contrôle ni sur quand ni sur ce à quoi elles donnent naissance ? Mais c'est normal, ici, non ? Aussi normal que manger ses camarades et traverser à la nage une mer visqueuse. Je pose les mains sur mon propre ventre. À quoi suis-je censée donner naissance ? Est-ce aussi pour cela qu'on m'a privée de ma mémoire : parce que la vérité serait trop dure à supporter pour moi ?

« Je ne vois pas de bateau », dit Casamir.

Je cesse de scruter l'horizon pour examiner le rivage. Elle a raison. Il n'y en a aucun, rien qu'une longue plage faite de fragments de dépôts calcaires et de miettes de pièces métalliques. Je descends de la crête en prendre entre mes doigts. Le peuple de Casamir extrait sûrement tout ce métal pour en tirer fortune.

« Parfois, il est plus loin, indique Arankadash.

— Tu n'étais plus venue depuis combien de temps ? demandé-je.

— Depuis que j'ai laissé mon bébé ici pour le donner à la lumière, répond-elle. Il était mal né. »

Je ne sais pas quoi répondre à cela.

Casamir commence à longer le rivage.

« Das Muni et moi allons chercher de l'autre côté », annoncé-je. Arankadash me fait au revoir de la main.

Je pars donc dans l'autre direction, mais au lieu de me suivre, Das Muni reste les yeux fixés sur la mer.

« Qu'est-ce qu'il y a ? demandé-je. Parle.

— C'est tellement beau.

— La Mokshi n'a pas de mers ?

— C'est un endroit très différent.

— Tu devrais me raconter.

— Non. C'était il y a longtemps. Mieux vaut

oublier. » Elle se met en marche au bord de l'eau, la tête basse.

« Il y a une famille qui gouverne, là-bas ? Du genre des Katazyrna ? Tu vivais en dessous, comme ici ? »

Elle ne répond pas, continue à marcher tout près de l'eau. Je soupire et pars devant elle en balançant ma canne. Ma jambe me fait moins souffrir. La compresse posée par le peuple de Casamir s'est détachée dans le village d'Arankadash, révélant une bonne portion de tissu cicatriciel sur ma cuisse. Qui m'a fait rire, parce qu'elle donnait l'impression que j'avais créé un compartiment secret dans mon corps, une sorte d'horrible poche vivante qui servirait à la contrebande. Mais elle a aussi eu l'effet désiré : elle m'a rappelé ma promesse au peuple de Casamir.

Nous avons trouvé quantité de choses sur le rivage, dont un animal échoué. Gélifié, deux fois ma taille en longueur, avec des tentacules emmêlés et un corps transparent. Je pense que c'est une des créatures dont on voit les lueurs bleues dans la mer. J'en passe à bonne distance.

Das Muni ramasse de petits objets en chemin : un carré en métal, un disque d'os poli, un anneau de bois sculpté enchevêtré dans des herbes gluantes.

Mais nous ne voyons nulle trace d'un bateau.

Le fongus vert en hauteur commence à pâlir. Je comprends qu'on doit entamer un nouveau cycle, comme avec la bioluminescence dans les fosses.

« On devrait aller retrouver les autres », dis-je. Das Muni hoche la tête.

C'est alors qu'il se met à pleuvoir.

Les gouttes sont tout d'abord légères, aussi légères que la pluie dans la ville de Casamir. Puis cela tombe plus fort, de grosses gouttes sales teintées de rouge. Elles ne tardent pas à nous recouvrir le visage, au point que Das Muni me donne l'impression de pleurer du sang.

Quelque chose s'écrase sur le sol entre nous. Une lourde pierre me heurte le bras. Mais est-ce vraiment une pierre ? Les petites boulettes dures se déploient sur le sol avant de détaler en se tortillant comme des serpents à pattes. Elles tombent à grand bruit autour de nous, avec tant de force que je me protège la tête avec les mains.

Das Muni montre quelque chose à l'écart de la plage. « Là-haut ! »

J'aperçois une ombre repliée sur une élévation. J'y cours derrière Das Muni. Nous nous accroupissons sous un long surplomb. Il fait trop sombre pour que je voies de quoi il s'agit comme de quoi il est fait, mais il nous protège de la pluie de serpents-lézards.

Ceux-ci se précipitent dans notre direction pour essayer de s'emparer de notre abri. Das Muni et moi les repoussons à coups de pied. Je ne sais pas s'ils sont venimeux, mais ils ne me plaisent pas.

Lorsque la pluie faiblit, nous nous recroquevillons pour patienter. Je sens du mouvement derrière moi. « Qu'est-ce que c'est que ça ? » Il n'y a pas de lumière, mais mes yeux s'adaptent à la pénombre. L'objet dans mon dos a un long nez, l'arrière plat et bas. Il est plutôt spongieux, comme un peu tout, mais semble repousser l'eau au lieu de l'absorber. Sa surface est luisante de gouttes humides. Je pose les doigts dessus, m'aperçois qu'il est tiède et remue un peu à mon contact.

Je m'écarte d'un coup.

« C'est quoi ? veut savoir Das Muni.

— Quelque chose de vivant.

— Oh non, juste un bateau, je crois. »

Le peu de lumière lui fait des yeux énormes et je me souviens qu'elle voit bien mieux que moi.

Nous tirons le bateau jusqu'à la rive. Il est encore plus étrange qu'il ne m'avait paru sous le surplomb. Il a le milieu plat et semble respirer. Il est plus haut et plus large sur les flancs, apparemment assez large pour nous permettre de tenir toutes les quatre à l'intérieur. Le plus étrange, ce sont ses huit nageoires qui pendent sur les côtés.

Nous attendons sur la plage le retour d'Arankadash et de Casamir. Das Muni se roule en boule à côté du bateau-animal et lui chante une petite chanson à voix si basse que les paroles m'échappent. J'explore l'eau du regard. D'autres bêtes attendent là-dessous, je le sais. D'étranges choses.

J'entends Arankadash et Casamir avant de les voir. Elles discutent de ce qui est tombé du ciel, et de pourquoi c'est arrivé.

Je me lève, leur fais signe. « J'ai trouvé un bateau. Du moins, ça y ressemble.

— Oui, c'en est bien un », dit Arankadash.

Nous conjuguons nos efforts pour mettre cette chose glissante à l'eau. « Il ne va pas partir tout seul ?

— Tenez-le bien, dit Arankadash. Et ne traînez pas pour sauter dedans. »

Quand le bateau entre en contact avec l'eau, ses nageoires remuent et il frissonne, comme impatient.

« On a un moyen de le contrôler ? demandé-je.

— Il connaît le chemin », répond Arankadash.

Je regarde le halo bleu des animaux qui montent et descendent juste sous la surface. « Ce n'est pas très rassurant.

— Ce n'est pas fait pour. C'est la vérité. »

Casamir et Das Muni grimpent à bord du bateau, qu'Arankadash et moi poussons dans la mer. Il se met aussitôt à nager, si bien que je me précipite pour embarquer. L'espèce de vase visqueuse imbibée d'eau qu'est la mer me colle au pantalon et me trempe. Casamir me tire par les bras et je roule à l'intérieur du bateau.

Arankadash, qui m'a précédée, se place à l'avant tandis que nous nous éloignons du rivage dans un bruit de gargouillis.

Je reprends ma respiration, regarde par-dessus le rebord les lumières qui glissent sous la surface.

Das Muni se tortille à côté de moi. « Tu crois qu'elles vont nous voir ?

— Je n'en sais rien. Mais… ne faisons pas de bruit. »

Arankadash se retourne vers nous. « J'ai déjà traversé cinq ou six fois. Jamais aucun problème.

— Mais cette fois, tu n'arrivais même pas à trouver le bateau », rappelle Casamir.

Arankadash grimace. « Ce n'est pas ma faute.

Celle qui est venue avant nous ne l'a pas remis au bon endroit, voilà tout.

— Qui s'en est servi, la dernière fois ? demandé-je.

— Je n'ai pas vu de mot dessus. Toi, oui ?

— Du sarcasme. Bientôt, tu vas raconter des blagues. » L'embarcation avance lentement sur la mer. Elle donne l'impression de pagayer dans un épais ragoût. Je m'installe à l'arrière pour regarder le rivage s'éloigner. Au bout d'une heure, comme il a disparu, je me tourne vers l'obscurité devant nous. De grandes stalactites y font une forêt à l'envers, cherchant à labourer la mer de leurs doigts hérissés.

Quand nous en approchons trop, nous nous levons pour pousser dessus, n'ayant aucun autre moyen de diriger le bateau. Qui continue d'avancer.

Je ne vois pas de rive, même après plusieurs heures sur la mer plate.

« C'est encore loin ? demandé-je à Arankadash, qui s'occupe en réparant un de ses baudriers.

— On arrivera quand on arrivera.

— C'est tellement calme, ici, dit Casamir en laissant sa main traîner dans l'eau.

— Ne fais pas ça, lui conseillé-je. Ces choses vont te l'arracher. » Je continue d'observer les lueurs des créatures qui passent juste sous la surface.

« Elles ne mangent sans doute rien d'aussi gros que nous, dit Casamir.

— Tu n'en sais rien. Il pourrait vivre n'importe quoi, là-dedans. »

Casamir replonge sa main dans la mer, la ressort

avec une poignée de vase. La renifle. « Ça sent le moisi, non ? Tu crois que tu pourrais en manger ?

— Peut-être que *toi*, tu pourrais. » Je ne peux pas leur en vouloir d'essayer de manger tout ce qui pousse dans cet endroit sombre.

Casamir se penche loin tandis que je me tourne vers l'avant pour me remettre à chercher le rivage. Je n'ai pas la patience d'Arankadash.

J'entends alors Casamir lâcher un juron, puis il y a un étrange *gloup*.

Das Muni est debout là où se trouvait Casamir, qui se débat quant à elle dans les eaux visqueuses de la mer.

« Qu'est-ce que tu as fait ? » crié-je à Das Muni en tendant la main à Casamir.

Les lueurs mouvantes tout autour de nous se figent. Mes doigts glissent sur la peau de Casamir. Je n'arrive pas à avoir prise sur elle.

« Arankadash ! » appelé-je, mais elle est déjà à côté de moi.

Nous attrapons chacune Casamir par un bras.

Les lueurs se remettent en mouvement. Elles se précipitent vers nous, il y en a dix, douze, peut-être davantage. Nous arrivons à sortir à moitié Casamir de l'eau. Je me penche au maximum pour passer mon autre bras sous sa jambe. Le bateau gîte et ses nageoires-pagaies trépident.

Un grand gémissement fait alors trembler notre embarcation, puis je me rends compte qu'il *vient* d'elle. Je perds ma prise sur Casamir et bascule par-dessus bord.

Je tombe dans la mer. Elle est chaude comme de la soupe. Je me débats, essaye de m'agripper au bateau. Ma jambe heurte je ne sais quoi sous mes pieds. Des lueurs dansent près de mon coude. Je ravale ma terreur pour penser uniquement à ce que je connais : le bateau et la main tendue d'Arankadash.

Un énorme appendice sort de l'eau à côté de moi. Je l'appelle appendice parce qu'il n'a rien qui ressemble à un visage.

Casamir hurle et coule.

Je plonge pour la chercher, mais la mer est si épaisse qu'on a du mal à s'y enfoncer. Je remonte à la surface, crie à Arankadash de me passer une arme. Elle me jette sa lance. Je frappe l'animal le plus proche avec. La mer bouillonne. Huit épais tentacules blancs surgissent de l'eau pour se refermer sur l'embarcation.

Je frappe encore et encore jusqu'à ce que de pâles traînées bleues s'étirent un peu partout dans l'eau autour de moi.

Une des créatures fait surface. Je vois un ventre globuleux, une myriade d'yeux. J'enfonce la lance dans ce ventre. Un bruit de succion. Une bouffée d'air et des abats m'atteignent en plein visage. L'animal coule, ses tentacules s'agitant autour de son sac qui finit de se dégonfler.

Je plonge de nouveau, battant de toutes mes forces des jambes en regrettant que ma jambe blessée ne puisse pas me propulser plus fort et plus vite. Je tâte devant moi avec le manche de la lance, touche quelque chose. J'envoie la main. Agrippe un bout de tissu. Tire.

Je remonte à bout de souffle, Casamir en remorque. Je nage jusqu'au bateau et la soulève vers Arankadash et Das Muni, même si celle-ci attend que je croise son regard pour consentir à donner un coup de main.

Je jette la lance à bord et grimpe dans l'embarcation, qui continue d'avancer comme si de rien n'était.

J'inspire à fond. Tout autour de nous, des tentacules blancs et des appendices alambiqués sont sortis de l'eau. Ils bougent au même rythme que les lumières émises par le corps des animaux auxquels ils appartiennent, et qui tournent et tournent encore en rond tandis que nous nous éloignons.

Je me traîne jusqu'à Casamir. Elle ne respire pas. Je la retourne pour lui donner de grands coups dans le dos jusqu'à ce qu'elle régurgite.

En relevant les yeux, je vois Das Muni nous regarder, yeux plissés, depuis la proue.

Je me précipite sur elle, qui se recroqueville avec un gémissement. Je la prends par les épaules, la secoue. « Mais qu'est-ce qui t'est passé par la tête ? Quel genre d'animal es-tu ?

— C'est une mutante, dit Arankadash. Même une idiote verrait que…

— La ferme. Das Muni, qu'est-ce qui t'est arrivé ? Il faut qu'on se serre les coudes. »

Ses yeux se remplissent de larmes, mais elle ne dit rien.

Je la lâche, épuisée. La substance de la mer est terriblement gluante, avec un goût de chair pourrie et de coton souillé. Je reprends la lance d'Arankadash que je lève vers le tentacule le plus proche.

« Ne les agace pas davantage, dit Arankadash. Assieds-toi.

— Après tout ce qui s'est passé ? Elles ont failli nous tuer !

— Ce sont des bêtes curieuses. Laisse-les tranquilles.

— Vous êtes folles, toutes, ou quoi ? »

Casamir crache de l'eau épaisse et croasse : « Pas moi.

— C'est ce que répondrait une folle !

— Regardez », dit Das Muni en tendant le bras.

Loin devant, la forêt de stalactites s'arrête, et j'aperçois derrière une courbe qui ressemble à un rivage. Il y a aussi une sorte d'aiguille de lumière, mais à cette distance, je n'arrive pas à voir de quoi il s'agit.

Je me laisse retomber au fond de l'embarcation. « J'espère qu'il y a de la vraie eau, là-bas. »

Casamir regarde par-dessus bord les créatures qui font surface derrière nous. « Elles montent se remplir le ventre d'air, dit-elle en crachant de nouveau. Il faut qu'elles viennent respirer à un moment ou à un autre.

— Je préfère un autre. »

Je débarque dès que nous atteignons le rivage. Arankadash saute derrière moi et nous tirons le bateau au sec.

Das Muni tremble, quand je la fais descendre. Je suis trempée d'une bile saumâtre. Casamir s'effondre sur la plage, prend des poignées de sable entre ses doigts. Elle bredouille dans sa langue ce qui ressemble à une prière.

Je regarde le cône lumineux qui perce les ténèbres. Il dessine un grand cercle jaune foncé sur le sable.

Arankadash vient près de moi. « Qu'est-il arrivé à ton enfant ? lui demandé-je, les yeux fixés sur le trou dans le ciel.

— Une enfant m'a été donnée. La porteuse d'enfants est venue il y a longtemps, et il y avait une dizaine de nouvelles enfants à élever dans la colonie. C'est un don de la lumière. Mais… toutes ne naissent pas bien. Nous les rendons au ciel. Nous… nous ne savons jamais ce qui leur arrive ensuite.

— Avez-vous jamais voulu le savoir ? »

Elle ne répond pas.

Je prends un moment pour réfléchir à ce que je vais lui dire, puis : « Je pense que j'ai jeté une enfant. Je ne m'en souviens pas bien, mais c'était une enfant, pas plus grosse que mon poing, et je l'ai jetée dans l'obscurité. Je sais ce que c'est de vouloir savoir ce qui s'est passé. »

Casamir siffle doucement. « Ça fait une longue montée, Zan.

— Venir jusqu'ici a été long aussi », réponds-je en chassant mon souvenir. Arankadash continue à fuir le contact oculaire. À quoi m'attendais-je ? « Je ne rebrousse pas chemin. Comment on monte ? »

Il n'y a pas de mur qu'on pourrait escalader ni de corde à laquelle on pourrait grimper, rien qu'un trou boursouflé dans le ciel, exactement comme avait dit Arankadash.

Casamir s'en approche, je la suis. Nous voilà elle et moi dans la lumière qui s'en déverse. Je plisse les yeux pour essayer de voir d'où elle vient, mais elle est trop éblouissante.

« Des idées ? » lancé-je.

Casamir se mordille la lèvre. Elle compte six pas, puis six autres, qui la conduisent au bord du cercle de lumière.

« Mmh », lâche-t-elle avant d'entamer dans sa langue ce que je suppose être une série de calculs.

Je croise les bras, examine les bords du trou. Comme les plis boursouflés de celui dans la Mokshi, il donne l'impression que quelque chose a jailli dans notre direction, non vers le haut et l'extérieur. Ce qui porte à croire que beaucoup de choses en tombent, mais que peu y entrent. À part les bébés.

« Tu es sûre qu'ils montent ? demandé-je à Arankadash. Les bébés, je veux dire. Tu es sûre qu'ils ne sont pas… mangés ?

— J'ai entendu dire… J'ai entendu dire qu'ils montaient dans la lumière. »

Je lève de nouveau les yeux, assez longtemps pour être un peu aveuglée. Je ne sais pas quel pouvoir a cette lumière, mais ni Casamir ni moi n'y sommes sensibles.

Casamir apporte sa torche. J'en sens la chaleur

quand elle la lève bien haut. « J'ai une idée. Mais qui pourrait… demander pas mal de travail.

— Ce n'est pas comme si on savait où aller, à part là-haut, réponds-je.

— L'air chaud monte, explique-t-elle en tapotant sa torche. Chez nous, on a fabriqué des sacs d'air chauffé à la torche pour explorer les limites supérieures du ciel et transporter des objets. C'est faisable.

— Tu plaisantes.

— Jamais quand il s'agit de science.

— Je doute qu'un sac à dos plein d'air suffise à me monter là-haut. Même si on arrive à le rendre hermétique. »

Elle montre la mer. « On a vu que ces bêtes ont des sacs qui leur servent à faire surface. On peut les récupérer.

— Il faudrait les tuer, les sécher, les…

— J'ai prévenu que ça demanderait pas mal de travail.

— Bon », dis-je avant de soupirer, car rien ici n'est jamais facile. « Tu veux qu'on reparte sur l'eau pêcher ce truc, c'est ça ?

— Pardon ?

— Ça vaut mieux que rester coincées ici. » Nous remontons à bord du bateau.

« Pour diriger, le secret n'est pas d'être particulièrement intelligente, mais de s'entourer de personnes beaucoup plus ingénieuses que soi. Et d'essayer de ne pas les tuer. »

Seigneure Mokshi, annales de la Légion.

27
ZAN

Tirer une bête sur le rivage et la faire sécher n'est pas une mince affaire. Je ne pense pas que Casamir s'en était vraiment rendu compte. Mais nous sommes quatre pour une seule bête et n'avons d'autre destination qu'en haut. Nous menons cette tâche à bien.

Je la termine toujours aussi peu convaincue que nous allons réussir. Je m'assieds sur le rivage en m'essuyant la figure sur ma manche tandis que Casamir place la torche devant l'ouverture du sac de l'animal.

Nous attendons. Casamir semble d'une confiance absolue. Accroupie près de la chose, elle marmonne je ne sais quoi. Quelques pas plus loin, Arankadash dort déjà, ce qui prouve sans doute qu'elle est la plus intelligente d'entre nous. Das Muni est encore sur la plage à empocher de petits objets brillants.

Je ne sais pas trop à quel moment je remarque que le sac commence à gonfler. Il me semble que ça a pris une éternité, mais on voit bel et bien remuer l'extrémité de l'organe.

Casamir bat des mains et vient me retrouver. « Ça va prendre un moment, dit-elle. Mangeons. »

Nous nous installons pour nous alimenter en regardant l'organe prendre peu à peu du volume. Au-dessus de nous, la canopée de fongus vert change encore de couleur. Je redoute une autre pluie de petits serpentoïdes, mais nous ne constatons cette fois qu'une baisse de luminosité.

« Toujours prête à continuer ? » demandé-je à Casamir.

Elle se laisse aller en arrière, s'appuie sur les coudes avec un grand sourire. « Ça fait un temps fou que je ne me suis pas autant amusée. Attends un peu que je leur raconte, chez moi. Personne n'a jamais poussé aussi loin. » Elle lève les yeux vers le halo lumineux.

« Il y a peut-être une raison à ça », dit Arankadash en s'asseyant à côté de nous. Elle fouille dans les affaires de Casamir, en sort une pomme qu'elle épluche. Je me demande pourquoi je n'avais pas encore pensé à enlever la peau.

« Ne sois pas superstitieuse, suggère Casamir.

— On ne peut pas tout expliquer par l'esprit, répond Arankadash. Il y a des choses plus grandes que lui, tellement grandes qu'on ne peut les appréhender.

— C'est le genre de croyances qui empêche le cerveau de devenir fort.

— Je ne sais que ce que j'ai vu, dis-je, et j'ai vu d'autres mondes exactement comme celui-ci, des centaines, en train de flotter dans les ténèbres.

— Bon, tu es dingue, réplique Casamir, mais je commence à m'habituer à toi.

— Ce n'est pas plus dingue que cette idée, dit Arankadash en montrant du menton le ballon à moitié gonflé.

— C'est juste de la science, explique Casamir. L'air chaud monte. Tu n'as jamais fabriqué de lanternes en papier ?

— En papier ? C'est quoi ? demande Arankadash.

— Je trouve très bizarre, dis-je, que nous vivions toutes dans le même monde, mais qu'il y ait tant de différences d'un endroit à l'autre.

— Rien de vraiment bizarre là-dedans, estime Casamir. Si tout était pareil, nous ne vivrions pas dans une société libre, mais dans une tyrannie. Qui veut vivre dans une hiérarchie, où il y a par définition quelqu'un tout en bas de l'échelle ? Je ne peux pas vivre tranquille en sachant qu'une personne souffre en permanence pour que je puisse posséder davantage.

— Tu serais peut-être tout en haut de l'échelle,

avance Arankadash. Chez nous, les prêtresses obtiennent davantage de ressources. Elles font un travail important.

— Bien évidemment, je ne parle qu'en mon nom propre », répond Casamir en roulant des yeux.

Arankadash grogne et termine sa pomme. « Vous autres rétameuses, vous vous croyez toujours si supérieures à tout le monde. Heureusement que nous avons tué les mutantes avant qu'elles envahissent votre niveau, sans quoi vous seriez toutes mortes de bêtise. Vous n'êtes même pas fichues de ramasser une massue.

— Ce n'est pas une massue qui va nous permettre de monter là-haut voir ce qui est arrivé à ton enfant, si ? »

Arankadash ne répond pas.

« Pardon », dit Casamir.

Je me tourne vers Arankadash. « Tu nous accompagnes ? » m'étonné-je. L'a-t-elle dit à Casamir pendant que je dormais ? À quel moment a-t-elle pris cette décision ?

Elle regarde le trou dans le ciel. « Je veux savoir. Je veux savoir ce qui arrive à nos enfants. Ce qui est arrivé… à la mienne.

— Je ne suis pas sûre que tu pourras revenir.

— Je n'ai rien qui me retienne ici. Je veux savoir ce qu'il y a là-haut. » Elle se lève. « Dormez, je monte la garde. » Elle repart dans le halo sans un regard pour Casamir.

« Je n'essaye pas d'être méchante, dit celle-ci.

— Ce n'est pas toujours l'intention qui compte. »

Elle est encore en train de vouloir me raconter je ne sais quoi quand je m'assoupis. Parfois, mieux vaut la laisser parler pour ne rien dire.

C'est Arankadash qui me réveille. J'ignore combien de temps est passé au juste, mais les fongus verts au-dessus de nos têtes sont redevenus brillants et je vois, dans le dos d'Arankadash, remuer la forme pâle de l'organe rempli d'air chaud. Il se tortille comme un gros asticot, continue à onduler en se gonflant.

À côté de lui, Casamir remesure la corde. Elle la tient fermement, même si elle l'a attachée derrière elle à un morceau de métal déchiqueté qui saille sur la plage.

« Un problème ? » demandé-je à Arankadash.

C'est Casamir qui répond : « Je ne suis pas certaine qu'il supportera mon poids. »

Je m'approche. « Il n'est pas encore plein. Peut-être que… »

Casamir secoue la tête. « Je suis trop lourde. Il faut qu'on… je ne sais pas, qu'on fabrique un deuxième ballon et qu'on le couse à celui-ci, peut-être ?

— Qu'on le couse avec quoi ? »

Elle se mordille la lèvre.

Je jette un coup d'œil à Arankadash. Elle et moi sommes beaucoup plus volumineuses que Casamir. Moi, je suis plus grande et plus large, et elle, bien que plus mince, me dépasse nettement en taille. Si Casamir est trop lourde pour le ballon, nous le sommes aussi.

« Et Das Muni ? proposé-je.

— Hein ? » réagit Casamir. À son regard, je comprends qu'elle n'a pas envisagé un seul instant cette possibilité.

« Elle fait la moitié de ton poids, dis-je. Elle peut arriver là-haut.

— Et ensuite, pour nous ? demande Arankadash.

— Casamir ? »

Celle-ci secoue la tête. « Je ne… Une poulie, peut-être ? Mais c'est compliqué. On peut accrocher une deuxième corde au ballon. Une fois là-haut, Das Muni la fait passer par-dessus quelque chose, et nous, d'ici, on tire pour aider une autre d'entre nous à monter. Ça pourrait nous faire gagner du temps de grimpée. Franchement, c'est tellement haut que je ne suis pas sûre d'arriver même à monter la corde sans aide.

— On en fabrique davantage, donc, dis-je.

— Vous voulez la laisser toute seule là-haut ? » s'étonne Arankadash à voix basse. Je cherche Das Muni du regard. Elle est assise loin sur la plage, les genoux contre la poitrine.

« Elle peut le faire, assuré-je. Elle est plus forte qu'elle n'en a l'air.

— Ce n'est pas sa force qui m'inquiète.

— J'ai davantage de raisons de lui faire confiance qu'à toi, réponds-je. Et pourtant, on est là. »

Arankadash soupire de mécontentement.

« Bon, conclut Casamir, il nous faut davantage de corde. »

Nous mettons beaucoup de temps à en fabriquer, mais une fois qu'elle est prête et que Casamir a expliqué le dispositif à Das Muni, nous attachons celle-ci dans un harnais en corde que nous avons confectionné et que nous relions au ballon.

Tout en vérifiant les nœuds, je demande doucement : « Tu es sûre de pouvoir le faire ? »

Elle hoche la tête et me regarde de ses grands yeux ternes. Ses larges oreilles tressautent dans les replis de son capuchon. « Je ferais n'importe quoi pour toi, me chuchote-t-elle.

— Ne le fais pas pour moi, mais pour toi.

— D'accord. »

Comme je ne supporte pas qu'elle me regarde, je m'écarte. Puis adresse un signe de tête à Casamir.

« Cramponne-toi », prévient celle-ci. Je me mets derrière elle pour l'aider à guider la corde, et par son intermédiaire, le ballon. Elle la détache du morceau de métal. Das Muni commence doucement à monter.

Au moment où ses pieds quittent le sol, elle ferme les yeux de toutes ses forces. J'observe son ascension, si lente et si laborieuse que je ne peux croire qu'elle atteindra le trou.

Le regard rivé sur elle, Casamir se penche en arrière pour corriger la trajectoire du ballon afin qu'il ne se cogne pas aux bords du trou, mais le traverse sans heurt.

« Pas mal pour une rétameuse, hein ? dit-elle.

— Pas pour une rétameuse », répond Arankadash.

Le ballon continue à monter tranquillement. J'espère que Das Muni trouvera quelque chose là-haut pour la corde, parce que je commence à imaginer à quoi ressemblera la montée. Elle sera au moins deux fois plus longue que celle qui nous a permis de sortir des fosses de recyclage.

Casamir souffle entre ses dents et recule de nouveau. « Aide-moi à la redresser ! appelle-t-elle. Il y a du vent, là-haut ! »

Das Muni dérive vers la gauche du trou. J'attrape la corde et nous remettons le ballon sur le bon itinéraire. Il n'est plus qu'à quelques longueurs du sommet.

« C'est bon, lâche », ordonne Casamir.

J'obéis. Le vent est tombé : la corde ne tire plus dans l'autre direction.

« Vous croyez qu'elle va se faire dévorer par un truc, là-haut ? demande Arankadash.

— Trop tard pour s'en soucier », réponds-je.

Le ballon traverse le trou.

« Bon, aidez-moi à le tirer sur le côté », dit Casamir.

Nous agissons de nouveau sur la corde pour permettre à Das Muni de prendre pied sur le bord du trou, mais nous ne voyons plus grand-chose, là-haut, tant la lumière est éblouissante.

« Et maintenant ?

— On la tient comme ça. »

Nous attendons. Mon visage dégouline de sueur. Casamir s'essuie le front sur sa manche.

Les yeux douloureux à force d'observer le trou, je les baisse pour ne plus être aveuglée. Arankadash a raison. Il pourrait y avoir n'importe quoi, là-haut. Qu'est-ce qui produit cette lumière ? Si ça tue Das

Muni et crève le ballon, on sera coincées. Et on fera quoi, dans ce cas ? On rebroussera chemin ? On trouvera un autre moyen de monter ?

« Un peu d'aide ! » réclame Casamir.

J'attrape une nouvelle fois la corde. Le ballon tire avec davantage de force, maintenant. « Ça veut dire qu'elle s'est détachée ? » demandé-je.

Elle ne répond pas.

J'imagine que ça pourrait avoir beaucoup de significations. Par exemple qu'elle s'est fait arracher du ballon par un animal qui l'a dévorée.

Je vois quelque chose tomber du ciel. J'avance par réflexe, prête à rattraper Das Muni au vol.

Sauf que ce n'est pas elle, mais la corde. Celle qui doit être accrochée là-haut pour qu'on puisse se hisser l'une l'autre.

Arankadash la saisit au moment où elle se tend, arrive tout juste à en attraper le bout.

« Je monte, annoncé-je.

— Non, réplique Casamir. Moi d'abord.

— La plus lourde devrait y aller en premier. Comme ça, il y a deux personnes en bas pour m'aider à monter.

— Oui. » Casamir soupire comme si j'étais idiote. Je commence à en avoir l'habitude. « Mais si la plus lourde passe en dernier, on sera trois là-haut pour la tirer. »

En y réfléchissant, cela semble la meilleure solution, mais laisser Casamir et Das Muni ensemble, ou Casamir, Arankadash et Das Muni ensemble sans moi me gêne.

L'ingénieure croise les bras. « C'est scientifique. »

Je regarde une nouvelle fois le trou dans le ciel. « Ah, si c'est scientifique, la discussion est close, pas vrai ? » De même, je ne peux pas discuter des déesses avec Arankadash.

Nous unissons nos efforts pour redescendre le ballon et y attacher Casamir.

Arankadash et moi tirons sur la corde envoyée de là-haut et, avec l'aide du ballon, nous hissons maintenant Casamir dans la lumière.

Elle nous crie quelque chose en traversant le trou, mais je ne comprends pas quoi. À part la fin : « Au tour d'Arankadash ! »

Nous redescendons le ballon et j'y attache Arankadash.

« On dirait que c'est la partie la plus facile, dit-elle.

— Ce n'est pas pour me déplaire. On mérite que ce soit facile. »

Je tire d'en bas, Casamir et Das Muni tirent d'en haut, et en quelques minutes, Arankadash disparaît elle aussi dans le halo.

Je suis seule pour la première fois depuis que je suis tombée dans les fosses de recyclage. Je devrais profiter du silence, mais je ne peux m'empêcher de regarder l'eau et le bateau, qui a basculé sur le côté.

Je vais le redresser et le pousser dans la mer. Il s'éloigne en pagayant joyeusement ; avec un peu de chance, il repart vers l'autre rive.

Un cri descend du trou, aussi me dépêché-je

de revenir et de tirer le ballon : il ne faudrait pas qu'elles croient que je me suis fait dévorer.

Je l'amarre à la pièce de métal pendant que je m'attache. La corde est glissante et effilochée, maintenant. Je jette un dernier coup d'œil là-haut dans le néant, puis détache la corde et crie : « Tirez-moi ! »

Le ballon n'arrive qu'à me décoller les orteils du sol. Je dois reconnaître que Casamir avait raison, pour le poids.

Je monte par à-coups, au gré des tractions des trois femmes, en direction de la lumière.

Je regarde de nouveau en l'air, yeux plissés, parce que je veux voir et comprendre ce dans quoi j'arrive, même en sachant qu'il est beaucoup trop tard.

« Il y a deux choses qui comptent pour la Légion : trop de gens. Et pas assez. »

Seigneure Mokshi, annales de la Légion

28

JAYD

Tandis que les tours défilent, s'enchaînent, mon ventre grossit et la chose en moi prend vie. C'est une sensation vraiment étrange, de savoir qu'un peu de vie potentielle croît en moi, de le redouter tout en l'espérant. La vie ici dans la Légion paraît particulièrement précieuse. Surtout cette chose, cette vie. Si elle meurt avant que j'accouche… Rasida ne manquera pas de me recycler. Et que deviendrons-nous toutes, alors ? Quand j'ai pris cet utérus à Zan, elle a reconnu n'avoir jamais rien mené à terme avec. Elle n'avait pas besoin de davantage de vie sur la Mokshi. Elle avait déjà le plus grand mal à sauver les vies sur lesquelles elle devait veiller.

Et on ne peut pas dire que je l'y ai aidée.

Quand le travail commence enfin, c'est Sabita qui me prend les mains tandis que les filles courent chercher Rasida. J'aurais voulu en avoir fait davantage avant d'accoucher. Avoir découvert où Rasida cachait son propre utérus. Mais mon corps m'a trahie. J'ai souffert de maladie, d'épuisement, et voilà que je me tords de douleur en mettant au monde cette chose pour laquelle j'ai été donnée en échange aux Bhavaja.

Je n'ai jamais donné naissance jusqu'à présent, pendant toutes ces rotations de traitements, mais j'ai assisté à tant d'accouchements que je crois savoir à quoi m'attendre.

Je me trompe.

Tout mon corps se bloque, comme attaché à un ensemble de ficelles. Le moindre de mes muscles se contracte et je n'arrive qu'à crier.

Sabita me masse le dos et les jambes. Je ne m'en prends qu'une seule fois à elle, n'ayant très vite plus l'énergie nécessaire.

Rasida et sa mère arrivent. Je suis abasourdie de revoir Nashatra : je la croyais estropiée, morte ou recyclée.

« Je ne pensais pas qu'une première naissance serait aussi rapide », dit-elle. Elle a une allure propre et bien soignée, le corps juste un peu courbé. Sa chevelure argentée est nouée en un cordon qui fait le tour de sa tête. Elle pose ses mains parcheminées sur les miennes, et je suis tellement sous le choc, je souffre tant que je ne pense pas à lui demander en langue des signes ce qui se passe.

Derrière elle arrive une femme bicéphale avec trois bras et trois jambes. Quand elle pose ses quatre yeux sur moi, je me dis qu'il doit s'agir des sorcières Bhavaja.

« Pas à nous ! Pas à nous ! » s'exclament-elles, mais Rasida leur crache de se taire et de m'aider.

« Les mondes meurent parce qu'on ne veut pas partager nos ressources, dit-elle. Si nous sommes encore en vie, c'est uniquement parce que nous sommes prêtes à fusionner avec d'autres pour devenir plus fortes. »

Les sorcières me triturent et me manipulent tandis que Sabita poursuit ses *chuuuut*. Je me cale sur le rythme de sa respiration jusqu'à ce que nous inspirions et expirions ensemble dans les interminables vagues de douleur.

Je ne me rends pas compte de ce que font les sorcières. Je n'ai conscience que de souffrir. C'est pendant que je halète et pousse sur le lit que je me demande une nouvelle fois pourquoi Rasida a fait tout cela avec moi. Elle aurait pu donner mon utérus à Sabita ou à une des filles. À quelqu'un sur qui elle avait davantage de contrôle.

Mais en la voyant au-dessus de moi, je me souviens qu'elle me veut davantage qu'elle veut ce que je porte. Elle veut avoir une Katazyrna à sa botte. Peut-être même une Katazyrna qui l'aime, parce qu'elle a éliminé tout ce que je pourrais aimer d'autre.

Seigneure de la Guerre, aie pitié : je la méprise. Je la méprise et je n'ai qu'elle.

« Il arrive », disent les sorcières. Je serre la main de Sabita en criant et j'ai l'impression que mon corps se fend en deux. J'ai l'impression de me voir et de voir la pièce : je flotte loin, seule me retient la pesanteur du monde.

Une autre poussée, et la chose est sortie.

Je reviens à moi.

Les sorcières soulèvent ma progéniture. Je suis encore toute tremblante quand elles remettent à Rasida l'offrande de mon utérus. J'entends un petit vagissement.

Rasida prend la chose dans ses bras, la berce. À ce que je vois, le bébé a le bon nombre de bras et de jambes, mais je n'en suis pas sûre. Faites qu'il soit parfait.

La mère de Rasida le lui enlève pour l'examiner comme s'il était une composante précieuse du vaisseau, ce qu'il est, j'imagine.

Enfin, elle hoche la tête. « C'est une enfant parfaite, dit-elle en le rendant à Rasida. Exactement comme promis. »

Je tremble encore d'épuisement. Sabita tire une couverture sur mon corps et masse mes jambes percluses de crampes. Je n'ai pas la force de la chasser. « Je peux le voir ? » demandé-je.

Rasida m'observe quelques instants, puis s'assied à côté de moi. Elle ne me tend pas le bébé, mais le tient près de mon visage. Il est tout petit, violacé et encore recouvert de membranes. Il fait une petite moue, serre ses poings minuscules et je ne peux m'empêcher de ressentir un élan d'amour pour cette chose que j'ai portée tout ce temps, cette chose que j'ai faite avec l'aide de Zan.

C'est l'enfant de Zan. Pas la mienne.

Je caresse sa joue. Oh, Zan, j'ai manqué à mes engagements envers toi. Je n'ai pas le bras. Je n'ai pas le monde. Je n'ai que ce bébé, cette enfant destinée à mourir ici, piégée dans un monde à l'agonie.

Rasida reste près de moi en gazouillant je ne sais quoi à la nouveau-née. Elle chatouille ses petites lèvres du bout du doigt. « Elle va avoir faim, dit-elle. J'ai une nourrice pour elle. Tu peux te reposer.

— Oui. Me reposer. »

Elle se penche sur moi, le visage rayonnant, béat. « Tu as accompli une chose merveilleuse. Nous fêterons ça quand tu iras mieux. Bientôt, toi et moi retournerons sur Katazyrna. Ça te fera plaisir, non ? Être au milieu de la chair où tu es née ? Nous construirons un monde entièrement nouveau, amour, une société entièrement nouvelle. »

Elle se lève et remet l'enfant à sa mère. Nashatra s'attarde encore un moment près de nous. C'est alors que je remarque son ventre gonflé et que toutes les longues conversations avec Rasida prennent un semblant de sens.

« Tu veux sauver le monde ? » lui a dit Rasida avant de l'emmener, et voilà que Nashatra se tient visiblement enceinte près de moi alors qu'elle a largement passé l'âge auquel son propre utérus pourrait produire quoi que ce soit.

Je reste les yeux fixés sur le plafond tandis que Nashatra sort avec l'enfant, suivie de près par les sorcières. Donner naissance à un monde est dangereux, mais toute naissance est dangereuse. C'est sa punition, que de rester ici pour accoucher du monde tandis que le reste de Bhavaja est transféré sur Katazyrna le temps que Bhavaja soit refaite. Le plan de Rasida est presque aussi grandiose que le mien. Je le trouve admirable, même s'il me complique considérablement la tâche.

Les filles arrivent avec de l'eau et des serviettes pour me nettoyer. Sabita les aide. Je n'ai rien pour soulager ma douleur, qui est profonde et immense, mais je suis tellement épuisée que j'arrive à m'endormir, ne serait-ce que par bribes.

À mon réveil, Sabita est en train d'essayer d'extraire du lait de mes seins. Elle me signe que c'est sur la requête de Rasida. Je ne comprends pas pourquoi, puisque celle-ci disait avoir une nourrice, en tout cas, aucun lait ne me vient. C'est trop tôt.

Je me demande s'il est pour Rasida, plutôt que pour le bébé, et je me rendors sur cette pensée.

Du temps passe, et à mon réveil suivant, Sabita est allongée par terre, près de moi. Je lui tapote le bras. Elle ouvre les yeux. Je lui signe : « Il faut agir tout de suite. Je sais où trouver ce dont on a besoin. »

Ses yeux s'écarquillent. Je ne me suis pas confiée à elle pendant tout ce temps, mais maintenant que le bébé est là, mon temps est compté. Il sera capable d'engendrer d'autres enfants, contrairement à nombre des porteuses d'enfants qu'Anat aurait pu offrir à Rasida. Zan avait un utérus doté de cette particularité. Particularité dont elle-même n'a aucun usage.

Rasida me gardera peut-être pour quelques autres accouchements, ou peut-être pas. Elle m'a vaincue.

« Je sais que tu me méprises, signe Sabita, mais je ne suis pas ton ennemie.

— Nous sommes captives toutes les deux.

— Je sais comment sortir d'ici.

— Je ne peux pas partir sans l'utérus de Rasida.

— Qu'est-ce qu'elle porte ? »

J'hésite, puis signe : « Ce qu'elle porte peut sauver les mondes. Je pense qu'elle a donné son utérus à sa mère, Nashatra. Il faut faire sortir Nashatra de Bhavaja.

— Tu comptes sauver Katazyrna avec ça ? »

Je crains toujours de trop lui en dire. Si bien que je signe un mensonge : « Oui. »

Sabita ne signe plus rien pendant un moment. Elle croise les mains sur sa poitrine, les yeux au plafond.

« Tu vas m'aider ? signé-je. Elle ne te gardera pas plus longtemps qu'elle ne me gardera, moi. C'est peut-être terminé, maintenant que j'ai accouché. Tu comprends ?

— Oui », répond-elle rapidement.

Je relâche ma respiration. « Je vais avoir besoin que tu te fasses passer pour moi pendant que je m'absente. Bientôt.

— Qu'est-ce que tu vas faire ?

— Mieux vaut que tu n'en saches rien. Si on se fait prendre, tu pourras dire que je t'ai obligée. »

Elle ne répond pas. Si elle compte me trahir, elle le fera dans la matinée.

Lorsque je me réveille, je sais que je vis peut-être mon dernier jour, d'une manière ou d'une autre.

Mais quand je vois Sabita se réveiller sur le sol et me signer : « Je vais te parler du tunnel que je suis en train de creuser », l'espoir fleurit de nouveau en moi.

Dix rotations passent encore avant que je me sente assez forte pour sortir de mon appartement. Je n'y arrive malgré tout qu'au bout de trois tentatives. Les filles semblent ne jamais dormir, elles ne demandent qu'à plaire à Rasida, et il y a des sentinelles dans le grand vestibule.

Mais Sabita la technicienne tissulaire a dégagé une ancienne porte dans une des pièces de mon appartement, creusant petit à petit dans la chair ferme afin qu'elle s'ouvre maintenant comme on pèle un fruit. Elle prend ma place dans mon lit, avec les couvertures sur la tête, et je me glisse dehors par deux fois avant de retrouver enfin le chemin de l'appartement de Rasida. La furtivité m'est douloureuse : je n'arrive pas à me déplacer très vite. Je me traîne plutôt que je marche, mais l'avantage, c'est que Rasida ne me croira pas capable d'aller aussi loin à pied.

Elle m'a rendu plusieurs fois visite pendant que je me remettais, toujours avec de petits cadeaux, des fragments d'autres mondes, des feuilles de papier, des écheveaux colorés pour le métier à tisser. Je lui ai offert une belle cape de couleur que je lui ai tissée et qu'elle porte maintenant comme une combinaison de grande valeur.

Moi aussi, je peux sourire comme une méchante.

La porte de l'appartement s'ouvre à mon contact. Comme pour son armoire, Rasida ne s'embarrasse pas de serrures. Ou peut-être qu'il n'y en a pas, ici. Peut-être le monde ne sait-il plus en créer. Encore quelque chose de cassé.

Je vais ouvrir l'armoire. Je trouve à l'intérieur une série de combinaisons, quelques tas de sacs brodés et deux machettes en obsidienne. Elle l'a déjà changé de place ? Je me demande à quel autre endroit elle pourrait l'avoir mis, me retourne pour aller regarder sous le lit.

« Qu'est-ce que tu fais ? »

Elle m'observe depuis le seuil.

Elle porte le bras métallique.

Mes jambes manquent se dérober. Je suis obligée de me tenir à l'armoire. J'ai envie de hurler. La voir porter ce bras me rappelle la dernière fois que je l'ai volé, et ce que j'ai dû sacrifier pour lui, mais je serre les dents sans rien dire. En essayant de ne rien sentir.

Rasida sourit et brandit le bras. « Il me va bien, non ?

— Comment tu as fait pour le mettre ? Anat avait dû… il ne lui allait pas très bien.

— J'ai mes méthodes. » Elle contourne le lit, vient près de moi. Serre la porte de l'armoire entre ses doigts de fer. « Tu sais ce qui me plaisait chez toi, quand tu étais petite ? »

Je secoue la tête.

« Ton insatiable curiosité. Ton côté intrépide. La première fois qu'on est venues parler de paix avec ta mère, il y a des rotations, tu te souviens ? Tu n'étais même pas encore menstruée. C'était encore ma tante qui nous menait, à l'époque, mais j'allais bientôt la remplacer. Quand on a rencontré Anat, tu étais à côté d'elle avec tes sœurs et tu nous as toutes défiées du regard. Ma mère, ma tante et moi. Tu n'avais pas peur. Ensuite, quand ta mère et tes sœurs sont sorties, tu es venue droit sur moi, même si j'avais dix rotations de plus que toi, et tu m'as bombardée de questions. Intrépide. » Elle referme l'armoire avec son bras métallique.

Je sursaute.

« À quoi tu joues, Jayd ? Tu as donné naissance à mon enfant. Tu dis être de ma famille. Malgré tout, tu fouines, tu cherches quelque chose. Tu as besoin de ce bras pour quoi, s'il ne fonctionne que sur Katazyrna ? Tu crois que tu vas y retourner ?

— Ce n'est pas pour ça que je suis venue. Je voulais juste… Je ne savais pas où tu étais. Je ne t'ai pas vue depuis un moment. Je me suis dit que je pouvais aller te chercher.

— Quand je peux venir te voir, je le fais. C'est pour ça que je t'ai amené Sabita, pour te réconforter quand moi, je ne peux pas. Les guerres que je dois mener pour unir la Légion ne manquent pas. Elles me prennent tout mon temps.

— Je me sens prisonnière, dis-je en m'asseyant sur le lit.

— Ce n'est pas intentionnel de ma part. Tu le sais.

— Si tu portes le bras, ça veut dire qu'on va très bientôt rentrer. Tu as trouvé les sorcières Katazyrna ? »

Elle fléchit le poignet. « Tu dis qu'il fonctionne sur Katazyrna, mais je l'ai essayé là-bas et ça n'a rien donné. Peut-être que seule une Katazyrna peut s'en servir. Ta fille le fera. »

Je ne dis rien. Elle n'a pas encore trouvé les sorcières Katazyrna, donc.

Elle me dévisage. Tambourine de ses doigts métalliques sur la porte de l'armoire. Finit par s'asseoir à côté de moi. « Je suis une femme dont le destin est de conquérir des mondes, dit-elle. Pas de leur donner naissance.

— J'aimerais donner naissance à tes mondes. »

Elle m'embrasse.

Peur et désir s'entremêlent, dans cet endroit. Elle ne m'avait plus embrassée depuis ce premier soir, et la manière dont mon corps réagit m'irrite. Mais Rasida se contente de s'allonger contre moi. Je relâche ma respiration, soulagée et reconnaissante, et furieuse de l'être.

Ce n'est que lorsqu'elle me prend dans son bras de fer que je comprends l'importance de son geste. Elle m'enlace avec le bras de ma mère.

Je lui prends le bras et le serre.

« Tu es la mère d'enfants Bhavaja, dit-elle. Faisons en sorte que tu le restes.

— Mais qui mieux que toi peut donner naissance à des mondes ?

— Ma mère », répond-elle.

J'ai le bras dans les mains, mais il est relié à une femme qui n'hésitera pas davantage qu'Anat à m'écraser avec. Tant qu'il n'était attaché à personne, j'avais une chance. Maintenant… je n'en sais rien. Sans le bras, je n'arriverai jamais à pénétrer dans la Mokshi.

« Ne te tracasse pas pour Bhavaja, dit-elle. Le monde grossit dans ma mère, maintenant. Lorsque nous partirons sur Katazyrna, elle restera ici pour donner naissance à un monde qui entamera la reconstruction de Bhavaja. Quand nous reviendrons ici, toi et moi, nous serons les seigneures non seulement de Bhavaja, mais de toute la Ceinture extérieure, puis de la Légion. »

Sa mère. Je n'ai jamais été aussi déçue d'avoir raison. Avec le bras, j'aurais pu me tailler un chemin jusqu'à Nashatra. Nous aurions eu une chance de nous enfuir de Bhavaja, s'il avait fallu nous battre pour cela. Maintenant que Rasida l'a enfilé, je devrai la tuer pour pouvoir partir. Je n'ai plus la possibilité de faire comme sur la Mokshi.

« C'est une vision grandiose, dis-je.

— Je veux que tu sois à mes côtés pour la partager.

— Je serai à tes côtés, promets-je. Mais Rasida, s'il te plaît, fais que je me sente moins prisonnière. Je veux être heureuse, ici, et je ne peux pas si on me traite comme un objet qu'on garde enfermé. »

Elle m'embrasse dans le cou. Roule sur moi, me chevauche et prend mon visage entre ses mains. Plonge son regard dans le mien. Je laisse mon expression s'adoucir. Je repousse la peur. Je me souviens de ce qui s'est passé la première fois que j'ai eu peur de Zan.

« D'accord, dit-elle. Du moment que les filles sont avec toi.

— Merci. » Je l'embrasse, et la gratitude que je ressens à ce moment-là n'a rien de feint. Je serre son bras métallique contre moi en me demandant comment je vais le lui couper et quitter cet endroit horrible.

Rasida propose de me raccompagner, mais je la mets à l'épreuve. « Tu viens de me dire que je ne suis pas prisonnière et tu veux me donner une escorte ? »

Elle soupire. « Tu apprendras que c'est davantage pour ta sécurité que pour la mienne. Mais vas-y. »

J'y réfléchis pendant que je regagne mon appartement. Les femmes postées dans le vestibule écarquillent les yeux en me voyant arriver, mais je fais comme si de rien n'était.

Je traverse le vestibule et m'aperçois que la porte de mon appartement est ouverte. J'entre. C'est très calme.

Il y a une voûte basse pour passer dans ma chambre. Je vois dessous une flaque sombre sur le sol, la contourne.

Mon lit est vide.

Les filles gisent mortes par terre.

Je passe d'une pièce à l'autre en cherchant Sabita, en l'appelant, mais elle a disparu.

Je m'appuie à la porte d'entrée pour essayer de reprendre ma respiration. J'ai parlé à Sabita de Nashatra. Je lui ai parlé du monde.

Que va-t-elle en faire ?

« Je ne peux pas vous dire à quoi j'ai pensé la première fois que les Katazyrna ont essayé d'entrer dans la Mokshi. Non, attendez. En fait, je peux. Je me suis dit que la femme à leur tête se battait comme une démone. Elle se battait comme la mère des mondes. »

Seigneure Mokshi, annales de la Légion

29

ZAN

Je traverse le trou dans le ciel, débouche dans un monde de lumière. Je me protège les yeux. On m'attrape par les bras et la taille pour me tirer sur une surface solide. Ou à peu près solide. Mes pieds s'enfoncent dans un bourbier détrempé.

On dénoue les cordes. En plissant les yeux, j'arrive à distinguer des mains. « Où est Das Muni ?

— Je suis là. » Je vois ses petites mains grisâtres, lâche un soupir. Ma vue commence à s'adapter.

« Où sont… » Je relève alors la tête, découvre où nous sommes et cesse de parler. De bouger. Je reste bouche bée.

C'est immense et circulaire, d'un volume aussi considérable que la région d'en dessous, mais avec des rangées et des rangées de corps énormes figés dans de l'ambre luisant. Des faisceaux lumineux leur sortent de la bouche et des yeux convergent vers un grand orbe qui flotte au-dessus d'eux au milieu de la pièce. Je relâche longuement mon souffle en me rendant compte qu'il me rappelle le soleil artificiel au centre de la Légion. Mais les corps ?

Ils sont gigantesques. Trois fois ma taille, avec des nez crochus, des têtes glabres et chauves. Ils sont tordus à l'intérieur de leurs prisons d'ambre dans une posture qui n'a rien de naturel. Certains sont enfoncés jusqu'au buste dans le sol, d'autres ne laissent voir que leurs mains sortant du plafond pour se tendre vers nous, comme s'ils avaient été dévorés par le vaisseau lui-même.

« Nous pensons que ce sont des déesses », dit Das Muni.

Casamir lâche le ballon, qui part flotter ici et là dans la grande pièce. Celle-ci donne une telle sensation d'espace, avec toute cette lumière, que j'ai presque l'impression d'être à l'extérieur du vaisseau.

« Des géantes », dis-je.

Arankadash plaque la main sur une des gangues d'ambre, dans laquelle une silhouette au torse incliné en arrière a le visage à jamais déformé par un rictus. « C'est ça que deviennent les bébés ? demande-t-elle doucement.

— Je… Je suis sûre que ce n'est pas… » Mais je n'arrive pas à terminer ma phrase. « Il faut qu'on y aille.

— Je veux trouver mon enfant », dit Arankadash. Elle plonge le regard dans les visages inondés de lumière des géantes captives. Est-ce ce que deviennent les bébés ? Piégés dans de l'ambre ? Dans quel but ?

Je baisse la voix. « Ce qui a fait ça aux enfants nous le fera aussi si on reste à cet endroit, préviens-je.

— C'est ici ? demande Arankadash. Là où tu as jeté ton enfant ?

— Non, là où je l'ai jetée, il faisait sombre. Vraiment très sombre. Et je ne sais pas si c'était mon enfant ou celle d'une autre, d'ailleurs.

— Si on arrêtait de parler de bébés pour se mettre en route ? » demande Casamir. Elle est déjà trois rangées de corps plus loin. « Je ne vais pas rester ici le temps de découvrir de quoi il retourne. »

Je lui emboîte le pas, et Das Muni me prend la main, la serre fort. Nous rejoignons Casamir. En me retournant, je constate qu'Arankadash est restée figée devant la géante.

« Laissez-la, nous enjoint Casamir. Elle est coincée dans le passé. »

Je lâche la main de Das Muni. « Allez-y, toutes les deux. Trouvez une sortie.

— Zan ! s'écrie Casamir. Que le feu te prenne, tu as promis que nous verrions la surface.

— Vous la verrez ! » réponds-je avant d'ajouter plus bas, pour moi-même : « Nous la verrons toutes. »

Je prends doucement Arankadash par le bras. « Ce n'est pas le tien, dis-je.

— Comment le savoir ? Qu'est-ce qu'on leur fait ?

— Tu veux rentrer ?

— Non.

— Alors il faut avancer. »

Elle s'affaisse contre moi. Je la soutiens et lève la tête vers les yeux flamboyants de la géante. « Allez, viens », dis-je.

Je fais un pas, mais elle s'accroche à mon bras.

« Je… Je n'y arrive pas », dit-elle, le regard rivé sur ses pieds.

Je baisse le mien, arrache mes pieds au sol qui semble vouloir les aspirer. Il exsude une épaisse sève ambrée qui recouvre ceux d'Arankadash.

« Déchausse-toi.

— Je ne peux pas…

— Tu peux et tu vas le faire », l'interromps-je. Je délace ses chaussures en sautillant d'une jambe sur l'autre, le sol essayant de me piéger aussi.

Je dégage Arankadash d'un coup sec et nous partons en courant bras dessus bras dessous dans la pièce d'un jaune éclatant.

« Casamir ! appelé-je. Casamir ! Das Muni ! »

Rien.

Je tire Arankadash dans la direction que je les ai vues prendre, et nous longeons à toute allure une autre immense rangée de corps, chacun figé dans une posture plus grotesque que le précédent.

J'entends un épouvantable cri aigu, tire aussitôt Arankadash dans la direction opposée. « On dirait Das Muni ! » expliqué-je.

Je suis à bout de souffle, mais nous continuons à courir parce que la sève qui s'accumule sur mes chaussures et sur ses pieds nus finira par tellement les alourdir que nous ne pourrons plus avancer.

En prenant un tournant, j'aperçois Das Muni à mi-hauteur d'un monceau de débris, ceux d'une géante qui, en se renversant, s'est fracassée et a ouvert le mur sur des ténèbres.

À l'autre extrémité de la statue, Casamir patauge dans l'ambre jusqu'aux chevilles pour essayer de rejoindre Das Muni.

Je la rejoins en sortant ma canne, que j'abats violemment sur sa cheville.

Elle glapit. L'ambre se fend. Je donne deux ou trois autres coups.

Das Muni pousse un nouveau cri et glisse presque jusqu'en bas de la statue. Elle lève les pieds pour ne pas toucher le sol.

« Arrête de me frapper ! dit Casamir.

— Grimpe, alors ! » réponds-je.

Elle tente d'escalader la statue, mais comme Das Muni, elle glisse aussitôt.

« Reste là ! ordonné-je.

— Mais… »

Je ne lui laisse pas le temps de réfléchir. Je prends de l'élan, saute sur son dos et me propulse sur le flanc de la statue en direction de la crevasse dans la paroi. Mes doigts glissent. Arrivent à se cramponner. Je pousse des pieds sur la géante pour franchir la trouée. De l'autre côté, je ne vois que ténèbres, ce qui ne veut pas dire qu'il fait noir, seulement moins clair que dans la pièce illuminée.

Je tends la main vers Casamir. « Monte ! »

Elle l'attrape et je la tire jusqu'à moi. Arankadash prend Das Muni sur ses épaules. Celle-ci lâche un nouveau cri, on dirait un animal mourant. Je l'agrippe, la hisse de l'autre côté.

Arankadash lève les yeux. Je tends ma main ouverte.

Elle la prend.

Je la tire dans l'obscurité.

Nous sommes au milieu d'une forêt de cristal.

Il nous faut un moment pour nous en rendre compte, celui de nous habituer à la pénombre après toute cette lumière. Les cristaux dégagent une vague lueur gris-blanc.

Nous avançons sans but précis depuis cinq ou six mille pas quand Casamir demande : « On va où ?

— Loin, réponds-je.

— On devrait se reposer », estime Arankadash.

Sans un mot, je me laisse tomber par terre. Le temps a beau en avoir érodé les angles, les cristaux ne font pas des sièges très confortables.

Nous buvons et mangeons. J'essaye de reprendre mon souffle. La lumière ne cesse de me revenir en tête. Je vais en rêver, tout comme de ces géantes.

« J'ai cru que nous étions entrées dans l'antre de la mange-crâne », avoue Arankadash.

Je sursaute. « Quel nom tu as dit ?

— La mange-crâne, répète-t-elle. La seigneure de la Guerre.

— On m'a appelée comme ça, un jour. Pourquoi on m'appellerait comme ça ? »

Elle hausse les épaules. « Parce qu'on te prenait pour une déesse ? » Elle semble trouver cela amusant.

« Est-ce que *mange-crâne* a la même signification pour les autres peuples ?

— Ton peuple est différent du mien, dit-elle. Si celle qui t'a appelée comme ça faisait partie du tien.

— Je ne sais pas duquel elle faisait partie », réponds-je, ce qui est la vérité. J'ai l'impression d'en savoir bien davantage sur le monde d'en dessous des Katazyrna que sur les Katazyrna elles-mêmes.

« On ne devrait pas s'arrêter tant qu'on a la force de marcher, juge Casamir. Cet endroit ne me plaît pas.

— Il vaut mieux que le précédent », réponds-je.

Nous nous remettons malgré tout en route.

Au fur et à mesure que nous avançons et que nos yeux s'adaptent, la taille des cristaux augmente. Ils ne tardent pas à monter jusqu'au plafond, couvert lui aussi de structures cristallines.

Das Muni prend la tête de notre groupe, ce qu'elle n'avait jamais fait, pour autant que je me souvienne. Je ferme la marche, canne brandie. Je veux être prête en cas d'attaque de bêtes ou de géantes.

Nous avançons longtemps. Arankadash soigne

ses pieds nus chaque fois qu'on s'arrête. Je les lui enveloppe d'un bout de ma combinaison, que je suis arrivée à découper avec le couteau de Casamir. Je vois dans la pénombre qu'ils sont déjà couverts d'ampoules et de sang, même si elle ne s'est jamais plainte.

À un moment, pendant une période de repos, je suis réveillée par un grognement humain. Bien que faible, la lumière dans cet endroit ne change jamais, ce qui empêche de savoir combien de temps est passé.

Accroupie à quarante pas, Arankadash s'appuie lourdement à un gros cristal. Elle est en nage. Un instant, je crois qu'elle défèque, mais son grognement se transforme en long gémissement.

« Ça va, Arankadash ? »

Elle me fait signe de la laisser tranquille. Je m'approche quand même. « Qu'est-ce qui se passe ? »

Elle secoue la tête. Respire en rythme. « J'accouche », souffle-t-elle.

J'essaye de venir encore plus près, mais elle me décoche un regard assassin. « Laisse-moi. »

Elle grince des dents et pousse. Je ne vois rien sous elle – ses vêtements sont trop longs –, mais je m'interroge avec une certaine inquiétude sur ce à quoi elle donne naissance. Cela va-t-il s'écraser sur les cristaux ?

Je lui apporte de l'eau. Elle boit et me repousse de nouveau. Entre-temps, Casamir et Das Muni se sont réveillées. Ni l'une ni l'autre n'approchent. Elles restent assises à manger. Casamir inscrit je ne sais quoi sur un livre en parchemin.

Arankadash pousse de nouveau. J'entends un objet de chair glisser d'elle sur le sol.

Elle lâche une longue respiration qui se transforme en un autre gémissement, puis s'appuie au cristal dans son dos. Elle tend la main vers moi, je tends la mienne. Elle se soulève, passe les doigts sous ses vêtements.

Je me crispe au souvenir des bêtes frétillantes aux grandes dents auxquelles Das Muni a donné naissance. Je suis déjà horrifiée par ce qu'elle pourrait avoir créé. Qu'est-ce que le vaisseau lui a donné à porter ?

Arankadash extrait une masse frémissante de chair visqueuse. Je crois un instant qu'il s'agit de son placenta, mais non, c'est une roue dentée, une sorte d'organe rond à l'air mécanique destiné à être fixé à un véhicule. Son centre est rainuré et évidé. Il n'y a ni yeux ni visage.

Je m'attends à ce qu'Arankadash le fourre dans son sac ou le jette au milieu des cristaux, comme le déchet qu'il me semble être. Mais elle n'en fait rien. Elle se laisse tomber par terre en le serrant dans ses bras. Elle roucoule des choses à ce truc luisant de mucus comme on fait à une enfant.

Je ne peux m'empêcher de détourner le regard, mais je continue à l'entendre. Elle lui fredonne une chanson.

Je m'assieds près d'elle en ravalant ma bile. Cet aspect-là du monde, je ne le digère pas. Ne le comprends pas. Je ne trouve pas correct que des femmes donnent naissance à ce dont le monde dit avoir besoin, et non à ce dont elles ont envie.

Arankadash installe sa progéniture au creux de son bras. Celle-ci s'y love, en proie à de légères palpitations. Elle est rouge-brun, traversée d'épaisses veines noueuses.

« Qu'est-ce que c'est ? demandé-je tout bas.

— Un don de la lumière.

— Comment tu le… donnes à la lumière ? »

Elle tourne vers moi son visage en sueur et ses traits se tordent comme si j'étais folle. Ce qui me donne à réfléchir, car il ne me semble pas être la moins saine d'esprit des deux. Elle et ce bloc de chair qui palpite, voilà ce qui me paraît dément. Au point que je me demande si nous ne devrions pas partir en l'abandonnant ici. Mais non. C'est moi l'étrangère. Il faut que je comprenne.

« Le moment venu, la lumière viendra le chercher, explique Arankadash en regardant avec tendresse ce qu'elle tient au creux de son bras. Il faut que je me repose. » Elle tend l'autre bras vers moi.

Je lui prends la main en évitant une fois encore de poser les yeux sur la chose. Je l'aide à revenir à notre campement. À l'endroit où elle a donné naissance, je vois par-dessus mon épaule qu'elle a laissé un placenta et d'épais amas de membranes diverses. Nous saignons, nous donnons naissance, nous saignons de nouveau.

Arankadash s'allonge avec sa progéniture toute neuve et s'endort aussitôt.

Je ne peux m'empêcher de penser au panier de bêtes en train de se tortiller que m'a montré Das Muni.

Celle-ci me regarde à quelques pas de distance en mâchonnant d'un air songeur un bout de tubercule rance qu'il restait dans notre sac.

« Qu'est-ce que tu fais de ce dont tu accouches ? lui demandé-je. Pourquoi tu ne les gardes pas, comme elle ?

— Je ne suis pas de ce monde, rappelle-t-elle. Elles ne feront que recycler ce que je fabrique. Le monde n'en a pas besoin. Je donne naissance à des choses utiles sur un autre monde. Mais elle, quoi qu'elle ait fabriqué, eh bien le monde en aura besoin tôt ou tard. Probablement. À moins que cette partie de lui soit morte, maintenant. »

Je comprends alors pourquoi les Bhavaja ont pris Jayd. Elles avaient besoin de quelque chose que Jayd portait en elle. J'effleure la cicatrice sur mon ventre. C'est quelque chose que je n'avais pas en moi, si bien que je ne pouvais pas y aller à sa place. Mais à quoi donne-t-elle naissance ? Qu'ai-je en attente dans mon propre ventre et pourquoi ne suis-je pas encore tombée enceinte comme n'importe qui ? Pire encore est l'idée que je tomberai enceinte à un moment ou à un autre de notre voyage, et penser à ce dont je pourrais l'être me terrifie. Je prends la décision de me l'extraire bien avant que cela arrive à terme. Je ne sais pas ce que c'est, mais je n'en veux pas.

Nous nous reposons à cet endroit pendant

quelques longues périodes, jusqu'à ce qu'Arankadash ait repris des forces. Mais ce n'est pas sans conséquences néfastes. Après cinq périodes de sommeil dans la forêt de cristal, nous n'avons presque plus d'eau et les esprits commencent à s'échauffer. Je suggère un rationnement, avec un traitement de faveur pour Arankadash. Elle n'écoute pas ma proposition, étant toujours en train d'adresser des roucoulements à sa roue dentée, son engrenage, son organe ou je ne sais quoi.

Je ne suis pas surprise, après cela, de voir Casamir et Das Muni se disputer en marchant.

« Si tu te lavais ne serait-ce que deux fois moins que nous, tu ne serais pas infestée de parasites », dit la première.

Das Muni est toujours en tête de notre groupe, elle avance avec précaution entre les cristaux. Elle est agile. Même si elle non plus n'a rien aux pieds, les siens sont tournés en dehors et calleux. Accroupie au sommet d'un gros cristal, elle scrute le paysage devant nous. « Impossible de passer par là, décide-t-elle.

— Évidemment ! explose Casamir en ôtant son sac, qu'elle jette à ses pieds. J'en ai marre ! On n'y voit quasiment rien, ici ! Elle nous fait tourner en rond ! Elle va toutes nous dévorer pendant notre sommeil ! »

Das Muni incline la tête en direction de Casamir et montre les dents. « Tu vas abîmer notre nourriture.

— Qu'est-ce que ça peut te faire ? Tu vas nous

dévorer ! Ce qui doit être ton plan depuis le début. Est-ce que tu vas appeler tes copines mutantes pour…

— Arrête de crier », ordonné-je. Sa voix résonne, prend de l'ampleur en se répercutant entre les cristaux.

« Et toi ! jette-t-elle. Espèce de psychotique en plein délire ! Qu'est-ce qui m'a pris de vouloir t'accompagner ? La surface ? Ah, la surface ! Comme celle d'une bulle ? Je vais te dire un truc : quand on traverse ce qui entoure une bulle, elle éclate. Même si tu pouvais nous faire monter jusque-là, on…

— Pourquoi tu ne rentres pas, alors ? » l'interromps-je, consciente que je ferais mieux de laisser l'abcès se vider, mais fatiguée de ses jérémiades. « On est toutes fatiguées, Casamir.

— J'avais tout, chez moi ! Un boulot génial ! Ce n'est pas si mal. Et je suis venue ici…

— Arrête de crier. »

Arankadash, qui s'est sanglé sa progéniture sur la poitrine, lève les mains pour se boucher les oreilles.

« Toi aussi, tu t'es laissé avoir ! lui lance Casamir. Par elle et par tous ses grands mots ! Ne va pas me dire que tu l'aurais suivie si elle n'était pas belle. Je vois bien de quelle manière tu la regardes. Mais elle est folle, tu peux me croire. Un magnifique exemple de démence, parce qu'elle nous a toutes attirées dans son délire, ce qui fait qu'on va pourrir ici, sans rien à manger… »

Das Muni bondit.

Je crois qu'elle bondit sur Casamir, mais elle la

dépasse et se jette sur moi. Je n'ai même pas le temps de réagir. Je tombe brutalement sur les cristaux derrière moi. La douleur irradie dans mon cul. Je me tords la cheville.

C'est alors que j'entends le craquement. Non à l'intérieur de mon corps, mais parmi les cristaux au-dessus de nous.

Un gros morceau en tombe, s'enfonce d'un coup dans le dos de Das Muni. Transperce sa chair. Je sens la violence du choc à travers son corps plaqué au mien.

Je balbutie je ne sais quoi.

Das Muni soupire. Elle m'agrippe avec force. Un filet de sang vient lui colorer la bouche. Elle me fait un sourire aux dents tachées de rouge.

« Non, non », dis-je. Je la serre dans mes bras. Elle et moi sommes bloquées, maintenant. Elle par le cristal, moi par son corps. Je ne sais pas quoi faire.

Arankadash se précipite, mais je l'arrête d'un hurlement. « Ne la touche pas ! »

Le cristal ne l'a pas entièrement traversée. Je n'ai rien, à part que je tremble. Je me dégage du corps de Das Muni. Elle se tortille au moment où je me libère.

« Ne bouge pas », dis-je doucement, à Das Muni, cette fois. Je m'accroupis à côté d'elle. Elle respire à petits coups sifflants. « Pourquoi tu as fait ça ? » demandé-je, mais sans attendre de réponse, et je n'en obtiens pas.

Casamir et Arankadash viennent se pencher sur elle. Casamir se tord les mains. Je m'apprête à enlever le cristal. « Non ! dit-elle. Si tu l'extrais, elle va se vider de son sang.

— Je ne peux pas le laisser ! Das Muni ? »

Das Muni pousse un nouveau cri.

Arankadash s'agenouille près d'elle. Le morceau de cristal est long comme mon bras et deux fois moins épais. Il l'a atteinte au flanc droit, juste en dessous des côtes. J'ignore jusqu'où il s'est enfoncé, je sais seulement qu'il ne l'a pas transpercée de part en part.

L'oreille collée à son dos, j'écoute sa respiration. Entends un crépitement.

« Pourquoi es-tu si bête ? » dis-je en posant mon front sur son épaule. Je ne sais pas comment nous allons la déplacer. Et même si nous trouvons une solution à ce problème, je ne sais pas comment nous allons survivre. Elle est la seule chose que j'ai eue auprès de moi depuis le début de cette horreur, et voilà qu'elle se vide de son sang.

« Méfie-toi de celles qui se prétendent tes amies. »

Seigneure Mokshi, annales de la Légion

30
JAYD

Je traverse le sang qui s'est répandu du corps des filles pour ressortir par la porte qu'a percée Sabita. Sur n'importe quel autre monde, il aurait été absorbé aussitôt, mais tel n'est pas le cas ici, sur Bhavaja. Sabita n'y avait pas pensé. Je le sais parce que les éclaboussures de sang me conduisent de l'autre côté de la porte, jusque dans les étroites et sombres galeries secondaires qui débouchent sur les couloirs principaux.

Je suis lente, horriblement lente. Je n'ai aucune idée ni de l'avance qu'elle a, ni de ce qu'elle compte faire en arrivant à destination. Je trouve une agente de sécurité Bhavaja morte dans le couloir, la gorge soigneusement tranchée. Sabita n'a jamais combattu dans les armées de ma mère, mais réassembler les gens permet d'apprendre comment les démonter. Elle a tué cette femme d'un geste habile. Bien plus habile qu'avec les filles.

Comme elle a marché dans le sang, elle laisse sur le sol des empreintes plus ou moins visibles. J'en repère une à un virage où elle a marqué une pause. Pour reprendre son souffle ? Pour s'orienter ?

J'essaye d'accélérer, mais avec ma jambe blessée, c'est peine perdue. Je regrette de ne pas avoir de canne. Je regrette de ne pas savoir marcher sur les mains, comme Zan.

J'entends des voix, des cris.

« Sabita ! appelé-je. Sabita, arrête ! »

J'espère que ça me donnera le temps d'atteindre la porte ouverte au bout du couloir. Il y a un cul-de-sac, à cet endroit, juste avant la porte, l'extrémité étant obstruée par une grande paroi faite de peau pourrie tirée sur des blocs d'os moulé : le couloir s'est en partie développé de manière à le contourner.

Je franchis l'embrasure éclairée, découvre Sabita le menton dégoulinant de sang et Nashatra qui brandit une grande machette en obsidienne. L'astucieux couteau d'os de Sabita semble minuscule en comparaison, mais je vois aux regards des deux femmes que leurs forces s'équilibrent.

« Comment tu l'as trouvée ? » demandé-je à Sabita.

Elle signe : « Les filles. »

Les filles. Comment a-t-elle réussi à les faire parler ? Mais bien sûr, elles pouvaient signer. Je n'avais pas pensé à employer la langue des signes avec elles, je ne voulais pas qu'elles sachent que j'en étais capable. Sabita s'en fichait, elle.

« Ne tue pas Nashatra, dis-je.

— C'est à moi que tu devrais demander de nc pas la tuer *elle*, réagit celle-ci avec un petit rire.

— Ne tuez plus ni l'une ni l'autre, alors. Les Bhavaja ont besoin de Nashatra.

— Pour quoi faire ? signe Sabita.

— Qui va régner quand Rasida ne sera plus là ?

— De toute façon, Rasida va la tuer, répond Sabita.

— Donne-moi l'utérus, dis-je à Nashatra. Je porterai le monde à terme. Il ne doit pas te rester longtemps.

— Tu es folle ? s'étonne-t-elle.

— Complètement, oui. Sabita, tu es technicienne tissulaire. Tu sais extraire mon utérus et m'en donner un autre. Prends le mien, Nashatra. Tu as davantage envie d'enfants que de mondes, de toute manière.

— C'est de la chirurgie lourde, Jayd, signe Sabita.

— Je sais. Je l'ai déjà subie, quand Zan m'a donné son utérus et qu'on le lui a retiré. Pouvoir porter des enfants était l'unique moyen de pression que je pouvais me procurer, la seule chose qui me conduirait ici. Je n'aurais pas pu devenir assez proche de Rasida pour récupérer le monde qui est dans cet utérus-là. Et c'est du monde dont nous avons besoin, au bout du compte.

— Quand est-ce que tu as fait ça ? signe Sabita.

— Sur la Mokshi, réponds-je à voix haute.

— Toi et Zan…

— Ce que nous avons planifié ne concerne pas uniquement la Légion, l'interromps-je. C'est tout ce que je peux te dire. Nous ne sommes pas plus folles que Rasida. Ce n'est pas plus dément que rester ici et subir sa colère. Où est le cabinet médical ? »

Nashatra pèse le pour et le contre.

« Je sais que tu ne veux pas ce monde, poursuis-je. De quelle autonomie disposes-tu, si tu ne peux décider ni quand ni à quoi tu donnes naissance ? Tu as été privée de cette possibilité. On peut t'arranger ça.

— Par ici, dit Nashatra. Tu auras besoin de l'aide des sorcières, sinon ça va te tuer. Elles soigneront ton…

— Très bien », coupé-je, parce que je veux que ce soit fait. Je veux aller de l'avant. Il faut qu'on agisse.

Nashatra nous conduit au cabinet médical. Nous croisons plusieurs femmes, mais comme elle nous accompagne, celles-ci se contentent de nous jeter un coup d'œil au passage. J'espère que Rasida est en train de dormir ou de mener une nouvelle attaque contre Katazyrna. Mais je m'attends en fait à ce qu'elle nous ait précédées dans ce cabinet médical, ayant comme toujours une longueur d'avance.

Le cabinet est aussi affreux que celui de Katazyrna, peut-être même plus. Les sorcières sont déjà là, et je constate avec horreur qu'elles s'intéressent à une table sur laquelle reposent les filles qui me servaient.

Les sorcières relèvent la tête. « Ce ne sont pas des morts naturelles, disent-elles.

— Les vôtres ne le seront pas non plus, signe Sabita en brandissant son poignard en os. J'ai besoin de baume cicatrisant, de gel de réparation tissulaire, de sutures rapides et d'onguent.

— La seigneure ne sera pas contente, répondent les sorcières.

— Elle ne sera plus seigneure bien longtemps », leur dis-je en montant sur la table m'installer près des cadavres.

« Tout ce que j'ai appris du monde m'a conduite à la conclusion que je devais renoncer à qui je suis pour nous sauver. On pourrait y voir de l'altruisme. Pour moi, c'est du bon sens. Sans avenir, il n'y a aucune raison de vivre comme je suis. »

Seigneure Mokshi, annales de la Légion

31
ZAN

Lorsque je me réveille, Das Muni respire toujours, mais je n'arrive pas à la ranimer.

« La déplacer aggravera ses blessures, dit Casamir. Je pense qu'on devrait se séparer.

— On ne fera que se perdre davantage, estime Arankadash.

— Si on part chacune dans une direction, on a une petite chance de sortir d'ici. Pour le moment, on n'en a pas la moindre. On va mourir de soif. »

Avant qu'on dorme, je l'ai vue boire son urine. Je ne me sens pas encore assez désespérée pour l'imiter, mais c'est tentant. Je regarde mon dernier demi-globe d'eau dans mon sac. Dire qu'on a fait tout ce chemin depuis le ventre du monde pour mourir par manque d'eau. Je colle ma joue à celle de Das Muni. Il faut qu'on l'abandonne pour trouver une sortie.

Assoiffées, affamées, désorientées, nous nous enfonçons à l'aventure dans la forêt de cristal. Je perds la notion du temps, ce qui vaut peut-être mieux. Nous sommes parties dans des directions différentes, mais j'entends les autres avancer tant bien que mal. Le son se propage on ne peut mieux, ici. Les gémissements de Das Muni me parviennent aussi, et ils me font souffrir comme si j'écoutais une enfant pleurer.

J'ai tellement soif que quand je somnole, je rêve d'eau. Je rêve que je me baigne dedans. Que je me roule dedans. Que j'en bois à m'en éclater la panse. En sortant d'une de ces rêveries, je me retrouve à quelques petits centimètres de mon reflet dans un cristal opaque. La lumière des cristaux bleutés qui l'entourent nous illumine, mon reflet et moi.

J'en reste bouche bée. Depuis que je me suis réveillée avec le visage lumineux de Jayd devant les yeux, c'est la première fois que je me vois.

Ma peau, je le sais, est de la même couleur sombre que les Katazyrna, mais je suis plus grande et plus large. Si j'étais déjà consciente de tout cela, voir la grande et mince Arankadash m'avait convaincue que je n'étais pas anormale, juste différente.

Maintenant que je peux examiner mon visage à loisir, je vois tout autre chose. Je vois une femme qui ne fait pas du tout partie des Katazyrna. J'ai des yeux ronds et caves, à l'iris gris, auxquels mes larges pommettes plates, que je n'ai vues chez personne d'autre, donnent l'air encore plus profonds. Mes sourcils, broussailleux et d'un gris aussi cendré que mes yeux, s'étirent sur mon visage comme des plumes. Une longue cicatrice barre mon front, celle-là même que j'ai sentie enduite de pommade la première fois que je me suis réveillée. Tordue et horrible, elle soulève la partie gauche de mon visage, dont elle gomme les rides. Je suis plus âgée que je le pensais, sans doute aussi âgée que Vashapaldi.

Quand je m'écarte du cristal, mon reflet se déforme et se brouille, devient un simple fragment réfracté d'ombre et de lumière.

Je prends dans ma poche la sphère souple que m'a donnée Vashapaldi. Je la presse entre mes doigts en m'efforçant de comprendre pourquoi je lui avais laissé cet objet a priori sans valeur. Tout ce qui me vient à l'esprit tandis que j'examine cette masse spongieuse, c'est que dans mes vies précédentes, j'étais aussi folle que dans celle-ci.

Je la replace au fond de ma poche, me remets à marcher jusqu'à perdre toute notion du temps et de moi-même. Je sais seulement que j'ai soif. Peut-être suis-je en train de mourir.

Y a-t-il une raison pour laquelle je ne devrais pas mourir ?

Je fixe, fascinée, les images réfractées de mon visage. Le temps fait un bond.

Lumière. Reflets.

Puis :

Das Muni se penche sur moi, me tend un morceau de chair grise. Je détourne le visage, mais elle parle d'un ton apaisant et m'écarte les lèvres avec la queue glissante de la chose. « Ça va te faire du bien », murmure-t-elle.

Je sais que je rêve, Das Muni étant sûrement morte là où je l'ai laissée, cinq cents pas derrière moi. Je tourne même la tête pour regarder cet endroit où j'ai abandonné son corps, mais au lieu de Das Muni, je vois une masse grouillante de poissons noirs à dents pointues qui rampent sur les cristaux, remuent dans une mare de fluides postpartum.

Comme c'est un rêve et que j'ai très faim, et encore plus soif, je mange ce qu'elle me tend. Par chance, la chose est déjà morte et ne s'agite pas dans ma bouche pendant que je la mâche, puis l'avale. Étonnamment, elle a un goût sucré-salé. Je sens aussitôt mon brouillard commencer à se dissiper.

Das Muni me tient dans ses bras en me chantant une chanson qu'il me semble vaguement connaître. Les yeux sur le plafond de cristal, j'essaye de préciser ce souvenir.

« Comment se fait-il que tu sois en vie ? demandé-je. Tu étais morte.

— Une djinn est venue me sauver.

— C'est quoi, les djinns ?

— Des esprits. Tu te souviens forcément des esprits.

— Je ne me souviens de rien.

— Ne t'inquiète pas. Parfois, il n'y a que moi qui les vois.

— Seigneure de la Guerre, soupiré-je. Je ne sais pas si tu dis la vérité, si tu délires, ou les deux à la fois.

— Les deux.

— On va mourir ici.

— Non. Elles sont attirées par l'eau.

— Qui ça ?

— Mes amies », dit-elle, et je m'aperçois qu'elle tient dans ses mains les petits poissons à dents pointues auxquels je l'avais vue donner naissance dans les fosses de recyclage.

Quand elle les lâche, ils tombent sur les cristaux à nos pieds avant de s'enfoncer en se tortillant dans la forêt.

Das Muni passe son bras sous mon aisselle et nous suivons les poissons qui claquent des mâchoires. Je trébuche sur Casamir, qui examine ses mains comme si elles étaient devenues elles aussi des surfaces cristallines.

« Lève-toi, lui dis-je. Viens avec nous. »

C'est Arankadash qui est allée le plus loin. Elle est debout sur un grand cristal, les traits tirés, blafards. Elle plisse les yeux en nous voyant, comme si elle n'arrivait pas à nous croire réelles. « Il y a des créatures vivantes, ici, dit-elle. J'en ai mangé une.

— Où sont passées les autres ? » demandé-je.

Elle montre un précipice étroit et escarpé.

« Il faut qu'on les suive », dis-je.

Je sais que mes paroles n'ont aucun sens, mais elle ne discute pas. Elle part devant nous. Marcher me redonne des forces, m'éclaircit les idées. Je ne sais pas ce qu'il y a dans la progéniture de Das Muni, mais c'est un excellent reconstituant.

Voyant que Casamir se laisse distancer, je vais l'aider. Das Muni continue à avancer, en nous regardant de temps en temps par-dessus son épaule. J'entends le changement bien avant qu'il nous apparaisse : un bruit d'écoulement de plus en plus présent. Une brise fraîche me caresse le visage. Je sens l'odeur de l'eau.

Arankadash se baisse pour passer sous un cristal. Casamir et moi l'imitons, nous retrouvons jusqu'aux chevilles dans la gadoue. Devant nous, une plaine boueuse, avec tout au bout, à quatre ou cinq cents pas, une cascade. L'eau a ouvert le plafond en déferlant du niveau supérieur. Le bord de la brèche s'est déroulé vers le bas, comme une langue noueuse, et la cascade se jette par-dessus dans un grand bassin, qui s'écoule de notre côté en une rivière trouble dont les nombreux méandres finissent par disparaître sous la forêt de cristal.

Je me traîne jusqu'à cette rivière, tombe à genoux. Je bois, sans me soucier de ce qui peut nager dans ces eaux sombres. Au goût, cela semble pur, en tout cas. Je n'ai jamais rien bu d'aussi délicieux.

Nous montons le camp près de la forêt. Nous buvons, nous nous reposons ; Casamir attrape dans la rivière des bêtes grosses comme le poing que nous mangeons crues. Elles ont très mauvais goût, mais au moins, nous ne mourrons pas de faim.

Je prends le temps de me baigner. L'eau est moins froide que je m'y attendais, d'une tiédeur de salive. Je ne suis pas sûre d'être beaucoup plus propre en ressortant, mais je me sens mieux, plus fringante. Je me sens vivante.

Je nettoie ma combinaison, la renfile et examine la cascade. Je repère de petites protubérances de chaque côté, comme des excroissances de chair du niveau supérieur que l'eau n'a pas encore érodées.

« Je parie qu'on peut l'escalader », dis-je, mais personne ne m'écoute.

Arankadash dort avec satisfaction, sa progéniture contre elle ; quant à Casamir, elle ronfle avec bruit. Même Das Muni a succombé au sommeil, les bras autour de ses genoux remontés sur la poitrine. Je ne me rends compte qu'à ce moment-là que nous avons vraiment frôlé la mort.

Mais je ne veux pas me reposer. Je veux continuer. Chaque fois qu'on monte d'un niveau, je me sens d'autant plus près de prendre ma revanche.

Je m'avance autant que mes forces me le permettent vers la cascade. Quand elles m'abandonnent, au bout d'une centaine de pas, je m'étends sur un bout de terrain humide et j'écoute l'eau gargouiller. On est si proches. Chaque pas nous rapproche davantage. Je m'endors.

J'ignore combien de temps nous nous reposons,

mais à mon réveil Arankadash est déjà debout au bord du bassin dans lequel la cascade s'écrase.

Je me lève pour la rejoindre. Sa progéniture se blottit sur son torse, grosse créature sans visage que j'évite de regarder.

« On monte ? dit Arankadash.

— Toujours. »

Elle tapote sa progéniture. « Tu devrais peut-être commencer.

— J'adore les défis », réponds-je, mais en doutant de ma sincérité. J'ai eu assez de défis à relever.

Das Muni nous rejoint au bord du bassin avec Casamir, qui se porte volontaire pour essayer, mais je lui dis que c'est ce que j'ai fait toute ma vie.

Je longe le bassin vers la droite de la cascade, qui me semble le côté le plus facile. La surface est lisse, mais le plafond bulbeux et usé est assez inégal pour que je parvienne à m'accrocher.

Escalader l'à-pic au bord de la cascade n'est pas simple. Je le fais en enfonçant mes ongles dans la surface molle. Je perds soudain prise à seulement quelques pas de hauteur, tombe en agitant bras et jambes, percute l'eau à grand bruit.

Je regagne la rive à la nage et recommence en assurant à Casamir que tout va bien. Il y a un moyen de monter. Je le trouverai. Pour moi, pour Das Muni, pour Jayd, pour nous toutes.

Je grimpe moins vite, cette fois, j'essaye d'assurer mes prises. Je pense à mes mains comme à des étaux trop puissants pour lâcher ce qu'ils enserrent, et je m'élève peu à peu. Je suis déjà trempée, et avec les embruns de la cascade, je ne peux que le rester. Je m'essuie le visage sur l'épaule pour essayer de ne plus avoir d'eau dans les yeux. En vain.

J'approche du sommet quand un début de crampe se manifeste dans ma jambe abîmée. Je m'agrippe à la paroi et tente d'étirer mon tendon en poussant sur elle avec les orteils.

Aucun cri d'encouragement ne me parvient d'en bas. Je suppose qu'elles s'attendent toutes à me voir retomber. Elles craignent de troubler ma concentration. Je m'aperçois que quand Casamir n'est pas en train de se plaindre, il règne un silence étrange.

Je trouve une prise au sommet et me hisse en me servant de ma bonne jambe. Je bascule sur le rebord comme un poisson enflé, reste allongée à reprendre mon souffle. Quelque chose me survole et me défèque sur le visage. Je m'essuie, lève les yeux. Des centaines, peut-être des milliers d'animaux ailés nichent dans les grandes falaises pourries au-dessus de la cascade. Le ciel à cet endroit ne cesse de monter, et il est en grande partie sombre. Du fongus bioluminescent émet ici et là une vague lueur bleue et un animal aquatique blanc fait un passage non loin de la surface. Mais après le dédale de la forêt de cristal, qui vous faisait perdre vos repères, l'obscurité est presque la bienvenue.

Je me relève péniblement, constate avec plaisir que le cours d'eau qui alimente la cascade monte bel et bien. Nous continuons à progresser depuis le fond du monde vers sa surface, certes lentement et péniblement.

J'arrive à faire quelques pas avant que mes jambes se dérobent. À moins que ce soit ma volonté. Je tombe à genoux sur le sol mou. Il est sûrement couvert des excréments de ces bêtes perchées dans les falaises, mais je m'en fiche. Nous sommes la même chose, nous et le reste. Nous sommes de la merde. Nous sommes de la chair. Nous avons des sensations.

Les autres me le disent depuis le début, mais ce n'est que maintenant, une fois sauvée par la progéniture ondulante de Das Muni, revivifiée par du placenta et une cascade bruyante au centre d'un monde creux, que je comprends vraiment ce qu'elles veulent dire par là.

Je ressors de ma poche la sphère que m'a remise Vashapaldi. La séquence me revient sans problème, maintenant, comme on se rappelle l'itinéraire pour aller rendre visite à une amie : l'enfant, le poisson, l'oiseau, l'eau, l'eau.

La sphère se réchauffe entre mes mains. Je la lâche. Elle se fend comme un œuf, révélant un cœur gluant vert dont un nuage rouge-vert jaillit vers le haut avant de se fondre en une vue d'une tête sur deux épaules. Le visage m'est familier, c'est celui que j'ai vu se refléter dans un cristal. Mais sans cicatrice, et avec je ne sais quoi de différent dans le regard. Il montre plus d'assurance, de détermination. Il ne laisse transparaître ni peur ni indécision, rien qu'une foi aveugle.

« Si tu vois ceci, commence la femme avec mon visage, ça veut dire qu'on a encore été recyclées et que Jayd n'est pas avec toi. Tu as récupéré suffisamment de souvenirs pour accéder à cet enregistrement, mais je suppose qu'il reste encore beaucoup de points obscurs pour toi. Ne t'inquiète pas : rien de plus normal à ce stade. Tu te souviendras quand tu seras prête à le faire. Il faut que ce soit ainsi. Toi et moi savons que tu es trop émotive pour faire ce qu'il y a à faire quand tu te rappelles ce qui… Bon, tu ne veux pas te rappeler ce qui s'est passé. Ça te détruira comme ça m'a détruite, et il faut que nous restions concentrées sur l'objectif final. » Elle détourne un instant le regard vers quelque chose qui n'apparaît pas dans l'enregistrement. « Si Jayd n'a pas encore réussi à rejoindre les Bhavaja, soit par mariage, soit par échange de prisonnières, alors tu dois retourner sur la Mokshi pour tout reprendre de zéro. Tu y trouveras d'autres réponses. Par contre, si elle est avec les Bhavaja, cette fois, ça signifie qu'on n'a jamais été aussi près de réussir. Retourne à la surface la chercher. Si elle a rempli son rôle, elle te rejoindra sur la Mokshi. Mais assurez-vous bien d'avoir le bras et le monde avant de partir, sans quoi il faudra tout recommencer. Ne pense pas au pourquoi. Fais-moi confiance comme on ne peut faire confiance qu'à soi-même. Tu ne veux pas tout recommencer. Le monde et le bras. » Elle détourne de nouveau les yeux, s'apprête à reprendre la parole, fronce les sourcils. L'enregistrement se termine. La brume retourne à l'intérieur de la sphère, qui se referme.

« Qui est-ce ? » demande Arankadash, montée derrière moi. Je ne l'ai pas entendue arriver, ma voix enregistrée ayant masqué le bruit qu'elle a fait. Sa progéniture palpite doucement contre sa poitrine.

« Moi », réponds-je.

Une fois que nous sommes toutes réunies, je montre l'enregistrement à mes camarades.

« C'est une ruse, dit Casamir. Tu viens de l'enregistrer.

— Elle n'a pas de cicatrice, sur ces images », fait remarquer Arankadash.

Das Muni garde le silence. Et comme elle a de nouveau remonté son capuchon, je ne peux pas voir son expression.

« Tu me crois, maintenant ? demandé-je à Casamir.

— Je crois que ton délire est très complexe, répond-elle. Je vais chercher à manger. »

Nous passons un certain temps à nous réapprovisionner en fouillant les alentours de la cascade. Il y a des champignons, des animaux qui ressemblent à des poissons et d'autres qui volent dans les airs. Ceux-là, Casamir les attrape en les assommant à l'aide d'un engin composé d'une balle au bout d'une corde qu'elle a tiré de son sac à dos. Ils font à peu près la taille de mes deux mains côte à côte et ne doivent pas être très nourrissants, vu qu'ils sont quasiment tout en ailes. Mais Casamir prend plaisir à les capturer, et nous finissons par en avoir une bonne pile à écorcher et à manger.

Pendant que nous nous y employons, je demande :

« Il y a combien de niveaux dans le monde, à votre connaissance ?

— Des centaines, répond Arankadash. C'est ce qu'on nous a toujours appris. » Elle lève les yeux vers l'itinéraire que nous allons emprunter sous peu en longeant la rivière pour monter encore et encore.

Casamir indique : « Dix-huit, d'après les explorations consignées dans nos annales. Aucune n'indique avoir trouvé ces Katazyrna dont tu parles.

— Ma chute n'a pas duré assez longtemps pour qu'il y en ait des centaines, réponds-je. Et je ne suis pas la seule à être tombée. C'est arrivé à Das Muni aussi. Elle a vu un autre monde, tout comme moi. »

Casamir roule des yeux, mais ne dit rien.

« Elle nous a sauvées, rappelé-je. Tu pourrais lui témoigner un peu de respect.

— Désolée. » Elle jette un coup d'œil à Das Muni. Lui tend à contrecœur un de ces oiseaux qu'elle vient d'écorcher. « Je t'en suis reconnaissante, même si tu as été assez merdique pour essayer de me noyer. »

De ses longs doigts, Das Muni prend l'offrande ensanglantée, qu'elle pose sur ses genoux.

« On te croyait morte, lui dit Arankadash.

— J'ai été sauvée par un esprit », répond Das Muni.

Arankadash hoche la tête. « Je comprends. »

Casamir grimace, mais jette un rapide coup d'œil dans ma direction et tient sa langue. Chacune de nous crée les histoires nécessaires à sa survie. Das Muni et Arankadash peuvent bien avoir les leurs.

Une fois reposées, nous entamons la montée le long du cours d'eau. Quand nous débouchons dans une large plaine inondée qui s'écoule dans de nombreuses directions, je suggère que nous suivions le lit principal de la rivière.

« Elle va toujours couler vers le bas, non ? dis-je. Vers le centre du monde. Donc rien de plus logique qu'on la suive dans l'autre direction, vers son origine. »

L'endroit grouille d'insectes dont les morsures causent des démangeaisons irrésistibles. Des cloques se forment sur ma peau, et quand elles éclatent, de petites larves en sortent en se tortillant. Ce qui ne devrait pas me déranger après tout ce que j'ai vu, mais me pèse beaucoup.

C'est Casamir qui s'arrête, à un moment du deuxième cycle, pour se mettre à hurler longuement. Non de peur, mais de frustration.

Je fais comme elle, les pieds enfoncés dans la plaine spongieuse. Das Muni nous imite, puis Arankadash, et de longues minutes durant, nous voilà un groupe de quatre femmes en train de hurler à gorge déployée au milieu d'un marais bourdonnant d'insectes. Nous ne cessons qu'une fois que nous en avons plein la bouche.

Et nous repartons.

Les nuées d'insectes finissent par diminuer et nous faisons étape un peu en hauteur près d'une longue plaine d'eau. Pendant qu'Arankadash et Das Muni montent le camp, je descends retrouver Casamir sur le rivage.

Elle lance des pierres dans le lac laiteux. « Qu'est-ce qui ne va pas ? » demandé-je en m'attendant à une longue histoire alambiquée, à une diatribe sur la manière de manger de Das Muni ou à des remarques sarcastiques sur Arankadash.

« Je suis enceinte, dit-elle. J'espérais que ça pourrait attendre encore un peu. Il faut croire que non.

— Oh. » J'enfonce mes mains dans mes poches.

« Qu'est-ce que tu… Je peux te demander ce que tu portes ?

— Ce n'est que la troisième fois. En général, on tombe enceinte quand le monde a besoin de quelque chose, j'imagine. C'est un grand truc organique, comme pour Arankadash, sauf qu'il grossit beaucoup plus. Le dernier, on l'a gardé un certain temps pour faire des expériences dessus. Ils ne sont pas vivants, pas vraiment. Ils sont une partie du monde, je crois. À mon avis, ils remplacent les pièces qui s'usent.

— Tu ne devrais pas toujours les avoir, dans ce cas ?

— Quoi ? » Elle cesse de lancer des pierres. « T'es dingue ? Je ne me donne pas à une divinité, à un être plus grand que moi. Ce que je suis m'appartient. À moi et à personne d'autre.

— Qu'est-ce que tu vas faire, alors ?

— Peut-être que ce dont accouche Das Muni a son utilité, reconnaît-elle à contrecœur, et peut-être qu'Arankadash a tellement envie d'une enfant qu'elle essaiera d'allaiter cette chose, mais je ne suis pas comme elle. Je vais m'en débarrasser, voilà tout.

— Tu peux ?

— Tu peux faire tout ce que tu veux, répond-elle. C'est ta chair, tu sais. Si un cancer me rongeait le bras, tu ne me dirais pas que je ne peux pas me l'amputer.

— Ces choses ne ressemblent pas à des cancers.

— Ah bon ? Comment sait-on vraiment ce qu'elles sont ou ce à quoi nous servons ? Nous croyons ce qu'on nous a raconté sans le remettre en cause. Mais chaque niveau est le même. Toutes les femmes rationnalisent en disant que c'est quelque chose qu'elles ne comprennent pas, mais qui est nécessaire. Ce que je refuse. Personne d'autre que moi n'a la responsabilité de mon destin. » Elle montre mon ventre du doigt. « De toute évidence, tu le sais, ou tu l'as su par le passé. »

Au moment où nous nous couchons, Casamir s'éloigne en annonçant qu'elle part à la recherche de nourriture. Je reste allongée sans dormir, à côté d'Arankadash qui berce dans ses bras sa progéniture palpitante. Elle lui chante, dans sa langue, quelque chose de doux et de très apaisant.

« Casamir est enceinte, dis-je.

— Oui. Ça saute aux yeux.

— Pas aux miens.

— Tu es aveugle à beaucoup de bonnes choses. » Elle lève la tête, qu'elle gardait penchée vers la chose dans ses bras. « N'est-ce pas étrange qu'au cours de notre long voyage tu sois la seule dans laquelle n'a pas été insufflée une étincelle de vie ?

— Ah, c'est étrange ? On tombe souvent enceintes ?

— Ça dépend de la volonté de la Seigneure. Quand le monde a besoin de quelque chose, il l'obtient de nous.

— Comment ?

— Comment se fait-il qu'on ait de l'air à respirer ? C'est ainsi.

— Ça donne l'impression que nous sommes esclaves de ce vaisseau.

— De ce monde. Non. Il nous fournit abri et nourriture. Il nous protège de l'horreur noire des abîmes qui nous attend après la mort. Il nous protège et nous réchauffe. Nous sommes tout autant une partie de la lumière qu'il est une partie de nous. »

Je me souviens de la grande porte métallique que Casamir a ouverte, de la Légion de mondes au-dessus et du couloir de corps géants dont je ne saurai jamais la raison d'être.

Non, tout ça ne va pas du tout. Si j'étais une déesse, ce n'est pas de cette manière que je créerais un monde, en asservissant tout ce qui y vit. Ou peut-être que si ? Je lève les yeux vers le plafond. Le monde est vivant, oui, mais est-il davantage qu'un ensemble d'organes, de chair et de fluides ? Est-il conscient ? Doué de sensations ? Le monde est-il littéralement une divinité, une créature qui nous a capturées comme Casamir a capturé ces femmes en cage ? Je nous imagine tournant autour du Cœur brumeux du soleil génération après génération, engagées dans une bataille non seulement contre nous-mêmes, mais contre toutes les choses terribles qui se développent autour de nous et en nous, nous liant si fort à elles que nous ne pouvons exister sans elles.

Casamir revient longtemps après. Tout le monde dort sauf moi. Je l'observe de sous mon bras, la vois ôter son sac et dérouler son couchage. Elle s'installe. S'aperçoit que je la regarde. Me salue vaguement avec deux doigts.

« Qu'est-ce que la liberté, Zan ? » demande-t-elle.

Elle pose la question comme si la réponse était un dicton que je suis censée connaître. Et elle me vient sans mal, tout comme le langage des signes m'était venu dans le néant obscur de l'espace. « La liberté est l'absence de contrôle extérieur.

— Qu'est-ce que la liberté ? dit Arankadash. C'est le contrôle du corps, et de sa progéniture, et de sa propre place dans le monde.

— Tu vois ? conclut Casamir. On n'est pas toutes mortes dans la tête. »

À notre réveil, il fait froid. C'est la première fois, dans mon souvenir. Un vent glacé nous tombe dessus, de trop haut pour que j'en voie la source. On dirait que le plafond est parsemé de fissures ou de trous par lesquels on insuffle de l'air froid. Quinze mille pas plus tard, alors qu'au sortir des marécages nous nous retrouvons sur une plaine rocheuse, je vois briller au loin une éclatante lumière bleue. Elle vacille comme une flamme, et en approchant, je constate que cette comparaison a du vrai : c'est une déchirure dans le ciel par laquelle suinte une lave bleue sulfureuse.

L'odeur nous arrive dessus. Je me couvre la bouche avec un tissu de chanvre que j'ai tiré de mon sac puis mouillé, mais il ne filtre pas grand-chose.

« C'est dangereux, dit Casamir. On peut faire le tour ?

— Ça nous éloignera de la rivière. »

Arankadash secoue la tête. « Je ne veux pas prendre le risque d'être de nouveau loin de l'eau. » Elle nous dépasse, prend la tête de notre groupe.

« L'eau, c'est bien beau, mais il faut déjà pouvoir respirer », estime Casamir.

Nous continuons néanmoins. L'air toxique s'épaissit. Je suggère de rebrousser chemin, mais il faut croire que le gargouillement du soufre brûlant empêche Arankadash, toujours en tête, de m'entendre. Je remouille mon tissu que je me noue sur la bouche. Das Muni a fait de même avec son capuchon.

Une bourrasque d'air froid nous arrive dans le dos, chassant un instant la brume. Nous progressons entre deux mers de soufre bleu en flammes, sur ce qui ressemble à un chemin.

« Il serait temps qu'on croise des gens, dit Casamir.

— Les gens ne sont pas tous aimables », rappelle Das Muni en nous dépassant, Casamir et moi, qui nous sommes arrêtées pour observer les mers de soufre bleu.

« Ça va te faire long pour rentrer chez toi, dis-je.

— Pas vraiment. » Casamir remet son sac sur son dos, repart. « Quand tu m'auras emmenée à cette surface dont tu parles, je sauterai dans le vide-déchets et je me retrouverai à seulement un niveau de chez moi ! » dit-elle en riant.

Je m'attarde un peu. Le monde est immense, je le sais pour l'avoir vu de l'extérieur, mais jamais je ne m'étais attendue à tout cela. Peut-être le croyais-je creux, ou entièrement fait de couloirs et de portes en colimaçon comme à la surface. Il y a bien davantage, et c'est bien plus compliqué. Les Katazyrna et les Bhavaja se battaient pour contrôler la Légion, mais ne contrôlaient même pas leurs propres mondes. Pour quoi se battaient-elles, en fait ? Pour un titre ? Une idée ?

« Zan ! »

Arankadash est arrivée au bout du chemin, là-haut sur la crête. Elle me fait signe de la rejoindre.

Je reprends mon ascension. L'air est plus chargé de soufre, à cet endroit, mais juste au moment où je me dis que je ne peux plus le supporter, un filet d'air frais qui passe juste au-dessus de moi disperse le nuage toxique.

« Oui ? » demandé-je en arrivant près d'elle.

Elle montre la vallée en dessous. « Des corps. »

« Je n'espère pas que ça se terminera bien.
Je prends mes dispositions en ce sens. »

Seigneure Mokshi, annales de la Légion

32
JAYD

L'idée venait de Zan.

J'aimerais que ce soit ce que retienne l'histoire, mais ce qui nous a conduites à cet endroit n'est pas quelque chose que je veux voir rester dans l'histoire d'une manière ou d'une autre.

« Qu'est-ce que les Bhavaja veulent plus que tout ? » m'a-t-elle demandé là-bas sur la Mokshi, après toutes mes horribles trahisons, quand elle a continué à bien vouloir de moi parce qu'elle continuait de m'aimer. Elle m'a crue quand j'ai dit avoir changé d'avis, et c'est vrai que j'en avais changé, mais je ne m'attendais absolument pas à ce qu'elle le croie.

« Elles ont besoin d'enfants, ai-je répondu. On sait qu'elles n'ont pas eu de porteuse d'enfants depuis au moins cinq rotations. Elles font comme nous : elles les volent sur d'autres mondes. Elles en volent même davantage que nous. J'ai entendu dire que c'était pour ça qu'elles n'avaient pas autant de hiérarchie. »

Zan a joint les mains juste sous son ventre rond. « Je peux leur donner des enfants. Offre-moi à elles, comme un cadeau.

— Et pour le bras ? » ai-je demandé. Parce que je le lui avais déjà volé aussi et, dans la bêtise de ma jeunesse, je l'avais donné à Anat. C'était la première trahison, mais pas la pire. « Tu m'as dit que tu ne pouvais pas redémarrer la Mokshi sans lui. La Mokshi ne quittera jamais la Légion sans un nouveau monde né à son bord. Elle est trop abîmée. » J'ai grimacé, mais Zan ne s'en est pas rendu compte, ou peut-être qu'elle s'en fichait. Comment pouvait-elle être aussi indulgente ? Ou alors elle s'en moquait ? M'aimait-elle vraiment un tant soit peu, ou bien faisait-elle semblant, tout comme, au début, j'avais fait semblant de l'aimer ?

« Est-ce que tu peux voler le bras à Anat pendant que je suis avec les Bhavaja, de la même manière que tu me l'as volé à moi ? a-t-elle demandé.

— Qu'est-ce que j'en ferais ? Il ne fonctionne que pour toi, ici sur la Mokshi.

— Et si tu pouvais porter des enfants ? Tu peux convaincre Anat de t'échanger avec les Bhavaja contre la paix. Une fois la guerre finie, je monte à bord de la Mokshi, je désactive les défenses et je fais venir Anat. Elle entrera sans problème. Je n'aurai aucun mal à prendre le bras, une fois qu'elle sera avec moi sur la Mokshi. Ce monde m'obéit.

— Du coup, je dois désarmer Rasida et voler le monde qu'elle a dans le ventre ? »

Zan a souri. « À moi, tu m'as pris le bras. Et le cœur. Ça m'étonnerait que tu ne puisses pas lui voler bien davantage, à elle. »

J'ai alors grimpé sur ses genoux, elle m'a prise dans ses bras puissants et, un instant, je me suis laissé serrer. J'ai senti son bébé s'agiter dans son ventre. « Il faut qu'on fasse quelque chose, pour l'enfant », ai-je dit.

Cette idée-là, je le reconnais, venait de moi.

Notre plan était compliqué. Il reposait par-dessus tout sur le désespoir. Mais nous avions complètement oublié de prendre en compte Rasida et ce qu'elle avait déjà mis en œuvre. Je pense qu'à un moment, il y a bien des rotations, j'ai cru avoir fait tout cela par amour pour Zan, mais maintenant que je flotte dans une sorte de brouillard ouaté et que Sabita écarte de mon corps ses mains pleines de sang, je pense le faire par amour de quelque chose de bien plus grand que Zan. Je le fais par amour de la Légion, de la survie. Je sais à quel point la vie est précaire, ici, et tout ce que je dois en sacrifier pour en sauver un tant soit peu.

Tel est mon fardeau.

Quand je me réveille enfin, je m'aperçois que

Sabita me tapote doucement le visage. « Tu n'as pas encore complètement cicatrisé, me signe-t-elle, mais il ne faut pas qu'on fasse de bruit. Rasida s'est aperçue de notre disparition. »

Du regard, je cherche Nashatra, qui se trouvait à côté de moi au début de l'opération, et m'aperçois qu'elle est déjà partie, tout comme les sorcières.

« Elles sont allées la distraire, signe Sabita. Tu peux te lever ? Je sais que c'est difficile, mais il faut qu'on t'emmène au hangar.

— J'ai besoin du bras, dis-je. J'ai le monde, mais pas…

— On dira à Rasida que tu t'es échappée pour retourner sur Katazyrna. Mais il te faut une longueur d'avance.

— Je ne comprends pas », marmonné-je, juste avant que la lumière se fasse en moi : si j'emporte le monde sur Katazyrna, Rasida me suivra. Je ne peux pas, dans mon état actuel, la vaincre en combat. Par contre, je connais Katazyrna et je sais où les sorcières se réfugient en cas d'attaque. J'emporterai le monde là-bas, Rasida y emportera le bras.

« Si Zan est morte…, commencé-je.

— Si Zan est morte, signe Sabita, alors au moins la Katazyrna va renaître. Tu sauveras notre monde. Ce n'est pas rien. Il faut que ça suffise.

— Je n'ai pas le droit d'échouer. »

Elle m'aide à me mettre debout. La douleur m'envahit. Sabita me tend une tasse d'un liquide amer, que je bois sans discuter. Un feu glacé s'enfonce dans mon ventre, puis la douleur s'atténue.

Du cabinet médical, je ne sais pas comment aller au hangar, mais je ne suis pas la seule à avoir compté les pas. Sabita me fait tourner à gauche, puis à droite, puis descendre un ombilical délabré. Nous entamons l'ascension d'une longue volée de marches. J'entends des voix monter du niveau juste en dessous. Sabita nous plaque au mur le temps que les femmes s'éloignent. Des marches. Seigneure de la Guerre, aie pitié. Je prends lourdement appui sur l'escalier. Sabita passe son bras sous mes aisselles pour me soutenir et me traîner.

À notre arrivée dans le couloir du hangar, Sabita creuse une nouvelle porte qu'elle referme derrière nous. Nous découvrons des rangées et des rangées de véhicules, tous en bien plus mauvais état que ceux de Katazyrna.

Sabita me pousse en avant. « Arrête, dis-je. Pourquoi tu m'aides ? Tu méprises tout ce que j'ai fait. »

Elle montre un des véhicules. « Celui-là fonctionne », signe-t-elle avant de le démarrer pour moi. Elle déniche plusieurs bombes à combinaison dans un casier à l'arrière, m'en lance une. « On sortira ensemble. Ne t'éloigne pas. Si elles nous repèrent, j'attirerai leur feu sur moi.

— Sabita, dis-je. Il faut que je sache dans quel camp tu es. »

Elle grimace. « Tu ne le sais pas encore ? Dans celui de Zan, Jayd. Elle est revenue à elle après avoir été recyclée par Anat, et elle est sortie des fosses. Elle est venue me trouver quand tu lui as tourné le dos en lui disant de repartir sur la Mokshi, de faire comme Anat demandait. Elle t'aimait, Jayd, et tu lui as brisé le cœur. Ton amour pour Zan a cessé de compter quand tu l'as laissée se faire recycler. Tu n'es jamais allée à sa recherche. Tu crois qu'elle pouvait faire comme si de rien n'était ? Tu crois qu'elle s'en fichait ?

— Je ne pouvais pas aller à sa recherche ! Ça nous aurait trahies. Pourquoi me serais-je intéressée à une prisonnière rebelle ? Anat aurait compris qui elle était.

— Elle m'a dit de te protéger au cas où il lui arriverait quelque chose et où votre plan tournerait mal. Ce qu'il a fait. Et moi, je tiens parole. »

Un bruit derrière la porte du hangar.

Sabita m'arrache la bombe des mains et me pulvérise une combinaison sur le corps. Elle fait de même sur le sien tout en courant à la console de dépressurisation. Des voyants orange s'allument.

La porte séparant le hangar du couloir clignote en bleu.

J'agrippe fermement le véhicule et lâche une bouffée de carburant, et nous sommes aspirées, puis éjectées de Bhavaja comme deux parasites dont on se débarrasse d'une chiquenaude.

Nous parvenons à quatre cents sauts avant que les premières poursuivantes apparaissent. J'ai beau ne pas m'être battue depuis longtemps dans l'espace, tout me revient très facilement. Je mets un peu de temps à comprendre le fonctionnement des canons à céphalopodes, mais tire ensuite avec sur les Bhavaja lancées à nos trousses.

Rasida en fait-elle partie ? Je n'en sais rien, mais je ne peux pas prendre le risque qu'on la touche de plein fouet. Je signe à Sabita de se limiter à les blesser et sa grimace m'indique ce qu'elle pense de mon ordre.

Je fonce entre les mondes de la Légion. Ils m'ont manqué, l'espace aussi. Je n'ai jamais aimé conduire des armées – j'étais plus douée pour préparer les batailles que pour les livrer –, mais la Légion vue de l'extérieur des mondes est d'une merveille à couper le souffle. Quand Zan m'a dit croire qu'il y avait d'autres Légions en orbite autour de ces étoiles si lointaines, je lui ai répondu qu'il ne pouvait rien exister d'autre qui ressemble à la Légion. *Pourquoi pas ?* a-t-elle demandé, question qui a servi de révélateur à mon ego. Je croyais que nous étions spéciales, d'une certaine manière, bénies par la déesse de la Guerre. Je croyais qu'Elle avait fabriqué tout cela pour nous et que nous étions destinées à en faire ce que nous voulions. Nous étions coincées ici dans le ventre de la création. Sans avoir la moindre possibilité d'échapper à cet univers.

Zan m'a convaincue du contraire, mais j'ai fait des horreurs avant de la croire.

Malgré l'avance dont nous bénéficions, nos poursuivantes gagnent du terrain. Nous arrivons à proximité des mondes en litige ; je vois Tiltre sur la gauche, ce qui me rappelle les atrocités du jour de l'union. Combien de temps cela fait-il ? Une rotation entière, sûrement. J'ai l'impression que c'était dans une vie antérieure. Je vois que la peau de Tiltre a été retirée par endroits : elle est noire et abîmée. Combien de guerres Rasida a-t-elle livrées sur d'autres mondes pendant que, piégée sous la surface de Bhavaja, je me battais pour que cet endroit ait un avenir ?

Un céphalopode heurte mon véhicule. Je pars en vrille dans les ténèbres, vois la Légion tournoyer autour de moi. Je reprends le contrôle, jette un coup d'œil dans mon dos, me rends compte que Sabita fonce en direction des Bhavaja.

Elle ne peut pas me voir, aussi ne lui signé-je rien. Je regarde droit devant moi, bien droit, et une fois les mondes en litige dépassés, je repère ceux, familiers, des Katazyrna. Les miens. Je croise des véhicules de récupération et de patrouille. Il est impossible de leur ordonner de me suivre, ici dans l'espace, sauf si une éclaireuse est arrivée avant moi, ce qui n'est pas le cas.

On me laisse passer sans encombre, ce dont je me réjouis, car je dois affronter une force bien supérieure. C'est mon propre monde, Katazyrna, que je vois grossir devant moi, emplissant mon champ de vision tandis que l'immense orbe du soleil orange éclôt derrière moi.

Et si la Katazyrna ne me reconnaît pas ? pensé-je. *Si je commence à trop ressembler aux Bhavaja ? Si donner naissance à l'enfant de Zan m'a changée au point que le monde ne veuille plus de moi ?*

Je me prépare à cette possibilité tandis que je plonge en orbite autour de Katazyrna. Je vois qu'une explosion en a percé la surface d'un trou qui, s'il est moins affreux que celui sur la Mokshi, reste considérable. Je fonce dans sa direction. Je n'ai presque plus de carburant, mais je peux continuer un bon moment sur ma lancée.

Comme j'avance trop vite à mon goût, je me débarrasse de mon véhicule d'un coup de pied et attrape au passage un des tentacules qui ondulent. Il s'enroule autour de moi et je descends jusqu'à la surface de Katazyrna, enfin.

Et Katazyrna m'accueille.

« Pour celles qui habitent en dessous, il n'y a ni surface, ni autres mondes, ni Légion. Pour elles, nous sommes des déesses et des monstres. »

Seigneure Mokshi, annales de la Légion.

33
ZAN

Une dizaine de corps reposent au fond de la petite vallée, plus ou moins disposés en cercle, comme s'ils s'étaient effondrés d'un coup alors qu'ils montaient ensemble vers l'endroit d'où nous les regardons. Quelques-uns se sont écroulés sur d'autres, leurs longs membres marron emmêlés dans des robes violettes.

N'ayant jamais vu personne en porter, cette couleur me fascine. Les mortes ont les cheveux longs, noirs et rassemblés en une seule natte qui, pour la plupart, leur arrive quasiment aux genoux. Elles ne sont pas mortes depuis longtemps. Si je n'avais pas déjà vu autant de cadavres, je les croirais endormies. Cette pensée me donne à réfléchir : en ai-je vraiment vu tant que cela ? Je me rappelle un champ, un champ orange vif de hautes herbes jaunes et d'immenses fongus blancs, aussi grands que moi, entre lesquels le sol était couvert de cadavres. Il y en avait à perte de vue. Je secoue la tête, le souvenir disparaît. Je n'arrive pas à me rappeler ni qui ni même où ils étaient, mais ça ne me donne pas l'impression d'un rêve.

« S'il y a des gens, dis-je, on devrait trouver un village dans pas longtemps.

— Un village de mortes, dit Casamir.

— Un peu d'optimisme. Elles ont sans doute été tuées par le soufre. Il y a une petite brise, maintenant : c'est en train de se dégager. Voyons s'il y a des survivantes. »

Elles sont d'âge varié, mais même les plus jeunes ont atteint la puberté. *Toujours pas d'enfants, même ici ?* pensé-je en ramassant un de leurs bâtons. Une pierre d'une vive couleur lavande est sertie dans un trou percé au sommet. Le reste est fait d'un bois tendre et jaune. Impossible pour ce genre de bâtons de servir d'armes : ils se briseraient pendant le combat, au premier choc sur un crâne, ou même contre un bras solide.

J'inspecte les corps, mais ils commencent déjà à refroidir. Je ne me trompais pas : leur décès est récent. Aucune survivante.

Trois périodes de sommeil plus tard, nous découvrons enfin des traces d'habitation. Le monde ici est aqueux, plein de vie qui bourdonne et gazouille. C'est excellent pour la survie, mais mauvais pour le confort, puisque je dois ôter tous les matins la tête des petits insectes qui m'ont mordue. Ils nichent dans les joints de ma combinaison et sont faciles à détacher, mais mes trois camarades, avec leurs vêtements moins durables, ont moins de chance que moi. Chaque fois qu'on se déplace, elles emportent les insectes avec elles.

Le cycle de sommeil est très net, à cet endroit : les grands arbres bioluminescents brillent davantage pendant certaines périodes, perdent ensuite toutes leurs espèces de feuilles gluantes, qui repoussent durant ce qu'on peut considérer comme un cycle de sommeil. Les animaux s'y conforment, puisque certains dorment pendant que les arbres éclairent, d'autres ne commençant à gazouiller et à nous importuner qu'après la chute des feuilles.

Des décorations de confection humaine pendent aux branches, pour la plupart des ornements à base d'os qui claquent dans le vent. Je repère d'autres signes d'habitation. Des paniers posés au pied des arbres. Des chemins qui quadrillent la forêt. Des tas de branches mortes et, enfin, un petit appentis constitué d'un toit de chanvre reposant sur un arbre déraciné.

Nous atteignons un peu plus loin ce qui ressemble à un village proprement dit : une vingtaine d'habitations disposées autour d'une large place faites d'os et de troncs métalliques. Au centre, un arbre tellement grand que ses branches arachnéennes font au-dessus du village un immense auvent et montent s'enfoncer dans l'obscurité du ciel. Elles sont parfois parcourues d'une lumière bleue qui grimpe jusque dans le lointain plafond, où elles déclenchent une série de lueurs rouge et orange. Ce spectacle fascinant me rappelle les lumières que j'ai vues danser dans ma chambre à mon premier réveil, comme une langue secrète.

Je n'entends aucun bruit, à part le claquement des carillons éoliens en os et le bruissement dans les arbres des petits animaux ailés.

Je m'approche d'une des cabanes, découvre sur sa façade une inscription gravée au grattoir dans une langue qui m'est inconnue.

« Tu arrives à lire ça, Casamir ? » demandé-je.

Elle me rejoint rapidement, plisse les yeux. « Mmh, fait-elle.

— C'est un oui ou un non ?

— Ça dit qu'il y a des monstres. Et qu'ils viennent quand les feuilles tombent.

— S'il y a des monstres, on devrait aller là où il n'y en a pas », lance Arankadash en tapotant sa progéniture. Celle-ci a déjà triplé de taille et palpite contre elle comme un deuxième ventre.

« Il y en a partout, rappelé-je. S'enfuir ne les rend pas moins nombreux. Voyons comment on peut consolider ce village pour résister à une attaque.

— Une attaque de quoi ? demande Casamir.

— De n'importe quoi. » J'observe le grand arbre

au centre de la place, puis l'endroit où ses branches atteignent le plafond. « J'ai une idée. »

Casamir donne un coup de pied dans les os de la place. « Formidable.

— On va avoir besoin d'armes. »

Nous fouillons les cabanes, opération pendant laquelle Casamir découvre une réserve de fioles multicolores qui la fait siffler tout bas. « Des enchanteresses, ajoute-t-elle.

— C'est-à-dire ?

— Il y a un fossé défensif autour du village. Ces fioles devraient y faire merveille.

— Ai-je envie de savoir ce qu'elles contiennent ?

— Sans doute pas. »

Nous ouvrons coffres et paniers, à la recherche d'armes. Il y a deux machettes d'obsidienne et des poignards en os. Ce qui ne suffit pas, mais vaut mieux que rien.

Je regarde Casamir mettre soigneusement d'autres fioles dans un sac en cuir. « Pourquoi tu n'as pas fait demi-tour, en vrai ? lui demandé-je.

— Parce que tu es de très bonne compagnie.

— Sincèrement. »

Elle soupire. « Je vais te parler d'une femme.

— Pas encore une histoire d'utérus sur la tête, préviens-je.

— D'une femme que j'aimais. On s'est disputées. Je l'ai abandonnée tout en bas pendant que nous étions en mission.

— Vraiment ?

— Tu crois que j'inventerais un truc pareil ?

— Ça ne te ressemble pas.

— Quand tu te réveilles en te rendant compte que tu n'aimes pas qui tu es, soit tu changes, soit tu te réfugies dans la boisson, j'imagine.

— Elle est morte ?

— Je n'en sais rien. Je voulais juste lui faire peur, lui donner une bonne leçon pour qu'elle arrête de me traiter comme elle le faisait. Il n'y avait pas de monstres recycleurs dans les parages, mais… Quand je suis redescendue un peu plus tard, elle avait disparu. On a envoyé une équipe à sa recherche. J'ai dit qu'elle s'était perdue. On ne l'a jamais retrouvée.

— Ça ne me dit pas pourquoi tu n'as pas fait demi-tour.

— Tu es sans pitié.

— Quand on ne sait rien, on apprend à poser des questions.

— Beaucoup d'entre nous arrivent à ouvrir cette petite serrure », explique Casamir. Elle fait tinter son sac. « Mais tout le monde ne va pas aussi loin. Non, ce n'est pas donné à n'importe qui d'aller aussi loin. Il n'y a que moi. Que nous. Je ne rentrerai pas avant d'avoir déterminé si tu es cinglée ou si tu dis la vérité.

— Je croyais que tu t'étais déjà décidée.

— Le suspense me plaît bien.

— Merci de ne pas m'avoir lâchée.

— Si toutes ces histoires sur ces familles qui se font la guerre sont vraies… tu comptes les battre comment ?

— Aucune idée. Va savoir à quel point la situation a changé, depuis mon départ. Les Bhavaja sont mauvaises. Il me faudra une armée, pour les vaincre.

— Tu n'as pas besoin d'une armée : tu nous as, nous.

— On peut compter sur l'effet de surprise, c'est vrai. »

J'appelle Arankadash, avec qui nous faisons le tour du périmètre pendant que Das Muni s'occupe à l'intérieur d'une des cabanes.

« Les fossés, elles pouvaient sans doute les remplir de miasmes toxiques, dit Casamir. Ce qui devrait a priori bloquer la majeure partie du passage. On peut aussi arracher quelques-uns de ces arbres. Leur métal est pourri, en général, mais ce n'est pas systématique. Ça pourrait servir de piques.

— Vas-tu nous dire pourquoi on se bat ici ? » me demande Arankadash.

Je montre l'arbre. « Tu vois à quelle hauteur il monte ?

— Oui, répond Casamir. Jusqu'au ciel.

— On doit pouvoir l'escalader pour s'ouvrir un chemin jusqu'au prochain niveau. Ce serait un gain de temps.

— Si on ne se fait pas dévorer d'abord », dit Casamir.

Das Muni sort d'une des cabanes en fredonnant tout bas. Elle pioche dans un panier.

« Qu'est-ce que tu as trouvé ? lancé-je.

— Des os de doigts. »

Je vais examiner le contenu du panier. Il s'agit en effet d'os de doigts, peut-être aussi de pieds. Ils sont petits et faciles à identifier, mais je me demande bien comment je le sais.

« Il faut qu'on escalade cet arbre le plus vite possible », dis-je en allant en faire le tour. Je pose ma main dessus. Je sens un battement. Je suis des yeux les branches, toujours plus haut, repère au plafond un battement de même rythme qui me rappelle les artères dans les couloirs du premier niveau de Katazyrna.

« C'est une artère qui va d'un bout à l'autre du monde, expliqué-je. Je parie qu'on peut entrer dedans et aller comme ça jusqu'en haut. Pas juste au niveau du dessus. »

Casamir observe elle aussi le sommet de l'arbre. « Il n'y a qu'un seul moyen de s'en assurer, je suppose. » Elle soupire. « J'en ai vraiment marre d'escalader des trucs.

— Mais comment entrer dans l'artère ? demande Arankadash. Il n'y a pas d'ouverture. »

Je brandis ma lame. « J'en ferai une.

— Facile à dire, répond-elle. J'allais suggérer qu'on prenne du repos, mais…

— Ne perdons pas de temps », l'interromps-je. L'arbre est en train de bourgeonner, ce qui me fait penser à la manière dont les cycles fonctionnent à divers endroits du vaisseau, puis aux doigts d'os. « Je me repose un peu, et après je monte. »

Mais quand je m'installe dans une des habitations abandonnées, je ne peux m'empêcher de penser à ces mortes que nous avons vues en arrivant. Est-ce qu'elles fuyaient ce village ? Pour essayer de trouver mieux ? Je réfléchis à tout le chemin que nous avons parcouru, essaye de me rappeler à quels endroits viables elles pourraient s'établir. Il leur faudrait descendre tout du long jusqu'au village de Vashapaldi.

Je regarde l'arbre par l'embrasure de la porte. Elles descendaient. Je monte. Mais je ne suis toujours pas certaine que cela me réserve un meilleur sort.

« Qu'y a-t-il là-bas au centre du monde ?
La création. L'origine de toute chose. Mais parfois,
il faut tout démolir pour recommencer. »

Seigneure Mokshi, annales de la Légion

34
ZAN

Quand je m'endors, je rêve, sauf que je sais que ce n'est pas un rêve, mais un nouveau souvenir, un souvenir pénible qui me revient enfin, tout comme Jayd m'en avait avertie :

Des vagues d'assaut se brisent sur la Mokshi. Je le sais parce que, pour une raison que j'ignore, je les vois *de l'intérieur* de la Mokshi. Quatre générales trouvent la mort avec leur armée, la cinquième, par contre… La cinquième montre davantage d'habileté tactique. Elle perd moins de soldates. Elle met les défenses à l'épreuve. Elle place et replie ses troupes, synchronise leurs assauts avec le flux des défenses de la Mokshi.

Mais son armée succombe aussi. Une soldate à la fois, jusqu'à ce qu'il n'y ait plus qu'elle. Et contrairement aux autres, elle n'essaye pas de s'enfuir. Elle se rue sur la Mokshi en une sorte de baroud d'honneur.

Je ne sais pas ce qui me prend à ce moment-là, mais je désactive les défenses et l'accueille à bord. J'ignore si c'est la chose la plus stupide ou la plus intelligente que j'ai faite dans ma vie.

Je n'ai jamais vu plus belle femme. Elle a un visage lumineux, des lèvres pleines. Peut-être est-elle la plus belle parce qu'elle est aussi la combattante la plus douée, la plus habile, la plus brillante. Oui, tout cela.

Même une fois entrée, elle reste campée dans une attitude de défi, et je lui demande pourquoi son peuple se bat. Pourquoi les Katazyrna jettent leurs jeunes, leurs vieilles et leurs infirmes à l'assaut de la Mokshi en ces incessantes vagues de chair.

Je sais déjà que le pouvoir n'est pas dans le poing, le fouet ou l'arme. Le pouvoir est dans la chair. Qui commande les corps. Ces personnes courent à leur mort.

« Qu'est-ce qui les y contraint ? demandé-je.

— La peur. La peur de notre mère, Seigneure Katazyrna.

— C'est ça, votre moteur ? »

Elle hésite, mais répond avec sincérité. « Oui. Je suis sûre que ton peuple tue pour toi par peur.

— Non, par amour.

— Par amour ?

— Et rien que par amour. Pour celles derrière elles. Pour celles qui viendront après elles. Par amour. »

Quand je me réveille, la lumière extérieure a changé et mon rêve me donne moins l'impression d'un souvenir. Comment aurais-je pu rencontrer Jayd sur la Mokshi ? Pourquoi l'aurais-je épargnée ? Et comment cela a-t-il pu conduire à tout ça ?

Assise en face de moi sur un autre matelas, Arankadash parle tout bas à sa progéniture, qu'elle semble empêcher de bouger.

« Ça va ? » demandé-je.

Elle ne réagit pas. La masse de chair vivante qu'elle a portée sur tout le chemin se tortille avec force entre ses bras. Arankadash pleure sans retenue.

Je l'appelle par son nom, mais elle secoue la tête.

Elle défait lentement les nœuds du harnais dans lequel elle transportait l'objet-organe palpitant, pose celui-ci sur le sol. Il a quadruplé de taille depuis sa naissance. J'ignore ce qu'il a mangé, car je n'ai pas vu Arankadash produire de lait. Je me demande s'il tire sa subsistance du monde lui-même, se nourrissant la nuit du sol, des parois et des milliards de petites bêtes qui infestent l'endroit. Il a pris la forme d'une grande roue à large moyeu et dotée de dents noueuses sur toute la circonférence. Une fois par terre, il frémit et s'éloigne en roulant. Il laisse derrière lui une trace gluante, comme une limace.

Arankadash est maintenant secouée de gros sanglots qui me font mal au cœur.

Je vais la prendre dans mon bras. Elle me serre dans les siens en pleurant si fort sur mon torse que je m'étonne qu'elle ne se brise pas en morceaux.

« La lumière est venue pour lui, sanglote-t-elle. La lumière l'a pris. »

Je garde le silence, parce que rien de ce que je pourrais dire ne lui apportera de réconfort. Chacune de nous est seule, et rien d'autre ne nous unit que notre incapacité à nous libérer de ce monde gluant.

Quand elle a versé toutes les larmes de son corps, je la laisse dormir et je sors ma corde de mon sac.

Casamir est en train de raconter à Das Muni une histoire très complexe, celle de deux femmes nées jointes par la tête qui se sont révélées résoudre les problèmes de logique quatre fois plus vite que la moyenne. Je me demande si elle a dit à Das Muni que cette information, au cas où elle serait exacte, vient sans doute de deux prisonnières recyclées que les ingénieures gardaient en cage.

« J'ai besoin de ta corde », dis-je à Casamir.

Elle lève les yeux vers l'arbre. Les feuilles commencent à se déployer. « Ça doit valoir la peine d'essayer, convient-elle.

— L'autre possibilité consiste à continuer vers la ville là-haut, mais j'ai l'impression qu'on croisera davantage de monstres en chemin et qu'on se retrouvera dans des positions plus difficiles à défendre.

— On grimpe, alors », conclut Casamir.

Je relie sa corde à la mienne. Je fais le premier nœud quand j'arrive à peu près à deux fois ma hauteur, puis le deuxième quelques pas plus haut.

Je redescends dénouer le premier, remonte le faire quelques pas au-dessus du deuxième, et ainsi de suite.

Mains sur les hanches, Casamir m'observe d'en bas. « C'est la première fois que je te vois te soucier de sécurité en grimpant », lance-t-elle.

Je ne lui dis pas que mon rêve me conduit à penser que nous ne sommes plus très loin de notre but et qu'en mourir aussi près serait dramatique. Je continue à défaire et refaire mes nœuds, à monter, monter, monter avec les lumières qui passent dans les branches sous mes mains.

Je sais, intellectuellement, que le ciel est loin. Mais je ne m'en rends vraiment compte qu'après un bon moment d'escalade, en osant regarder en bas. Je peux déjà dissimuler entièrement Casamir derrière ma main tendue. Je lève les yeux en passant le poids de ma lame d'obsidienne d'une épaule à l'autre, et je m'émerveille de la folie de ce que j'ai projeté.

Ce n'est pas plus dingue que rester en bas, j'imagine.

Mon escalade se poursuit encore longtemps. Les feuilles commencent à se détacher dans mes mains. Elles sont plus grandes, maintenant, complètement déployées. Je me demande combien de temps il nous reste.

Les branches sont désormais environ deux fois moins grosses qu'en bas, mais leur épaisseur ne diminue plus, ce dont je me réjouis. À cette hauteur, je vois de petits animaux nerveux aux yeux énormes qui me font penser à Das Muni. Leurs pattes palmées adhèrent aux branches. Certains mâchent les feuilles et se jettent sur une autre branche à mon approche. Je suis fascinée par les écologies de tous ces endroits qui, chacun, hébergent des personnes et des animaux ne ressemblant à aucun autre dans le monde. Que se passera-t-il quand Katazyrna se décomposera entièrement ? Tout sera perdu, feuilles mortes en fin de saison.

Lorsque j'arrive au sommet de l'arbre, je n'ose pas baisser les yeux. Je me noue la corde autour de la taille et l'attache à la branche la plus proche, en cas de chute, puis je touche des doigts le plafond. Il est tiède et brillant, laisse sentir le battement de cœur du monde.

J'ai très envie de regarder en bas, mais je ferme les yeux et inspire à fond. M'écartant de l'arbre autant que me le permet la corde, je dégaine la lame que j'ai sur le dos pour l'enfoncer de toutes mes forces dans le plafond.

Elle ne rencontre aucune résistance. Je la fais un peu jouer dans la plaie avant de la ressortir.

Un filet ensanglanté s'écoule. Ma lame est couverte d'ichor noir. Je ne sais pas trop s'il s'agit de sang ou seulement de quelque chose qui y ressemble. Je me remets à trancher dans le plafond, en ôte d'énormes morceaux de chair. Je continue jusqu'à ce que des filets de sueur me dégoulinent sur le visage et que des écoulements ensanglantés me maculent le torse.

Je coupe et taille tandis que les feuilles frissonnent autour de moi. Leurs bords sont devenus orange.

J'ose regarder en bas, le regrette immédiatement. L'arbre a de nouveau tout son feuillage, cela fait comme un grand coussin jaune orné de bijoux, et tout en bas, si loin que je peux presque les masquer derrière mon pouce, il y a les femmes avec qui j'ai fait tout le voyage depuis le ventre du monde : Das Muni, Arankadash et Casamir lèvent les yeux vers moi qui les regarde.

Le temps presse. Je le sens. Peut-être qu'elles le sentent aussi. Ce qui s'est attaqué à ce village ne tardera pas à venir s'en prendre à nous.

Je me remets au travail, même si je suis à bout de souffle et que mes bras me semblent en plomb. Mes muscles me brûlent comme des braises. La chaleur du plafond augmente aussi, ce qui ne m'aide pas. J'approche du centre de l'artère.

J'arrache un nouveau bloc de chair que je laisse tomber à travers les branches. Il me rappelle la portion de ma propre chair que j'ai sacrifiée au peuple de Casamir. Qu'est-il en train d'en faire ? Que *va-t-il* en faire si je meurs ici et ne reviens pas ?

Je recommence à tailler dans le plafond.

La membrane éclate.

Un mélange de sang et d'un autre liquide jaillit sur moi, chaud et gluant. Je perds l'équilibre, tombe, manque lâcher ma lame. Je me balance au bout de la corde près du flot tiède et cuivré qui se déverse de la plaie et va s'écraser sur le sol.

Arankadash crie je ne sais quoi. Casamir semble déséquilibrée par le flot.

Je m'essuie les yeux tandis que le débit diminue. J'agrippe la branche, remonte dessus et regarde dans le trou que je viens de percer. Il continue à déverser à chaque pulsation du liquide mêlé de sang, mais uniquement par le bas de la plaie. Je glisse la tête à l'intérieur, me soulève pour mieux voir. Il y règne une obscurité totale ainsi qu'une puanteur de cuivre et de placenta.

J'essaye de voir plus haut, mais là aussi, ce n'est qu'obscurité. D'un diamètre égal à ma taille, l'artère est toutefois entourée de crêtes rigides. Je sens, depuis le bord où je me trouve, les mouvements par lesquels elle tente de propulser plus haut dans les confins du monde le flot de vie qui se répand désormais sur le monde d'en dessous.

« Montez ! » crié-je. Je regarde dehors, me rends compte que les feuilles ont commencé à tomber. C'est seulement à ce moment-là, en voyant les trois femmes se démener, que je prends conscience que Das Muni n'arrivera pas à grimper toute seule.

Je dénoue en hâte la corde qui relie mon torse aux branches proches, la lance aussi bas que je peux. « Casamir ! Aide Das Muni à monter ! »

Je vois du mouvement en bas. Elles sont toutes couvertes de fluide rouge-noir. Casamir, qui monte la première, jette la corde au pied de l'arbre.

« Casamir ! » crié-je, mais elle poursuit son ascension sans me regarder.

Je lève mon arme. Les feuilles tombent dru, maintenant, et éclatent en heurtant le crâne de Casamir.

Arankadash est toujours sur le sol, avec Das Muni. Le temps que je redescende, je n'aurai plus celui de remonter. Je le sais, mais je veux descendre quand même. Je n'en fais rien, continue à regarder Arankadash et Das Muni.

La première tuera-t-elle la deuxième parce que c'est une mutante ? Haussera-t-elle les épaules en me disant que c'est pour le mieux, après avoir perdu ses propres sœurs et ce… cette chose à laquelle elle a donné naissance ? Rien n'est-il précieux ?

Casamir est arrivée à mi-hauteur. Je vois alors approcher ce qui a fait fuir les villageoises : des femmes à la peau blafarde et avec des fongus qui s'échappent de leur tête, armée immonde qui sort lentement de la forêt alentour. Je vois qu'elles n'ont pas de doigts. Je comprends maintenant d'où viennent les paniers remplis d'os. Mais pourquoi leur couper les doigts, si… Je relève les yeux. Elles viennent pour l'arbre.

« Arankadash ! appelé-je en les montrant. Elles arrivent. »

Elle se penche sur Das Muni. Je détourne la tête, je ne peux pas regarder.

Je lève la tête vers l'obscurité en me demandant comment nous allons grimper une fois à l'intérieur de cette chose tremblotante et suintante. Casamir dit que son peuple a connaissance de dix-huit niveaux. Nous n'en avons même pas monté la moitié, et il pourrait y en avoir encore deux, trois ou même quatre fois autant. Sauf qu'on n'a pas d'autre endroit où aller. Peut-être qu'on n'en a jamais eu. Il faut monter. Toujours monter.

Je regarde de nouveau le sol en m'attendant à voir le petit corps de Das Muni flotter dans le liquide artériel.

Mais non, j'aperçois la tête de Casamir quelques petits pas plus bas, et Arankadash qui monte lentement, une main après l'autre, Das Muni attachée sur le dos.

J'aide Casamir à grimper dans le trou. Elle s'assied en face de moi. Nous ne nous disons rien. Elle est essoufflée, et je m'attends à ce qu'elle me raconte une histoire, mais elle s'abstient, elle sait ce qu'elle a fait.

Nous attendons Arankadash. Plus bas, les femmes malades se précipitent vers l'arbre, qu'elles frappent de leurs moignons. Je comprends alors pourquoi on leur a coupé les doigts et non la tête : elles essayent d'escalader l'arbre. Elles aussi veulent atteindre le centre de commande du monde, ou du moins manger ce qu'il y a là-haut dont il tire son énergie.

Arankadash nous rejoint enfin. J'attrape sa main gauche, Casamir sa droite, et nous les hissons, Das Muni et elle, dans l'artère ouverte.

Nous restons un long moment assises, épuisées, couvertes de saleté. Je les dévisage l'une après l'autre, et même si Arankadash ne me regarde pas, je vois Das Muni la fixer de ses yeux gros comme des globes, puis se mettre à pleurer.

Par amour, pensé-je. Rien que par amour. La peur a régi une trop grande partie de ce monde.

« Il faut qu'on se mette en route, dis-je. La pente n'est pas trop forte, on devrait arriver à marcher un certain temps. Tu as ta torche, Casamir ? »

Elle fouille dans son sac, l'en sort. La lève bien haut. Dans cette lumière, la membrane qui nous entoure nous donne l'impression de plonger le regard dans la gorge d'un monstre.

Je contourne la plaie, prends la torche. « Je passe en premier. Casamir, tu fermes la marche. »

Elle se renfrogne, mais ne proteste pas.

Nous montons.

Nous montons si longtemps, si loin dans le noir que je perds complètement la notion du temps. Nous gardons toutes les quatre le silence, même Casamir. Nous ne nous arrêtons que le temps de boire et de nous reposer.

Quand je dors, je rêve que je monte, et quand je me réveille, je monte.

Je presse la sphère dans ma poche. Quand les périodes où nous montons et celles où nous dormons se mélangent dans ma tête, je la sors pour me passer l'enregistrement.

Cela arrive à un moment où Das Muni est assise près de moi à mâcher un champignon. Ses yeux sont grands et vitreux. Nous avons toutes l'air engourdi et distant, maintenant. Quand elle me regarde, on dirait que c'est d'ailleurs. « Avant, je croyais que nous étions toutes la somme de nos souvenirs, dit-elle, mais je me suis aperçue ici que ce qui nous définit n'est pas les souvenirs, plutôt ce qu'on décide d'en faire. J'ai essayé de me construire une vie en bas, dans le noir, à partir des souffrances que j'ai subies. Mais on ne peut pas faire ça, si ? Il faut… refaire sa vie. La transformer. On est davantage que la somme de ce qui nous est arrivé, non ? »

Elle implore une réponse. « J'ai peur de ne jamais retrouver la mémoire », dis-je.

Elle se balance sur ses talons. « Tu ferais peut-être mieux d'avoir peur de ce que tu découvriras si tu la retrouves », dit-elle.

Nous montons.

La pente s'accentue. Marcher ne suffit plus : nous devons nous accrocher des doigts et des orteils aux crêtes de l'artère pour grimper. Nous nous encordons, même si je n'en vois pas trop l'utilité. C'est une idée de Casamir et je ne veux pas discuter. Si l'une de nous tombe, nous tomberons toutes. Mais nous nous servons de nos armes pour nous stabiliser, nous les enfonçons dans la chair pour obtenir des appuis et des prises supplémentaires.

Ce n'est que quand l'artère commence à rétrécir et à virer à gauche que je me demande avec inquiétude si nous n'avons pas atteint son point le plus haut et si continuer ne va pas nous faire redescendre.

Je grimpe sur la surface plate et courbe de l'artère, aide les autres à me rejoindre.

Nous dormons, épuisées par ce qui a dû être une montée de plusieurs périodes de sommeil perdues.

Quand nous nous réveillons, je tapote l'artère près de nos pieds. « Ici », dis-je.

Elles me regardent toutes les trois. « Ça commence à redescendre, expliqué-je. Ce qui veut dire redescendre jusqu'en bas du monde. Impossible d'aller plus haut là-dedans. »

La lumière donne à nos visages une couleur criarde. Je pense qu'elles se creuseraient tout de suite une sortie à coups de dents, si je le leur demandais.

Mais Casamir dégrafe son sac de potions, s'approche et plaque l'oreille au sol. « Je peux le faire s'ouvrir », assure-t-elle. Elle tire une fiole du sac, la vide en cercle sur la chair du sol.

Un sifflement se fait entendre, puis une odeur de chair brûlée nous parvient aux narines.

Nous nous rassemblons autour du trou, en attente.

Le cercle de chair tombe à moitié, laissant jaillir la lumière bleu-vert d'en dessous. Je donne un coup de pied dedans. Où que nous soyons, il faut descendre, maintenant, et non monter, pour la première fois de cette longue et épuisante marche.

La chair se déchire davantage. Je l'écarte d'un nouveau coup et me glisse dans le trou en me vidant les poumons pour ne pas rester coincée. Je vois le sol en dessous, pas trop loin. Je me laisse tomber, roule sur le sol poreux.

La lumière bleu-vert semble très brillante après la pénombre de l'artère, mais familière. Je lève la tête… et me retrouve face aux tentacules armés d'un pistolet à céphalopodes.

Troisième partie

RÉSURRECTION

« Si vous ne pouvez pas tuer ce que vous aimez, devenez-en les meilleures amies. »

Seigneure Mokshi, annales de la Légion

35
JAYD

Je pénètre dans le hangar sur Katazyrna avec une démarche de mourante, et peut-être en suis-je une. Je pince ma combinaison, qui se dissout autour de moi. J'inspire de l'air frais, tiède.

J'ai peur de faire une fausse couche et de perdre le monde que j'ai en moi. Il fallait que je vienne ici, car non seulement je connais toujours mieux Katazyrna que la Mokshi, mais sans le bras, la Mokshi me tuera. Je peux piéger Rasida, ici. Peut-être pas facilement, mais avec de bien meilleures chances que sur Bhavaja. On est plus près de la Mokshi. Plus près de Zan.

Je franchis non sans mal la porte intérieure du hangar, pistolet à céphalopodes brandi. Rasida n'aura pas été en mesure de les informer que je me suis échappée et que je suis recherchée, mais je ne ressemble pas à une Bhavaja. On me remarquera pour ce que je suis.

Je me dirige vers la cachette qu'utilisent toujours les sorcières en cas d'attaque du vaisseau. C'est de cette manière qu'elles ont survécu aussi longtemps quand tant d'autres ont perdu la vie. Si j'arrive à l'atteindre, je sais que j'aurai un endroit où me réfugier en attendant que Rasida me retrouve. J'ai le monde, elle, le bras. Peut-être même les sorcières m'aideront-elles. Les allégeances changent, quand les possibilités se réduisent comme peau de chagrin.

J'abats trois femmes sur le chemin de l'ombilical le plus proche. Mon champ de vision se réduit. Concentre-toi. Un pied. L'autre. La douleur m'accompagne en permanence. Je marche avec une lenteur pénible, comme une ivrogne, comme une mutante, comme une chose estropiée et défigurée. Je suis tout cela, maintenant, non ? Une espèce de furieux mélange de Katazyrna, de Bhavaja et de Mokshi. J'ai été blessée, maltraitée et changée par chacune d'elles. Je ne suis plus la même.

Je déniche l'emplacement dans la paroi, tire les cadavres de mes trois victimes au pied de celle-ci pour me permettre d'atteindre la fine croûte qui recouvre la charnière métallique de la porte. J'actionne le levier d'ouverture, me hisse à l'intérieur, referme derrière moi. Il fait noir, ça sent l'urine et le soufre. Je rampe pendant dix mille pas. Je le sais, parce que dans cette chaleur et cette obscurité, compter est le seul moyen que j'aie pour garder mon calme.

La salle du cœur où se cachent les sorcières est différente du cortex. Je ne sais pas à quoi elle sert, mais quand j'arrive sur la grille organique au-dessus, j'aperçois les sorcières à l'intérieur. Installées sur la grande plateforme au milieu de la pièce, elles baragouinent entre elles dans une langue inconnue.

Elles lèvent les yeux vers moi quand je défonce la grille à coups de crosse.

La tête de gauche dit : « C'est stupide, comme position de dernier combat. »

Je me glisse dans l'ouverture, me laisse pendre un instant. Quand je lâche prise, je tombe lourdement sur le sol spongieux. Mains tendues, les sorcières se précipitent dans ma direction, mais je brandis de nouveau mon arme.

« Stupide, répète la tête de droite.

— Pas plus qu'une autre.

— Qu'est-ce que tu vas faire ? veut savoir celle de gauche.

— Attendre Rasida. » Un élancement dans mon ventre. Je grimace. Je ne veux pas accoucher de ce monde sur Katazyrna, mais si c'est ce qui est en train de se passer, soit. Au moins, j'aurais rempli ma part du marché dans ce long drame éprouvant. J'aimerais seulement que Zan sache à quel point j'ai été près de réussir. « J'ai besoin de son bras, expliqué-je. Du monde et du bras. Je vais rassembler les deux, même si c'est la dernière chose que je fais de ma vie.

— On est toutes détruites, dit la tête de droite.

— Je suis en train de le reconstruire. Vous n'avez jamais cru qu'on allait le faire, mais on le fait. Travailler avec d'autres mondes est le seul moyen de sauver la Légion. »

La tête de droite va pour répliquer encore, mais celle de gauche la devance : « Il y a eu trop de morts.

— Si tu veux que Seigneure Bhavaja vienne ici, dit la tête de droite, il faut qu'on fasse savoir où on est.

— Allez-y. »

Les parois s'illuminent : rouge nébuleux, volutes bleues. Je prépare mon dernier combat.

« Tout ce que je suis, tout ce que j'aime,
c'est la guerre. Je ne sais pas qui je serai si j'arrête.
S'il doit survivre, ce monde a besoin
d'une dirigeante, pas d'une cheffe de guerre.
Le monde que je veux faire n'a pas besoin de moi. »

Seigneure Mokshi, annales de la Légion

36
ZAN

Quand je rêve, dans la longue gorge de l'artère, c'est souvent par fragments flous, moitié rêve, moitié souvenir. Ce que je vois en me retrouvant face à un pistolet à céphalopodes n'est toutefois pas un rêve mais un souvenir, si cru et si abrupt que j'en reste sidérée.

Je suis dans une pièce remplie de personnes en qui je n'ai aucune confiance, mais comme je ne me fais pas confiance non plus, ça n'a rien de très surprenant.

Jayd m'a ramenée sur Katazyrna comme prisonnière. Elle et moi savons qu'il s'agit d'une ruse, mais c'est Anat que nous devons convaincre, et Anat ne s'en laisse pas conter. J'ai tenté et raté mon premier assaut sur la Mokshi, en jouant le rôle d'une banale conscrite. Anat réserve une punition à l'échec.

« Laisse Zan réessayer, plaide Jayd. Elle y était presque. Sans les Bhavaja, on n'aurait pas échoué. Si on était en paix avec elles…

— On ne fera jamais la paix avec les Bhavaja », coupe Anat.

Je suis debout, seule, contre le mur du fond de la grande salle de réception, je les regarde discuter à côté de la table. Elles sont debout aussi. Jayd tient des rapports à la main, des inscriptions lumineuses sur des tablettes mousseuses. Je ne suis arrivée sur ce monde que depuis quelques périodes de sommeil, mais j'ai déjà compris que les rapports ne feront pas fléchir Anat. Comme moi, elle est poussée par une volonté aveugle, un fanatisme. C'est ce qui lui a permis d'aller aussi loin. De survivre quand tant d'autres mondes des confins de la Légion ont succombé.

« Pourquoi est-ce que la Mokshi ne l'a pas tuée comme elle a tué tes sœurs ? demande-t-elle en me montrant du doigt. Qui m'as-tu amenée ? »

Elle porte le bras en métal, que je veux lui arracher, mais il y a des agentes de sécurité aux portes, parmi lesquelles Gavatra qui meurt d'envie de me régler mon compte.

Jayd présente de nouveau ses arguments pour la paix avec les Bhavaja, mais je les ai déjà entendus deux fois depuis que je suis là et ils ne convainquent pas Anat. J'en suis surprise. Échanger Jayd contre la paix, ce qui lui permettrait à elle d'obtenir le monde de Rasida et à moi d'aller dans la Mokshi voler le bras à Anat quand elle y entrerait derrière moi en se prenant pour une conquérante, c'était un bon plan quand nous étions sur la Mokshi. Mais ici, face à la myopie d'Anat, je ne lui vois pas d'avenir clair.

Je m'avance. « Anat, on peut prendre la Mokshi. Tu peux avoir le seul monde à s'être échappé du cœur de la Légion. Tu peux t'en servir pour faire ce que tu veux : détruire les mondes Bhavaja, t'emparer du cœur de la Légion. Tout ça. Mais négocie d'abord la paix. Laisse les Bhavaja penser que tu as peur, puis retourne-toi contre elles et détruis-les à la barre de la Mokshi. »

Anat se tourne lentement vers moi. « Tu me dis ce que j'ai à faire, raclure ?

— Je te dis comment obtenir ce que tu veux », réponds-je. Jayd m'a raconté que j'ai été une grande femme, une grande générale, mais ce n'est qu'à ce moment-là, en me rappelant cet instant terrible, que je vois que ce n'était pas moi, la générale : c'était Jayd. Moi, j'étais une tacticienne. Une tacticienne très sûre d'elle et très nerveuse, pleine de feu. J'ai maintenant l'impression d'en être une mauvaise copie, ou peut-être quelqu'un de complètement différent, une simple amnésique à qui d'autres essaient de greffer les souvenirs d'une morte.

« Gavatra, ordonne Anat sans me quitter des yeux, recycle ce déchet prétentieux.

— Non, intervient Jayd.

— Hein ? » dis-je.

Gavatra et quatre autres agentes de sécurité se dirigent vers moi.

Jayd veut s'interposer, mais Anat l'en empêche en l'attrapant de ses doigts de fer. « Qu'est-ce que ça peut te fiche, lui demande-t-elle, toi qui as fait sauter une partie de la Mokshi et recyclé son peuple ? En sacrifier une de plus pour nourrir Katazyrna te pose un problème ? »

Anat ne me touche pas, mais ses mots me frappent en pleine poitrine. Je fixe Jayd d'un regard incrédule. « C'était toi ? »

Jayd a un mouvement de recul. « Zan, ne…

— Tu m'as dit que c'était Anat ! crié-je. Tu m'as dit qu'elle avait volé le bras et recyclé mon peuple ! Tu as saboté la Mokshi, Jayd ? Tu l'as fait sauter ? C'était toi ? *Toi ?* » Elle a tué tout ce que j'aimais, a ensuite eu l'audace de venir me retrouver en mentant sur ce point, en me suppliant de lui pardonner de n'avoir pas cru à mon plan pour la Mokshi. Nous avions recommencé de zéro.

Je me bats, parce que je suis une battante. Je frappe deux des agentes en plein visage. J'attrape par les cheveux Gavatra que j'envoie tête la première dans le mur avec de grandes griffures sanglantes sur le cuir chevelu. Elle titube. M'agrippe par le col. Du mouvement dans mon dos. Je vois une flambée de lumière, puis les ténèbres.

Anat m'a donc recyclée, et j'ai trouvé le moyen, avec l'aide des habitantes d'en dessous, de remonter petit à petit jusqu'à ce niveau en me laissant des messages en chemin. Mais pourquoi ? Comment savais-je alors que je perdrais la mémoire au cours de ma prochaine attaque de la Mokshi ? À l'évidence, je ne l'avais perdue dans aucune des attaques que j'avais effectuées avant d'apprendre l'ampleur de la trahison de Jayd. Comment avais-je pu lui faire confiance aussi longtemps et croire à ses mensonges ? Elle savait forcément que je ne lui aurais jamais fait confiance si j'avais su que c'était elle qui avait éventré la Mokshi, elle qui avait recyclé mon peuple, elle et non Anat. Nous n'aurions jamais pu coopérer si je l'avais su.

Mais mes souvenirs ne sont toujours pas complets. Ma mémoire ne me fournit pas tout ce dont j'ai besoin. Elle ne me dit pas pourquoi elle est incomplète, ni ce que j'espérais faire sur la Mokshi avec le bras et le monde. Que s'est-il passé quand je suis revenue des entrailles de Katazyrna ? Dans ce souvenir, la version de moi-même semble persuadée de savoir en quoi consiste le plan, même si Jayd l'a trompée sur la manière dont toutes les autres versions de moi-même sont arrivées là.

Je me rappelle avoir passé les doigts dans les cheveux de Jayd quand elle m'a appris qu'on la vendait aux Bhavaja. Je me rappelle sa promesse que tout allait bien se passer, qu'elle savait ce qu'elle faisait et que tout cela s'inscrivait dans un plan plus vaste. Mais avait-elle prévu la trahison de Rasida et la mort de notre mère ? Et nous nous sommes retrouvées, elle seule là-bas, prisonnière des Bhavaja et à la merci de

Rasida, moi coincée ici sous d'innombrables mégatonnes de merde en décomposition à l'intérieur d'un monde à l'agonie.

Le pistolet à céphalopodes s'approche de mon visage.

Je reviens d'un coup dans le présent, toujours sidérée.

« Debout ! » aboie la femme au pistolet.

Je lève les mains.

Ma canne est en bandoulière sur mon dos et j'ai une lame en obsidienne sur la hanche, mais je n'essaye d'attraper ni l'une ni l'autre. Arankadash est sur mes talons, mais Casamir et Das Muni n'ont pas encore fini de descendre.

« Je viens voir Rasida Bhavaja, annoncé-je.

— C'est moi qui décide qui tu vas voir », réplique la femme. Ayant eu le temps d'explorer le couloir du regard, je sais qu'elle est seule. Je suis surprise de ne voir qu'une patrouilleuse. Elle n'a pas encore appelé les autres.

Je commence à me relever.

« Arrête ! ordonne-t-elle.

— Tu m'as dit de me lever ! »

Elle fronce les sourcils. Elle est jeune, menstruée depuis peu, et elle me fait pitié. J'ai été aussi jeune qu'elle, un jour, aussi obéissante aux ordres.

« Je vais me lever lentement, proposé-je. D'accord ? »

Elle fait de la tête un signe assez brusque dans lequel je décide de voir un hochement. Je me mets doucement debout. Je la dépasse d'une tête.

« J'ai besoin de voir…

— Je me fous de qui tu viens voir comme de ma première chemise. D'où tu sors ?

— Du niveau d'en dessous. L'ombilical ne fonctionne pas. »

Une réponse ridicule, puisque nous descendons du plafond, mais aucune importance. Elle a commis une erreur de débutante dont elle ne s'est pas encore aperçue : elle m'a laissée approcher trop près.

J'attrape son pistolet de la main gauche, le détourne tout en la frappant violemment au visage du poing droit.

Elle recule en titubant. Je lui arrache son arme et la lui écrase si fort sur la figure que les tentacules ouvrent la chair. Elle crie, tombe.

« Rasida Bhavaja ! dis-je.

— Devant le hangar.

— Celui à véhicules ? »

Elle hoche la tête.

J'essaye de me repérer, mais à vrai dire je ne sais plus trop m'orienter dans cet endroit, où j'ai passé moins de temps qu'en bas. Du moins, d'aussi loin que remonte ma mémoire.

« Emmènes-moi là-bas. »

Casamir atterrit derrière moi. « C'est quoi, ces conneries ?

— On va avoir besoin d'autres armes de ce genre, dis-je. Rasida ne sera pas seule. »

Le regard de ma prisonnière se pose sur Casamir. « Vous n'êtes pas au courant ? dit-elle

— Au courant de quoi ? demandé-je.

— La consorte s'est retranchée dans la salle du cœur avec les sorcières. Une véritable guerre civile a éclaté sur le vaisseau, guerre dont la consorte est devenue l'enjeu. »

Ah, pensé-je, Jayd est toujours pleine de ressources et de plans. Je me souviens de ce qu'elle m'a dit quand Rasida l'a emmenée : que c'était ce que nous voulions, ce que nous avions projeté. Je me demande si tout cela en fait partie, le massacre de mon peuple, cette guerre civile, et même moi, ici, à sa recherche. Quel genre de monstre ai-je été, pour lui garder ma confiance en sachant ce qu'elle préparait ? Est-ce pour cela que je n'ai plus de mémoire ? Me l'a-t-elle prise afin que je joue le jeu ?

« Pourquoi tu me le dis ? m'étonné-je.

— Parce qu'on est peut-être dans le même camp. »

Das Muni se laisse à son tour tomber du plafond.

« Mais vous êtes *combien* ? demande la Bhavaja.

— Des pistolets, réclamé-je. Emmène-nous d'abord à une cache d'armes. Et ensuite au hangar. »

Elle hoche la tête. Du sang lui dégouline du visage. « D'accord. »

D'un coup d'œil par-dessus mon épaule, je m'assure qu'Arankadash est arrivée aussi. « On récupère des armes, lui annoncé-je, puis on cherche la femme qui a volé ce monde. »

La Bhavaja essaie de nous attirer dans un guet-apens, mais Casamir lance sur ses camarades une fiole de je ne sais quelle substance aveuglante.

Arankadash et moi les frappons à la tête. Elles s'effondrent et nous nous emparons de leurs pistolets à céphalopodes, sans toutefois pouvoir empêcher l'une d'elles de s'enfuir. Arankadash lui tire dessus, mais elle ne maîtrise pas encore très bien ce genre d'armes.

L'air peiné, Casamir me tire par la manche alors que nous nous remettons en marche. Nous sommes sales et puantes. Les gouttelettes de sang de l'artère se sont coagulées sur nos cheveux et notre peau avant de s'écailler peu à peu. Nous avons toutes perdu du poids, surtout Casamir, qui a l'air affamée et épuisée. « On ne peut pas y aller comme ça, dit-elle.

— Pourquoi pas ?

— Parce que je n'ai pas fait tout ce chemin pour finir abattue ici.

— Jayd est juste un peu plus loin !

— Et qu'est-ce qu'il y a d'autre, un peu plus loin ? intervient Arankadash. On n'en sait rien.

— Alors on fait quoi ? On se sépare ?

— On prend le temps de bien y réfléchir », conseille Casamir.

Je braque mon arme sur la paroi la plus éloignée, presse la détente. Le céphalopode s'enfonce dans la chair du mur, qui commence à noircir et à se fendre, entourant les tentacules d'un grand cercle en décomposition de trois pas de diamètre.

Je le montre à mes camarades. « C'est ce qui est en train d'arriver à ce monde, expliqué-je. Pendant tout le voyage, qu'est-ce qu'on a vu ? Un monde en train de mourir. Vous et moi n'avons plus rien à rentrer retrouver. Il n'y a qu'un seul chemin : monter. Continuer.

— Nous ne disons pas le contraire, réagit Arankadash.

— Nous sommes tes amies, dit Casamir, mais tu n'aurais pas dû laisser cette femme s'enfuir.

— Vous voulez que je ne laisse que des cadavres dans mon sillage ? »

Casamir hausse la voix. « Quelle importance, si nous allons toutes mourir ? »

Arankadash soupire. « Ne crie pas. Réfléchissons un peu. Tu vas dans la direction opposée de celle de cette femme qui court manifestement chercher des renforts. À sa place, j'irais tout droit signaler ta présence à ma supérieure, pas toi ? »

Je regarde notre captive, qui me rend mon regard avec des grands yeux. Je la frappe au visage avec la crosse de mon arme et elle s'écroule.

« À quel moment es-tu devenue la plus idiote d'entre nous ? » me demande Casamir.

Je manque la frapper aussi, mais arrive à contrôler ma colère. On ne va pas merder après avoir fait tout ce chemin.

Nous entendons le groupe armé avant de le voir. Je lève mon pistolet et poursuis mon chemin sans ralentir. Oui, je suis la plus idiote d'entre nous et je m'en fiche.

Huit femmes se tiennent devant une grande porte circulaire, qu'elles prennent pour cible de leurs armes à céphalopodes. Elles ont déjà provoqué la décomposition de tout le revêtement organique, mettant à nu le métal en dessous. Endommagé, lacéré, le mur qui l'entoure révèle lui aussi une âme métallique.

Au milieu du groupe, une femme s'adresse à un œil qui cligne au-dessus de la porte. Je reconnais immédiatement Rasida Bhavaja.

« Quand j'aurai ouvert, crie-t-elle, ce que je vais te faire sera du jamais vu. C'est à moi, Jayd. Tu n'as qu'à te… »

Elle m'aperçoit la première. Je suis déjà en train de tirer.

Elle se baisse derrière ses soldates et prend la fuite en saisissant une arme de poing à sa ceinture, mais sans se retourner.

Je me plaque contre la paroi avant de presser de nouveau la détente. Le pistolet à céphalopodes met du temps à se recharger.

Casamir et Arankadash me rattrapent et tirent à leur tour.

Nous bénéficions de l'effet de surprise. Quatre des femmes sont déjà hors de combat. Une cinquième est blessée. Les deux dernières suivent Rasida dans sa fuite.

Je me précipite devant la porte, plonge mon regard dans l'œil qui cligne. « Jayd ? appelé-je. Jayd, c'est moi ! » Aucune réponse.

Je montre la porte. « Tu peux l'ouvrir, Casamir ? »

Elle se mord la lèvre. Hoche la tête en tendant son pistolet à Das Muni. « Couvre-nous, tu veux bien ? »

Das Muni fixe l'arme dans ses mains. Je lui tapote la joue. « On est presque arrivées. »

Je m'attends à lire de la joie sur son visage, mais elle me regarde d'un air inexpressif. Je n'ai pas le temps de chercher à comprendre. Je dis à Arankadash d'aider Casamir à tenir la position et prends un autre pistolet à nos adversaires qui gisent sur le sol, puis me lance sur les traces de Rasida et des deux autres Bhavaja.

Je les entends devant moi, accélère. Le couloir me rappelle quelque chose, et quand je découvre après un tournant l'énorme porte ouverte du hangar, je la reconnais aussitôt.

Les deux Bhavaja se sont positionnées devant et me prennent pour cible. Je me jette si violemment au sol que le choc me coupe le souffle. Je roule sur moi-même en actionnant mes deux pistolets à céphalopodes. Mon premier tir n'atteint que le haut de la porte, le second touche une des femmes, qui tombe avec un juron.

Le souffle court, je lâche deux autres coups qui poussent la deuxième femme à se réfugier à l'intérieur.

Je m'élance.

Dans le couloir, les lumières changent de couleur pour clignoter en bleu et jaune. Je vois les portes du hangar se refermer. Je tire de nouveau. Le céphalopode s'écrase sur la porte, en brûle le revêtement organique, met à nu le métal en dessous.

Je plonge entre les portes juste avant qu'elles se rejoignent, roule à l'intérieur. Je lève mon deuxième pistolet, atteins dans le dos la Bhavaja qui s'enfuyait. Elle s'effondre tête la première.

Rasida est en train de se pulvériser une combinaison.

Je lui tire dessus.

Elle esquive. Prend une grosse arme au râtelier du mur du fond et se glisse derrière un véhicule.

Les lumières du hangar sont allumées, et bien trop brillantes pour moi qui ai passé tant de temps dans le noir. Yeux plissés, j'avance accroupie d'un véhicule à l'autre pour rester le plus possible à couvert.

« Tu n'es pas obligée de faire tout ça, Zan ! lance Rasida. Jayd ne t'a raconté que des mensonges !

— Comment sais-tu que je ne me souviens pas de tout ? » Je vérifie mes armes. L'une d'elles n'arrive apparemment plus à se recharger toute seule. Je la cogne par terre. Elle cliquette. Je l'abandonne, examine le râtelier auquel Rasida s'est servie.

« Si tu te souvenais de tout, tu n'essaierais pas de me tuer ! Tu aurais autant envie que moi de tuer Jayd.

— Je te croyais amoureuse d'elle », craché-je. Je regarde sous un des véhicules pour essayer de déterminer où elle est. Le hangar est si grand qu'il déforme nos voix.

« L'amour, ça n'existe pas, dans la Légion. Il y a la naissance et il y a la mort. Rien d'autre. »

Je jette un coup d'œil par-dessus un des véhicules, tire pour la faire se découvrir.

Évidemment, elle réplique. Je repère sa position,

continue d'avancer. Je saute par-dessus un véhicule, fonce penchée en avant dans la rangée suivante.

« Zan ? »

Je m'immobilise. Me plaque dos à un véhicule. Je l'entends marcher et respirer. Elle est tout près. Je prends de longues et lentes respirations, les plus discrètes possible.

« Est-ce que tu sais déjà qui tu es ? poursuit-elle. J'ai fini par comprendre, même si Jayd me mettait des bâtons dans les roues. Refusait que je le sache. Elle ne me l'aurait jamais dit, ce qui est fascinant en soi. Tu n'es pas qu'une simple soldate de la Mokshi, hein ? Non… tu es la seigneure elle-même. »

Je me rue derrière le véhicule. La vois regarder par-dessus un autre deux rangées plus loin. Je tire. Le coup rate sa cible et s'enfonce dans la paroi du fond. Un anneau de pourriture apparaît.

« Je n'y ai pas cru une seconde, dis-je.

— Elle pensait t'avoir totalement convaincue. Tu croyais vraiment être sa sœur ? »

Je regarde de nouveau par-dessus les véhicules, mais elle s'est mise à couvert. J'en fais autant. Patience.

Rasida garde le silence quelque temps. J'écoute le battement de mon cœur, tends l'oreille aux mouvements de Rasida, mais ne perçois que les pulsations de mon sang et le ronronnement du véhicule derrière moi.

J'attends qu'elle se manifeste. Elle ne manque pas de le faire. « Toi et moi nous ressemblons beaucoup, Seigneure Mokshi.

— Ne m'appelle pas comme ça. » Mon ventre se crispe. La seigneure du monde ? N'étais-je pas qu'une laisséepour-compte comme Das Muni ? Une conscrite ? Mais une conscrite ordinaire n'aurait pas réussi à désactiver les défenses pour laisser passer Jayd après la destruction de son armée.

« Seigneure Bhavaja et Seigneure Mokshi, insiste Rasida. J'aurais pu t'offrir bien davantage qu'Anat. Et je ne t'aurais pas trahie comme elle. »

Je ferme les yeux en maudissant mes bribes de souvenirs. Comment puis-je contester ce qu'elle est en train de dire, après tout ce qui est remonté des profondeurs de ma mémoire ? Je veux m'y opposer. Je veux me battre contre l'évidence, tout comme je me suis battue contre tout ce qui m'a été opposé au cours de ce long voyage insensé.

Je garde le silence, et elle aussi. Je respire. Attends.

J'entends crisser ses brodequins.

Je bondis et roule par-dessus le véhicule, atterrit en plein sur elle.

Elle me frappe avec son arme. Je chancelle, tire avec la mienne. Le céphalopode s'écrase derrière elle sur le sol, qui pourrit sous ses pieds. Elle s'écarte en roulant sur elle-même, m'entraîne dans le mouvement.

Je lui écrase le poing sur un véhicule, lui donne un coup de tête. Cela suffit à l'étourdir. Elle lâche son arme. Je me tends pour l'attraper, mais Rasida me fait une clé de jambe et me plaque de nouveau. Le pistolet à céphalopodes m'échappe.

Je la frappe au visage. Elle me crache du sang dessus sans se laisser démonter.

Elle passe derrière moi pour me frapper dans les reins. La douleur fulgure dans tout mon corps. Je recule comme je peux. Elle m'envoie son poing dans le nez. Du sang jaillit. Je tombe sur les fesses et elle se jette sur moi, implacable, enchaînant les coups.

J'abats la main gauche sur le tableau de bord du véhicule le plus proche. Il démarre en éjectant une bouffée de fumée jaune qui enveloppe Rasida.

Elle est prise d'une quinte de toux. Je la frappe au ventre. La mets à terre. Je l'attrape par les cheveux pour l'écarter de la fumée. Inspire de l'air propre. M'empare de son arme et la lui braque dessus.

« Elles se sont servies de toi, dit-elle. Après avoir pris ton utérus et ta mémoire, elles vont prendre ton vaisseau, que tu leur donneras de bonne grâce, je me trompe ? »

Comment sait-elle tout ça ? À moins qu'elle ne fasse que deviner ? Un instant, je pense vraiment que Jayd m'a encore trahie, cette fois-ci en racontant tout à Rasida. Elle la regardait avec tant de désir. Bien davantage qu'elle n'en a jamais eu pour moi.

« Jayd et moi sommes dans le même camp », dis-je.

Elle crache du sang de ses lèvres abîmées. « Elles ont pris ton monde, espèce d'idiote. Jayd a recyclé la totalité de ton peuple pour que le cœur de la grosse épave qu'est ce monde-ci continue à battre. Jayd t'a trahie à ce moment-là, et elle te trahit en ce moment.

— Tu mens. » Mais ce n'est pas un mensonge. Ma mémoire me le dit. Das Muni a été recyclée, et beaucoup d'autres comme elle. Qui d'autre que les Katazyrna recyclerait le peuple de la Mokshi ? Qui d'autre que Jayd ? J'ai envie de pleurer. J'ai admiré sa manière de se battre, je lui ai ouvert mon monde, je lui ai expliqué que la Légion mourait. Elle ne m'a pas crue. Elle m'a probablement droguée pour me voler mon bras, faire sauter mon monde et recycler mon peuple, et quand elle est revenue – qui sait combien de temps après ? – en disant qu'elle me croyait à présent, qu'elle avait changé d'avis, elle m'a laissée croire que c'était sa mère qui avait introduit des troupes sur la Mokshi et l'avait tuée. Comment ai-je pu être assez idiote pour l'autoriser à revenir après ça ? Pourquoi étais-je aussi désespérée ? Aussi émotive ? Quelle imbécile. Je déteste cette femme. Je déteste qui j'étais. Je déteste la femme qui, après avoir été victime de cette trahison, a ensuite fait bon accueil à Jayd. Je voulais si désespérément sauver la Mokshi que je me suis alliée à ma pire ennemie.

« Je suis venue chercher le bras, Rasida. Soit tu me le donnes, soit je te le coupe.

— Tu vas devoir me le prendre, dit-elle en crachant encore du sang. Je n'ai jamais trouvé comment m'en servir. Amusant, non ? Tout ça pour le bras, pour le monde. Tu te crois en train de sauver la Légion, mais la Légion est déjà morte. Tout ce que tu sauves, c'est la Mokshi et toi-même. Tu es aussi égoïste que Jayd. »

Je lève mon arme. Elle lève son bras.

Je lui tire dans la poitrine.

Elle est toujours en vie quand je lui ampute le bras avec ma lame en obsidienne. « Tu finiras par le regretter », me crie-t-elle. Le sang jaillit. L'hémorragie la met en état de choc.

Je pensais qu'elle avait dû se fixer le bras à un moignon, mais non : elle l'a de toute évidence glissé par-dessus son bras d'origine, si bien que le métal faisait office de peau. Sauf que son bras d'origine était trop gros : en le dégageant, je vois que peau et chair en ont été ôtées, pas jusqu'à l'os, mais quasiment, pour qu'il rentre dans l'autre. La chair est recouverte de lubrifiant vert, qui devait aussi atténuer la douleur et la gêne.

Je ramasse le bras en métal de la main droite, repars vers le refuge de Jayd. Puis je m'immobilise pour regarder mes mains tendues et le bras de métal.

J'ai le bras gauche plus petit que le droit. C'est une des choses que j'ai remarquées tout de suite en me réveillant, après le corps par terre. Je change le membre métallique de main, le soupèse.

Me revient alors le souvenir de m'être réveillée baignant dans le sang et la douleur. Avec le bras gauche rouge de sang. Dans ce souvenir, je suis nue et mon premier geste consiste à chercher du regard celle qui partage ma couche. Celle qui devrait se trouver près de moi. Mais Jayd est partie. Et c'est alors que le monde tremble.

Jayd m'a tout volé.

La Mokshi est mon monde, a dit Rasida. Mais pas dans le sens où c'est celui de Das Muni. J'ai construit ce monde. Je l'ai libéré du cœur de la Légion, l'ai conçu pour qu'il quitte la Légion. Mais il y a eu un problème. Quelque chose en lui n'a pas fonctionné, puis les Katazyrna m'ont attaquée. Jayd m'a attaquée. J'ai cru pouvoir la convaincre du bien-fondé de mes intentions. Mais sa loyauté allait avant tout à Anat. Elle avait bien davantage peur d'Anat que de moi.

Je tremble au moment de glisser mon bras gauche dans celui en métal. L'intérieur est visqueux de lubrifiant vert.

Mais le bras me va comme un gant sur mesure.

Il se réchauffe autour de moi. Mes doigts s'insèrent en douceur dans les fourreaux à l'extrémité. Je serre le poing, sens une puissance effroyable en son centre.

Pourquoi Jayd voulait-elle le bras ? Comme trophée pour sa mère, sans nul doute, mais tandis que je regarde mon poing, je comprends qu'il est la clé de quelque chose. C'est pour ça qu'elle avait besoin du bras, et pas simplement du monde. Jayd n'avait aucune idée de ce qu'il contient, de ce qu'il peut faire. À vrai dire, pour l'instant, je n'en ai aucune non plus. Mais ce n'est pas un simple trophée.

Je lève la main et de l'air chaud ondule autour de moi. J'imagine la porte abîmée devant moi redevenir entière. Je l'imagine se refermer hermétiquement toute seule. Se ressouder.

Une brume verte suinte du centre de ma paume, puis la peau du monde ondule et va recouvrir la porte abîmée. Elle forme une spirale parfaite, puis s'ouvre comme une fleur en un joint neuf, sans même une croûte. Il ne reste plus aucune trace de ce que la porte a subi, à part les fragments cloqués qui gisent à mes pieds, et que je vois alors le sol absorber.

Je n'étais pas une générale, une cheffe d'armée, comme me l'a dit Jayd à mon premier réveil. Non, j'avais apparemment un autre talent. Celui non de donner la mort, mais de créer la vie.

J'ai le bras, maintenant.

Est-ce que Jayd a le monde ?

Ensemble, nous irons sur la Mokshi. Et j'aurai mes réponses.

« Nous disons toutes vouloir la vérité. Nous mentons. »

Seigneure Mokshi, annales de la Légion

37

ZAN

Je repars en courant vers la salle du cœur, arrive juste à temps pour voir Arankadash et Casamir y pénétrer.

Das Muni attend sur le seuil. Elle jette un coup d'œil à l'intérieur, puis se tourne vers moi. Elle abaisse son capuchon, m'observe de ses grands yeux. Je vois dans son regard quelque chose qui semble ralentir le temps. J'écoute le battement de mon cœur et la pulsation du monde sous mes pieds. Je la revois me regarder exactement de cette manière-là dans une autre vie, à un autre moment, sauf qu'elle est agenouillée à mes pieds, car je suis sa seigneure.

Sa seigneure. Elle doit le savoir depuis le début.

Un sifflement. Un projectile atteint avec un bruit sourd la poitrine de Das Muni, dont le petit corps, propulsé en arrière, va heurter le mur du fond.

Je crie. Ce que je crie, je n'en sais rien, mais je me précipite vers elle sans cesser de crier cette chose informe qui m'est sortie du torse.

Das Muni repose dans une mare de sang qui grandit rapidement, alimentée par l'énorme trou qu'a ouvert dans sa poitrine le morceau noir d'os chargé ou d'un autre matériau organique que je vois palpiter au fond. Il a failli la faire éclater.

« Das Muni. » Je la prends dans mes bras. Son sang chaud me mouille le ventre. Elle est tellement légère.

Ses lèvres remuent. Ses dents et sa langue sont rouges. Je vois qu'elle se l'est violemment mordue.

Je me retourne, incrédule, vers la salle du cœur. Jayd est là, penchée sur une longue console parcourue de lumières. Des filaments rouges, jaunes et bleus s'entremêlent dans l'air au-dessus de sa tête. Elle est enceinte, sa grossesse est même très avancée, et elle tient une arme volumineuse. Que je reconnais : j'en ai emporté du même genre pour attaquer la Mokshi. Jayd a les traits tirés, hâves, et le visage creux, malgré son ventre distendu. Ses yeux sont caves et cernés de noir. Un enchevêtrement de bras, de jambes et de têtes se pelotonne dans un coin, et quand ils se déploient, je m'aperçois que tous font partie du même corps. Je frissonne en me demandant quelle nouvelle horreur le monde nous réserve.

Arankadash tire sur Jayd, la rate.

« Ne la tuez pas ! dis-je. C'est Jayd. »

Casamir écarquille les yeux. Elle aussi a une arme, maintenant, dont elle ne décolle pas le doigt de la détente. « Tu es folle ? demande-t-elle.

— Jayd, pourquoi est-ce que tu…, commencé-je.

— Mais merde ! me coupe-t-elle. Elle allait… Écoute-moi. Elle savait qui tu étais. Elle servait sur ce niveau. Je ne peux pas laisser… Nous ne pouvons pas… » Ses yeux se remplissent de larmes. Elle les refoule. « Je ne peux pas recommencer. Oui, je l'ai recyclée. Et alors ? Elle t'a reconnue. On ne peut pas recommencer. C'est la fin de la partie, Zan. Elle ne peut pas… Elle ne peut pas tout gâcher. J'ai… J'ai tiré sans réfléchir. On ne peut pas recommencer. C'est terminé. Il faut que ce soit terminé. Je ne peux pas refaire tout ça, Zan. Je ne peux pas.

— Das Muni, qu'est-ce qu'elle… »

Das Muni lève ses longs doigts vers mon visage et dévoile ses dents. « Je suis tienne, Seigneure », dit-elle.

Je berce sa tête dans mon bras en métal. « Je ne suis pas qu'une femme de la Mokshi comme une autre, pas vrai ? » lui demandé-je tout bas, parce que même si je le sais maintenant, même si je le sais depuis trop longtemps, je veux l'entendre de sa bouche.

Elle secoue la tête.

« Pourquoi tu ne m'as pas tuée, en bas ? J'ai manqué à mes devoirs envers la Mokshi, non ? À mes engagements envers toi et envers toutes celles qui vivaient là-bas. Cette traîtresse t'a recyclée. Et je l'ai reprise ensuite. Je l'ai reprise parce qu'on ne pouvait pas continuer sans elle.

— Tu n'es pas la même, Seigneure Mokshi. Tu es une femme différente. Et moi aussi. » Elle crache du sang.

« Tu veux des réponses ? » demande Jayd. Elle braque son arme sur moi, maintenant. « Ramène-nous sur la Mokshi, toi et moi. »

Je serre Das Muni sur ma poitrine. Son sang macule ma combinaison. « Non. Tu la tues, tu me tues.

— Elle n'a aucune importance à tes yeux.

— Peut-être qu'une autre version de moi n'avait rien à fiche d'elle, mais pour moi, elle a de l'importance. Je ne la laisserai pas mourir ici comme ça.

— Elle est déjà morte. »

Des bulles de sang se forment sur les lèvres de Das Muni. « Sauve-la, dis-je, ou tue-moi ici même avec elle. »

Quelque chose change sur le visage de Jayd. Est-ce de l'émerveillement ? De la surprise ? Elle jette un coup d'œil dans la pièce à la multicéphale. « Vous pouvez la remettre en état ? » lui demande-t-elle.

La tête de gauche demande : « Qu'est-ce qu'on aura en échange ?

— Je ne vous tuerai pas, promet Jayd.

— Tu es dure en affaires », dit la tête de droite. Elle et les autres s'avancent.

« Vous veillerez bien sur elle ? » demandé-je à Casamir et Arankadash.

Elles échangent un regard. « Se planquer ici

en espérant que tu reviendras vivante ? demande Arankadash. Aucune chance, après ça.

— Si je ne suis pas de retour dans une heure, venez me chercher. »

Casamir fronce les sourcils. « Et on vient te chercher comment ?

— Je vais te montrer. »

Jayd nous guide jusqu'au hangar. Ou nous y mène comme une troupe militaire, je ne sais pas. Peut-être les deux. J'ai envie de la prendre dans mes bras. Mais aussi de la désarmer et de hurler. Je montre le hangar à Casamir, lui explique. Elle siffle tout bas.

« Tu peux nous regarder de la baie d'observation, indique Jayd en la chassant du geste.

— Tu es sûre de toi ? me demande Casamir.

— Non, mais c'est toujours sur la Mokshi que j'ai eu mes réponses.

— Une heure », prévient Casamir avant de refermer la porte du hangar pour monter dans la salle d'observation. Jayd se traîne vers un des véhicules. J'ai remarqué en chemin qu'elle avait un problème à la jambe. « Qu'est-ce que tu as fait ? » demandé-je. Elle respire difficilement, une main crispée sur le ventre. « J'ai fait tout ce que nous avions promis, répond-elle. Je vois bien que tu ne te souviens pas encore, mais ça viendra. Il le faut. Sur la Mokshi. J'en suis certaine. Je suis vraiment certaine que tu vas te souvenir.

— Elle ne nous laissera pas entrer.

— Toi, elle te laissera entrer. Elle finit toujours

par le faire, parce que tu te souviens de la manière de la désarmer. Mais maintenant, tu as même… » Elle s'interrompt pour inspirer profondément, grimace. « Tu as le bras.

— Le bras et le monde. Tu as le monde, non ? »

Elle hoche la tête. « Fais-moi une dernière fois confiance, Zan. Rien qu'une dernière fois. Tu te souviens que c'était notre plan ?

— Je me rappelle qu'on était d'accord pour emporter le bras et le monde sur la Mokshi.

— Très bien, dit-elle avec un soulagement évident. Oui, c'est déjà ça. »

Elle désigne sur une table les entrailles de véhicules et les combinaisons, se pulvérise une de ces dernières. Je fais de même. Puis elle me montre un des véhicules en me disant de me tenir tranquille. Elle programme la séquence de libération par l'intermédiaire d'un ensemble de voyants lumineux près de la porte. Je lève la tête vers la baie d'observation, vois là-haut Casamir nous regarder l'arme à la main. Aura-t-elle vraiment assez de courage pour venir me chercher, une fois qu'elle aura vu les ténèbres de l'espace profond ? Elle ne croyait pas un mot de tout cela, il y a une rotation. Je crains que sa santé mentale ne soit mise à rude épreuve.

Jayd se glisse derrière moi sur le véhicule. Je sens sa chaleur, et la pulsation de cette chose en elle. Je fléchis le bras. Les lumières au-dessus de nous bougent, la peau du monde s'amincit.

Je démarre le véhicule et nous nous éjectons de Katazyrna.

J'ai passé tant de temps en sous-sol que voir la Légion me coupe le souffle. Le grand orbe du soleil artificiel se déploie, remplissant mon champ de vision comme une promesse de renaissance. Dans mon dos, Jayd est tendue. Moi aussi. Je m'interroge sur ses intentions comme sur les miennes.

Je prends le chemin de la Mokshi, itinéraire que je connais si bien, jusqu'au plus profond de moi, que rien ne me semble plus naturel au monde. Autour de Katazyrna tournent des véhicules morts ainsi que des corps abandonnés que personne n'a pris la peine de récupérer pour les recycler. La moitié des tentacules de Katazyrna, m'aperçois-je grâce à un coup d'œil par-dessus mon épaule, sont désormais morts et flétris, repliés sur la peau noire de décomposition du monde. Combien de temps suis-je restée absente ?

Je veux m'adresser à Jayd, mais nos combinaisons nous privent de tout autre moyen de communication que la langue des signes, et ce que j'ai à lui dire est bien trop long et bien trop complexe pour le signer tout en pilotant un véhicule.

Je vois les défenses de la Mokshi s'activer à notre approche, les mêmes aurores bleues et vertes qu'à ma précédente tentative de m'en emparer. Cette fois, Jayd tapote mon bras métallique et montre la Mokshi.

Je lève le bras, serre le poing.

Les aurores se volatilisent.

Je regarde ma main levée avec émerveillement. Une fois encore, je fais entrer mon ennemie dans la

Mokshi. Je l'y invite avec ses armes et ses intentions, qui me sont encore plus obscures que la dernière fois.

Je mets le cap droit sur le trou dans le monde, et Jayd a beau me montrer le chemin tandis que nous passons sous la peau du vaisseau, je pilote de ma propre initiative, comme si je rentrais d'un long voyage.

Nous traversons une couche après l'autre. Je m'attends à voir des cadavres, mais il n'y en a aucun, aussi loin à l'intérieur du monde. Bien sûr que non. Jayd les a tous recyclés. Comment lui ai-je pardonné ? Comment ? La personne que j'étais ne m'inspire pas davantage confiance que Jayd. De l'ichor s'égoutte des niveaux abîmés, en majeure partie gelé et cloqué, se détachant d'eux.

J'immobilise notre véhicule dans le hangar en ruine qui contient les restes de ceux d'un autre genre, avec deux yeux et un grand corps bombé, et non des têtes cunéiformes comme ceux de la Katazyrna. Une fois que nous sommes posées, Jayd me montre la porte fermée.

Je tends mon bras de fer en serrant le poing et la porte s'ouvre. Nous la franchissons, elle se referme derrière nous. Je cherche les commandes de pressurisation, mais Jayd m'a devancée et ses doigts s'activent sur un autre affichage lumineux complexe.

Je plisse les yeux quand une éclatante lumière jaune remplit la pièce, qui se pressurise. La porte donnant de l'autre côté s'ouvre.

Jayd me fait signe d'avancer.

Je pénètre dans un grand couloir éclairé par intermittence. Il semble en grande partie décomposé. Je suis Jayd sans ôter ma combinaison. C'est trop instable, ici.

Nous montons par une série de portes entrouvertes, puis empruntons un autre couloir. À cet endroit, le monde est en bien plus mauvais état que la Katazyrna. La chair s'est détachée sur toutes les parois, dévoilant du métal rouillé, du câblage tressé, des tendons ratatinés. De quoi est vraiment fait le noyau de chacun des mondes ? De squelettes métalliques ? Construits par qui ? Les déesses ? Une déesse a-t-elle vraiment fait tout le trajet jusqu'ici pour y chier la Légion elle-même avant de continuer sa traversée de l'univers, ou bien avons-nous toujours été là ?

Nous finissons par atteindre le pied d'un grand escalier. Je le connais, cet escalier. Au sommet, il y a une grande structure en dôme qui me rappelle le temple où Rasida et Jayd ont été unies. Je ne sais pas pourquoi je tenais tant à venir là. Peut-être parce que c'est mon seul espoir de découvrir ce qui s'est passé. Mais je ne vois ni à qui ni à quoi je me fierais pour me raconter la vérité de l'histoire compliquée qui nous a conduites ici.

Nous montons. Il y a une excroissance spongieuse au milieu de la porte. J'y plaque l'endroit chaud au centre de mon bras métallique et la porte s'ouvre. Des lumières jaunes gagnent peu à peu en éclat, ce qui laisse à ma vision le temps de s'adapter.

Nous nous trouvons dans une gigantesque pièce entourée d'ouvertures hexagonales offrant une vue parfaite sur l'ensemble de la Légion. Elle semble même dépourvue de sol, mais ce n'est qu'un faux-semblant, car Jayd avance sans tomber. Je la suis en regardant les mondes sous mes pieds. Une grande console ronde se dresse au milieu de la salle. Jayd s'appuie lourdement dessus. Elle pose son arme, se laisse glisser au sol, appuie à l'endroit idoine de sa combinaison pour que celle-ci se détache. Sa respiration est laborieuse. Elle siffle entre ses dents, s'agrippe de nouveau le ventre.

« Jayd... », commencé-je, mais elle secoue la tête en me montrant la console.

Il y a un creux au milieu, et des faisceaux lumineux sur toute la circonférence. Sur le panneau devant moi, il y a deux petits récipients. Ils ont poussé dessus et leur contenu liquide semble être arrivé par l'intérieur. J'en prends un que je vide et remets à sa place. Il se remplit de nouveau.

Le liquide est transparent dans l'un, violet dans l'autre. Le souvenir me revient d'avoir bu je ne sais combien de fois dans ces récipients spongieux.

Je sors la sphère de ma poche, l'insère dans le creux au milieu de la console. Rien de plus naturel.

L'air semble alors parcouru d'électricité statique et un tremblement parcourt la console, au milieu de laquelle vient danser de la lumière sortie de la sphère. Cette lumière évolue pour faire flotter au-dessus de moi une image de mon visage et de mon corps, deux fois grandeur nature et l'air beaucoup plus jeune.

« Si tu es revenue sans le monde et le bras, dit

l'image, il faut que tu recommences de zéro. » Elle montre la console. « Je regrette que tu ne te souviennes pas de grand-chose, mais c'était nécessaire.

— Nécessaire ? marmonne Jayd. Tu t'es fait ça à *toi-même* ?

— Tu as probablement rencontré Jayd Katazyrna, continue l'image. C'est ton plus grand amour et ta pire ennemie. La Mokshi, ce vaisseau, est ton salut, tout comme celui des personnes que tu emmènes avec toi. Tu l'as conçu pour qu'il sorte de lui-même de la Légion. Au départ, il était dans le noyau même, où les mondes sont beaucoup plus stables. Tu lui as programmé une destination qui était enfouie dans ses systèmes redondants. Pour l'instant, n'essaye pas de comprendre, ça te reviendra tout seul. Ce que tu as besoin de savoir, c'est que ta première tentative a échoué. Le vaisseau s'est retrouvé coincé ici, sur la Ceinture extérieure, où les Bhavaja et les Katazyrna t'ont attaquée pour récupérer ce qu'elles pouvaient.

— C'était bien plus que ça, dit Jayd, la tête appuyée à la console et les yeux vitreux. Anat voulait tout.

— Tu as trouvé admirable la manière dont Jayd se battait. Tu as pensé pouvoir la convaincre du bien-fondé de tes intentions. Mais elle t'a volé le bras et elle a fait sauter le noyau du monde, éjectant dans le vide ton peuple, qu'elle a recyclé sur Katazyrna. »

Je dévisage Jayd. Elle fuit mon regard. « Je te croyais folle, dit-elle. Je ne savais pas… Je n'ai compris que plus tard, quand je me suis rendu compte que Katazyrna mourait aussi.

— J'aurais dû te tuer.

— Tu aurais dû, oui. Mais tu ne savais pas, tu n'as su que quand…

— Quand Anat m'a envoyée au recyclage en me disant qui était la vraie coupable. »

Elle hoche la tête.

« Tu as fait une erreur, dit mon moi d'avant, celle que tu fais toujours. Toutes les femmes ont leur faiblesse. Pour certaines, c'est la boisson. D'autres se goinfrent affreusement. J'en ai connu une qui était incapable de résister à un pari. La mienne, de faiblesse, a toujours été mon cœur. Je ne pouvais pas sacrifier quelqu'un que j'aimais. Les objets, j'y arrivais. Mais perdre quelque chose qui me plaisait était très douloureux. J'avais un mal fou à m'en remettre. L'amour me détruirait aussi complètement qu'une armée. Et je suis tombée amoureuse de Jayd Katazyrna. »

Jayd ferme les yeux. « Je te demande pardon », dit-elle, sans que je sache vraiment si elle s'adresse à moi ou à mon moi d'avant. Peut-être aux deux.

« Elle nous a volé le bras, c'est vrai, continue le spectre. Elle ne nous a pas crues. Elle a détruit la Mokshi, l'a fait sauter, en me laissant croire que Seigneure Katazyrna était à l'origine de tout cela, qu'elle avait capturé et ramené Jayd. Une histoire à laquelle seule une idiote amoureuse croirait, ou une idiote n'ayant jamais rencontré Anat Katazyrna. Jamais, jamais Seigneure Katazyrna ne viendrait récupérer l'une ou l'autre de ses filles. Je le sais, maintenant, mais je n'en savais rien, à l'époque. Et quand Jayd est revenue ici en disant qu'elle était désormais convaincue que la Légion mourait, je l'ai crue. Je sais que je suis une imbécile au cœur tendre, mais cela nous a menées jusqu'ici. Je l'ai laissée entrer de nouveau et nous avons mis au point un plan qui ferait que toute cette trahison en vaille la peine. Promis.

— Mais il fallait qu'on récupère le bras et qu'on prenne le monde aux Bhavaja, dis-je à Jayd. Pourquoi ai-je été assez stupide pour te laisser revenir ? »

Elle grimace, crispe de nouveau ses mains sur son ventre. Les contractions sont de plus en plus fréquentes. Je lève les yeux vers mon image en souhaitant qu'elle se dépêche, mais consciente de n'avoir aucun pouvoir sur la vitesse à laquelle elle dévoile mon passé.

« Jayd m'a conduite à Anat en me faisant passer pour une prisonnière comme une autre, poursuit mon image. Je n'ai pas plu à Anat. Mais le pire a été d'apprendre que c'était Jayd et non Anat qui avait volé mon bras et recyclé mon peuple. Ça m'a détruite. Une fois que je le savais, je ne pouvais plus coopérer avec elle. J'ai été recyclée, et ensuite… Comment survis-tu après ça ? Toi, tu pourrais peut-être. Moi, non.

— Je te demande pardon, dit Jayd d'une toute petite voix. J'ai dû renoncer à toi pour continuer. Personne ne survit au recyclage.

— Il fallait poursuivre la mise en œuvre du plan,

dit mon image, mais je ne pouvais pas vivre avec la trahison de Jayd. » Sur ce, la femme qui a mon visage éclate de rire.

« Tu resterais dans ton coin à broyer du noir pendant des tours et des tours, le cœur brisé. Et avoir le cœur brisé te tuera aussi sûrement qu'une armée. Ce n'est pas ce que tu veux. On l'a déjà fait. Ça ne sauvera pas la Légion. Donc… fais ton choix. »

L'image disparaît, me laissant dans le flou et apparemment sans davantage de réponses, confrontée à un choix terrible et debout à proximité de Jayd qui a du mal à respirer.

« Je n'ai jamais su ce qui s'est passé quand tu es venue ici », dit-elle, le visage plissé par la douleur et le chagrin. « Je ne savais pas que tu avais fait exprès de m'oublier.

— Tu m'as laissé recycler. Tu m'as laissée revenir encore et encore ici.

— Il fallait qu'on sauve la Légion.

— Aux dépens de ma santé mentale ? L'amour était-il faux aussi, comme elle l'a dit ? Était-ce vraiment ton objectif depuis le début : sauver le monde, peu importe qui il te faudrait détruire pour ça ? Peu importe qui ou le nombre de mondes ? Tu disais que j'étais une grande générale, une va-t-en-guerre, mais c'est toi qui es froide, Jayd. Plus glacée que je l'ai jamais été.

— C'est pour ça qu'il fallait que ce soit moi. Tu ne comprends donc pas ? J'aurais pu te vendre aux Bhavaja, toi et ton utérus porteur d'enfant. Mais je ne l'ai pas fait. Parce que je savais que tu n'arriverais pas à faire le nécessaire. Tu sais te battre, c'est vrai, mais tu as le cœur trop tendre pour tenir la distance. Tu n'as aucune idée de ce que j'ai dû faire avec Rasida pour en arriver là. Tu n'aurais pas été capable de la manipuler comme je l'ai manipulée. Tu l'aurais tuée à chaque fois, ou alors elle t'aurait démasquée et recyclée.

— J'ai sacrifié mon enfant », dis-je. Mon premier souvenir. L'enfant. L'utérus.

« Qu'est-ce qu'une enfant, sinon une possibilité ? Et c'est ça que tu as échangé. La possibilité de libérer la Mokshi. »

Je regarde attentivement le contenu des récipients. Est-ce que je veux me souvenir ? Est-ce que je veux rajouter à mon chagrin un chagrin d'amour causé par Jayd ? Quand je ferme les yeux en pensant à l'amour, ce n'est plus Jayd qui me vient à l'esprit, mais Das Muni, Casamir et Arankadash. Jayd, c'est la peur, elles, l'amour. Est-ce que je veux échanger tout ça contre la connaissance complète du passé, au lieu de ce qu'une ancienne version de moi-même pensait que je devrais savoir ?

Je réfléchis à mes choix quand une deuxième image sort de la console.

Une de moi, là encore, mais sans rien de calme et de prévenant comme la précédente. Sur celle-ci, je reconnais les yeux. L'air hagard. La peur.

Elle se penche sur moi. Comme elle est bien plus grande, c'est spectaculaire. Elle donne l'impression de voir dans le temps. Ses vêtements sont en lambeaux, peut-être déchirés par les griffes d'un animal.

Les déchirures laissent apparaître la peau, rouge et à vif. La moitié de ses cheveux ont complètement brûlé.

« Tu ne veux pas retrouver la mémoire, commence-t-elle. Je ne sais pas combien de fois on a déjà fait ça, mais ne retrouve pas la mémoire. Tu ne veux pas savoir ce que tu étais. » Elle regarde quelque chose hors champ. Secoue la tête. « Nous sommes le poing de la déesse de la Guerre. Nous sommes les héritières des mondes. Nous nous montrerons à la hauteur. »

L'image explose.

Jayd gémit doucement dans son coin.

« Jayd, on est venues faire quoi ?

— Sauver le monde », répond-elle doucement.

Une autre image vaporeuse monte de la console. Moi, de nouveau. Les cheveux ras. Une longue plaie sur le crâne, d'où dégouline du sang. Chacune des images semble dater de très longtemps après la précédente. Je n'ai pas fait un enregistrement à chaque retour. Pourquoi ? Ai-je toujours tout simplement choisi de perdre la mémoire ? Ai-je toujours agi avec une foi aveugle ? Combien de fois ai-je fait cela avant le deuxième enregistrement ?

« J'emmerde les Katazyrna, dit mon moi d'avant. Et j'emmerde les Bhavaja. On s'est échappées de cette saloperie de cœur pour rien. Ni les unes ni les autres ne vont nous aider et on a foutu la merde partout. Tu crois vouloir retrouver la mémoire, tu la retrouves, mais tu ne nous retrouves pas toutes, tu comprends ? C'est un putain de composé que le vaisseau produit à partir de ton dernier départ, juste avant le début de toute cette connerie. Tu vas retomber amoureuse folle de Jayd. Tu ne te rappelleras pas ce qu'elle a fait depuis. » Elle jette à son tour un coup d'œil hors champ. Je me demande ce qu'elles regardent, toutes.

Je passe en revue les vaisseaux de la Légion. Voyaient-elles quelque chose approcher ? Un vaisseau ? Un véhicule ? C'est alors que je remarque derrière moi une grande paroi avec de nombreuses portes, la plupart ouvertes et ne donnant sur rien. J'en compte près de cent, les unes au-dessus des autres jusque très haut. À mon niveau, le plus bas, il n'en reste que quatre. C'est par ces portes que je m'enfuis chaque fois de la Mokshi. Elles me remontent à la surface et me propulsent à l'extérieur, hors du champ de gravité. Je ferme les yeux. Je me souviens de cette sensation d'éjection, mais de rien d'autre. Mes moi passés regardaient tous leur moyen d'évasion. Même en sachant ce qu'il y avait à l'extérieur de la Mokshi, elles savaient qu'elles ne pouvaient pas rester ici. Il fallait qu'elles s'en tiennent au plan et reconstruisent le monde, sans quoi tout ce que nous avions fait n'aurait servi à rien.

L'image éclate.

« Qui suis-je, Jayd ? demandé-je doucement. Qu'est-ce que tu m'as fait ?

— On l'a fait ensemble », répond-elle.

Et peut-être est-ce vrai. Peut-être sommes-nous devenues tout ce que nous détestions ensemble.

Encore une autre image. Encore une version de moi-même pleine de colère et de jurons. Toujours pas de cicatrice, par contre. Celle-là a les cheveux plus longs et porte une lance semblable à celle d'Arankadash. Elle dit à peu près la même chose que la précédente. Des paroles qui expriment colère et amertume, qui maudissent Jayd.

« Qu'est-ce que nous sommes devenues ?

— Je ne sais pas », répond Jayd. Elle gémit et s'allonge. Le monde arrive.

Une nouvelle version de moi-même, d'un vert brumeux, s'élève de la sphère. Les cheveux ras. L'air épuisé. « J'ai attendu quatre rotations, cette fois, dit-elle. J'ai retrouvé la mémoire. Pris conscience de ce que j'avais fait pour essayer de garder le vaisseau en fonctionnement. Nous sommes toutes esclaves de ces mondes, de ces… êtres qui se sont emparés de nos vaisseaux. Personne ne peut s'échapper à moins de modifier la configuration même du monde. C'est ce que j'ai fait, sauf qu'il me manque le catalyseur. Douze générations, et aucune porteuse de monde sur la Mokshi. Mais les Bhavaja en ont une. Ces foutues Bhavaja. Je vais repartir, mais si tu regardes ça sans avoir le bras et le monde, suicide-toi. Tue-toi. Ça vaut mieux. »

L'enregistrement cesse.

« Je suis tombée amoureuse de toi, dit Jayd. Tu n'es pas obligée de me croire. Mais toi et moi avons cherché ensemble un moyen de reconstruire ce vaisseau, de tuer Anat et de récupérer le monde sans déclencher une guerre sans espoir. Tu as réécrit le code de la Mokshi pour qu'elle puisse quitter la Légion. Mais tu as besoin… Tu as besoin d'un monde pour reconstruire celui-là, pour le revitaliser. Le renouveler. Tu avais besoin de Rasida. C'est ce que je t'ai amené. C'est ce que j'ai fait. Pour toi, et pour la Légion. »

Je me penche sur elle. « Tu as un monde en toi ?

— Celui de Rasida. » Elle tend la main vers moi. « On a fait ça ensemble, Zan. Je t'en prie.

— Das Muni. »

Elle grimace. « Je te demande pardon. Je croyais que toutes les femmes de la Mokshi étaient mortes. C'était une prisonnière et elle allait te dénoncer à Anat. Elle t'a reconnue. Je l'ai recyclée. J'avais peur…

— Tu avais peur qu'elle me dise qui j'étais.

— Elle ne connaissait pas toute l'histoire. Je l'ai fait sans savoir ce qui était en jeu. »

Je m'agenouille à côté d'elle, touche son ventre. Je sens la pulsation du monde. Elle m'agrippe la main. Au-dessus de moi, j'entends un nouvel enregistrement se lancer. Combien en ai-je fait ? Mon regard suit les alignements de portes. Au moins autant de fois qu'il y a de portes, j'imagine. Je me suis servie de cette sortie de très nombreuses fois. Pas des centaines comme Maibe voulait me le faire croire, mais au moins des dizaines.

« J'ai jeté une enfant », dis-je. Je ne peux pas passer là-dessus. Je veux qu'elle dise à voix haute ce que nous avons fait. Ce que nous avons choisi.

Jayd pleure sans retenue, maintenant. Elle s'appuie lourdement à la console. Serre ma main. « J'avais besoin de ton utérus. Je te l'ai dit, tu n'étais pas assez forte pour faire ce qui devait être fait. Je ne pouvais pas te remettre comme ça aux Bhavaja. De toute manière, elles se seraient attendues à un piège, si nous leur avions donné une inconnue. Elles t'auraient fait bien pire, à toi, parce que tu n'étais pas une Katazyrna. Tu n'étais personne. Tu n'aurais eu aucune protection. Mais Rasida m'aimait. Seigneure de la Guerre, elle m'a toujours aimée.

— Mais j'étais déjà enceinte.

— Oui. On devait choisir. L'une ou l'autre. Une enfant sans avenir ou l'avenir de la Légion. »

Voilà pourquoi j'ai jeté mon enfant. Dans les ténèbres de la fosse de recyclage de la Mokshi. J'ai jeté mon enfant pour sauver le monde entier. Je repense à Arankadash et à son chagrin. Je me demande si j'ai ressenti du chagrin, ou rien d'autre que du soulagement parce que nous avions enfin trouvé un moyen de sauver la Mokshi.

Je m'assieds près de Jayd, observe les mondes de la Légion. Je sais qu'ils sont en train de mourir. Je sais que nous sommes le seul espoir de les sauver, tout en étant les annonciatrices de leur destruction.

Jayd m'a demandé de lui faire confiance une fois de plus.

Elle grince des dents, pousse. « Tu peux me laisser, dit-elle ensuite. Abandonne-moi. Quand je lui aurai donné naissance… il mangera ce monde tout entier. Le recréera. Il reproduira tous ces motifs que tu as programmés en lui. Mais… il faut que tu déclenches le processus. En te servant du bras. »

Je me lève, regagne la console en cherchant dans

ma mémoire un moyen de déclencher ce changement. Une fois encore, mon regard est attiré par les liquides transparent et violet.

J'écoute l'enregistrement au-dessus de moi, une femme lasse, ma propre voix qui dit : « Qui deviens-tu quand tu perds la mémoire ? Je n'en sais rien. Certains souvenirs te reviennent, c'est vrai. Mais pas tous. J'ai pris la petite fiole, on aurait dit un objet d'enchanteresse, et j'ai avalé toute cette horreur. Pas seulement ce que j'avais fait, mais ce que j'avais prévu de faire. Ça fait maintenant quatre tours que j'attends dans cet endroit mourant. Et pourquoi ? Parce que j'ai peur de recommencer de zéro. J'ai peur de repartir. J'aurais dû me servir d'une armée. Je n'aurais jamais dû épargner Jayd.

— Je n'y comprends rien », dis-je.

Jayd a un petit rire guttural. « Moi non plus. C'est le plus affreux dans tout ça. On s'est fait tellement d'horreurs l'une à l'autre, Zan. Tellement d'horreurs. Mais c'est bientôt terminé. Tu as juste... à m'abandonner ici. Je t'en prie. Je veux juste mettre un terme à cette histoire. Tu as eu ce don. Tu n'es pas obligée de te rappeler quoi que ce soit de tout ça. Moi, oui. Je n'ai pas le choix. Et j'en ai assez.

— Non.

— Ça a bien marché, en fin de compte. Tu as récupéré ton vaisseau et après sa renaissance, tu pourras t'enfuir de la Légion. Moi, je me suis vengée des Bhavaja. On l'a fait ensemble, Zan.

— Je ne veux pas de ce foutu vaisseau. Je veux que toute cette mort s'arrête. »

Elle crache un rire, et un peu de sang avec. « Il faut que quelqu'un donne naissance au nouveau monde, Zan. Je le voulais. Toi, non.

— Tu étais ma pire ennemie.

— Non. Tu as toujours été ta propre pire ennemie. Même ici. Même maintenant. »

Je pose les mains sur la console, une à gauche et une à droite des récipients. Au-dessus d'eux, il y a un bouchon spongieux. Comme il me semble familier, je l'enlève. À l'intérieur, je découvre un gel vert qui bouillonne, très semblable à la peau verte de mon bras. Je plonge mon bras dedans, regarde le liquide vert de mon bras descendre dans l'ouverture de la console.

Lorsqu'il se joint au gel, celui-ci prend une couleur jaune et la console l'absorbe. Des vrilles jaunes en sortent et passent sur le sol pour aller monter sur les murs. Une douce lumière ambrée inonde la pièce, qui me rappelle celle dans la salle des géantes où Arankadash a failli rester pour retrouver son enfant.

Jayd hurle dans mon dos. Le monde arrive. La Mokshi sera réécrite, renaîtra, s'échappera de la Légion.

Et voilà que j'ai enfin ma mémoire à portée de main, ainsi que le moyen de tout effacer de nouveau. Que choisir ? Je suis venue des dizaines de fois ici choisir l'un ou l'autre. Nous étions tellement résolues, Jayd et cette femme que j'ai été. Mais est-ce que je veux redevenir cette femme-là ? Seigneure Mokshi, résolue et prête à tout sacrifier – son vaisseau, ses enfants, son utérus, sa mémoire – pour obtenir de quoi sortir de la Légion ? Est-ce que je dois redevenir elle, ou est-ce qu'elle aussi n'est qu'un moyen, une correction temporaire mais indispensable pour me conduire là où je suis maintenant ? Je réfléchis aux fragments de mémoire dont je dispose, à ceux dont on m'a parlé, et je me demande si tout cela est conçu pour m'amener à cet endroit et à cet instant. À ce choix. À être quelqu'un que j'ai été, ou à recommencer de zéro, à tomber amoureuse de Jayd. Suis-je condamnée à l'aimer et à être détruite par cet amour ?

L'un ou l'autre.

Je pense aux choix de Das Muni – empoisonner et estropier, mais aussi guérir et redonner naissance. Je pense à Arankadash et à la roue dentée dont elle s'est occupée comme d'une enfant jusqu'à ce que le monde vienne la lui prendre. Je pense à Casamir et à l'amour qu'elle a perdu dans les fosses de recyclage, je pense à ses histoires sans fin. Et je me demande si je ne me serais pas placée face à un faux dilemme.

On a toujours davantage que deux choix.

Je m'écarte de la console. Derrière moi, Jayd halète. Elle n'a pas besoin en ce moment d'une cheffe de guerre, d'une générale ou d'une tacticienne. La tacticienne nous a conduites dans cet endroit, mais il faut qu'une personne très différente nous en sorte. Il faut que *je* nous en fasse sortir.

J'opte donc pour un autre choix.

Je ne choisis ni l'un ni l'autre. Je choisis la femme que je suis devenue, pas celle que j'étais, pas celle que je peux être. Celle que je suis. Comme mes versions antérieures, je regarde les rangées de portes qui conduisent à mon évasion, mais contrairement à elles, je n'en franchis aucune. Pour le moment.

Je prends la main de Jayd. Ensemble, nous recréerons la Mokshi, comme nous l'avons prévu il y a tant de rotations.

Mais il faut que ce soit notre ultime action en commun.

« Qu'on ne l'oublie pas : quel que soit le nombre de fois où nous retournons en arrière, ou que des choses sont défaites, j'aimais Jayd Katazyrna, aussi douloureux qu'il me soit de renoncer à elle. »

Seigneure Mokshi, annales de la Légion

38
JAYD

Je donne naissance à un monde.

Ce qui n'a rien de vraiment prodigieux. C'est surtout de la douleur et de l'angoisse, l'impression que tout le bas de mon corps se fend en deux. C'est pire que quand j'ai donné naissance à l'enfant de Rasida… à l'enfant de Zan, plutôt. Je veux juste que ce soit sorti. Que ce soit terminé.

Zan ôte sa main de la mienne, extrait le monde de mon corps et le lève d'un air étonné, comme si c'était une grande lumière alors qu'il ressemble en réalité à une espèce d'organe charnu et noueux. Ses tentacules se déploient pour aller enserrer les doigts de Zan, et dans l'éclairage ambré de la pièce, il ne donne pas l'impression de valoir toute cette douleur et toutes ces ténèbres.

Zan le pose sur la console.

Au-dessus d'elle, les Zan d'avant continuent à délivrer leurs messages. Celle de l'enregistrement en train de passer a cette même longue plaie à la tête qu'elle avait encore la dernière fois qu'elle est venue me trouver, alors que je la croyais morte. Je l'avais vue s'écraser sur la Mokshi, cette fois-là. Elle a les mêmes terribles plaies et cicatrices que je lui ai vues quand nous l'avons enfin sortie du tube organique dans lequel elle s'échappait de la Mokshi. Je croyais qu'elle revenait nous trouver parce qu'elle ne pouvait pas soigner ses propres blessures. Je pensais qu'elle revenait me trouver moi pour être refaite.

« J'ai attendu pendant tant de tours », dit l'enregistrement. Zan, ma Zan, la dernière Zan, qui n'est pas cette Zan. Je lève les yeux vers elle, me souviens à quel point les choses ont mal tourné, cette fois-là, et je fonds une nouvelle fois en larmes, contente d'avoir dit à Zan de m'abandonner là, parce que nous avons été si horribles l'une avec l'autre qu'il n'y a plus rien à sauver.

Parfois, on ne peut pas aller de l'avant. On ne peut pas recoller les morceaux. Je mourrai ici. Ce sera ma pénitence pour tout ce que nous avons fait.

Zan se lève, s'essuie les mains sur sa combinaison. Je me rallonge, endolorie par les contractions.

Des tremblements me prennent. Je me détends et attends que le monde me dévore. C'est ainsi que ce doit être. J'étais la plus forte. J'ai pu nous conduire aussi loin. J'ai fait ma part du travail.

Mais Zan me tend les bras. M'aide à me lever. Je ne comprends plus. J'ai les jambes en coton. Je tiens à peine debout, mais elle me soutient, m'aide à avancer. Je traîne des résidus de l'accouchement. Mon placenta se détache de mon corps et le cordon ombilical se prend dans mes jambes.

Zan se penche et m'en débarrasse. Je jette un ultime coup d'œil à la dernière Zan que j'ai connue, celle d'avant l'actuelle, celle qui a choisi de venir me retrouver malgré tout ce que nous avions fait.

« Je ne veux pas faire machine arrière, dit l'autre Zan. Qui voudrait retourner sur un monde mort ? Mais je ne peux pas abandonner Jayd, pas vrai ? Ni maintenant ni jamais, peu importe le nombre de fois où je fais ça. »

J'éclate de nouveau en sanglots, parce que j'ai l'impression d'être un monstre, même si Zan et moi, la Zan d'avant, sommes exactement pareilles. Nous étions faites l'une pour l'autre. Nous n'aurions pas pu accomplir cela si nous n'avions pas été ce que nous sommes. En étant différentes, nous n'aurions pas pu sauver la Mokshi.

« J'ai fait des choses terribles, dis-je.

— Je sais.

— Sabita », ajouté-je, parce que d'elle aussi, je n'ai pas tenu compte. Je me suis servie d'elle, et puisque nous en sommes à avouer toutes nos mauvaises actions, je dois aussi expier pour elle. « Il faut que tu saches qu'elle m'a protégée. Elle m'a aidée, exactement comme tu le lui avais demandé. Même si tu ne t'en souviens pas. Elle m'a aidée à arriver ici. Elle a fait demi-tour pour affronter les Bhavaja qui nous poursuivaient, et moi… je l'ai abandonnée. Je n'ai pas regardé en arrière. Je ne suis pas revenue. Je n'ai pas…

— Chhh. »

Je n'ai plus assez de souffle pour mes aveux de culpabilité. Zan me tire vers la paroi de portes donnant accès aux tubes organiques qui nous expulseront de cet endroit. Elle me les a montrés la première fois qu'elle m'a capturée, en m'invitant à m'en servir à ma guise. Mais je voulais rester, cette première fois, pour pouvoir saboter la Mokshi. J'étais idiote, à l'époque. Je ne croyais pas encore Zan quand elle disait avoir trouvé un moyen de toutes nous empêcher de mourir.

« Ce n'est pas comme ça que je veux que ça se passe, dis-je. Je veux mourir. C'est mon histoire.

— J'emmerde ton histoire. »

Elle me tire jusqu'à une des portes, la fait s'ouvrir avec son bras métallique. Ce sera étroit, et à deux, nous n'aurons pas longtemps d'air. J'ai peur, davantage peur de mourir avec que sans elle, parce qu'au moins, sans elle, je pourrais me dire qu'elle a un avenir après nous. Qui pilotera la Mokshi, si elle meurt ?

Elle m'introduit dans le tube humide. « Tu peux rester si c'est vraiment ce que tu veux, dit-elle. Mais alors je reste aussi. Je n'abandonne personne. »

Je tremble de tout mon corps. Je me retourne vers la salle de contrôle. Les images, toutes les Zan d'avant, se sont tues.

« Il n'y a rien qui me retienne ici, dis-je.

— Parfait. Dans ce cas, recommençons de zéro. »

« J'ai passé ma vie à combattre des monstres. Ce n'est qu'en me rendant compte que j'étais le monstre, et en choisissant de le détruire, que j'ai pu sauver le monde. »

Seigneure Mokshi, annales de la Légion

39

ZAN

L'imposant tube organique se détache de la Mokshi pour entrer dans la longue et silencieuse nuit de la Légion. C'est le silence qui me réconforte. J'en avais assez d'entendre ma propre voix. Je serre Jayd contre moi jusqu'à ce qu'elle cesse de trembler. Elle oscille entre sommeil et réveil.

Nous commençons à tourner autour de la Mokshi, tout comme d'autres détritus piégés dans son puits de gravité. C'est la partie à laquelle je n'ai pas réfléchi. Avant, quand je m'échappais, Jayd ou

Anat ne manquaient pas de venir me récupérer, mais maintenant, nous sommes seules.

Nous sommes seules.

J'espère que Jayd va dormir tout du long. Qu'elle ne va pas se réveiller et se rendre compte que nous sommes coincées ici comme deux jeunes amoureuses écervelées. Je lève les yeux, puis la main, vers la Mokshi. Les aurores se rallument. Elles sont magnifiques. C'est parfait, comme dernière image. Peut-être pourrons-nous assister à la renaissance de la Mokshi. Je me demande si ce que je lui ai fait lui permet de quitter la Légion sans pilote. Peut-être ce monde réincarné sera-t-il une sentinelle pour l'ensemble de la Légion, un ambassadeur auprès de celles qui tournent autour de ces autres étoiles. Peut-être y sera-t-il éventré et vidé pour en récupérer les composants, comme on fait ici.

L'air commence à sentir le renfermé. Je navigue entre conscience et inconscience pendant que nous flottons ainsi. Je pense à tout ce qu'on m'a dit que j'étais et à tout ce que je suis devenue. À tout ce que je pourrais être. À ce que nous pourrions être, ensemble, si nous avions le courage de recommencer de zéro.

Exactement comme la Mokshi.

J'aperçois alors le véhicule qui fonce vers nous depuis la Katazyrna. Je n'arrive pas à distinguer qui le pilote, mais je vois nettement le gros canon à céphalopodes.

Je serre Jayd plus fort contre moi. Elle murmure quelque chose. « Sabita. Sabita a tenu les Bhavaja à distance. Je l'ai laissée partir. Je l'ai laissée faire. »

Ce n'est qu'en levant le bras que je vois le visage de la nouvelle arrivante.

Casamir.

Elle m'adresse un petit salut à deux doigts, puis relie maladroitement son véhicule au tube. Sa première sortie dans les ténèbres, sa première vue de la Légion. Qu'une exploratrice intrépide dans l'âme comme Casamir ne se soit pas laissé un seul instant démonter par tout cela ne devrait pas me surprendre, mais je n'aurais jamais pensé qu'elle irait jusqu'à me croire.

Elle redémarre et nous remorque jusqu'au hangar de la Katazyrna.

De notre position, Katazyrna semble avoir une plaie ouverte. Les grandes portions de peau noircie autour du hangar me font me demander combien de temps elle tiendra. Combien pouvons-nous en transférer sur la Mokshi ? Le monde entier ? Pouvons-nous vraiment recommencer de zéro ? Et ensuite, on fait quoi ? Katazyrna grouille toujours de Bhavaja qui courent dans tous les sens sans plus personne pour les diriger. Mettre de l'ordre sera très pénible, et impossible sans une aide importante des niveaux inférieurs.

Casamir se pose. Les immenses portes du hangar se referment et je vois par le hublot supérieur les lumières clignotantes changer. Casamir tire sur sa combinaison, parvient à en tordre le poignet pour lui indiquer de se dissoudre. Elle a toujours appris très vite. La porte intérieure du hangar s'ouvre, livrant passage à Arankadash qui vient se pencher sur notre capsule gluante et translucide.

Je trouve le moyen de l'ouvrir. De l'air frais se rue à l'intérieur. Je m'en emplis les poumons. Jayd ouvre les yeux.

Casamir me tend la main. Je hausse les sourcils. « Alors, tu me crois, *maintenant* ?

— Je n'ai jamais douté de toi.

— Où est Das Muni ?

— Dans le cabinet médical, répond Arankadash. Vos sorcières font des merveilles. Certaines de leurs techniques seraient bien utiles chez nous.

— Vous les aurez, promets-je, mais il faut d'abord qu'on se mette en sécurité. Il reste pas mal de Bhavaja, ici.

— L'infirmerie, propose Casamir. On s'y est barricadées.

— Très bien, allons-y. Jayd a besoin d'aide, mais… » J'hésite. Je pense à tous les sacrifices faits pour moi. « Tu pourrais ressortir ? Pour chercher une femme ? Sabita. Ça plairait à Jayd. »

Jayd se retrouve à l'infirmerie, ou ce qui en tient lieu. Il ne reste plus grand monde au premier niveau du vaisseau. Nous découvrons cinq ou six Bhavaja et une section entière de Katazyrna qui a repoussé les incursions pendant tout ce temps. Mais je n'en reconnais aucune. Jayd est leur seigneure, maintenant. Ce que ça fait de moi, je n'en sais trop rien. Mais elles lui sont loyales : elles la reconnaissent et sont d'accord pour aider à sécuriser le premier niveau.

Pendant que les sorcières s'occupent de Jayd, je tiens compagnie à Das Muni. Sa respiration est superficielle. Ses blessures sont en cours de cicatrisation, toutes badigeonnées de baume verdâtre et ambré. Elle bat des paupières. Me regarde entre elles. Fronce les sourcils. « Est-ce que nous sommes toutes mortes ? demande-t-elle. Avons-nous été libérées ?

— Mortes, non, mais libres, à notre manière. Tu pourras retourner sur la Mokshi.

— Je n'y ai jamais été heureuse. Et je ne m'y sentais pas chez moi.

— Tu t'y sentiras bien, maintenant. » Je lui prends la main.

« Je t'ai toujours aimée, Seigneure.

— Appelle-moi Zan. Je suis Zan, toujours. »

Elle referme les yeux. Je la laisse se reposer.

Casamir a réussi à retrouver Sabita, qui se cachait au milieu des objets récupérés orbitant autour de Katazyrna. Elle dort, maintenant, sur la couchette en face de celle de Jayd. Je vais la voir, mais elle ne se réveille pas. Que lui ai-je avoué avant de perdre la mémoire ? Je pourrai peut-être le lui demander. Ou peut-être vaut-il mieux laisser les choses en l'état.

Assises sur une autre couchette près de Jayd, Arankadash et Casamir mangent des champignons épineux. La première dessine au couteau un plan du premier niveau sur la paroi.

« On devrait réfléchir à ce qui se passera quand

les autres Bhavaja arriveront, dis-je. Les renforts venus de leur monde.

— Non », dit Jayd, et en me retournant je vois que malgré ses yeux fermés, elle ne dort pas. « Nashatra voudra la paix. Il y a eu… une guerre civile. C'est une très longue histoire. Mais je crois qu'elle peut les retenir là-bas si nous arrivons à stabiliser Katazyrna.

— Ce sera notre objectif, alors, conclus-je. Il faut qu'on sécurise le premier niveau, au moins. Si nous pouvons le tenir pendant que la Mokshi renaît, nous pourrons décider ensuite qui veut aller dessus et qui veut rester ici. »

C'est Casamir qui découvre la salle du temple au cours d'une des patrouilles qu'elle effectue au premier niveau avec quelques Katazyrna. Elle en revient avec de grands yeux et en parlant de ceux de la déesse de la guerre. Elle nous emmène, Arankadash et moi, dans cette salle située un niveau plus bas. Comme elle ne me semble pas à même de m'écouter pour le moment, je ne lui reproche pas d'avoir conduit son groupe à un niveau inférieur alors que nous ne cherchons à sécuriser que le premier. Elle est tellement excitée par sa découverte que je me demande si sa tête ne va pas exploser.

« Les lumières étaient assez faciles à comprendre, raconte-t-elle. C'était un langage, un langage écrit. Une fois qu'on connaît le code, elles expliquent comment les choses fonctionnent. »

Elle manipule les lumières sur les murs, et soudain la pièce entière devient translucide. Nous voyons maintenant tous les mondes autour de nous, comme si, installées au centre exact de Katazyrna, nous regardions dans les espaces obscurs qui nous entourent. J'ai une vue parfaite sur l'ensemble de la Ceinture extérieure.

La Mokshi est là, étrange planète se repliant sur elle-même et enveloppée d'immenses tentacules cuivrés qui palpitent au rythme d'un cœur neuf et vigoureux. Un monde qui n'était pas censé exister, mais existe pourtant, se recrée pour quitter la Légion.

« Que vas-tu faire avec ? demande Arankadash. Nous abandonner ?

— Je vous emmène, si vous voulez.

— Je ne sais pas trop, répond-elle. Nous faisons partie du monde. Le quitter…

— Je ne vais pas mourir avec lui, décrète Casamir. C'est défaitiste. Après tout ce que tu as vu, tu continues à croire qu'on devrait rester ? »

Arankadash contemple la Mokshi. J'ignore à quoi elle pense, mais sans doute à l'enfant qu'elle a perdue et à toutes les progénitures qu'elle a portées pour le monde lui-même. Je me demande alors ce que Jayd a fait de l'utérus que je lui ai donné, quand elle a pris celui de Rasida. Où est cette enfant ? Qui s'en occupe ? Parce que je sais qui devrait s'en occuper.

« Je vais y réfléchir, conclut Arankadash. Je soumettrai la question à mon peuple. Mais il faut lui donner le choix. Rester avec le monde et la Légion ou affronter l'inconnu dans ce nouveau monde.

— Je ne forcerai personne, assuré-je. Je devrais

amener Jayd ici, par contre. C'est à ça qu'a servi toute cette folie. À observer tout ceci. »

À mon retour à l'infirmerie, Jayd est assise sur sa couchette et parle à Das Muni. Je reste quelques instants sur le seuil sans qu'elles remarquent ma présence. J'en profite pour observer Sabita. Elle a les yeux fermés, mais je ne crois pas qu'elle dorme. J'ignore comment Jayd et elle pourront se réconcilier un jour. Je ne veux pas savoir ce qui les oppose, mais je sens qu'il y a quelque chose, tout comme je sens ce qu'il y a entre Jayd et Das Muni.

Das Muni fronce les sourcils et enfonce ses poings fermés sous les draps. Elle n'est pas encore assez remise pour seulement s'asseoir. Jayd s'excuse, même si ce qu'elle a fait n'est pas du genre que des excuses répareront. Mais j'apprécie le geste.

« Tu peux marcher ? lui demandé-je. Je voudrais te montrer un truc. »

Lorsqu'elle me regarde, je vois une grande tristesse. Je suis tiraillée entre la serrer contre moi et la repousser. Je tends quand même la main. Quand on repart de zéro, il faut recommencer par les petites choses. Jayd prend ma main, puis mon bras.

Les sorcières n'ont pas guéri sa blessure à la jambe. Je me demande même si elles en sont capables. Du coup, notre trajet jusqu'à la salle du temple est long et lent. Nous avons tout le temps de discuter en avançant dans les couloirs généralement vides, mais nous n'en faisons rien. Étrangement, le silence nous apaise. Peut-être nous sommes-nous dit tout ce que nous pouvions dire pour le moment.

Quand nous pénétrons dans la salle du temple, Jayd en reste bouche bée. Dehors, la Mokshi est une boule palpitante de lumière rouge et orange. Une nouvelle bande de tissu se répand depuis le noyau, divisant le monde abîmé en deux, comme une grande peau neuve.

« Ça marche, dit-elle.

— Oui. »

Nous observons quelque temps la Mokshi sans un mot.

« Avec tout ce qu'on s'est fait l'une à l'autre, avoue-t-elle ensuite, j'ai peur qu'on ne puisse pas être ensemble.

— On ne peut pas. »

Elle s'essuie le visage. Qu'il lui reste encore des larmes à verser m'étonne. Moi, je n'en ai plus une seule.

« Tu es la seigneure de Katazyrna, dis-je. Ton peuple va se tourner vers toi pour savoir que faire ensuite. Je peux l'emmener sur la Mokshi. On peut toutes quitter la Légion ensemble, partir dans l'inconnu. Mais c'est à toi et à lui de décider. Tu es seigneure de Katazyrna, maintenant, et moi de la Mokshi. C'est tout ce que nous sommes. C'est tout ce que nous pouvons être après ça. »

Elle hoche la tête. « Tu as dit que la Mokshi pourrait aller n'importe où, une fois réparée. Mais en voyant toutes ces ténèbres, j'ai peur… S'il n'y avait nulle part où aller ? S'il n'existait rien d'autre que la Légion ?

— Les étoiles sont légion. Regarde-les. Tous ces

autres soleils. Il pourrait y avoir autour de nombreux mondes comme les nôtres. Peut-être des mondes très différents des nôtres. Nous pourrions apprendre d'eux.

— Des mondes meilleurs ?

— Différents. Je ne sais pas si ce sera mieux là où nous irons, mais nous serons libres, enfin. Libérées de ce que la Légion a fait de nous.

— Quand on s'est rencontrées...

— Non, l'interromps-je. Ça suffit avec le passé. Nous bâtissons l'avenir, maintenant.

— J'ai peur.

— Je sais, mais c'est la peur qui nous a blessées. Il faut qu'on arrête d'avoir peur.

— Je ne sais pas comment faire.

— Nous apprendrons ensemble », dis-je.

Nous levons de nouveau la tête vers les pulsations lumineuses de la Mokshi. Nous sommes deux femmes au bord de la Légion, nos armées sont mortes, nos peuples brisés, et il y a entre nous une histoire à laquelle je ne veux plus penser. Je préfère construire mentalement un avenir dans lequel nous nous libérons de la Légion, Casamir pilote la Mokshi, Arankadash se tient à ma droite et Jayd à ma gauche ; quant à Das Muni, elle passe son temps sur les rives d'une mer à l'intérieur de la Mokshi, où elle recueille de petits détritus et apprend toute seule à chanter. Arankadash a une enfant dans les bras, Jayd trouve l'amour avec une mécanicienne bas-mondiste et Sabita prend la responsabilité de l'infirmerie, et peut-être devenons-nous quelque chose de plus, Sabita et moi, et je suis debout dans une pièce comme celle-ci sur la Mokshi, je regarde devant moi, toujours devant, les yeux plongés dans des possibilités infinies. C'est un avenir possible pour nous, aussi réel que la possibilité de l'enfant que j'ai sacrifiée pour arriver là, aussi réel que les rêves du peuple qui m'a aidée à aller aussi loin.

« Il faut que j'y retourne », dit Jayd en me tirant par le bras.

Je sais qu'elle parle de retourner à l'infirmerie et non de revenir en arrière, ce qui ne m'empêche pas de penser qu'on ne peut jamais revenir en arrière, seulement aller de l'avant. Toujours aller de l'avant.

Je pose ma main sur la sienne. Nous quittons l'éblouissante pièce et la renaissance du monde pour entrer dans le cœur de Katazyrna. Bras dessus bras dessous, deux seigneures sans une Légion, nous pénétrons dans notre avenir incertain.

REMERCIEMENTS

Quand m'est venue l'idée de ce roman, en 2012, j'ai su que j'allais avoir du mal à le placer. Pardon ? Tu veux écrire un space opera dont tous les personnages sont féminins ? Genre, de la science-fiction sans un seul *homme* dedans ? Sans que les *hommes* y soient même *mentionnés* ? TU TE CROIS EN 1968 ?!

Bravo à Joe Monti, de Saga Press, non seulement d'avoir accepté cette proposition de livre, mais aussi d'avoir été encore plus excité de l'acheter en se rendant compte de ce que la construction du monde laissait dans l'implicite. Merci à toute l'équipe de Saga Press pour son aide jusqu'à la publication. Merci aussi à un de mes correcteurs préférés, Richard Shealy, qui n'hésite pas à me demander des éclaircissements sur mes mondes bizarres. Remerciements spéciaux à Stephen Youll pour cette fabuleuse couverture et à Joe pour m'avoir écoutée quand j'ai dit : « Bon sang, Joe, il faut absolument UN VAISSEAU SPATIAL SUR LA COUVERTURE[1] ! »

1. Il est évidemment question ici de la couverture originale, et non de celle de l'édition française. *(Note de l'Éditeur)*

Comme toujours, je remercie mon agente, Hanna Bowman, qui m'aide à rester saine d'esprit et concentrée sur le travail.

Merci également à Jayson Utz de demeurer l'étoile qui brille de mille feux dans mon univers loufoque.

Merci aux amis loyaux et aux fans qui continuent d'acheter tous ces livres. Comme m'a dit un confrère en voyant la couverture des *Étoiles sont légion* : « Ton nom est écrit de plus en plus gros ! C'est bon signe ! » Espérons.

Ma carrière littéraire persiste à ressembler énormément à un combat contre une armée de rats mutants, combat que je livre avec une torche électrique dans une main et une épée dans l'autre tout en avançant dans un labyrinthe conçu pour me décourager de poursuivre mon chemin. Mais jusqu'à présent, à mon grand plaisir, j'ai réussi à raconter exactement les histoires que je voulais raconter et exactement de la manière dont je voulais les raconter. En fin de journée – quel que soit le nombre de journées dont je dispose –, un créateur ne peut rien demander de mieux.

Merci de m'avoir accompagnée dans ce voyage.

The Big Red House, automne 2016

PAPIER À BASE DE
FIBRES CERTIFIÉES

Le Livre de Poche s'engage pour
l'environnement en réduisant
l'empreinte carbone de ses livres.
Celle de cet exemplaire est de :
400 g éq. CO_2
Rendez-vous sur
www.livredepoche-durable.fr

Composition réalisée par MAURY-IMPRIMEUR

Achevé d'imprimer en mai 2021 en Italie par
GRAFICA VENETA
Dépôt légal 1re publication : juin 2021
LIBRAIRIE GÉNÉRALE FRANÇAISE
21, rue du Montparnasse – 75298 Paris Cedex 06

32/2636/5